DE OFFERS

JEROEN WINDMEIJER

HarperCollins

MIX
Papier van verantwoorde herkomst
FSC® C014496

Voor dit boek is papier gebruikt dat onafhankelijk is gecertificeerd door FSC®
ten behoeve van verantwoord bosbeheer.
Kijk voor meer informatie op www.harpercollins.co.uk/green

HarperCollins is een imprint van Uitgeverij HarperCollins Holland, Amsterdam

Omslagontwerp: Wil Immink Design
Omslagbeeld: Wil Immink Design/iStock
Foto auteur: © Taco van der Eb
Zetwerk: Mat-Zet B.V., Soest
Druk: GPP Media, Germany

ISBN 978 94 027 0353 5
ISBN 978 94 027 5839 9 (e-book)
NUR 305
Eerste druk augustus 2019

HarperCollins Holland is een divisie van Harlequin Enterprises Limited

www.harpercollins.nl

Voor onze moeder

De HEER sprak tot Mozes: 'Zeg tegen de Israëlieten: Iedere Israëliet of vreemdeling in Israël die een van zijn kinderen offert aan de Moloch, moet sterven. Het volk van het land moet hem stenigen. Ik treed persoonlijk op tegen zo iemand en verwijder hem uit zijn volk. Door een van zijn kinderen te offeren aan de Moloch heeft hij mijn heiligdom verontreinigd en mijn heilige naam ontwijd.'

Leviticus 20: 1-3

Zoveel immers heeft God van de wereld gehouden, dat Hij zijn eniggeboren Zoon heeft geschonken, zodat iedereen die in Hem gelooft niet verloren gaat, maar eeuwig leven bezit.

Johannes 3: 16

Wij moeten Pachamama, Moeder Aarde, offers brengen, zodat het goed met ons zal gaan. Zij zegent ons met dieren, met voedsel, met een goede oogst. Zij zegt tegen ons: 'Als je aan mij geeft, zal ik ook aan jullie geven.'

Don Lucas, Aymara-indiaan, Bolivia

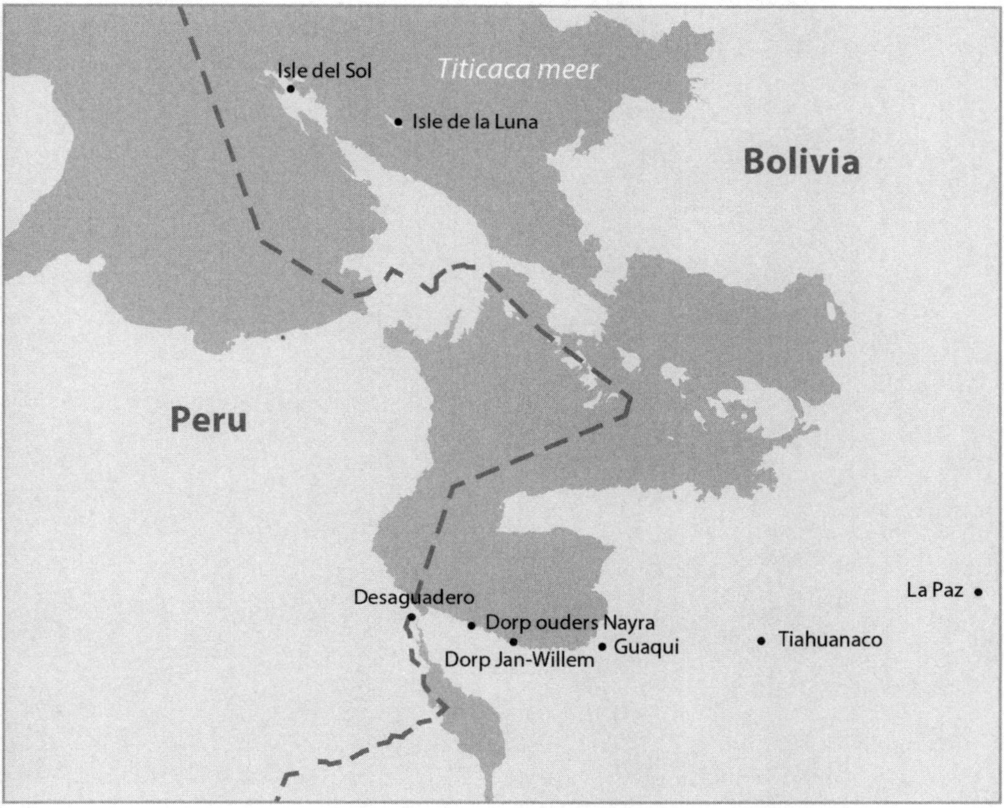
Isle del Sol
Titicaca meer
Isle de la Luna
Bolivia
Peru
La Paz
Desaguadero
Dorp ouders Nayra
Dorp Jan-Willem
Guaqui
Tiahuanaco

Proloog

[Op de tafel ligt een grote, wat ouderwets ogende bijbel, opengeslagen bij het tweeëntwintigste hoofdstuk van Genesis. De vader tilt zijn achtjarige zoon – in pyjama, de natte haartjes netjes gekamd – op schoot.]

VADER: Vandaag lezen we een belangrijk verhaal uit de Bijbel. Het gaat over de aartsvader Abraham en zijn zoon Isaäk. Het is een heel beroemd verhaal met een belangrijke les, ook voor ons vandaag nog. Abraham luisterde goed naar wat God hem zei en gehoorzaamde zijn hemelse Vader in alles, net zoals wij dat zouden moeten doen.

[Hij omvat het rechterhandje van zijn zoon met zijn eigen rechterhand, zodat ze samen met hun wijsvingers de tekst goed kunnen volgen. Met gedragen stem begint hij het hoofdstuk voor te lezen.]

VADER: Hierna gebeurde het dat God Abraham op de proef stelde. Hij zei tegen hem: 'Abraham.' En Abraham antwoordde: 'Hier ben ik.' Hij zei: 'Ga met Isaäk, uw zoon, uw enige, die u liefhebt, naar het land van de Moria, en draag hem daar, op de berg die Ik u zal aanwijzen, als brandoffer op.'

[Verschrikt kijkt de zoon op naar zijn vader.]

ZOON: Wat is een brandoffer, papa?

VADER: Dat is… Vroeger brachten ze offers, een dier bijvoorbeeld. Dat werd gedood en daarna verbrand. De rook steeg dan omhoog, naar God toe. Het was een soort cadeautje voor God om Hem te bedanken voor alles.

ZOON: En Abraham gaat Isaäk verbranden?

[De zoon probeert zich los te wurmen, maar zijn vader weerhoudt hem.]

VADER: Wees maar niet bang, jongen. Hier luister, het verhaal loopt goed af.

[De jongen geeft zijn verzet op, maar ontspant toch niet helemaal. De vader leest verder.]

VADER: De volgende ochtend zadelde Abraham zijn ezel, nam twee knechten en zijn zoon Isaäk met zich mee, en kloofde hout voor het brandoffer. Daarna ging hij op weg naar de plaats die God hem aangewezen had. Op de derde dag zag Abraham in de verte de plaats liggen. Toen zei Abraham tegen zijn knechten: 'Jullie blijven hier bij de ezel; ik ga met de jongen naar daarginds. Nadat wij ons in aanbidding neergebogen hebben, komen wij weer terug.' Daarop liet Abraham zijn zoon Isaäk het hout voor het brandoffer dragen; zelf droeg hij het vuur en het offermes. Zo gingen zij samen op weg. Toen zei Isaäk tegen zijn vader Abraham: 'Vader.' Abraham antwoordde: 'Hier ben ik, mijn zoon.' Isaäk zei: 'Wij hebben wel vuur en hout, maar waar is het offerdier?' Abraham antwoordde: 'God zelf zal wel voor het offerdier zorgen, mijn zoon.' En samen gingen zij verder.

[De jongen beweegt weer onrustig.]

ZOON: Maar Abraham weet toch dat hij Isaäk dood gaat maken? Hij liegt tegen Isaäk.

VADER: *[Begint wat ongeduldig te worden.]* Luister nou maar gewoon even. Ik zou het niet voorlezen als ik niet wist hoe het af zou lopen, toch? Hier, we gaan verder. Toen zij de plaats die God hem had aangewezen bereikten, bouwde Abraham daar een altaar, stapelde er het hout op, bond zijn zoon Isaäk vast en legde hem op het altaar, boven op het hout. Toen Abraham echter zijn hand uitstak naar het mes om daarmee zijn zoon te offeren, riep de engel van de Heer hem vanuit de hemel toe:

'Abraham, Abraham!' En Abraham antwoordde: 'Hier ben ik.' En Hij zei: 'Raak de jongen met geen vinger aan en doe hem niets! Ik weet nu dat u God vreest, want u hebt Mij uw zoon, uw enige, niet willen onthouden.' Abraham keek om zich heen en zag een ram die met zijn hoorns in het struikgewas vastzat. Hij greep de ram en droeg die als brandoffer op, in plaats van zijn zoon.

[De vader kijkt de zoon aan.]

VADER: Zie je nou wel, ik zei je toch dat het goed af zou lopen.

ZOON: Niet voor die ram.

VADER: Nee, maar wel voor Isaäk.

ZOON: Maar zijn vader wilde hem doodmaken, toch?

VADER: Ja, maar... Hij heeft het niet gedaan. Kijk, het gaat verder. Abraham noemde die plaats 'de Heer ziet'; vandaar dat men nu nog zegt: 'Op de berg van de Heer laat Hij zich zien.' Toen riep de engel van de Heer voor de tweede maal uit de hemel tot Abraham en zei: 'Bij Mijzelf heb Ik gezworen – godsspraak van de Heer – omdat u dit gedaan hebt en Mij uw zoon, uw enige, niet hebt onthouden, zal Ik u overvloedig zegenen en uw nakomelingen even talrijk maken als de sterren aan de hemel en de zandkorrels aan het strand van de zee. Uw nakomelingen zullen de poort van hun vijand bezitten. Om uw zaad zullen alle geslachten van de aarde zich gezegend noemen, omdat u naar mijn stem hebt geluisterd.' Daarop keerde Abraham naar zijn knechten terug; samen gingen zij naar Berseba. En Abraham bleef in Berseba wonen.

[De vader slaat de bijbel dicht.]

VADER: Zo zie je maar. Abraham luisterde naar God en deed wat God van hem vroeg. En God beloonde hem voor zijn gehoorzaamheid.

ZOON: Zou jij dat dan ook doen papa?

VADER: Ik probeer altijd te luisteren naar wat God mij te zeggen heeft.

ZOON: En als hij zegt dat jij mij dood moet maken?

VADER: Dat is… Dit is een oud verhaal, het is… Dat zou ik nooit doen natuurlijk.

ZOON: Dus dan luister je niet naar God.

VADER: Luister, dit is een oud verhaal. Vroeger was dat allemaal anders. Het is te ingewikkeld voor jou nu om uit te leggen, maar…

ZOON: Waarom ging Isaäk niet terug met zijn vader? Heeft hij hem toch doodgemaakt?

VADER: Isaäk gaat gewoon terug met zijn vader hoor. Dat staat in het verhaal.

ZOON: Ik heb het niet gehoord.

VADER: Natuurlijk wel. Hier…

[Hij slaat de bijbel opnieuw open bij Genesis. Zijn vinger volgt de tekst naar de laatste regels van het hoofdstuk. Hij leest weer voor.]

VADER: Hier staat het toch. 'Daarop keerde Abraham naar zijn knechten terug; samen gingen zij naar Berseba. En Abraham bleef in Berseba wonen.'

ZOON: Maar Isaäk dan?

[De vader leest de tekst helemaal vanaf het begin, prevelend. Zijn vinger schiet over de tekst. Dan leest hij het nog een keer, duidelijk in verwarring nu.]

VADER: Er staat inderdaad niet dat Isaäk samen met Abraham… Ik denk, eh… Ik denk dat de schrijver dat gewoon eventjes vergeten is op te schrijven. Maar het is al laat jongen, tijd om naar bed te gaan. Kom.

[Hij drukt een kus op de kruin van de jongen, die snel van zijn schoot glijdt en zonder om te kijken wegloopt. De vader leest de tekst opnieuw en zegt dan, in zichzelf fluisterend:]

VADER: Isaäk… Isaäk… Waar ben je gebleven? Wat heeft je vader toch met je gedaan?

'Kennen is een groot woord,' zegt Mauro, 'maar ik wist wie het was. Ik ken het gezin een beetje. De gemeenschap is niet ver hiervandaan, dus ik kom er wat vaker dan in de meer afgelegen dorpen.'

'Ga je er nog heen straks?' vraagt Maarten.

'Ja, dat was ik wel van plan. Ik reken erop dat je meegaat, Martín.'

'Dat spreekt vanzelf, Mauro. En als we terugkomen, dragen we samen een mis op voor de arme ziel.'

Ik overweeg naar de universiteit toe te lopen. Op zich heb ik dat vaker gedaan vanuit Tiahuanaco, het is iets meer dan drie kilometer. In een halfuur of drie kwartier is het te doen, maar nu heb ik een zware tas bij me.

'Kom,' zegt Mauro. 'Laten we naar binnen gaan. Blijf jij ook nog even, jonge vriend? Ik heb net een fles rode wijn geopend. We geven je straks wel een lift.'

Ik besluit in te gaan op Mauro's uitnodiging.

Nadat we Maartens spullen naar de logeerkamer van de parochie hebben gebracht, gaan we naar de sacristie. Op de deur hangt een grote poster met daarop afgebeeld de maagd Maria en de tekst: EN ESTE HOGAR NO ACEPTAMOS PROPAGANDA PROTESTANTE NI DE OTRAS SECTAS. ¡VIVA LA VIRGEN DE GUADALUPE, MADRE DE DIOS! *In dit huis accepteren we geen protestantse propaganda, noch die van andere sektes. Lang leve de Maagd van Guadalupe, de Moeder van God!*

We gaan naar binnen. Op tafel staat de ontkurkte fles rode wijn.

'Ik heb straks nog een korte doopplechtigheid,' zegt Mauro. 'Jullie moeten hier dan maar even wachten. Het duurt nooit erg lang.'

Hij schenkt ons in.

'Salud,' zeggen we terwijl we de glazen klinken.

Ik had verwacht dat we direct zouden komen te spreken over het kind dat vanmorgen is gevonden, maar dat is niet het geval. Misschien omdat we op dit moment niet zoveel informatie hebben, waardoor praten speculeren zou worden.

En dit moet toch helemaal in het straatje van Mauro passen.

Altijd als ik met hem praat, komt hij op zeker moment te spreken over het in zijn ogen 'achterlijke bijgeloof' van de indianen dat hij tot zijn grote frustratie na veertig jaar hier werken niet uit heeft kunnen roeien. In naam zijn de indianen katholiek, maar hun wereld wordt bevolkt door talloze goede en boze geesten die allemaal te vriend gehouden moeten worden, door de *apus*, Andesgoden, en door de schimmen van de voorouders die over hun graf heen nog steeds hun invloed uitoefenen op de levens van hun nabestaanden.

Maarten denkt hier veel milder over en ondanks hun soms heftige discussies is er in de loop van de tijd een hechte vriendschap tussen beide mannen ontstaan.

Maarten vertelt Mauro over de Corpus Christi-optocht van die ochtend in La Paz.

'Don Martín kent mijn standpunt, don Lucas,' zegt Mauro. 'Ik ben blij dat de processie voor Corpus Christi ieder jaar opnieuw zoveel mensen op de been krijgt. Maar haal de alcohol weg en kijk dan eens hoeveel er nog op afkomen... Maar goed, ik ben zelf niet helemaal zonder zonde natuurlijk.' Hij neemt een flinke slok van zijn wijn. 'De eerste priesters die hier kwamen, don Lucas...' gaat hij verder. 'Het was niet bepaald de crème de la crème die Europa naar de koloniën stuurde – om het mild uit te drukken. De écht goede priesters bleven liever in hun kloosters of aan hun universiteiten om te studeren, te onderwijzen, te schrijven. Hier kwamen de mindere broeders naartoe, de avonturiers, vaak zélf halve analfabeten die geen benul hadden van wat er in de Bijbel stond. Ze kwamen af op het avontuur, het goud, de gemakkelijk beschikbare jonge meisjes en vrouwen. Het was een vacuüm waarin ze terechtkwamen, letterlijk omdat er nog geen wetten waren waar ze zich aan moesten houden, maar ook een geestelijk vacuüm. En de eigen minimale theologische opleiding – als ze die al achter de rug hadden – was in combinatie met een gebrekkig geweten niet voldoende om allerlei misstanden te voorkomen. Je had er krankzinnigen tussen, die er behagen in schiepen om op pleinen indianen te martelen of die elke week weer een nieuw indiaans maagdelijk meisje eisten. Priesters nota bene... Maar er zaten ook heiligen tussen, zoals San Cristóbal de las Casas die in Mexico terechtkwam. Mensen als hij kwamen op voor de rechten van de lokale bevolking. Zij pleitten ervoor de indianen ook als mensen te zien, als wezens met een ziel net als wij. Maar de meeste broeders waren niet slecht of goed, maar ergens ertussenin, onderontwikkeld, niet in staat om ook maar de basis van het goede nieuws over te brengen aan de bevolking.'

'Misschien ging het daar al mis?' opper ik voorzichtig. 'Het idee om vanuit Europa een religie op te dringen aan mensen die al een eigen godsdienst hadden?'

Maarten kijkt me glimlachend aan, alsof hij mijn moed bewondert dit te berde te brengen. Maar hij schudt ook nauwelijks zichtbaar het hoofd.

'Ik begrijp waar je heen wilt, mijn jonge vriend,' zegt Mauro. 'Maar ook de mensen hier zijn Gods schepsels die gered moeten worden. Onze lieve Heer Jezus Christus heeft Zijn heilig lichaam en Zijn kostbare bloed ook voor hén gegeven. En aan ons de taak om de boodschap te verspreiden, zo veel mogelijk mensen te redden van een eeuwige straf in de hel.'

Ik besluit er verder niet op in te gaan, omdat ik bang ben in een discussie terecht te komen die toch nergens toe leidt. Opnieuw glimlacht Maarten, die daarmee lijkt aan te geven dat ik daar verstandig aan doe.

'Mijn punt is...' zegt Mauro, voor wie het onderwerp hier toch nog niet mee is afgedaan. 'De basis die mijn allereerste voorgangers hier hebben gelegd is al fout geweest. Als de fundamenten niet goed zijn, kun je een gebouw daarna nog zo hoog de lucht in bouwen en nog zo schitterend versieren, maar uiteindelijk zakt het weg. Door vanaf het begin toe te staan dat de indianen hun eigen gewoonten en gebruiken, hun eigen afgoden en geesten hielden, door toe te staan dat ze hun eigen rituelen en gebeden mochten blíjven gebruiken, is er een duivelse mix ontstaan, een puur heidens christendom. In plaats van feesten rond het mais te verbieden, dachten ze: welke heilige herdenken we vandaag? Is dat Santiago? Is dat San Juan? Is dat Santa Elisabet? Dan is die heilige voortaan de schutspatroon van het mais! Ze lieten de indianen in een processie het beeld van de heilige ronddragen, compleet met maiskolven om de nek. De priesters waren blij, want de indianen liepen massaal mee met de processie ter ere van de heilige, en de indianen waren blij omdat ze zo hun goddeloze maisfeest konden blijven vieren! Daar ging het al mis. Als je toch eens weet hoe vaak ik mensen weg moet jagen uit mijn kerk die hun kippen tegen het beeld van Maria aan komen houden. Ze jatten kaarsen mee, soms brandend en wel, of stelen alleen het vlammetje om daar thuis de open haard mee aan te steken. Ze vullen flessen met wijwater uit het doopvont omdat ze geloven dat hun gewassen daar beter van zullen groeien. En een deel van dat wijwater plengen ze nota bene eerst op de grond bij wijze van offer aan Moeder Aarde. Ik bedoel, hoe verward moet je dan wel niet zijn?'

Dit is Mauro's open zenuw.

Maarten staat op en schenkt nog eens bij. Omdat het nogal grote glazen zijn, is de fles na deze tweede ronde leeg.

'Eigenlijk had ik over anderhalve week moeten komen natuurlijk,' zegt Maarten. 'Voor het feest van Petrus en Paulus.'

Het hoogfeest van Petrus en Paulus op 29 juni is de belangrijkste dag van het jaar voor de San Pedro-parochie van Tiahuanaco, zo legt Maarten me uit. De marteldood van beide apostelen – de eerste gekruisigd, ondersteboven omdat hij het te veel eer vond om op dezelfde wijze te sterven als Jezus, de tweede buiten de muren van Rome onthoofd – wordt herdacht. De bescheiden processie, waarbij de beelden van Petrus en Paulus door de straten van Tiahuanaco worden gedragen, vormt het hoogtepunt.

'En ook op die bijzondere dag kan ik niet voorkomen,' zegt Mauro moedeloos, 'dat moeders hun pasgeboren baby's tegen de beelden aan willen drukken, dat ze met een kussensloop over de voeten van Petrus en Paulus heen wrijven in de hoop dat ze zo iets van de kracht van de heiligen mee naar huis kunnen nemen; dat ze zakjes met bonen en zaaigoed even om de handen van de heiligen hangen zodat die beter zullen groeien zodra ze gezaaid zijn… Het is hopeloos…'

'Nou ja,' zeg ik, 'het is… geloof, toch?'

Maar Mauro lijkt me niet te hebben gehoord. 'Kijk,' zegt hij. 'Het wrange is, zo ervaar ik dat tenminste, dat die nieuwe sektes hier komen en in een rap tempo onze schapen wegroven – zoals die Oscar met zijn evangelische gemeente. Waar wij in vijfhonderd jaar nog niet in geslaagd zijn, slagen zij in korte tijd wel. En dan precies met de boodschap die de katholieke kerk vanaf het begin had moeten brengen: de Vader, de Zoon en de Heilige Geest, daar gaat het om. Daarbuiten is er niets. Zij sluiten tenminste geen compromis met die indianen en hun achterlijke ideeën over Moeder Aarde en berggeesten… met mensen die een kind offeren omdat ze denken Pachamama daarmee gunstig te stemmen.'

Mauro staat op en slaat de rest van zijn wijn in twee slokken achterover. 'Ik heb nu die doopplechtigheid. Gelukkig laten ze nog wel hun kinderen dopen. Ook al komen ze misschien met verkeerde intenties, ik bid dat God uiteindelijk mild zal oordelen. Hij zal de zijnen herkennen.'

'Kun je mij in de tussentijd dan even naar de universiteit brengen?' vraag ik aan Maarten.

Maarten knikt en staat ook op.

Mauro gooit een wit priesterkleed over zich heen waardoor hij aan het zicht is onttrokken. Hij worstelt om de opening voor zijn hoofd te vinden.

Maarten helpt hem even bij het omdoen van de amict, de rechthoekige linnen doek met twee lange dunne linten eraan, de stola en de cingel, het witte koord om zijn middel om de boel goed bij elkaar te houden.

Met enige verwondering sla ik het tafereel gade. De oude man van zoeven die er zo kwetsbaar uitzag, met zijn glas wijn in de hand, in een melancholisch gepeins verzonken, is getransformeerd in een zelfverzekerde man Gods – zoals Clark Kent in Superman verandert alleen maar door zich te verkleden en zijn bril af te doen. Hij straalt van het ene op het andere moment autoriteit uit, maar ook een vriendelijke vaderlijkheid – als dat laatste al een woord is.

'Kijk, mijn beste Lucas, als je hier langer zou blijven...' zegt Mauro. 'Misschien heb je het nú al eens ervaren. Zó gek is het natuurlijk niet dat de mensen hier ontzag voelen voor de natuur. Als jouw leven direct afhangt van wat de grond voortbrengt, dan ben je waarschijnlijk vanzelf geneigd om te gaan onderhandelen met die grond, met de elementen... Ik geef jou iets, wil je mij dan dat geven? Dat is zo oud als de mensheid.' Mauro maakt het koord om zijn middel los en knoopt het opnieuw vast. 'Maar het ontzag voor de natuur...' vervolgt hij zijn eerdere gedachtegang. 'Het hele idee, dat hier zo sterk leeft bij de mensen, dat er iets bijzonders aan bergen is bijvoorbeeld, is ook niet vreemd. Zelf kom ik uit Assisi, een schitterende omgeving. Elke zomer en winter trokken we er met het gezin op uit, we wandelden in de Monti Sibillini, skieden, zwommen in de meren. Van het Lago Trasimeno heb je misschien wel eens gehoord... We genoten echt van Gods schepping. Vaak voelde ik Gods aanwezigheid ook, met name als ik alleen was, zwemmend in het water, rustend op een rots tijdens een wandeling. Nu heb je dat natuurlijk vaker in de natuur, zeker in de bergen. In alle godsdiensten, mythen, oude verhalen en sprookjes hebben bergen iets magisch. De goden wonen er, op de Olympos. De tempels en heiligdommen, de kloosters werden om die reden ook op grote hoogtes gebouwd, verder weg van het aardse rumoer en dichter bij de hemel, dichter bij God. De piramides in Egypte, de tempels van de Maya's, de tempels van Angkor Wat in Cambodja, allemaal hebben ze de vorm van een berg...'

'De toren van Babel,' doe ik een duit in het zakje.

'Precies,' zegt Mauro, lachend nu. 'Ook in het Oude Testament verschijnt God op de berg Horeb aan Mozes in de Sinaï om hem de Tien Geboden te geven. En ook Jezus trok zich bij voorkeur terug op een berg om te bidden. Hij houdt de Bergrede, de belangrijkste rede die ooit op aarde door iemand is uitgesproken, een eeuwige, ethische blauwdruk voor onze beschaving. Onze Heer staat doodsangsten uit op de Olijfberg, wordt gekruisigd op de berg Golgotha. Aan het kruis zweeft hij letterlijk tussen hemel en aarde. Dus ik begrijp wel...'

Nu ik ben opgestaan, voel ik me licht duizelig. Ik ben niet gewend om veel te drinken – hier al helemaal niet, omdat de grote hoogte het effect van de alcohol alleen maar versterkt.

'Ik begrijp het ontzag van de mensen hier dus wel,' zegt Mauro. 'Een berg staat ook voor onverzettelijkheid en eeuwigheid. Tijdens je leven zie je een berg niet van vorm veranderen. Een berg is een bron van leven, van zijn hellingen dalen de beekjes en waterstroompjes af naar het dal beneden waar ze de akkers vruchtbaar maken, leven brengen. Een berg dwingt je omhoog te gaan, niet alleen fysiek, maar ook innerlijk, don Lucas. We maken onszelf los van al die zaken die op ons drukken daarbeneden, we ademen zuivere lucht in, we verheffen ons boven de wereld van alledag. Je zult dat hier vast wel eens ervaren hebben. Eenmaal boven zien we de hele schepping onder ons, aan onze voeten... Hierdoor ontstaat er bij ons een innerlijke stilte zodat we Gods stem kunnen horen.'

Het is alsof ik naar een preek luister, die Mauro misschien ooit wel eens heeft gehouden – of had willen houden. Het zijn zulke schitterende volzinnen dat ik me niet kan voorstellen dat hij die ter plekke verzint. Hij straalt een mildheid uit, die een sterk contrast vormt met de bozige strengheid waarmee hij net nog sprak over de 'achterlijkheid' en de 'heidense praktijken' van de indianen.

'Dat is mooi gezegd, mi amigo,' zegt Maarten.

'Dank je,' zegt Mauro. 'Maar wat ik zeggen wil, Lucas, en ook Martín natuurlijk, is dat je God in de natuur goed vereren kunt. Je kunt ontzag hebben voor Zijn schepping. Elke dag opnieuw kun je zien hoe mooi Hij alles gemaakt heeft voor ons, elke dag opnieuw kun je ervan genieten. In die natuur kun je God ontmoeten, maar je hoeft van die natuur geen God te maken, zoals die indianen gedaan hebben en nog steeds doen. Dat leidt af van de werkelijke kern en voert de mensen uiteindelijk naar de ondergang.'

Het valt me op dat Maarten zich gedurende het hele gesprek op de vlakte heeft gehouden. Waarschijnlijk hebben zij in al die jaren dat ze elkaar kennen hier al vaak genoeg over gesproken en kennen ze elkaars standpunten door en door.

We nemen afscheid van elkaar. Mauro loopt naar de kerk, Maarten gaat zijn autosleutels halen en ik blijf in de sacristie achter.

Omdat het lang duurt voordat Maarten weer terugkomt, besluit ik even om het hoekje te kijken bij de doopplechtigheid.

Schuin achter het priesterkoor vind ik een plek waar ik me kan verschuilen achter een enorm bloemstuk en een groot beeld van Sint Petrus.

De stem van Mauro galmt door de ruimte. 'Vind je het gek dat Onze-Lieve-Heer jullie oogst jaar in jaar uit laat mislukken, als jullie maar doorgaan met het aanbidden van de duivel!'

9

‘Ga je ook mee, Aruni?’ vraagt Nayra aan haar broertje, enigszins tot mijn spijt. Ik had gehoopt wat tijd alleen met Nayra door te kunnen brengen, maar helaas gaat Aruni enthousiast op haar uitnodiging in.

Hij rent naar binnen en komt terug met een voetbal die hij een harde trap geeft in de richting van waar we heen moeten.

We lopen over een pad dat langs de berghelling loopt op weg naar een van de vele akkers die de familie rijk is. De streek is berucht om haar korte en zeer felle hagel- en regenbuien die een oogst binnen enkele minuten kunnen vernietigen, maar omdat zo’n bui vaak extreem lokaal is, verspreidt men het risico door heel veel kleine veldjes te onderhouden, soms wel vijftig of meer.

Ik was er een keer bij toen de gemeenschap zich had verzameld om collectief te schreeuwen naar een indrukwekkende wolkenpartij die er vanuit de verte dreigend aan kwam. Onder leiding van de dorpsraad werden vuurpijlen de lucht in geschoten die met een enorme knal ontploften. Als het gedonder van onweer rolde het geluid over de bergen weg. De mensen smeekten de regen-, wind- en hagelgeesten om de hagel verderop te laten vallen, boven het Titicacameer. Veel dorpelingen riepen: ‘Ga naar Peru!’

Veel mensen hebben om de een of andere reden een hekel aan Peru en Peruanen.

Aruni loopt een flink stuk voor ons uit, omdat hij de bal telkens een ongerichte trap geeft. Soms komt hij onze kant op gedribbeld, terwijl hij zichzelf van commentaar voorziet. Dan omspeelt hij ons, scoort hij in een alleen voor hem zichtbaar doel en viert hij zijn doelpunt door omstandig op de naam op zijn shirt te wijzen.

‘Oscar lijkt er echt altijd te zijn als ik er ben,’ zeg ik.

Nayra lacht en kijkt me aan. ‘Het huis van mijn ouders is wel zijn favoriete plek, ja,’ zegt ze. Dan klinkt er toch iets van ergernis door in haar stem. 'Officieel woont hij in Guaquí, maar daar is hij zelden of nooit. Eigenlijk is hij altijd onderweg. Hij heeft in alle gemeenschappen hier wel volgelingen dus er is altijd een bed waar hij kan slapen of een tafel waar hij aan kan schuiven.'

'De vossen hebben een hol...'

'En de vogels van de hemel een nest, maar de Mensenzoon kan nergens het hoofd neerleggen... Ja, dat is zo'n uitspraak van Jezus die hij graag gebruikt. Soms denk ik echt dat de man een Messiascomplex heeft. Net ook toch?' Ze imiteert Oscars stem en zijn gedragen manier van spreken: 'Ik heb nog andere schapen dan die uit deze hof.'

Nu moet ík lachen.

'Als je erop gaat letten,' zegt ze, 'citeert hij Jezus heel vaak, zonder erbij te zeggen dat het een uitspraak uit het evangelie is. Hij betrekt dat dan op zichzelf. Op veel mensen hier, die weinig opleiding hebben gehad, maakt dat een enorme indruk. Ze denken dat hij een soort van heilige is, die in direct contact staat met God. Alsof die hem zulke teksten op dat moment in de mond legt.'

'Je moeder is nogal weg van hem.'

'Ja, zoals zoveel vrouwen. Daar begint het vaak mee en dat is ook wel logisch. Vanwege het verbod op het drinken van alcohol in zijn gemeente.'

Al vrij snel na mijn komst werd me duidelijk dat het alcoholmisbruik een enorm probleem is in de comunidades. De katholieke kerk heeft daar altijd weinig krachtig tegen opgetreden. Die nieuwe kerken daarentegen, zoals die van don Oscar, hebben van geheelonthouding juist een van hun speerpunten gemaakt. Eerst komen de vrouwen erop af die het meest lijden onder het alcoholmisbruik van hun mannen. Zij nemen hun dochters mee en op een gegeven moment volgen dan de zoons. Als uiteindelijk ook de man overstag gaat en ten overstaan van de gemeente de alcohol afzweert en zijn leven aan Jezus geeft, zie je dat het onmiddellijk beter gaat met het gezin. Het huiselijk geweld verdwijnt, ze kunnen beter rondkomen en er komt rust. Andere vrouwen zien de vooruitgang en komen ook naar de bijeenkomsten. Iedereen ziet het direct als een wonder van God, maar het laten staan van alcohol speelt de grootste rol.

'Dat is dan toch iets positiefs zou je denken?' zeg ik. 'Dat mensen niet meer drinken?'

'Ja, op zich wel,' zegt Nayra. 'Maar er gaat ook iets verloren. Niet met dat drinken hoor. Dat maakt hele families en gemeenschappen kapot.'

Ik moet denken aan de veroveringstactieken van de Spaanse conquistadores die er soms voor kozen om niet te vechten met een indiaanse bevolking, maar te zorgen voor een eindeloze toevoer van alcohol waardoor de gemeenschap zichzelf van binnenuit kapotmaakte.

Of ze deelden dekens uit die met pokken waren besmet.

'De invloed van die nieuwe kerken heeft onmiskenbaar positieve kanten,' gaat Nayra verder. 'Maar ze vernietigen tegelijkertijd onze indiaanse cultuur. Het zijn fundamentalisten. Ze wijzen alles af wat ons dierbaar is, onze feesten, onze dansen, onze gewoonten, Moeder Aarde… Je zult het van de week zien bij het zonnefeest. Net als de vorige jaren zal de groep van Oscar tegelijkertijd met ons feest op de rand van het terrein een gebedsbijeenkomst houden. Leden van zijn gemeente voelen zich min of meer gedwongen daar aanwezig te zijn, want meedoen aan het in Oscars ogen heidense ritueel van de zon begroeten is een keuze tegen Jezus en tegen het nieuwe leven. Bij grote indiaanse feesten organiseert hij altijd een voetbaltoernooi, een schoonmaakactie van de kerk, een gebedsbijeenkomst, wat dan ook… Om zo de mensen weg te houden van hun tradities, ze ervan te vervreemden.'

'Dat is wel triest, ja.' Ik moet haar gelijk geven.

Maar zo gaat het toch altijd? Bij ons thuis in Elst bouwden de Romeinen een tempel op de heilige plek van de Bataven. De katholieke kerk stichtte een kerk op de ruïnes van die Romeinse tempel en na de Reformatie werd die kerk een protestants bolwerk.

Ik zie dat Aruni al is aangekomen op de plek waar de herdersjongen met de schaapskudde is. Ze hebben met twee stenen een doel gemaakt. Om beurten zijn ze keeper en penaltynemer en na ieder doelpunt weerkaatsen hun juichkreten tegen de flanken van de bergen. De schapen grazen onverstoorbaar verder.

Als ook wij zijn aangekomen, schopt Aruni de bal in mijn richting. Op een licht drafje ren ik eropaf, maar die inspanning moet ik al snel bekopen met een hevig ademtekort. Krachteloos schiet ik de bal, maar die komt al tot stilstand nog voor hij bij het doel is.

Nayra roept iets in het Aymara naar Qala, die vervolgens een schoudertas van de grond pakt. Samen met Aruni drijft hij de schapen bijeen met klikklakgeluidjes en aansporingen die nu eens liefdevol en dan weer streng klinken.

Ik loop naar de bal en neem hem onder mijn arm mee als we de jongens volgen, die over de akkers de schapen voor zich uit drijven.

Nayra's vader, Santiago, vertelde me eens dat hij zijn schapen nooit telt als hij aan het eind van de dag bij de kooi staat waar ze voor de nacht verblijven. Hij kijkt gewoon of ze er allemaal zijn, zoals een leraar in zijn klas onmiddellijk ziet welke leerling er ontbreekt.

Hij kent zijn schapen, denk ik, terwijl ik me afvraag of dit een citaat van Jezus zou kunnen zijn.

De bal gooi ik naar Nayra, die hem terug probeert te koppen, maar daar faalt ze jammerlijk in, want de bal belandt recht op haar neus. Geschrokken ren ik naar haar toe als ze vooroverbuigt, van pijn zo lijkt het, maar als ik bij haar ben richt ze zich lachend op.

De neiging haar te omhelzen is bijna te sterk, maar ik weet me te beheersen.

Bij wijze van knipoog knijpt ze haar beide ogen kort dicht. 'Kom, *mi amor*,' zegt ze dan. 'Laten we gaan.'

Ze noemt mij – en andere mensen – wel vaker 'mi amor' maar deze keer hebben haar woorden een andere lading.

Hoop ik.

10

Eerder die dag

Op slechts enkele meters van me vandaan staat Mauro, met de rug naar me toe gekeerd, en voor hem twee indiaanse stellen, de twee mannen naast elkaar en de twee vrouwen naast elkaar. Terwijl de mannen hun baseballpetjes hebben afgenomen en in hun hand houden, hebben de vrouwen hun bolhoedjes opgehouden. Eén vrouw houdt een baby in haar armen, stevig ingebakerd waardoor het lijkt alsof ze een gigantische cocon van een rups bij zich draagt. Ze staan met het hoofd gebogen, als ongehoorzame kinderen die een donderpreek van een onderwijzer ondergaan.

'Vind je het gek dat jullie in armoede leven en dat jullie kinderen sterven?' buldert hij. 'Waar staat het in de Heilige Schrift, het woord van God, dat je offers mag brengen aan de aarde? Denk je nou echt dat de aarde van alcohol houdt? Waar staat het geschreven dat je duivels en demonen en geesten mag aanbidden? Weet je niet wat een verdriet onze Heer, onze Vader, heeft van dergelijke praktijken? Zeg het maar: jullie geven drank en sigaretten aan jullie Pachamama, of niet?'

'Nee, vader,' stamelen ze.

'We vertrouwen alleen op de Heer, vader,' zegt de man links dan, duidelijk verstaanbaar. Hij waagt het niet Mauro aan te kijken.

'Lieg niet tegen me! Ik ken jullie, ik ken jullie soort. Nu kom je hier met je kind, nu kom je vragen of ik het wil dopen – en ik zal het doen, want ik hoop en bid dat dit kind wel gered zal worden – en nu zeg je wat ik wil horen, maar zodra je thuis bent, gaan jullie door met het aanbidden van de duivel. Denk je dat onze Vader in de hemel dit niet ziet? Denk je dat je Hem, onze Heer en Heiland, voor de gek kunt houden?'

'Nee, vader. Wij beloven het. Alleen Jezus is onze Heer,' zegt dezelfde man, van wie ik vermoed dat hij de vader is van de dopeling.

'Beloven jullie het me?'

'Ja, vader,' zeggen ze in koor. De stem van de vrouw aan de rechterkant klinkt het duidelijkst boven die van de anderen uit. Ze kijkt kort op, maar slaat onmiddellijk de blik neer.

'Leugenaars...'

Gezellige doopplechtigheid. En echt een manier om de *hearts and minds* van de indianen te winnen... Gelukkig begint hij niet over het kind dat vanmorgen is gevonden. Misschien dat hij daarom extra geagiteerd is.

Mauro laat een stilte vallen om op adem te komen.

'Goed,' zegt hij. 'We gaan het kind dopen. Maar weet dat Jezus alles ziet. Wees niet verrast als je straks de toegang tot de hemel wordt ontzegd en als je naar een plek gaat waar je ziel voor eeuwig zal branden.'

Mauro spreekt zo luid dat het bijna lijkt alsof hij mijn aanwezigheid vermoedt en wil dat ik geen woord mis van wat hij zegt.

'Moge zijn naam geschreven staan,' zegt Mauro dan – zijn stem galmt door de kerk – 'in het boek des levens en gegrift in de palm van Gods hand.'

De ouders en de peetouders lijken hun adem in te houden, bang als ze misschien zijn dat een verkeerd woord van hun kant het einde van de doop betekent.

'Ouders,' zegt hij, veel zachter nu. 'U vraagt het doopsel voor uw kind. Van u wordt verwacht, dat u uw kind opvoedt in het geloof en het leert leven naar Gods geboden volgens de woorden van Christus: bemint God en de naasten. Bent u zich bewust van de taak, die u hiermee op zich neemt?'

'Ja, vader,' antwoorden de ouders.

'Peter en meter, bent u bereid de ouders in hun taak bij te staan?'

'Dat beloven we, vader.'

'De gemeenschap van Jezus Christus neemt jou, Juan Antonio Maria Mamani, met vreugde in haar midden op. Daarom geef ik je in naam van de Kerk het kruisteken, het teken van onze Verlosser.'

Mauro geeft in stilte het kind het kruisteken op het voorhoofd. Dit doet hij vervolgens ook bij de ouders en de peetouders.

Zonder verder nog iets te zeggen, loopt hij naar het doopvont.

De vier volgen hem, de vrouw met de baby in de armen voorop – de meter zo neem ik aan. Ze maakt de windselen wat los waardoor het hoofdje van het kind vrijkomt.

'De almachtige God...' zegt Mauro met gedragen stem. 'De Vader van onze Heer Jezus Christus, die jou heeft bevrijd uit de zonde en het nieuwe leven heeft gegeven uit het water en de heilige Geest, heeft jou opgenomen in zijn volk. Hij zalft je nu met het heilzame chrisma. Zoals Christus is gezalfd tot priester, koning en profeet, zo moge jij als lidmaat van zijn Lichaam voor altijd delen in het eeuwig leven.'

Hij zalft de baby op de kruin met chrisma, een mengsel van olijfolie en balsem zo weet ik, waarna hij met zijn duim de oren en de mond van het kindje aanraakt.

'Onze Heer Jezus gaf aan doven het gehoor terug,' vervolgt hij, 'en stommen liet Hij spreken; moge Hij jou geven, dat je spoedig zijn woord kunt verstaan en je geloof kunt belijden tot eer van God onze Vader.'

Hoeveel zullen deze mensen van zijn woorden begrepen hebben? Laat staan van de rituelen die hij heeft uitgevoerd?

Mauro neemt een klein zilveren schaaltje dat met een lange ketting aan het doopvont is bevestigd. Hij schept er een aantal keer water uit dat hij zonder veel plichtplegingen over het hoofd van de baby giet, die hartverscheurend begint te huilen.

Ik kan de zijkant van Mauro's gezicht zien en besef plots hoe oud hij is.

Kom naar mij, jullie die vermoeid zijn en onder lasten gebukt gaan, dan zal ik jullie rust geven.

Mauro overhandigt een witte doek waarmee de meter het hoofdje van de baby zachtjes droogwrijft. Het kindje kalmeert iets.

'Zegene u de almachtige God, Vader, Zoon en Heilige Geest,' sluit Mauro de plechtigheid af.

'Amen,' zeggen de vier.

'Gaat nu allen heen in vrede.'

'Dank aan God.'

Ze komen in mijn richting gelopen. Omdat ik geen kant op kan, besluit ik maar naar voren te treden, alsof ik nu pas uit de sacristie kom.

Toch nog verrast kijkt Mauro me aan, maar ik meen ook iets van schaamte in zijn ogen te zien – alsof ik getuige ben geweest van iets wat niet voor mijn ogen en oren was bedoeld. Maar ik kan het me ook verbeelden en mijn eigen gevoelens op Mauro projecteren.

'We gaan het kind in het register inschrijven,' zegt Mauro in het voorbijgaan. 'Zeg Maarten dat ik er direct aan kom.'

Zonder te groeten lopen de indiaanse stellen voorbij, geuren van aarde en rokerig haardvuur met zich meevoerend.

Door het gangpad in het midden ga ik naar buiten toe waar Maarten op me staat te wachten, leunend op de motorkap, niet in het minst geïrriteerd omdat ik nog zo lang binnen ben gebleven.

'Toch even naar de doop gekeken?' vraagt hij.

Ik knik. 'Hij komt er direct aan, zei hij.'

'Voor Mauro is het hier niet helemaal geworden wat hij zich er van tevoren bij had voorgesteld, ben ik bang,' zegt Maarten. 'Het is echt een goede man, hij heeft een goed hart, maar na al die jaren... Voor mij is het wat dat betreft toch eenvoudiger geweest denk ik, in de grote stad, met alle gemakken van dien.'

Net als we de auto in willen stappen, komen de twee indiaanse stellen naar buiten. De baby zit in een draagdoek op de rug van de moeder. Ze lopen naar een kraampje aan de zijkant van het plein waar iemand maiskolven roostert boven een barbecue. De verkoper overhandigt vier grote flessen bier aan de vader, die er drie aan zijn voeten zet. Hij schenkt vier bekertjes vol en deelt ze uit. Ze gieten allemaal eerst wat van de inhoud op de grond, een offer aan Moeder Aarde, voordat ze een slok nemen.

Maarten slaat het tafereel glimlachend gade.

'Dat krijg je er niet meer uit,' zegt hij en we gaan in de auto zitten. 'Ga anders met ons mee.'

Ik twijfel. 'Waarom zou ik meegaan?'

Maarten zucht. 'Ik weet het niet goed... Meer een gevoel... Dit hoort er ook bij hier... Vlak voor je aankwam, is er een kind gevonden. En nu je weggaat opnieuw...'

In de achteruitkijkspiegel zie ik dat Mauro ook naar buiten komt.

Intuïtief begrijp ik wel waar Maarten heen wil, al kan ik zijn gedachtegang niet helemaal volgen. Het is alsof de cirkel echt rond is als ik meega.

'Goed,' zeg ik. 'Ik ga mee.'

11

Ik zie dat Aruni en Qala, de herdersjongen, in de richting van Nayra en mij komen gelopen, met voor hen de dravende schapen.

Een paar weken geleden liepen we over ditzelfde pad, Nayra, haar moeder Josefina, Aruni en ik – in omgekeerde richting. Om haar moeder een plezier te doen, had ze toegezegd weer eens mee te gaan naar een dienst van Oscar. En ik had haar weer beloofd hen te vergezellen.

Het was een wandeling van bijna drie uur heen en drie uur terug. Haar moeder had pertinent geweigerd met de auto te gaan. Voor haar maakte het lange lopen deel uit van haar zondagse routine, als ware het een pelgrimstocht.

We waren al vroeg op weg gegaan, het was nog geen acht uur. Het was koud en zelfs mijn zware bergschoenen en dikke sokken konden niet voorkomen dat mijn tenen als ijsklompjes aanvoelden. De capuchon van mijn dikke winterjas had ik goed over mijn hoofd gedaan, de touwtjes ervan stevig aangetrokken, zodat ik wel iets weg had van een lid van een poolexpeditie. Met verbazing keek ik naar Aruni die vrolijk voorthuppelde, zijn blote voeten in sandalen en zijn jas, met daaronder een net overhemd, open. Josefina zag er op haar mooist uit in haar *pollera*, de wijde rok, een mooie blouse met fijn geborduurde bloemmotieven, een wollen jas met op de achterkant een gestileerde afbeelding van een lama, het bolhoedje, en op haar rug een felgekleurde doek met daarin de lunch. Het was een flinke bult die ze meedroeg, maar die leek haar geenszins te hinderen. Mijn herhaaldelijke aanbod om die voor haar te dragen, wees ze even vriendelijk als beslist af.

Het was een schitterende tocht. Al wandelend begreep ik wel waarom Nayra's moeder per se had willen lopen. Inmiddels was de nevel boven het Titicacameer opgetrokken door de zon die langzaam maar zeker aan kracht won. In de verte werden de majestueuze bergketens van de Andes steeds beter zichtbaar. Pluimpjes rook verlieten in een rechte lijn de schoorstenen van de huizen die verspreid over het landschap lagen. Af en toe vloog een kwetterend vogeltje voorbij en ik voelde me intens gelukkig.

We spraken niet veel. Meer dan 'Het wordt al wat warmer' of 'Zie je die vogel daar' zeiden we niet. We stapten stevig door, waarbij Nayra soms kort mijn hand pakte om er bemoedigend in te knijpen.

We waren aan het einde van het pad gekomen dat langzaam maar zeker gedaald was, de hoogtelijn van de bergflank volgend. Op het laagste punt aangekomen, staken we een weg over, een zijweg van de Ruta Nacional, die naar het oneindige achterland liep.

We klommen weer omhoog en op het eerste vlakke stuk stond het doel van onze tocht. Het eenvoudige kerkje was opgetrokken uit adobe, de zelfgebakken stenen van leem. Nayra had me verteld dat Oscar zelf graag de link legde met de stenen die het volk Israël in Egypte gedwongen was te bakken voor de bouwwerken van de farao. Meer dan eens vergeleek Oscar zichzelf met Mozes, omdat hij voor zijn gevoel ook 'zijn' volk wegleidde uit de slavernij naar het Beloofde Land. Welke slavernij Oscar dan precies bedoelde – die van de katholieke kerk, van de drank, van de indiaanse goden – maakte hij nooit goed duidelijk. Maar de beeldspraak was krachtig genoeg om ingang te doen vinden bij zijn gemeenteleden.

De kerk was schitterend van eenvoud, ik kon niet anders zeggen. Het was eigenlijk niet meer dan een langgerekt gebouw met aan de voorkant een zeer bescheiden torentje. Het maagdelijke wit van de gepleisterde muren vormde een scherp contrast met de omgeving waarin bruin en groen domineerden.

Ik was overweldigd door het uitzicht en kon me op de wereld geen mooiere plek voor een kerk voorstellen. Achter de kerk rees een berghelling op, als een beschermende muur. Voor de ingang van de kerk was een groot grasveld, geëgaliseerd zo leek het en vrijgemaakt van stenen en struikjes. Vanaf daar had je een vrij zicht over het meer en de bergen van Peru daarachter. De auto's en vrachtwagens op de RN1 beneden leken als speelgoedautootjes zo klein, alsof je uit een vliegtuigraam omlaagkeek.

'Een beetje alsof je vanaf de hemel op de aarde neerschouwt, niet?' hoorde ik Oscar zeggen die me van achteren genaderd was.

Verheugd schudde hij mijn hand en daarna die van Nayra.

'Heb je je bal niet meegenomen?' vroeg hij aan Aruni, terwijl hij hem over zijn bol aaide.

Spijtig schudde Aruni zijn hoofd.

Ik keek om me heen en schatte in de gauwigheid dat er zo'n tachtig tot honderd mensen aanwezig waren, zonder uitzondering allemaal indiaans.

'Kom, mensen,' zei hij, zijn stem verheffend. 'Laten we naar binnen gaan.'

Binnen stonden in twee rijen eenvoudige houten banken met rugleuningen opgesteld. In de beide lange muren waren vier grote kerkramen ingebouwd, maar het licht dat naar binnen scheen was niet voldoende om de duisternis in zijn geheel te verdrijven. Ook de grote kaarsen in de kandelaar voor in de kerk en de twee rijen van vier grote olielampen die aan het plafond hingen, konden dat niet. De vloer bestond uit kleine terracotta tegels, bijna in dezelfde kleur als de onbewerkte muren waar het stro in de stenen nog duidelijk zichtbaar was.

Voor in de kerk deed een ruwhouten tafel dienst als altaar. Er stond een grote aardewerken schaal – met de hosties zo vermoedde ik – die afgedekt was met een veelkleurige doek en een grote kruik met een stapeltje plastic bekers ernaast.

Het kruis, dat feitelijk de enige versiering was, bestond uit kunstig gevlochten tarwehalmen en *totora*, het riet dat zo uitbundig aan de oevers van het meer groeide. De legendarische boten van het Titicacameer werden van datzelfde riet gemaakt.

De dienst leek eindeloos te duren, vooral omdat er alleen maar Aymara werd gesproken. De preek, waarbij Oscar door het middenpad langzaam heen en weer liep als een schoolmeester door zijn klas, nam minstens een uur in beslag. Regelmatig sloeg hij de Bijbel open om zijn betoog te ondersteunen met een citaat. De liederen die werden gezongen waren dan wel weer in het Spaans, veel psalmen, maar ook wat wij 'opwekkingsliederen' zouden noemen: energieke, evangelische liederen die God en Jezus prijzen.

'*Cuando la semilla cae en buena tierra*,' zong de voltallige gemeente toen Oscar dan eindelijk zijn preek beëindigd had. *Als het zaad in goede aarde valt...*

Fluisterend vertelde Nayra me dat de hele preek in feite over de parabel van de zaaier ging. Ze had me de Spaanstalige bijbel aangereikt die haar moeder van thuis had meegenomen en die geopend bij het dertiende hoofdstuk van het Evangelie volgens Mattheüs.

Voor een prediker in een rurale omgeving waar mensen het land bewerkten en op het meer visten, was het Nieuwe Testament een ideaal boek, Jezus predikte immers in een vergelijkbare omgeving.

Ik zat te lezen, terwijl ik de eucharistie aan me voorbij liet gaan. Per bank gingen de mensen naar voren waar ze knielden en van Oscar een hostie op hun uitgestoken tong ontvingen. Een hulpje stond aan de zijkant en schonk regelmatig de plastic bekertjes bij – druivensap zo verzekerde Josefina mij – waar iedereen om beurten uit dronk.

Plots hoorde ik mijn naam en alle hoofden draaiden zich mijn kant op. Oscar nodigde me uit naar voren te komen om iets over mezelf te vertellen. Met enige aarzeling liep ik naar hem toe – weigeren zou onaardig geweest zijn. Maar ik had al snel spijt, want nadat ik mezelf in een paar zinnetjes had voorgesteld, vroeg hij me een lied in het Nederlands te zingen.

Nayra knikte me bemoedigend toe, niet geheel zonder leedvermaak, leek het.

Ik had een gloedvolle vertolking van 'Altijd is Kortjakje ziek' kunnen geven – daar was ik wel vaker mee weggekomen – maar dat vond ik flauw in de gegeven omstandigheden. Daarom kondigde ik aan Psalm 23 te zingen, de enige psalm die ik uit het hoofd kende. Aan het daverende applaus te horen, dat al klonk nog voordat ik ook maar één noot had gezongen, kon dit lied de goedkeuring van de gemeente wegdragen.

'De Heer is mijn herder,' zong ik, aanvankelijk wat aarzelend maar met steeds meer overtuiging. 'Het ontbreekt mij aan niets. Hij laat mij in grazige weiden rusten, Hij voert mij naar vredig water...'

Ik keek in het rond, het was een magisch moment. Al die indiaanse gezichten die me aanstaarden, het besef in een klein kerkje te staan zingen ergens op de Boliviaanse hoogvlakte... De brede lichtbanen die schuin door de ramen naar binnen vielen en waarin het stof zweefde als sterrenstof, de halo's van licht die zich rond de olielampen gevormd hadden, de liefdevolle blik waarmee Nayra naar me keek... Ik moest even slikken om mijn ontroering de baas te kunnen en verder te kunnen zingen. ‘Daar geeft Hij mij nieuwe kracht. Hij leidt mij op het rechte spoor, omwille van zijn naam.’

Het was alsof de volle betekenis van de tekst voor het eerst tot me doordrong. Ik zong door en het leek net of de eeuwenoude woorden vanzelf uit mijn mond vloeiden, alsof ik het niet langer zelf was die zong, maar alsof het lied door mij heen werd gezongen. ‘Ja, uw goedheid en liefde blijven mij volgen, alle dagen van mijn leven. Zo mag ik telkens weer wonen in het huis van de Heer tot in lengte van dagen,’ eindigde ik.

Na mijn laatste woorden was het een ondeelbaar moment stil, als na een concert in een schouwburg, maar toen barstte een – ik zou bijna zeggen hels – kabaal los. Oscar kwam breed glimlachend op me af. Even was ik bang dat hij me ging vragen of ook ik mijn leven aan Jezus wilde geven – op dat moment was ik ertoe in staat geweest – maar gelukkig bedankte hij me alleen, waarna hij iedereen uitnodigde om naar buiten te gaan voor de maaltijd.

Op het grasveld voor de kerk lagen dunne doeken uitgespreid, deels overlappend zodat er geen grond of gras tussendoor te zien was. Zo waren er drie lange picknickkleden van wel twintig meter ontstaan.

Veel vrouwen haalden, net als Josefina, het eten tevoorschijn dat in de doeken was gewikkeld die ze tijdens de dienst onder de banken hadden gelegd. De gekookte aardappels, stukken maiskolf, grote tuinbonen en wortelen werden verspreid over de doeken; er werd niet aan borden of bestek gedaan. Iedereen ging op de grond zitten. Een stilte daalde neer over de groep.

Ik sloot mijn ogen en voelde hoe een zacht briesje door mijn haren waaide en hoe de zon mijn huid verwarmde, alsof ik gestreeld werd.

De gelovigen sloten de ogen toen Oscar, die als enige was blijven staan, het woord nam. In een gebed verhaalde hij van het volk Israël dat aan de farao ontkomen was en in de barre woestijn wist te overleven doordat God dagelijks manna uit de hemel liet neerdalen, waarvan ze koeken konden bakken.

Nadat hij zijn korte gebed had afgerond, openden de mensen hun ogen en gaven ze iedereen om zich heen een hand.

Terwijl we begonnen te eten, kwamen enkele vrouwen langs die stukken van een groot brood afscheurden om uit te delen; grof, stevig brood, duidelijk zelfgebakken. Anderen deelden bekertjes water uit.

Oscar liep langs en stopte hier en daar voor een praatje, als een generaal die zijn troepen inspecteert. Hij legde veelvuldig een hand op de schouder van degene met wie hij sprak, soms ging hij even op de hurken zitten, of accepteerde hij een aangeboden aardappel die hij met twee, drie happen opat.

'Je hebt mooi gezongen,' zei Nayra tegen mij en ik glimlachte dankbaar. 'Ik geloof niet dat ik ooit iemand een psalm met zoveel bezieling heb horen zingen.'

'Ik was zelf ook verrast,' zei ik in alle eerlijkheid.

Meer dan eens heb ik teruggedacht aan dat moment waarop ik die psalm zong in dat kerkje. Ik heb zo het idee dat die gebeurtenis steeds magischer zal worden naarmate de tijd verstrijkt. Was het echt een mystieke ervaring? Of kwam het doordat ik gewoon helemaal ín het moment zat? Maar dat is wat mystiek uiteindelijk is: je gevoel voor tijd en plaats vallen weg.

Op de weg terug naar huis spraken we weinig met elkaar. Tegen het vallen van de avond waren we weer in het dorp en sprak Josefina de hoop uit dat Nayra en ik vaker mee zouden gaan, en ik beloofde het haar.

Maar het is er niet meer van gekomen.

Nu wandelen Nayra en ik dus weer op datzelfde pad. Voor ons drijven Qala en Aruni, de bal onder de arm deze keer, de schapen voor zich uit.

Als we bij het huis van Nayra's ouders aankomen, zie ik dat dominee Oscar inderdaad is vertrokken – precies zoals Nayra hem had 'gevraagd'.

Terwijl de twee jongens de schapen naar de kooi brengen, lopen wij het binnenplaatsje op. Op dat moment staan we stil. De deurposten en de bovenbalk van de deur zijn rood geverfd, met grove streken alsof het in grote haast is gedaan.

Dan komt Josefina naar buiten. Ze lijkt licht te blozen als ze ons ziet, alsof we haar ergens op hebben betrapt. 'Jullie zijn terug,' zegt ze in een overduidelijke poging luchtig te doen.

Omdat Nayra en ik niet reageren, is ze wel gedwongen onze blik te volgen naar het punt achter haar.

'Dat was een idee van don Oscar,' zegt ze. 'Om ons huis te beschermen, net zoals het volk Israël in Egypte toen in ieder gezin de eerstgeborene stierf.' Ze kijkt ons nog steeds niet aan. 'Hij zegt dat de dode kinderen het gevolg zijn van onze zonden. De duivel pakt altijd de ruimte die hij krijgt, zegt hij. Hiermee kunnen we onze gezinnen beschermen.'

'Waarmee heeft hij...' wil Nayra vragen, maar dan weet ze het antwoord al. Ook ik zie dat het schaap, dat eerder nog met een touw om de nek had vastgezeten aan een pin in de grond, is verdwenen.

'We zouden het dier toch al slachten,' zegt Josefina. Er klinkt niets verontschuldigends meer door in haar stem, maar eerder een vastberadenheid.

Nu pas valt de metalige geur me op die op het binnenplaatsje hangt.

'Of we het nou nu doen of later, dat maakt dan ook niet uit. Het bloed hebben we opgevangen in een emmer. Don Oscar is ermee naar...'

Josefina maakt haar zin niet af en gaat weer terug naar binnen.

Nayra sluit haar ogen.

Dan wordt mijn aandacht door iets anders getrokken. Aan de deurpost hangt een opgerold stuk papier, als een *mezoeza*, een gebedskokertje, zoals bij een joods huis.

Ik loop erheen, maak het voorzichtig los van de spijker waaraan het bevestigd is en rol het uit. In een keurig handschrift is een tekst overgenomen uit hoofdstuk 12 van het Bijbelboek Exodus, zo staat er onderaan het blaadje.

Ik lees de tekst:

> Toen riep Mozes al de oudsten van Israël bijeen en sprak tot hen: 'Ga voor uw families de dieren halen en slacht het paaslam. U moet ook een bundel hysop nemen en deze in het bloed dopen dat u in een schaal hebt opgevangen. Dan moet u het bloed uit de schaal uitstrijken over de beide deurposten en over de bovenbalk van de deur. Tot de ochtend mag niemand buiten de deur van zijn huis komen, want als de Heer rondgaat om Egypte te slaan en het bloed ziet aan de beide posten van de deur, dan zal de Heer uw deur voorbijgaan en Hij zal de verderver niet toestaan in uw huis te komen om u te slaan.

Ik schud mijn hoofd, terwijl ik het papier aan Nayra geef, die een bezorgde blik in de ogen heeft. Dan kijk ik over haar schouder naar het lagergelegen deel van het dorp. In het dorre landschap vallen de felle tinten meteen op.

Alle deurposten kleuren bloedrood.

Uit het aantekenschrift van Jan-Willem Pijnakker – 2

Twaalf maanden eerder

Op een groot dorpsfeest ter ere van de lokale beschermheilige – nu alweer een maand geleden – ben ik op de derde dag zo dronken geworden, dat ze me naar huis hebben moeten dragen. De vermoeidheid overmande me na twee dagen van drinken, dansen en weinig slaap, maar ook de peilloze frustratie dat mijn veldwerk op een enorme mislukking leek uit te lopen speelde mee.

De eerste twee dagen schonk ik eerst nog het grootste deel van de mij aangeboden glazen bier en sterkedrank aan Moeder Aarde, maar in de loop van de laatste dag van het feest lag de verhouding al snel andersom. Ik druppelde wat drank op de grond en sloeg wat ik ook maar in mijn handen kreeg gedrukt achterover. Mijn bewegingen werden ongecontroleerder. Ik moet hebben gedanst – al heb ik daar geen bewuste herinneringen meer aan – en schijn luidkeels te hebben gezongen.

Sinds die dag kan ik niet meer kapot hier, zoveel is wel duidelijk. Ik kom bijna tijd tekort opeens – iedereen wil met me praten! Als ik door het dorp loop, gebaren mensen naar me dat ik naar ze toe moet komen. Lang niet altijd levert dat bruikbare informatie op voor mijn onderzoek. Vaak blijft het gesprek wat oppervlakkig, maar in iedere ontmoeting zit wel iets wat ik kan gebruiken, hoe klein ook. Het kan een terloopse opmerking zijn over de oogst, over de verhoudingen in het dorp – als buitenstaander ben ik natuurlijk uitermate geschikt om mee te roddelen over dorpsgenoten – of over een gebeurtenis tijdens het feest.

Na zo'n gesprek ga ik of meteen naar huis om op te schrijven wat ik me nog van het gesprek herinner of ik ga ergens zitten om wat aantekeningen te maken.

Als we niets zouden geven aan Pachamama zou er geen goede oogst zijn. Ook de dieren kan dan van alles overkomen, ze kunnen vallen en een poot breken bijvoorbeeld. Pachamama is belangrijk omdat zij ons de oogst schenkt en ervoor zorgt dat het ons aan niets ontbreekt.

Pachamama is de godin van de overvloed. Pachamama is als Maria, ze is onze Moeder.

Wij moeten haar offers brengen, zodat het goed met ons zal gaan. Zij zegent ons met dieren, met voedsel, met geld. Wij aanbidden haar. Zij is als een persoon. De Pachamama praat met de *yatiri*, onze geestelijke leider, zoals een priester in de kerk. Zij zegt tegen hem: 'Als je aan mij geeft, zal ik ook aan jullie geven.'

De manier waarop je naar de wereld om je heen kijkt, bepaalt hoe je daarmee omgaat. Iemand die de wereld om zich heen als dode materie beschouwt, gaat daar anders mee om dan iemand die de wereld buiten zich als levend ervaart. Die 'dode' wereld heeft wetten die je kunt doorgronden en die je vervolgens naar je hand kunt zetten.

Volgens de Aymara-indianen is de mens niet tegenover, maar ín de natuur geplaatst. Zij zien de natuur als een levend wezen met bepaalde eigenschappen, een wezen met wie je een relatie kan hebben. Dit geldt niet alleen voor de dieren, bomen en planten, maar ook voor de grond, de zon, de stenen, de bergen, natuurverschijnselen (regen, hagel, vorst, wind), de huizen, het water. Het gaat erom te ontdekken wie die ander is en zijn of haar behoeften te leren kennen om daar zo goed mogelijk op in te kunnen spelen. Met de levende natuur ga je om zoals je met mensen omgaat en je probeert haar te begrijpen zoals je mensen probeert te begrijpen. Belangrijk is dan om heel precies te kijken naar de mogelijkheden die de natuur je biedt en daar zo goed mogelijk gebruik van te maken. Landbouw bedrijven zien de Aymara als 'het helpen baren van Moeder Aarde'. Voor de zaaitijd graven de indianen een gat in de grond en daarin gooien ze alcohol, cocablaadjes, sigaretten en suikerklontjes. Ze vragen Pachamama om vergeving omdat ze haar gaan openmaken, gaan 'verwonden' met hun scherpe ploegscharen.

Als wetenschapper, als antropoloog, interesseert me de mythologie eromheen, de verhalen die mensen elkaar vertellen, de intieme kennis die de indianen van de wereld om zich heen hebben, het boerenverstand waarmee ze landbouw bedrijven, de rituelen die worden uitgevoerd... Maar voor mij als persoon, voor mij als christen, houdt het op als je van de natuur en van al de krachten die in haar werken goden maakt. Dat is een brug te ver. Met het offeren van dieren om zo die Moeder Aarde gunstig te stemmen of om haar om vergeving te vragen heb ik moeite.

Ik kom hierop, omdat mijn gastvader Félix binnenkwam, terwijl ik bovenstaande schreef.

Met afschuwelijk nieuws.

In het dorp dat ik gisteren nota bene zelf met mijn auto heb bezocht, is vanmorgen een kind gevonden. Alles wijst erop dat het op rituele wijze om het leven is gebracht. Félix was diep onder de indruk. Dit was nog nooit voorgekomen, de eerste keer sinds mensenheugenis...

Ook ik ben geschokt. Dat spreekt voor zich, wie zou het niet zijn? En tegelijkertijd was mijn eerste reactie: dat krijg je er nou van. Je onderhandelt met geesten, met goden, met krachten die je verstand te boven gaan. Paulus zegt al dat we niet strijden tegen vlees en bloed, maar tegen de boze geesten in de hemelen. Het is een glijdende schaal... Je offert sigaretjes, suiker en honing, cocablaadjes en nepgeld, maar de volgende stap is een dier omdat je iets groters wilt hebben of omdat je een grotere schuld wilt inlossen...

En ten slotte offer je dan een kind, omdat geen van de andere 'giften' voldoende is om goed te maken wat fout was – of om te krijgen waar je om hebt gevraagd.

12

Nayra's vader Santiago loopt de binnenplaats op waar wij nog steeds staan. Hij heeft de vacht van het zojuist geslachte schaap bij zich, zijn handen zitten nog onder het bloed.

Hij tilt de vacht op, alsof hij die ons wil aanbieden. Even lijkt hij op een antieke priester die bij het altaar een offergave aan de goden brengt.

'Blijven jullie eten vanavond?' vraagt hij.

Ik kijk snel op mijn horloge en zie dat het al kwart voor zes is. Binnen een kwartier, twintig minuten is het donker.

'Nee, we gaan naar de universiteit,' beslist Nayra voor ons beiden. Ze wringt met haar handen, als iemand die het koud heeft. 'Keur je dat goed?' vraagt Nayra aan haar vader, terwijl ze op de deurpost wijst. 'Don Oscar heeft een tekst achtergelaten. Over de tiende plaag in Egypte, waarbij alle eerstgeborenen stierven. Hier.' Ze wil het papier aan haar vader geven, maar beseft dan dat hij het op dit moment niet kan aannemen.

'Dat is… Dat ligt voor de hand dan toch?' zegt hij. 'Luister, Nayra, we weten niet wie of wat er achter de moord zit, dus op dit moment vind ik alles goed wat ons bescherming kan bieden. Als don Oscar denkt dat dit ons helpt, dan keur ik het goed. Het kan geen kwaad toch? En als je moeder zich er nou beter bij voelt.'

Nayra perst haar lippen op elkaar.

Ik stel me zo voor dat op dit moment de woorden in haar mond rondkolken, loerend op een kleine opening om met alle kracht naar buiten te kunnen stromen.

Dan loopt ze naar de deur. Ze rolt het papier op tot een koker en bevestigt het opnieuw aan de deurpost.

'We gaan, mama!' roept ze naar binnen.

Het duurt even, maar dan komt doña Josefina naar buiten. Ze houdt haar handen op een halve meter van elkaar als een spinster die zojuist gesponnen wol uit elkaar houdt, maar in plaats van wol bungelen er darmen omlaag.

Nayra heeft me eerder al eens uitgelegd dat ze werkelijk alles gebruiken van een dier dat ze slachten, tot en met de hoeven die gespleten worden voor het merg dat erin zit. Van de darmen en andere ingewanden maken ze soep, een favoriet gerecht van de mensen hier. Toen ik het een keer tijdens een bruiloft kreeg voorgeschoteld, ging ik bijna over mijn nek door de geur alleen al. In een recordtempo lepelde ik alles naar binnen, zo rustig mogelijk door mijn mond ademend en aan andere dingen denkend – het was alsof ik elastiekjes en rubberen slangetjes doorslikte. Ik was als eerste klaar en ik kreeg nog een bord volgeschept omdat ze dachten dat ik het zo lekker vond. Dat heb ik aan mijn buurman gegeven, die er zijn begerig oog al op had laten vallen.

Zonder te groeten gaat Josefina naar binnen. Santiago spreidt de vacht uit op een stuk plastic op de grond, met de bebloede binnenzijde naar boven gericht. Van een richel neemt hij een steen, een soort vuistbijl lijkt het wel, met een scherpe rand. Hij begint het overgebleven vet en bloed weg te schrapen, alsof hij ons compleet vergeten is.

Ik voel een tik tegen mijn achterhoofd. Als ik me omdraai, blijkt dat een bal te zijn geweest die Aruni gegooid heeft.

'Gaan we voetballen, Wara?' vraagt hij, maar ik zeg dat we naar huis gaan. Ik pak de bal op en gooi die terug in zijn richting.

Hij kijkt teleurgesteld, maar dan rent hij weg, met Qala in zijn kielzog voor wie er weer een dag van arbeid op zit.

'We gaan,' zegt Nayra bij wijze van groet.

'We zien elkaar,' zegt Santiago zonder verder nog op te kijken van zijn werk.

Ik pak mijn rugzak en sla die over mijn schouder.

Als we naar beneden lopen, zie ik dat het al een beetje begint te schemeren. Het wordt onmiddellijk frisser en onwillekeurig huiver ik even.

Nayra stapt stevig door, zonder rekening te houden met mijn moeite haar bij te houden. Op een gegeven moment geef ik zwaar hijgend op. Tot we bij haar auto zijn, loopt Nayra een flink stuk voor me.

Onderweg zie ik bij elk huis met bloed besmeurde deurposten.

Als ik eenmaal naast haar in de auto zit, kost het me een minuutje om mijn ademhaling weer onder controle te krijgen. Mijn voorhoofd is bezweet en mijn slapen bonzen nog na.

Al die tijd spreken we niet.

Nog steeds wacht ze met het starten van de motor. Ik kijk haar van opzij aan, terwijl zij strak voor zich uit blijft kijken.

'Dit is niet goed,' zegt ze eenvoudig. Dan pas draait ze het contactsleuteltje om.

Langzaam rijden we weg, licht heen en weer schuddend, terwijl de auto een wolk van stof achter zich opwerpt.

Voor het huis van Luis staan nog steeds een paar mensen. Een enkeling steekt zijn hand op en Nayra toetert even bij wijze van groet.

'Dit is niet goed,' herhaalt ze nog maar eens als we de RN1 op gedraaid zijn.

Ik veroorloof het me om mijn hand op haar bovenbeen te leggen en er kort in te knijpen. Ze legt haar hand weer op die van mij en laat die er even op rusten. Dan duwt ze hem weg, terwijl ze me kort aankijkt en glimlacht, verontschuldigend bijna.

'In een gemeenschap gaat het om vertrouwen,' zegt ze dan. 'Je kunt alleen overleven als je samenwerkt, als je elkaar helpt. Het ene jaar valt de oogst van de ene familie tegen, het volgende jaar die van de andere. Dan probeer je elkaar bij te staan. Een oudere help je op zijn akkers, een vrouw die net een kind gekregen heeft breng je wat extra's, eieren of biest. Je vertrouwt erop dat niemand 's nachts iets wegneemt van je akker, niet stiekem wat aardappels uitgraaft of bonenstaken steelt. Als er dan een dode valt... Wantrouwen is echt gif voor een gemeenschap, ook voor een grote gemeenschap, voor de maatschappij in haar geheel, maar zeker in zo'n klein dorp als het onze... Zodra mensen elkaar met wantrouwen gaan bekijken, elkaar achter elkaars rug gaan beschuldigen, dan is dat het begin van het einde van de wereld zoals wij die kenden.'

'Jij hebt ook geen idee, hè? Wie hierachter kan zitten?'

Ze schudt haar hoofd. 'Geen enkel idee. Het is de derde al, het derde kind. Telkens weer in een andere gemeenschap. Je voelt gewoon dat de mensen bang zijn: zal hun kind het volgende slachtoffer zijn?'

'Maar de moordenaar heeft tot nu toe nog niet twee keer in hetzelfde dorp toegeslagen, dus wat dat betreft kunnen jullie hier rustig ademhalen misschien.'

'Ja,' zegt ze. 'Het is een vreemd idee dat de kleine Luis en zijn familie voor ons de klappen hebben opgevangen, waardoor wij nu veilig zijn.'

'En het stomme is, als een volgend slachtoffer in een andere gemeenschap valt, de mensen gaan denken dat het bloed aan de deurposten ze echt beschermd heeft.'

'Dios mio, ja,' zegt ze zo zacht dat ik haar bijna niet horen kan. 'Je hebt gelijk.'

'Voor je het weet kleuren alle deurposten van alle dorpen hier straks bloedrood.' Ik zie de macabere scène al voor me.

Ik kijk naar links, langs haar heen, over de langgerekte akkers die aflopen in de richting van het meer. Rechts van ons liggen verspreid tussen de velden de lemen huisjes waar hier en daar een lichtje brandt, als eenzame scheepjes op een wijde oceaan.

Na een kwartiertje passeren we het dorp waar Jan-Willem Pijnakker woont, de antropoloog uit Leiden die hier zijn promotieonderzoek doet.

Nayra doet de koplampen aan, die de hele weg voor ons in een fel licht zetten. Het zal niet lang meer duren eer het helemaal donker is.

De denkrimpel die verscheen zodra we het dorp uit reden, wijkt niet van Nayra's voorhoofd. Als een schaker die diep nadenkt over een volgende zet, staart ze voor zich uit.

Nu is het helemaal donker geworden. Omdat de koplampen van de auto de enige lichtbron zijn, onderga ik kort de sensatie alsof we in een kleine onderzeeboot zitten, met voor ons de bodem van een oceaan.

We rijden het terrein van de universiteit op. Het licht van de lampjes op het dashboard zorgen voor een zachte gloed op Nayra's gezicht. Als ze de contactsleutel heeft omgedraaid en de motor zwijgt, is het plots heel erg stil. Zo zitten we nog even in het donker, zonder iets te zeggen. Voor mijn gevoel begint er zich een zekere spanning op te bouwen, die, als we in een film gezeten hadden, nu in een hartstochtelijke kus zou moeten ontladen.

'Zullen we zo samen wat eten, Lucas?' stelt ze voor, waarmee ze de magie doorbreekt.

Het instituut beschikt over een bescheiden kantine waar 's ochtends, 's middags en 's avonds eenvoudige maaltijden worden bereid door enkele forse indiaanse en mestieze dames, die stilzwijgend hun werk doen. Het is eenvoudig maar voedzaam voedsel waarbij in de eerste plaats streekproducten worden gebruikt zoals aardappels, bonen, wortels en er is altijd soep waar veel quinoa in zit. Een niet al te strikte vegetariër als ik kan hier goed overleven – het enkele stukje vlees dat ik wel eens aantref leg ik meestal gewoon opzij.

Hoewel ik vreemd genoeg geen honger heb – ik heb sinds mijn ontbijt bij Maarten in La Paz niets meer gegeten – ga ik toch op haar uitnodiging in. 'Dat is goed. Ik breng mijn spullen eerst even naar mijn kamer, goed? Dan zie ik je in de kantine.'

'Dan zien we elkaar over tien minuutjes,' zegt ze.

Ik loop over de slecht verlichte campus naar het complex waar mijn kamer is. Het is een gek idee dat ik over een paar dagen weer in Wageningen ben. 'Maar we kijken naar dezelfde zon en dezelfde maan,' had Nayra me een paar dagen geleden gezegd. 'Dan zijn we toch nog een beetje met elkaar verbonden.'

Die woorden hadden me nauwelijks kunnen troosten, al vond ik het wel heel lief bedoeld van haar.

Op mijn kamer ga ik op mijn bed liggen. Aan de muur hangt een grote, kleurrijke poster van een muziekfestival dat enkele jaren geleden in Guaquí plaatsvond. Op het enige boekenplankje aan de muur staan wat romans die vorige gasten hier achtergelaten hebben. Mijn studieboeken liggen op het bureau, samen met mijn aantekenschriften.

Ik zal niet lang bezig zijn met inpakken.

Als ik kort mijn ogen sluit, dringt onmiddellijk het beeld van Luis zich aan me op: de kin op de borst, het geronnen bloed op het achterhoofd en zijn kleine voetjes in de sandalen – voetjes die hem nooit meer ergens heen zouden brengen.

13

'Niets op de wereld is zo eerlijk verdeeld als gevoel voor humor,' zei mijn vader altijd. 'Iedereen vindt dat hij er zelf genoeg van heeft – en dat juist anderen er te weinig van hebben.'

Maar de blik van mijn vader zal ik nooit vergeten toen ik op een vroege zaterdagochtend onze slagerij binnenliep in mijn zelfgemaakte T-shirt waar ik koeien, schapen en varkens op had getekend – samen met een deel van de tekst van 'Meat is Murder', een vegetarisch strijdlied van *The Smiths*.

This beautiful creature must die
This beautiful creature must die
A death for no reason
And death for no reason is murder.

Hij kon er niet om lachen. 'Nu ga je te ver,' zei hij alleen maar.

Hij keek me aan met een wonderlijke mengeling van boosheid, teleurstelling en verdriet. Het gezicht van mijn moeder vertoonde een gepijnigde glimlach. Ze wilde haar man niet afvallen, maar ook haar zoon niet afwijzen.

Ik werd naar huis gestuurd – we woonden achter de winkel – en vanaf die dag werd ik niet meer gevraagd om mee te helpen, maar er werd ook nooit meer over gesproken. Dat was hoe er bij ons thuis met moeilijke kwesties werd omgegaan.

De klanten zouden het shirt nota bene niet eens te zien hebben gekregen, omdat we in de winkel altijd witte jassen over onze kleding droegen met het logo VAN OS SLAGERIJ. Maar alleen het idee al dat er onder die jas een T-shirt zat met een tekst die heel zijn levenswijze, zijn keuzes, zijn harde werken voor ons – zijn gezin – afwees, trok hij niet.

En daar kan ik me achteraf eigenlijk ook wel weer iets bij voorstellen.

Mijn ouders zijn trouwe bezoekers van de katholieke Werenfriduskerk in het centrum van Elst, in dezelfde straat als waar onze slagerij is gevestigd. Mijn vader bezoekt de kerk meer uit gewoonte dan uit overtuiging. Het feit dat de kerk voor de jaarlijkse parochiebarbecue al het vlees bij ons bestelt, speelt ook een rol denk ik. Sowieso komen veel kerkgangers bij ons hun wekelijkse boodschappen doen – of bezoeken veel van onze klanten dezelfde kerk. Het is maar hoe je het bekijkt.

Mijn twee zussen en twee broers waren allemaal al het huis uit toen dit speelde. Ik was zestien jaar en de jongste thuis; ik scheel twee jaar met de broer boven me.

Door de slagerij van mijn vader ben ik van jongs af aan vertrouwd met het doden van dieren. Vanaf mijn twaalfde ging ik af en toe eens mee naar de slachterij waar mijn vader het vlees voor de slagerij kocht.

Het was tijdens een bezoek aan het abattoir met mijn vader dat ik besloot geen vlees meer te eten. Ik stond naast de smalle, met ijzeren hekken afgezette tunnel waar de varkens doorheen geleid werden op weg naar hun onverbiddelijke einde. Ik bleef meestal een beetje bij ze vandaan vanwege hun gekrijs, maar die dag wilde ik toch kijken hoe het slachten van varkens ging. Ze aaien was geen optie, omdat die beesten zo gestrest waren dat ze hapten naar alles wat ze maar zagen; en varkens hebben gemeen scherpe tanden, daar vergissen mensen zich nog wel eens in.

Ik stond bij het eind van deze tunnel toen het voorste varken plots zijn kop optilde en me aankeek. Het klinkt absurd, maar ik voelde dat het contact zocht met me, alsof het me smééкte hem te redden. Dat is allemaal veel te antropomorf gedacht natuurlijk, het dier als mens benaderen, maar zonder aankondiging vulden mijn ogen zich met tranen. Ik ging op mijn hurken zitten om op gelijke hoogte te komen met het varken en keek het recht in zijn ogen. En ik zag een intelligent wezen, ik zag plots een lijdend medeschepsel dat op het punt stond te sterven, zijn leven voor ons te geven zodat wij hem konden eten en konden voortbestaan.

'Sorry,' stamelde ik.

Pathetisch, ik weet het, maar op dat moment was dat het enige dat ik kon bedenken. Ik kan me ook niet herinneren dat een 'sorry' van mij ooit zó gemeend is geweest als op dat moment.

Toen ging kort het hek omhoog. Een medewerker leidde het dier naar de plek waar het gedood zou worden en maakte zonder veel omhaal een einde aan zijn leven. Ik dwong mezelf toe te kijken, als iemand die bij wijze van straf een terechtstelling bij moet wonen. De tranen stroomden intussen vrijelijk over mijn wangen. Het dode varken werd aan één achterpoot omhooggehesen en via een railsysteem aan het plafond langzaam weggevoerd. Verslagen bungelde het heen en weer, als een trieste trofee na een ongelijkwaardige jacht.

Mijn vader had natuurlijk mijn roodomrande ogen gezien toen ik weer buiten kwam. Hij stond bij de auto te wachten met een tas vol hamlappen en biefstukken, die hij regelmatig van de directeur cadeau kreeg, voor eigen gebruik.

'Ik wil niet meer mee,' zei ik alleen maar.

'Watje,' zei hij, maar dat vond hij toch wat al te hard misschien, want toen zei hij dat het goed was.

Op dat moment – ik was net vijftien geworden – werd ik vegetariër.

Voer voor psychologen natuurlijk, het ultieme verzet van een puber tegen zijn ouders: de slagerszoon wordt vegetariër. Er zal ook heus iets van verzet tegen het verstikkende, burgerlijke milieu in gezeten hebben, maar de ommekeer was voor mij de ontmoeting met dat varken geweest.

Mijn keuze had thuis wel wat voeten in de aarde, omdat onze maaltijden feitelijk bestonden uit vlees met daaromheen wat groenten en aardappelen – de Heilige Drie-eenheid van de Hollandse keuken. In de praktijk at ik wat de pot schafte, maar dan zonder het vlees en de jus. Later begon ik me te verdiepen in vervangende producten, die ik er dan vaak voor mezelf aan toevoegde.

Maar ik was niet zó streng in de leer dat ik het altijd weigerde, zoals ik ook sinds ik hier in Bolivia ben vlees gegeten heb. Nayra en ik waren een keer op bezoek in een nogal afgelegen comunidad en een arme boerenfamilie schotelde ons een maaltijd voor. Nayra legde me uit dat ze speciaal voor onze komst een van hun kippen geslacht hadden. Die heb ik gewoon gegeten natuurlijk.

En net als die cavia in La Paz smaakte het me geweldig.

Ik ben opgegroeid in een anti-intellectueel gezin. Als ik mijn mening wilde geven en een zin begon met 'ik vind' onderbrak mijn vader me steevast met: 'Als je iets vindt, moet je het naar de politie brengen.' Daarna slikte ik meestal maar in wat ik had willen zeggen.

Mijn ouders zijn hardwerkende ondernemers, stemmen CDA, en hebben 's avonds nog net de energie om een amusementsprogramma op RTL4 of SBS6 te kijken, voordat ze de volgende ochtend weer om zes uur op moeten staan. Behalve op mijn oude jongenskamer zal je in ons huis geen boek vinden – niet eens een bijbel.

Thuis in Elst was ik kind aan huis bij Arend, een jongen die al vanaf de eerste dag in groep 1 mijn beste vriend is. Ik voelde me er zo thuis dat ik wel eens het gevoel heb gehad in het verkeerde huis te zijn geboren – bijna zoals sommige mensen van jongs af aan het gevoel hebben vast te zitten in een lichaam dat niet bij hen past.

Arends ouders zijn allebei gepromoveerde historici, linksgeoriënteerd, agnostisch, beschikken ieder over een eigen studiekamer met zoveel boeken dat ze niet eens meer in de kasten passen en op grote stapels op de grond zijn beland. Ze bezitten een indrukwekkende verzameling 'filmhuisfilms' en discussiëren hartstochtelijk over politiek, geschiedenis en filosofie. Maarten is de broer van Arends vader en verblijft in Nederland altijd bij hem, waardoor Maarten me praktisch heeft zien opgroeien. Vroeger noemde ik hem 'oom Maarten', net als Arend, maar aan het einde van de middelbare school werd dat gewoon 'Maarten'. Toen ik mede door zijn verhalen over Bolivia, waar ik altijd graag naar luisterde, besloten had om in Bolivia mijn onderzoeksstage te doen, bood hij aan dat ik in La Paz bij hem in het klooster kon verblijven.

Maar goed.

Ik zei trouwens dat ik twee broers en twee zussen had, maar dat klopt niet.

Ik had nog een broer. Een tweelingbroer nota bene.

Abel.

14

Ik schrik wakker.

Blijkbaar ben ik ingedommeld nadat ik even op bed was gaan liggen. Het is bijna acht uur zie ik, dus ik moet zo'n anderhalf uur geslapen hebben.

Wat zal Nayra wel niet denken!

In het washok houd ik mijn hoofd onder het ijskoude water uit de kraan en in één klap ben ik terug op aarde. Omdat er geen handdoek is, wrijf ik met mijn handen over mijn gezicht en schud ik wat heen en weer met mijn hoofd, als een hond die uit het water komt.

Dan haast ik me naar de eetzaal, maar als ik daar licht buiten adem binnenkom, zie ik dat Nayra er niet is. Nog niet of niet meer.

Besluiteloos sta ik midden in de ruimte. Ik draai een paar keer langzaam om mijn as, alsof ik op een pottenbakkersschijf sta. Net als ik besloten heb naar haar kamer te gaan om haar op te halen, komt Nayra de kantine binnen, niet in het minst gehaast.

Ze heeft zich opgefrist, andere kleren aangetrokken en draagt haar haar los in plaats van in de paardenstaart die ze normaal gesproken heeft.

Ze ziet er fantastisch uit. Een groepje mannen dat aan een van de lange tafels zit te eten, draait collectief het hoofd om, terwijl ze goedkeurend knikken. Iemand zegt iets waarna de anderen allemaal in lachen uitbarsten.

Nayra zwaait even naar me, wat een beetje komisch is omdat we maar een meter of tien uit elkaar staan.

Ze loopt langs me heen, in de richting van het buffet.

'Ik was in slaap gevallen,' excuseer ik me, maar Nayra wuift het weg.

Net als ik haar achterna wil lopen, zie ik dat commissaris Sixto binnenkomt, samen met twee collega's. Door hun groene uniformen en petten lijken ze meer op militairen dan op agenten.

De riem van Sixto's uniform spant om zijn buik, alsof die niet alleen zijn kleding maar heel zijn lichaam bijeen moet houden. Zijn lopen heeft meer weg van waggelen.

Nayra heeft hem ook gezien en komt terug.

Sixto's kleine varkensoogjes lichten op zodra hij zijn blik op Nayra richt.

'Is er nieuws?' vraagt Nayra. 'Over Luis?'

Sixto schudt zijn hoofd. 'Aan het einde van de middag is er onmiddellijk een patholoog-anatoom uit La Paz gekomen om het lichaam van de kleine Luis te onderzoeken. Een trauma aan het hoofd, zoals dat dan heet, is de jongen fataal geworden, maar dat hadden wij ook al vastgesteld. Verder heeft hij vooralsnog geen sporen aangetroffen, geen haren, geen' – hij zoekt even naar het juiste woord – 'lichaamssappen, als je begrijpt wat ik bedoel, geen bloed van iemand anders ook.'

'Is er een overeenkomst tussen Luis en de andere twee kinderen?' vraag ik.

'Ja, in zoverre... Er is wel iets... Maar daar mag ik op dit moment nog geen mededelingen over doen.'

Sixto laat een dramatische stilte vallen, waar hij zelf duidelijk van geniet.

Als je er niks over mag zeggen, had je ook gewoon kunnen zwijgen.

Omdat we verder niet aandringen, gaat hij maar verder. 'Het gaat in alle drie de gevallen om jonge kinderen, altijd de enige jongen van het gezin... Het hoofd ingeslagen van achteren, een bloemenkrans in het haar. Maar in verschillende gemeenschappen dus, er is geen verband tussen de kinderen zelf, ze zijn geen familie van elkaar. Het zijn ook geen dorpen die een vete hebben met elkaar of in ieder geval geen vete waar we van op de hoogte zijn. Het heeft alles weg van een rituele moord. Ik weet dat jij dit niet graag hoort Nayra, maar...' Hij maakt zijn zin niet af, schudt alleen het hoofd.

'Maar wat?' vraag ik.

Ook Nayra luistert aandachtig mee.

'Luister,' zegt Sixto. Hij is op zo'n fluisterende toon gaan spreken dat we allemaal een stapje dichterbij komen. Wat samenzweerderig staan we bij elkaar. 'We moeten de feiten onder ogen zien. Het gaat niet goed hier, het gaat zelfs iedere keer weer een beetje slechter. De oogsten brengen te weinig op om de rest van het jaar goed van te kunnen leven. De regens blijven uit of er valt juist te veel regen in een te korte tijd. Dan is het niet gek te denken dat dit misschien een daad is van wanhopige boeren die hoopten met dit offer iets af te kunnen dwingen van de apus.'

Nayra heeft haar armen over elkaar geslagen en heeft nog steeds niets gezegd. Ik denk dat het voor haar uiteindelijk het prettigst zou zijn – als je dat woord in deze situatie eigenlijk wel kunt gebruiken – als er 'gewoon' een of andere gek achter deze moorden zit. Als straks blijkt dat het kinderoffers zijn die toch vanuit de indiaanse gemeenschap komen, zal dit een enorme klap zijn voor haar en voor haar wereldbeeld. Dit zou betekenen dat de bloedige gebruiken uit het duistere Incaverleden nog steeds springlevend zijn – bij een deel van de bevolking althans.

'Ik weiger dit te geloven,' zegt Nayra dan. Ze klinkt fel, maar er ligt ook een zekere wanhoop in haar stem, als van iemand die een ongemakkelijke waarheid niet onder ogen wil zien. 'Waarom zou iemand in hemelsnaam kínderen vermoorden?' vraagt ze op veel luidere toon dan nodig is.

Sixto heft zijn handen op. 'We kunnen gewoon niets uitsluiten, Nayra.' Hij legt zijn hand op haar arm.

Raak haar niet aan! is mijn eerste reactie, maar ik zie dat hij oprecht is en toenadering zoekt. 'Je begrijpt toch dat we met alle scenario's rekening moeten houden?'

Dan ontdooit Nayra eindelijk. Ze pakt Sixto's hand, tot mijn opluchting niet om die vast te houden, maar juist om zich op een charmante wijze van hem los te maken.

'We gaan het zien,' zegt ze, met een trieste glimlach.

Sixto lijkt tevreden te zijn dat hij de situatie heeft weten te sussen. Vaderlijk knikt hij naar Nayra. 'We gaan het zien.'

Ik weet niet waarom, maar ik schud Sixto en zijn twee collega's de hand. Ze vatten het op als een teken dat de ontmoeting afgelopen is. Nayra kijkt me dankbaar aan.

'Waarom zijn jullie hier eigenlijk?' vraag ik, en dan op fluistertoon: 'Of mag je daar geen mededelingen over doen?' Tot mijn plezier zie ik dat Nayra doorheeft dat ik Sixto een beetje in de maling neem, maar hem ontgaat de ironie volledig.

'Daar mag ik jullie wel over vertellen hoor,' zegt hij op gewichtige toon. 'We zijn hier om met doctor Patricio Guerra te spreken. Zeer geleerd, zeer kundig op zijn vakgebied, een excellente man.'

Wat mag je ons dan niet vertellen? denk ik als we afscheid hebben genomen van Sixto en zijn mannen.

Uit het aantekenschrift van Jan-Willem Pijnakker – 3

Zes maanden eerder

In alle opzichten is dit een verdwijnende wereld, ik bedoel, waar ik nu woon, dit dorp, deze gemeenschap, deze manier van leven, deze manier van denken, deze manier van kijken naar en omgaan met de wereld.

Er wonen hier eigenlijk geen mensen tussen de achttien en vijfendertig. Die zijn allemaal vertrokken naar La Paz, op zoek naar een beter leven, wegvluchtend van het harde bestaan op het platteland. Het harde ploeteren, het vroege opstaan en het de hele dag door bezig zijn – werken in het zweet huns aanschijns – levert ieder jaar net genoeg of net te weinig oogst op om het jaar mee door te komen. Daar is niets romantisch aan. Het is gewoon armoe troef hier: slechte hygiëne, een eenzijdig dieet, een lage levensverwachting, zo goed als geen gezondheidszorg. De mannen worden in het algemeen niet ouder dan vijftig, de vrouwen niet heel veel ouder – een uitzondering daargelaten. De uitputtende arbeid, de bedompte slaapruimtes waar ook nog eens op hout en gedroogde mest gekookt wordt en die dus benauwd en rokerig zijn, en het bij tijden excessieve drankgebruik van met name de mannen eisen vroeg of laat hun tol.

Daarmee verdwijnt ook al die eeuwenoude kennis die de mensen opgebouwd hebben. Er is gewoon geen nieuwe generatie meer om die aan door te geven. Natuurlijk zijn er pogingen gedaan om de kennis vast te leggen – er zijn genoeg boeken over verschenen – maar die wordt almaar theoretischer als er steeds minder boeren zijn die het in de praktijk brengen.

Over Pachamama zijn de meeste mensen met wie ik spreek overigens vrij kort van stof, helaas. Ze beperken zich tot uitspraken als: 'Pachamama is de grond,' of: 'Pachamama is waar we leven.' Andere mensen vertelden me dat er tussen Pachamama en God geen verschil is. 'Als we tot

Pachamama bidden, zeggen we ook wel "God", het maakt geen verschil.' Eén man zei me: 'We bidden tot Pachamama' – en hij wees hierbij omhoog! Een mooiere illustratie van de vermenging van christelijke en inheemse elementen is nauwelijks denkbaar: praten over Moeder Aarde en daarbij wijzen op God in de hemel.

De figuur van de Heilige Maagd Maria lijkt de mensen erg aan te spreken. Van Maria als de Moeder van God – en daarmee de moeder van alle mensen – is het maar een kleine stap naar de Aarde die ook als een Moeder voor alle mensen is. Het wekt dan ook geen verbazing dat de Aarde door de mensen ook wel met Maagd of gewoon met Maria aangesproken wordt. 'De Aarde is de Maagd. De Maagd geeft ons alles, zij helpt ons,' legde een respondent het uit. 'Met dieren, geld, schapen, koeien, alles.'

Soms verontschuldigen mensen zich als ik doorvraag en ze niet weten wat ze moeten antwoorden. 'Onze grootouders wisten dergelijke dingen nog, maar wij nu niet meer,' hoor ik vaak. Iemand vertelde me: 'Het loopt allemaal mis hier, omdat we het niet meer doen zoals onze voorouders het deden. We kijken niet meer naar de dingen die in de natuur gebeuren en steeds minder mensen weten wat het allemaal betekent.'

Het maakt me wat melancholisch dat ik een soort chroniqueur ben van een tijd die al bijna voorbij is.

Hoe Moeder Aarde verdween van de Altiplano...

Het is half december. Bijna de helft van mijn veldwerk zit er alweer op – het is onvoorstelbaar hoe snel de tijd voorbijgaat. Ik heb begrepen dat er volgende week nog een Nederlander deze kant op komt. Ik moet eerlijk zeggen dat ik het een beetje jammer vind. Het haalt toch iets af van de exclusiviteit van mijn aanwezigheid. Maar goed, gelukkig zal hij niet een dorp verderop als antropoloog zijn veldwerk doen. Patricio Guerra vertelde me dat hij gaat werken aan het herbebossingsproject van de universiteit, dat al vele jaren loopt. Waarschijnlijk studeert hij in Wageningen.

Ik ben de komende paar dagen samen met mijn assistent Lionel de hort op. Met de auto ga ik een paar meer afgelegen gemeenschappen bezoeken, aan de andere kant van de bergen.

Don Oscar wilde graag mee, omdat hij niet vaak de kans krijgt daar te komen. Ik voel me een beetje zoals Silas, de reisgezel en rechterhand van Paulus. Silas vergezelde deze apostel van de Heer op zijn reizen naar de verste uithoeken van het Romeinse Rijk om het goede nieuws te brengen. En om iedereen te vertellen van het enige offer dat écht kracht heeft, het offer van Christus.

15

Nayra en ik lopen naar het buffet en pakken een dienblad, een bord en bestek. Ik schep een op gekookte granen lijkende substantie op mijn bord, samen met een prutje van bonen, uien en mais, met daarnaast nog wat groene salade.

Eenmaal aan tafel schenk ik onze glazen vol met het koele water uit de kannen die op tafel staan. Het water komt uit een lokale bron en heeft altijd een beetje een grondige smaak.

'Het zijn duistere tijden,' zegt Nayra nadat we een paar happen hebben genomen. 'Luis vandaag, die twee andere kinderen...'

'Het is echt heel treurig, ja,' zeg ik. Niet wetend wat ik verder moet zeggen, besluit ik me maar op mijn eten te concentreren.

Als we klaar zijn, schenk ik ons nog maar eens bij, in de hoop ons samenzijn nog wat te verlengen.

'Weet je...' begint Nayra dan aarzelend. 'Je weet het misschien, maar er zijn heel hardnekkige geruchten dat er nog steeds offers plaatsvinden, tot op de dag van vandaag. Maar ook dat is een soort moderne mythologie...'

'Een broodje aap.'

Nayra proest het uit van het lachen, ondanks de ernst van het moment.

Dat effect heb ik soms als ik uitdrukkingen vanuit het Nederlands letterlijk naar het Spaans toe vertaal. Zo gek als een deur. Zo dom als het achtereind van een varken. Lachen als een boer met kiespijn. Haar favoriet – 'Een waarheid als een koe' – gebruikt Nayra nu ook regelmatig. Het is een vast grapje tussen ons geworden. *Una verdad como una vaca.*

Ik leg haar de achtergrond van de uitdrukking 'broodje aap' uit, iets wat zij blijkt te kennen als '*leyenda urbana*', een stadslegende.

'Die mensenoffers kunnen er voor mij ook onder geschaard worden,' zegt ze. 'Het zijn altijd verhalen van horen zeggen, de tijdsaanduiding is vaag, de plaats waar het is gebeurd is niet bekend of verandert per keer… En die ene keer dat er echt een kind is overleden, dan blijkt er altijd een duidelijke oorzaak te zijn, een ziekte, een ongeval…'

'Maar bij Luis niet dus,' zeg ik. 'Of bij die twee andere kinderen.'

'Nee, dat is waar. Daarom is het ook zo verontrustend. We kunnen niet ontkennen dat dit vroeger voorkwam in deze streken, maar zelf denk ik dat het met de komst van de Spanjaarden langzaam maar zeker is verdwenen. In de tijd van de Inca's werden twee keer per jaar, in juni en december, de beste gewassen, de waardevolste dieren, de prachtigste kleren, de kostbaarste kunstwerken en de mooiste kinderen uit het hele rijk bijeengebracht in Cuzco, de hoofdstad van het Incarijk. Die kinderen werden een jaar lang vertroeteld en al een beetje behandeld als de goden in wie ze na hun dood zouden veranderen. Deze kinderen werden dan in processies met priesters uitgezonden naar het noorden, het zuiden, het oosten en het westen van het rijk waar ze uiteindelijk geofferd werden, vaak op hoge bergtoppen, dicht bij de goden. Weet je hoe die kinderen genoemd werden?'

'Nee.' Terwijl ik dit zeg, besef ik dat Nayra net iets heeft verteld wat volgens mij heel belangrijk is. Het is puur intuïtief, ik kan er mijn vinger niet op leggen.

'*Capocochas* of *capac huchas*,' gaat ze verder. 'Je zou het kunnen vertalen met "koninklijke zonden". Als de Incavorst of zijn familieleden de woede van de goden opwekten, kon het rijk door rampen worden getroffen. Alle kinderen, dieren en goederen die in Cuzco waren gewijd, dienden als capococha-offers voor de zonden van de Incavorsten.'

'Zondebokken dus.'

'Ja, precies. Zo werd er in februari 1954 een meisje gevonden door twee mijnwerkers die op zoek waren geweest naar een of andere legendarische Incaschat. Ze klommen langs een gletsjer naar de top van de Cerro El Plomo in de Chileense Andes, vijfenvijftighonderd meter hoog. Daar stuitten ze op een rechthoekige ruimte, omgeven door een stenen muur, met een stapel rotsen in het midden.' Met haar vinger tekent ze de ruimte denkbeeldig na op de tafel. 'Ze groeven de aarde onder de rotsen weg, verwijderden een grote stenen plaat en deden toen een gruwelijke ontdekking: het lichaam van een jong kind, met de ceremoniële versierselen van de Inca's. De voeten van het meisje waren onder een zwarte tuniek van lamawol gevouwen. Het kind had een vredige gelaatsuitdrukking, alsof het al eeuwen aan het slapen was en ieder moment weer wakker kon worden.'

'Wat een afschuwelijk gebruik.'

'Ja, verschrikkelijk. Nu schijnt dat kind er uiteindelijk weinig van te hebben meegekregen. Het was gedrogeerd en onder de invloed van alcohol. Als je dan toch moet sterven, schijnt dronken in slaap vallen bij een hevige vrieskou het meest pijnloos te zijn. Ik heb foto's van het kindje gezien. Haar ogen zijn gesloten en ontspannen en er zijn geen tekenen van een trauma te bespeuren.'

'Maar het blijft afschuwelijk natuurlijk,' zeg ik. 'Als we vanuit onze tijd daarnaar kijken.'

'Ja, toen dachten mensen echt dat het nodig was om het universum en de wereld zoals zij die kenden, draaiende te houden.'

'Dat het offers waren ter vergeving van de zonden van de Incavorsten is nieuw voor me. Interessant.'

'Net zoals het offer van Jezus toch?' zegt Nayra. 'Dezelfde gedachte.'

'Ja,' zeg ik. 'En dat gaat weer terug op de Grote Verzoendag van de joden, Jom Kipoer. Ken jij de achtergrond daarvan?'

Ze schudt haar hoofd en ik ben blij dat ik haar nu eens een keer iets kan onderwijzen. 'Op Jom Kipoer, de Grote Verzoendag, werden voor het hele volk Israël een ram en twee geitenbokken geofferd – en ook nog een stier voor de zonden van de hogepriester en zijn familie. Van de twee geiten werd er eentje echt geslacht, de ander werd de woestijn in gestuurd. Het lot besliste welk geitje werd geslacht. Het andere diende als 'zondebok'. Alle zonden van het hele volk werden dan symbolisch op dat bokje geladen. Dat bokje werd de woestijn in gestuurd om zo de zonden van het volk weg te dragen. Daar kwam het vanzelfsprekend al snel om van de hitte en de dorst, maar de mensen konden weer met een schone lei beginnen. Letterlijk een zondebok dus, in dit geval een dier dat als het ware de schuld kreeg voor iets wat het niet had gedaan.'

'Precies,' zei Nayra. 'Het zijn oude, universele noties, denk ik, zo oud als de mensheid. Ook het idee dat je opnieuw wilt beginnen, een frisse start wilt maken, afstand doen van je verleden. Dat is iets wat we allemaal wel eens hebben toch? Als je dan alles wat je verkeerd hebt gedaan op iemand anders kunt laden, die dan doodgaat en zo jouw fouten met zich mee het graf in neemt… Het is niet gek dat meer mensen op meer plekken van de wereld op deze gedachte zijn gekomen. Maar daar is hier echt een einde aan gekomen. Ik weiger dan ook te geloven dat de dood van de kleine Luis hier iets mee te maken heeft.'

'Maar misschien is de moord op Luis door de dader helemaal niet op die manier bedoeld, maar ziet hij het als een gift aan de apus, of aan Moeder Aarde. Net als don Sixto zei.'

Ik begeef me op gevaarlijk terrein, besef ik. Eigenlijk zou ik nu mijn mond moeten houden, maar ik ben er al over begonnen.

'Ik lees nu dat boek *Lituma en los Andes* van Vargas Llosa, precies hierover. Volgens mij heeft hij dat gebaseerd op politierapporten. Ken je dat?'

'Ik heb ervan gehoord, maar het niet zelf gelezen,' zegt ze op vlakke toon.

'Het gaat over een korporaal. Lituma heet hij. Tijdens de aanleg van een weg in de Andes verdwijnen kort na elkaar drie mannen. Lituma leidt het onderzoek en hij denkt dat dit het werk is van Sendero Luminoso.'

'Sendero,' zegt Nayra, alsof ze een scheldwoord uitspreekt.

Sendero Luminoso, het Lichtend Pad, was de maoïstische guerrillagroepering, die met onvoorstelbaar veel dodelijk geweld decennialang de Peruaanse samenleving in haar greep hield. Hun doel was een communistisch revolutionair boerenregime te vestigen in Peru, maar juist op het platteland vielen er tienduizenden doden onder de boeren voor wier belangen zij zeiden te strijden. Meer dan dertigduizend mensen kwamen om, onder wie meer dan duizend kinderen – geofferd op 'het altaar van de revolutie' zoals de leider Abimael Gúzman het verwoordde.

'Maar goed,' ga ik verder. 'Sendero zit er niet achter. Ik heb het nog niet helemaal uit, maar het lijkt erop dat de wegarbeiders iets te maken hebben met de verdwijningen. Ze zouden de mannen hebben geofferd om met de rituele moorden 'de geesten van de Andes' gunstig te stemmen, de apus. Maar er lijkt ook nog een element van kannibalisme een rol te spelen. Dat speelt in deze gevallen helemaal niet.'

'Weet je…' Nayra zucht diep, als iemand die zich tegen haar zin gewonnen geeft in een discussie. Ze schuift haar stoel naar achteren en pakt haar dienblad op. Ik volg haar voorbeeld. 'Zelfs als het waar is dat mensen met verduisterde geesten kinderen offeren,' zegt ze, terwijl de irritatie in haar stem duidelijk merkbaar is. 'Zelfs als het waar is, wat ik weiger te geloven, dan blijven dat toch nog steeds uitwassen? Dan kun je toch niet zeggen dat die *indios* mensen offeren.'

Ze gebruikt expres het voor indianen denigrerende woord indios.

'Dat is toch zoiets alsof wij naar de Ku Klux Klan kijken en dat wij dan tegen jullie zeggen dat 'de' christenen in 'het' Westen gedegenereerd zijn. Dan is het toch ook niet zo dat opeens alle witte christenen het stempel van racistische kruisverbranders krijgen opgedrukt?' Ze draait zich bruusk om en loopt in de richting van de spoelkeuken.

Ik had toch beter mijn mond kunnen houden.

Met het lood in de schoenen volg ik haar. Als we onze dienbladen in de rekken hebben gezet, lijkt Nayra's boosheid gelukkig al iets gezakt.

'Wat zullen we doen?' vraag ik haar.

'Laten we een stukje wandelen,' stelt ze voor. 'Ik ben te onrustig om nu al naar mijn kamer te gaan en te slapen. We kunnen met de auto even naar de ruïnes rijden?'

'Dat is goed,' zeg ik. 'Ik haal een extra trui.'

'Ik ook,' zegt ze. 'Ik zie je straks hier.'

Terwijl ik naar mijn kamer loop, begint de gedachte die ik eerder had naar aanleiding van Nayra's verhaal over de kinderoffers bij de Inca's meer en meer vorm te krijgen. Maar nóg kan ik er mijn vinger niet op leggen.

16

Nayra zit al in de auto. Ook zij heeft zich warm aangekleed. Ze heeft met die dikke kleding aan wel iets weg van een Inuïtvrouw.

Hier geen romantische taferelen onder de blote sterrenhemel, constateer ik met spijt. Je kont zou eraf vriezen.

Het is maar een kort ritje. De hoofdingang is na zes uur 's avonds gesloten, dus wij parkeren de auto aan de achterkant waar we vrij de opgraving op kunnen lopen.

Nayra pakt een zaklamp uit het handschoenenkastje, maar legt die dan weer terug. Het is verrassend licht, hoewel de maan maar halfvol is. Als we lopen, zijn onze schaduwen zelfs heel goed te zien.

Boven ons spant een sterrenhemel zich uit zoals je die in Nederland eigenlijk nooit te zien krijgt. Je kunt hier niet anders dan diep ontzag krijgen voor de natuur. Ik moet de neiging onderdrukken Nayra's hand te pakken. Maar omdat we allebei handschoenen dragen, zou ik haar huid toch niet tegen de mijne kunnen voelen.

We lopen het plein op dat ooit een ceremoniële functie had. Vroeger stonden er verschillende monolithische pilaren, stèles, onder meer in de vorm van menselijke figuren. In het archeologisch museum in La Paz heb ik er een zien staan, bijzonder stijlvol en door zijn strakke abstractie bijna moderne kunst. Ook zag ik daar een maquette van de tempel, compleet met gouden en gebeeldhouwde versieringen. Het moet er in het echt indrukwekkend hebben uitgezien.

We wandelen naar de Zonnepoort, die rijkversierd is met figuren en tekens die waarschijnlijk een kalenderfunctie hadden. De stralen van de opkomende zon zullen op de ochtend van 21 juni door de poort heen schijnen. Nayra vertelde me hoe mensen zich op die dag 's ochtends vroeg achter de poort opstellen en met uitgestrekte armen de eerste zonnestralen begroeten. Ze vangen het licht als het ware op met hun handen en strijken dat over hun haren, hun gezicht, hun lichaam, alsof ze zo de zegenende warmte van de zonnegod met zich mee kunnen nemen.

Tiahuanaco is een zeer uitgebreid complex. Helemaal verderop, op een plek waar de meeste toeristen niet eens komen, liggen nog twee piramides: de Akapana en de Puma Punku. Samen lijken ze een ceremoniële functie gehad te hebben, maar de historici en archeologen zijn er niet over uit welke dat dan geweest is.

Hoewel het er eigenlijk te koud voor is, gaan Nayra en ik toch op een paar stenen zitten. Omdat er weinig ruimte is, zitten we dicht tegen elkaar aan.

'Kom,' zeg ik, terwijl ik een arm om haar heen sla. 'Anders val je op de grond.'

Ik voel hoe ze tegen me aan leunt, haar hoofd rust zo half een beetje tegen mijn schouder en borst. Dan laat ik mijn gezicht op haar kruin rusten. Een geur van aarde, rook en een lichte hint van shampoo dringt mijn neus binnen.

Ik sluit mijn ogen en besluit dit moment nooit, nooit meer te vergeten.

'Wara,' zegt ze.

'Nayra.'

Ze maakt zich een klein beetje van me los. Om me aan te kijken, zo blijkt.

Onze gezichten naderen elkaar, eerst raken de puntjes van de neuzen elkaar en dan houdt ze haar hoofd een klein beetje schuin.

We kussen elkaar. Eerst nog wat terughoudend, verkennend bijna, maar al snel laten we de voorzichtigheid varen en zoenen we wild. Allebei beginnen we licht te hijgen.

Maar bijna even plotseling als het begonnen is, houdt het weer op.

'Lieve Wara,' zegt ze. Ze vlijt haar hoofd opnieuw tegen me aan.

Ik begrijp dat dit niet het moment is om door te zetten, al kost het me grote moeite me in te houden.

'Lieve Nayra.'

Ze huilt. Niet op een hartverscheurende, verdrietige manier zo lijkt het.

'Ik ben zo gelukkig,' zegt ze dan.

'Ik ook.'

De scène kan niet romantischer worden dan dit: wij zittend onder een fantastische sterrenhemel, de zonnepoort voor ons en het maanlicht dat de tranen van Nayra belicht, waardoor het lijkt alsof ze zilver huilt.

'Maar je gaat zondag weg,' zegt ze.

Nog maar drie dagen.

'We blijven contact houden toch?' zeg ik. 'En wie weet kom ik sneller terug dan je denkt.'

Ze glimlacht, een beetje triest nu.

Ik weet zelf ook wel dat de kans daarop gering is.

'Maar dit hier, dit moment zullen we nooit vergeten,' zeg ik.

'Dat is een waarheid als een koe.'

En we lachen. Als boeren met kiespijn.

Zo blijven we nog een tijd zitten. We wiegen een beetje heen en weer, maar tot mijn spijt zoenen we niet meer.

Mijn billen beginnen gevoelloos te worden van de kou.

We besluiten via een omweg naar de auto te lopen om een beetje warm te worden. Nu houden we wel elkaars hand vast. Af en toe staan we stil om elkaar een knuffel te geven. Nayra huilt weer en ook bij mij staan de tranen in de ogen.

Een sterk gevoel van melancholie overvalt me.

Waarom niet terugkomen? Wat heb ik in Nederland eigenlijk?

Als we ons van elkaar hebben losgemaakt omvat ik met mijn beide handen haar gezicht. 'Ik kom snel weer terug,' zeg ik. 'Ik ben aan het einde van mijn studie. Er is me al min of meer een promotieplaats toegezegd.'

Met de achterkant van haar handschoen veegt ze de tranen uit haar gezicht. 'Ik zal ernaar uitkijken,' zegt ze.

We kussen elkaar nog één keer op de lippen, kort, en het voelt als een afscheidszoen.

Nayra loopt om de auto heen. Ze opent de deur van binnenuit voor me.

In stilte rijden we terug naar de universiteit. Nayra staat toe dat ik mijn hand op haar bovenbeen leg. Als ze niet hoeft te schakelen, legt ze haar hand zelfs op de mijne. Allebei hebben we onze handschoenen uitgetrokken. Het directe contact van haar huid op de mijne voelt fijn.

Als ze de auto heeft geparkeerd en we zijn uitgestapt, omhelzen we elkaar langer dan we ooit hebben gedaan. Ik geef haar wat kusjes op de zijkant van haar hoofd, terwijl zij haar gezicht in de kraag van mijn jas begraaft.

Dan maken we ons langzaam van elkaar los en blijven we nog even staan, terwijl we elkaars handen vasthouden. Ze knijpt er nog even in, glimlacht en draait zich om zonder nog gedag te zeggen.

Ik kijk Nayra na totdat ze helemaal uit beeld is verdwenen.

Wordt dit zo'n moment waarvan ik mijn verdere leven spijt ga krijgen? Zo'n moment waarvan je later beseft dat je leven een heel andere wending had genomen als je toen anders had gehandeld?

Zonder veel overtuiging zet ik een paar stappen in de richting waarin Nayra is verdwenen, maar dan draai ik me toch om en keer ik terug naar mijn kamer.

Nadat ik mijn tanden heb gepoetst, besluit ik nog even te douchen om het stof maar ook de vermoeidheid van me af te spoelen.

Eenmaal in bed ben ik te uitgelaten om direct de slaap te kunnen vatten.

Natuurlijk hoopte ik dat Nayra me bij de hand genomen had om me rechtstreeks naar haar bed te leiden, maar ik snap ook wel dat we niet na zes maanden op een van de laatste avonden met elkaar in bed belanden. Het hele idee van 'als maagd het huwelijk in gaan' leeft hier ook nog eens veel sterker dan bij ons in Nederland – voor vrouwen althans.

Nog los daarvan zijn de gebeurtenissen rond de vondst van het dode jongetje Luis me niet in de koude kleren gaan zitten.

Ik probeer nog wat te lezen. Er heerst een diepe, diepe stilte; zo stil wordt het in Wageningen nooit.

Ik zal dit allemaal missen straks, mijn eenvoudige kamertje, de specifieke geur die hier altijd hangt – aarde vermengd met de geur van stof en rook – het vroege opstaan en het samen ontbijten in de eetzaal, de lange wandeltochten op weg naar gemeenschappen, het graven in de aarde, het planten van de bomen.

En Nayra.

Het is klassiek natuurlijk om verliefd te worden op een lokale schone. Bijna zo cliché dat ik niemand thuis er nog over heb verteld, omdat het beeld dat mensen dan toch automatisch van zo'n situatie krijgen afbreuk doet aan de speciale band die Nayra en ik hebben.

Ik vind het een onverdraaglijk idee dat onze levens straks gewoon doorgaan, los van elkaar. Dat we met de tijd steeds verder van elkaar vandaan zullen drijven totdat we niet meer zijn dan een fijne herinnering, onaantastbaar, een droom.

Dat Nayra straks zal trouwen, kinderen zal krijgen, ouder zal worden en dat allemaal met iemand anders.

En ik ook.

17

Maarten, Mauro en ik zijn een keer, per toeval eigenlijk, getuige geweest van het slachten van enkele varkens en lammetjes tijdens een feest ter ere van de schutspatroon van een dorp. Zelf was ik toen pas twee of drie weken in Bolivia, dus het moet ergens halverwege januari zijn geweest.

Met zijn drieën waren we een hele dag op stap om een bezoek te brengen aan enkele gemeenschappen die onder Mauro's hoede vielen.

Maarten was dat weekend weer eens op bezoek in Tiahuanaco. Naarmate zijn pensioen dichterbij kwam en zijn opvolger meer taken zelfstandig kon uitvoeren, zocht hij steeds vaker Mauro's gezelschap op.

Het was een zaterdag, dus het werk op het instituut lag stil. Nayra, die een dag eerder al had besloten dat zij mij zou gaan begeleiden, had ik die zaterdag nog niet gezien. Waar ze was wist ik niet. In die tijd hield ik me niet zo bezig met wat zij precies deed of waar zij was.

Maarten vroeg me met hem en Mauro mee te gaan. Voor mij was het een leuk dagje uit en een mooie gelegenheid om een van de meer afgelegen gemeenschappen aan de andere kant van de bergen te bezoeken.

We zaten lang in de auto die dag, maar dat vond ik niet erg. De gewassen op de akkers die we passeerden, stonden er op het oog goed bij, een heel contrast met de bruine, troosteloze aanblik die het land biedt nu er is geoogst.

Ik had een grote behoefte te praten over mijn eerste ervaringen – ik was nog nooit zo lang van huis geweest, en dan ook nog in mijn eentje. Aanvankelijk spraken we Spaans om Mauro niet buiten te sluiten, maar al snel gaf die mij toestemming mijn verhaal in het Nederlands te doen toen hij merkte dat ik nog vaak worstelde om op bepaalde woorden te komen.

Bij aankomst bleek er vanwege Mauro's bezoek in het dorpshuis een gemeenschappelijke maaltijd te zijn georganiseerd. Het was eenvoudig eten: soep met maiskorrels en quinoa, rijst met bonen, een stuk gebakken vis en een gekookte aardappel erbovenop, maar geserveerd met zo'n vriendelijke gastvrijheid dat het me geweldig goed smaakte.

Ik zorgde onbedoeld nog voor enige hilariteit toen mij gevraagd werd kort iets te vertellen over mezelf en over het bomenproject waar ik namens de universiteit van Tiahuanaco aan werkte. Omdat ik per ongeluk het woord *vaca* ('koe') gebruikte in plaats van *beca* ('beurs') ontstond aanvankelijk de indruk dat iedere student in Nederland een koe kreeg van de Nederlandse regering – een regeling die ze bijzonder vonden maar waar zij zich als boeren op zich nog wel iets bij voor konden stellen. Pas toen ik was uitgesproken legde Maarten aan iedereen uit wat ik eigenlijk had bedoeld.

De kraaienpootjes rond zijn ogen verdiepten zich vanwege het plezier dat hij had.

We bezochten enkele huizen waar Mauro zowel de aanwezige bewoners zegende als enkele landbouwwerktuigen en zelfs de nieuwe tractor die het hele dorp met gemeenschappelijke middelen had aangeschaft. Alles met dezelfde ernst en eerbied.

Net toen we op wilden stappen – het liep tegen drieën – werd ons gevraagd nog wat langer te blijven omdat ze op het punt stonden drie varkens en drie lammetjes te slachten voor de schutspatroon van het dorp. Het feest zou de volgende dag plaatsvinden.

We sloten ons aan bij wat wel iets weg had van een kleine processie. De hele gemeenschap leek te zijn uitgelopen voor dit gebeuren. In een lange optocht liepen we naar een plaats net buiten het dorp, een plek waar geen huizen meer stonden. Blijkbaar werden hier vaker dieren gedood, want ik zag op verschillende plekken de schedels van dieren deels uit de aarde steken.

Mauro legde bij elk van de dieren kort een hand op de kop, tussen de oren, en sprak een kort gebed uit. Dezelfde handeling werd verricht door een man die met veel egards werd behandeld, viel me op. Later begreep ik dat dit de *yatiri* was, de medicijnman van het dorp als je dat zo kunt noemen.

De yatiri ging rond met een fles sterkedrank en kleine plastic glaasjes die voortdurend werden bijgevuld. Een deel werd gedronken, maar een groter deel plengde men op de grond. Een man die na hem kwam, goot water over de handen van de mannen die het dichtst bij de varkens stonden.

Hoewel ik als vegetariër moeite had met het doden van een levend wezen om het op te eten, had ik me voor vertrek naar Bolivia al voorgenomen hier op geen enkele wijze over te oordelen. En als slagerszoon was ik toch ook wel benieuwd hoe ze dat hier zouden doen.

In het geval van de varkens was dat door verdrinking, zo merkte ik tot mijn afschuw, in een emmer waar het dier met zijn kop nauwelijks in paste, maar waar net genoeg water in zat zodat het met zijn snuit geheel werd ondergedompeld. Vijf of zes man hielden het voor zijn leven vechtende dier bij de achterpoten in bedwang. Wild borrelend en schuimend kolkte het water over de rand, als een onstuimige bron waarvan de opening te klein was.

Een fontein des doods.

Ik moest de neiging onderdrukken om de lachende mannen niet omver te duwen en het arme beest te redden.

De andere varkens die op hun beurt stonden te wachten, 'begrepen' dat dit ook hun lot zou zijn en gilden met bijna menselijke stemmen. Ze scheten en pisten de hele boel onder, terwijl ze zich probeerden los te rukken van de touwen die vastzaten aan diep in de grond geslagen ijzeren pennen.

Toen dan eindelijk het derde varken dood was, leek de stilte dieper dan ooit. Ze werden op met landbouwplastic bedekte, lange tafels gelegd die een beetje schuin stonden, met de kop waar de tafel het laagst was. Bij alle drie werd een groot mes tot aan het heft in de keel gestoken. Het bloed dat uit de wond kwam gulpen, werd slordig opgevangen in emmers die op de grond stonden, maar heel wat bloed werd verspild. Het bloed bleef eruit lopen, terwijl ze er weer een nieuwe emmer onder zetten.

Of was het morsen van het bloed een bewust plengoffer aan Moeder Aarde, die behalve alcohol en cocablaadjes wellicht een grotere dorst naar bloed had?

Er steeg een vochtige damp omhoog uit de emmers die tot de rand toe gevuld waren met dieprood, donker bloed, waar belletjes schuim op lagen. Aan de randen leek het al een beetje te stollen.

Vrouwen droegen de emmers weg, als Egyptische vrouwen die water geput hadden uit de Nijl die door God bij de eerste van de Tien Plagen in bloed was veranderd.

Toen de bloedstroom min of meer was opgedroogd werden met enige moeite de koppen van de dieren afgesneden, met soppende geluiden.

Iets verderop stonden enorme pannen water op een open houtvuur. Voorzichtig schepten de mannen met pannetjes het kokende water eruit dat ze over de varkens heen goten. Direct erna begonnen ze met scherpe messen over de huid te schrapen om de haren te verwijderen. De varkens hier hebben lange donkerbruine, bijna zwarte haren, bijna zoals everzwijnen bij ons in Nederland.

Ik dwong mezelf toe te kijken en te zien hoe het verslagen dier steeds naakter werd, steeds meer roze. Het was bijna obsceen om te zien.

Het duurde even voordat alle haren waren verwijderd. Daarna werd in een lange haal de buik opengesneden. De ingewanden gulpten dampend naar buiten, iets wat ik natuurlijk vaker gezien had als ik met mijn vader meeging naar de slacht. De darmen, lever, het hart et cetera werden losgesneden waarna ze afgespoeld werden en in grote plastic teilen werden gelegd.

Vakkundig werd de buikholte leeggehaald, tot er niets meer over was dan het lege karkas dat in twee helften gehakt en gezaagd werd en nog eens met kokend water werd overgoten.

De zes helften werden weggedragen waarna de tafels werden schoongespoeld.

Toen volgden er drie lammetjes. Net als bij de varkens vormden de aanwezigen een kring om de mannen die de slacht uitvoerden. Opnieuw wasten de mannen hun handen, die onder het bloed waren komen te zitten na het slachten van de varkens.

Tot mijn opluchting werden de lammetjes niet verdronken, maar eenvoudigweg op hun zij op de tafel gelegd en de keel doorgesneden.

Het blaten was er niet minder angstig om.

Een vrouw verzamelde de met bloemen gevlochten kransjes die de lammetjes op hun kopjes hadden gehad, toen ze naar de slachtbank werden geleid.

Ook van hen werd het bloed opgevangen, op net zo’n slordige manier als bij de varkens.

De koppen van de dieren werden er afgesneden, waarna de wollige huid met een scherp mes werd weggesneden. Ook hier was het gek om de naakte, onthoofde dieren te zien, die eruitzagen als zachte kussens, maar dan gevuld met ingewanden en organen.

Een uur geleden graasden ze nog, onwetend van het lot dat hen boven het hoofd hing.

De Heer is mijn herder, het ontbreekt mij aan niets…

Bij Maarten had ik een zekere verandering opgemerkt. Ook hij leek geschokt door de gang van zaken – het verdrinken van de varkens in een emmer water, maar hij moest dit toch eerder gezien hebben, dus dat kon het niet zijn.

Het was om een andere reden, zo ontdekte ik pas veel later.

18

In de eetzaal is het al aardig druk. Hoewel ik thuis in Nederland voor tien uur niets door mijn keel krijg, eet ik hier om zes uur, halfzeven 's ochtends al een bord vol: een groot stuk brood, rijst of aardappels met een bonenprut en vaak een stuk maiskolf. Ik drink er een grote kop *maté* bij, een kruidige thee, een aftreksel van de jonge blaadjes en knoppen van de matéplant. Het heeft een rokerige geur en een bitterzoete smaak en werkt opwekkend.

Ik voel een enorme teleurstelling als ik Nayra niet zie. De tijd die we samen nog door kunnen brengen is terug te brengen tot iets meer dan achtenveertig uur.

Ik speel met de gedachte om zondag nog hier te blijven en dan maandag rechtstreeks naar het vliegveld te gaan.

Dan komt Nayra binnen. Precies op dat moment verdwijnt bij mij elke lust tot eten. Mijn lepel leg ik terug op mijn bord, ik kan het zelfs niet opbrengen die hap nog tot me te nemen. Mijn mond voelt plots kurkdroog aan.

Nayra zwaait naar me en loopt dan naar het buffet. Met niet meer dan een homp brood, een stuk witte kaas en een kop dampende thee komt ze tegenover me zitten.

Ze pakt mijn hand die op de tafel ligt en knijpt er even in. 'Goed geslapen?' vraagt ze.

'Het was een onrustige nacht,' antwoord ik.

Niet zo gek als je bedenkt dat ik gisteren in het gelaat van een dood kind heb gestaard. En met Nayra heb gezoend.

'Had ik ook. Had ik ook.'

Ze vouwt haar handen om de tinnen beker en blaast met getuite lippen over de thee heen.

'Laatste werkdag vandaag,' zeg ik. 'Gek idee dat ik over een paar dagen weg ben. Ik ga deze plek echt missen. Ik ga jou echt missen.'

'Ik jou ook, Wara. Maar… Je moet gewoon maar snel terugkomen toch?'

Het is dat er een tafel tussen ons staat, anders zou ik haar hebben omhelsd, zo gelukkig voel ik me.

'Ik kom snel terug,' beloof ik – misschien nog wel meer aan mezelf dan aan haar.

Nayra kijkt naar al het eten op mijn bord.

'Ik heb toch niet zo'n honger geloof ik,' zeg ik en ik schaam me een beetje. Het is natuurlijk zonde dat dit goede voedsel direct naar de varkens gaat, dus doe ik een halfhartige poging mijn bord leeg te eten, maar ik krijg het echt niet weg en stop ermee.

'Kom,' zegt Nayra, die ook niet echt honger lijkt te hebben. Ze wikkelt het brood en de kaas in twee servetjes en staat op.

Ik ga naar de spoelkeuken en leeg mijn bord boven een ton waar een paar stukken brood en afgekloven maiskolven in liggen, onder toeziend oog van een kokkin die me onbewogen aankijkt.

'Sorry,' zeg ik tegen haar, terwijl ik een beetje over mijn buik wrijf alsof ik niet helemaal lekker ben.

Nayra en ik spreken af elkaar over een halfuurtje te treffen bij de auto om samen naar de *sukkakollos* te gaan, de experimentele akkers iets buiten Tiahuanaco.

Ik ga naar mijn kamer om me om te kleden en mijn spullen te pakken.

Het is alsof alles vandaag extra geladen is omdat ik veel dingen nu voor het laatst doe.

Zouden ze dat bedoelen met 'leef je leven alsof het de laatste dag is'?

Als we even later in de auto zitten en Nayra de motor heeft gestart, kijkt ze me even aan. 'Dat van gisteren…' begint ze. 'Het was fijn, maar ook… onverstandig misschien? Ik liet me meevoeren door het moment, het was ook een emotionele dag.'

'Je hebt er geen spijt van toch?'

'Nee, niet echt. Of een klein beetje misschien. Nou ja, weet je, het is gebeurd en het is niet erg, ik vond het ook fijn, maar je gaat ook weg en…'

'Maar ik kom terug.'

'Daar hou ik je maar aan dan.'

Ik gloei van verlangen. Als het zou kunnen, zou ik niet eens meer naar

Nederland teruggaan. De grootste beslissingen in mijn leven – vegetariër worden, in Wageningen studeren, de studie zelf, op kamers gaan, naar Bolivia vertrekken – heb ik altijd in een opwelling genomen, puur op intuïtie. Aan kleinere beslissingen als het kopen van een spijkerbroek of het uitkiezen van een gerecht in een restaurant besteed ik in de regel meer tijd en denkkracht.

Dan rijden we weg.

'Kom niet speciaal terug voor mij hoor,' zegt ze. 'Ik bedoel, nou ja, je begrijpt het wel.'

'Waarom zou ik anders terugkomen?' vraag ik.

'Je hebt gelijk,' zegt ze dan.

Al snel zitten we op de RN1.

'Wat denk je nou van Oscar?' vraag ik. 'Die actie van hem gisteren?'

'Don Oscar is een rare,' zegt ze, terwijl ze spottend lacht, maar al snel is ze weer serieus. 'En ik mag hem niet, dat weet je. Hoe hij mijn moeder zo ongeveer in zijn ban heeft, samen met al die andere mensen. Dat beschilderen van die deurposten met bloed, het is zó dramatisch allemaal. Maar hij is wel oprecht geloof ik. Ik denk niet dat hij een charlatan is. Oscar is geen slecht mens, maar dat neerkijken van hem, en van mensen zoals hij, op onze tradities, op onze cultuur... Het praten over Pachamama alsof zij de duivel in persoon is, dat vind ik zo naar van hem.'

Ik vertel haar over mijn ervaring gisteren in de kerk van padre Mauro. Hoe hij de ouders en peetouders tijdens een doopplechtigheid de huid vol schold.

'Dat is ook heel erg,' zegt ze. 'Maar de katholieke kerk heeft tenminste nog een manier gevonden om de indiaanse gebruiken een plekje te geven binnen het systeem. Ook al was dat oorspronkelijk weliswaar helemaal niet de bedoeling. Zo'n uitval als die van Mauro laat zien dat er uiteindelijk ook vanuit de kerk weinig tolerantie is. Maar in de praktijk valt het wel mee.'

'De soep wordt niet zo heet gegeten als die wordt opgediend,' probeer ik maar weer eens een Nederlands gezegde in het Spaans.

Nayra denkt diep na over mijn woorden, alsof ik een diepe wijsheid heb verkondigd, maar dan lacht ze. 'Ik ga die spreekwoorden van je missen... En dat is een waarheid als een koe.'

Uit het aantekenschrift van Jan-Willem Pijnakker – 4

Drie maanden eerder

Ik schreef het al eerder, maar vanzelfsprekend respecteer ik als antropoloog de manier van leven en denken van de mensen hier. Ik vind met name hoe ze omgaan met en praten over Moeder Aarde echt schitterend, het respect voor de natuur. Het is zoals het rentmeesterschap uit het Oude Testament: je zorgt goed voor de schepping en geeft die weer door aan je kinderen. Met al het geloof in die geesten van de bergen, de hagel en de regen, het water en de lucht heb ik als christen natuurlijk beduidend minder. 'God is ver weg,' legde een boer me uit, 'en we moeten onderhandelen met zijn tussenpersonen, de geesten van de bergen van de hagel, de vorst en de wind.' Een beetje zoals katholieken hun heiligen hebben, denk ik dan, mensen van vlees en bloed die echt op aarde rondgewandeld hebben. Maar volgens de Bijbel hebben we toch echt genoeg aan de Vader, de Zoon en de Heilige Geest.

In de kosmovisie van de Aymara worden drie ruimtes, *pachas*, onderscheiden. In de bovenwereld, *Alax Pacha* wonen God de Vader, de Heilige Geest en Jezus, omringd door engelen. Maar ook de zon, maan en sterrenbeelden horen erbij. Onze eigen wereld, de *Aka Pacha*, wordt bevolkt door Pachamama (Moeder Aarde), Achachillas (berggeesten), *uywiris* (beschermgeesten), *wak'as* (plaatsgeesten), *llawllas* of *illas* (geesten van de producten), beelden van de heiligen en de zielen van de overledenen. In de onderwereld ten slotte, de *Manka Pacha*, wonen *supaya*, *antawallas*, *sirinos*, *horanis*, *tutuka*, *anchanchu*, *awka*, *tíos* (kwade geesten) en de zielen van de verdoemden.

De Aymara's geloven in een bezielde werkelijkheid, vol goede en kwade machten die een positieve dan wel negatieve invloed kunnen hebben en die de mensen kunnen straffen of belonen voor slecht en goed gedrag. De mensen mogen deze krachten en machten niet vergeten bij het brengen van offers. Soms moet ermee 'onderhandeld' worden. 'Wij moeten Pachamama uitnodigen, we moeten haar geschenken geven, zodat er geen hagel valt en geen vorst komt,' vertelde een man me – ik krijg zo goed als geen vrouwen te spreken hier – 'zodat er geen storm komt en dat er voldoende regen zal zijn. Als we dat namelijk niet doen, komt er hagel. Pachamama is als een persoon. De wind, de hagel en de vorst zijn ook personen. De wind zou zó mijn huis mee kunnen nemen, als hij dat zou willen. We vragen aan de wind of hij dat alsjeblieft niet wil doen.'

Ik ben de afgelopen maanden regelmatig met mijn assistent Lionel meegegaan naar een dienst in de evangelische kerk die hij elke zondag bezoekt en dat is me heel goed bevallen. Er is een buitengewoon charismatische predikant, Oscar, een ware man Gods. Hij komt oorspronkelijk uit Puerto Rico en is vanuit een roeping naar Bolivia gekomen. Oscar heeft de oprechte wens de onversneden boodschap van Jezus te verspreiden onder de indiaanse bevolking hier waarvan zo'n groot deel nog in de duisternis dwaalt. Hij heeft zelfs Aymara geleerd om de mensen nóg beter te kunnen bereiken en reist onvermoeibaar langs de gemeenschappen op de Altiplano. Ook de meest afgelegen dorpen bezoekt hij.

Soms slaat bij mij de twijfel wel eens toe, ik zal dat heel eerlijk toegeven. Dan dringt de vraag zich aan me op: wie ben ik om op eenzame hoogte, vanuit mijn toren, neer te zien op deze mensen? Wie ben ik om een oordeel te vellen over deze mensen die geloven in al die zaken waar in mijn Bijbel negatief over wordt gesproken? Voor mij persoonlijk... Buiten Jezus heeft de mens niets of niemand nodig om te worden gered. Dat is wat ik geloof en wat ik in Leiden aan andere mensen duidelijk probeer te maken. Met andere leden van mijn evangelische studentenvereniging Ichthus ben ik zelfs langs deuren van studentenhuizen gegaan in de hoop binnengelaten te worden om met de bewoners een gesprek hierover aan te gaan.

Hier heb ik te maken met hardwerkende mensen die, op de rand van de armoede, direct afhankelijk zijn van wat de grond hun geeft. Als de oogst mislukt, dan zijn er geen reserves en zit er weinig anders op dan honger lijden of verhuizen naar een krottenwijk in La Paz in de hoop daar een bestaan op te bouwen. Is het dan gek dat mensen gaan onderhandelen met de aarde, met berg- en regengeesten, dat ze de hagel vragen boven het meer te vallen in plaats van boven de gewassen?

Het aloude *do ut des*-principe staat centraal: ik geef opdat jij geeft. Door te geven ontstaat er een relatie tussen twee partijen. Een gift roept de plicht op tot een wedergift, omdat de ander anders in het krijt blijft staan bij je. Een niet-beantwoorde gift kan een relatie verzieken – niet voor niets kan 'gift' ook 'vergif' betekenen.

Na een grote gift, zoals het offeren van een lama, hoopt men van Pachamama iets groots terug te krijgen.

En wat krijg je terug in ruil voor een kind?

19

Na een kort ritje komen Nayra en ik aan bij de proeftuinen van de universiteit. Hier liggen de akkers waar nieuwe variëteiten worden uitgeprobeerd, waar wordt geëxperimenteerd met natuurlijke bestrijding van ongedierte en plantenziektes, met bemesting van de aarde met vermalen totora en koeienmest. Alles keurig afgebakend, gemarkeerd met bordjes met daarop cijfercodes die verwijzen naar wat er precies op dit stukje grond gebeurt – alles volgens de regels van de wetenschap. De universiteit van Wageningen zou tevreden kunnen zijn. Toch wordt de natuur hier niet naar de hand van de mens gezet. Er wordt veel meer gekeken naar wat het goed doet onder welke omstandigheden.

Ik weet nog de eerste keer dat we hier kwamen, inmiddels bijna zes maanden geleden. Ik keek uit over het wonderlijke landschap. Het was alsof er een overstroming had plaatsgevonden, in een landschap dat slechts uit langwerpige terpen bestond. De verhoogde akkers maten circa vijftig bij tien meter en werden aan alle kanten omgeven door met elkaar verbonden kanaaltjes van een meter of twee breed.

'Kom,' zei Nayra, die toen al het initiatief nam.

Mijn officiële begeleider was er weliswaar bij, maar had de hele rit erheen met zijn ogen dicht gezeten, vechtend tegen zijn kater – al wist ik toen nog niet dat dit een dagelijks terugkerend fenomeen was. Om hem heen hing een sterke alcohollucht, die via zijn poriën een weg uit zijn geplaagde lichaam zocht. Toen we uitstapten, keek hij me kort met zijn waterige oogjes aan, alsof hij zich oprecht afvroeg hoe hij hier terecht was gekomen, zich vasthoudend aan het portier om niet om te vallen. Hij excuseerde zich dat hij zich niet helemaal lekker voelde en ging weer in de auto zitten.

Vanzelfsprekend maakte ik me wat zorgen over de zes maanden die voor me lagen met deze begeleider.

Nayra en ik liepen over de stevige, brede houten planken die als brug dienstdeden tussen de akkertjes.

'Hier komen geschiedenis, archeologie, moderne natuurwetenschappen, land- en tuinbouwkunde samen...' zei Nayra, die werkelijk glúnderde.

'Kijk, don Lucas,' zei ze, terwijl ze met haar rechterarm een halve cirkel beschreef, alsof ze de vacht van een heel groot beest aaide. 'Wat we hier zien is een eeuwenoud landbouwsysteem dat in de vergetelheid was geraakt. We hadden het er vanmorgen tijdens het ontbijt al over dat de Tiahuanacobeschaving hoogstwaarschijnlijk ineen is gestort door een lange periode van droogte, waardoor het niet langer mogelijk was om voldoende voedsel te verbouwen. Het gebied waar we nu zijn, is zo'n tien kilometer verwijderd van het Titicacameer, maar vijf eeuwen geleden lagen de oevers van het meer hier veel dichterbij. Door de droogte degenereerde dit systeem, met die verhoogde akkers. Ze brokkelden af en werden door wind en erosie weer onderdeel van het landschap. Honderden jaren later waren de mensen allang weer vergeten wat hier had gelegen. Waar mensen zich wel over verbaasden, was de vreemde vorm van het landschap: de bodem hier ging licht op en neer, als de golven op de zee die in één klap bevroren zijn. Er was geen geologische verklaring voor te vinden. Tot op een dag...'

Met veel gevoel voor drama wees Nayra naar boven, alsof daar daadwerkelijk iets te zien was. Ik keek naar boven.

'Tot er op een dag door de NASA satellietfoto's gemaakt werden van dit gebied. Op dat moment konden we opeens zien wat aan het oog onttrokken was geweest door het stof van de eeuwen dat hier neergedaald was. Er werd een uitgebreid systeem van kanalen en slootjes zichtbaar. Op basis van die beelden is men dit project begonnen. Ze zijn de kanalen opnieuw gaan uitgraven, de akkers weer gaan ophogen... Ze volgden precies het patroon van de velden zoals die er eeuwen eerder bij hadden gelegen. Al snel bleek hoe vernuftig dit systeem in elkaar stak. Overdag nam het water de warmte van de zon in zich op en 's nachts gaf het die weer af zodat de gewassen niet bevroren – mede beschermd door de mist die als een deken over het land hing. In het water werden vissen en eenden gehouden, een belangrijke aanvulling op het dieet. In de droge tijd groef men opnieuw de kanalen uit waarvan de bodem vruchtbaar was geworden door de uitwerpselen van de dieren, maar ook door de algen en insecten die in het water geleefd hadden. Slakken en ander ongedierte – een grote plaag voor alle gewassen hier – kunnen niet of veel lastiger op de akkers komen dus je hebt vanzelf veel minder bestrijdingsmiddelen nodig. Je offerde weliswaar een deel van je landbouwgrond op voor kanaaltjes, maar dat verlies werd weer goedgemaakt door de hogere opbrengst. Uiteindelijk was de landbouwopbrengst zoals aardappelen, *oca* en *tarwi* wel tot twintig keer hoger dan met traditionele landbouwtechnieken. Zo werd tegelijk een ander raadsel opgelost, namelijk hoe ze er destijds in geslaagd waren om al die mensen die hier woonden van voedsel te voorzien. Maar het laat ook de kwetsbaarheid zien van dit systeem en de afhankelijkheid van de mens van het klimaat, want toen de regens uitbleven, stortte alles als een kaartenhuis ineen.'

De afgelopen zes maanden zijn Nayra en ik hier vaak te vinden geweest, omdat veel bomen die in de omringende bergen worden geplant hier opgekweekt worden. We houden de groei bij, welke variëteiten in welke grond het best tot hun recht komen, wat ze doen bij een (te) droge grond of juist een (te) natte, met en zonder bemesting, al zulk soort zaken.

Deze ochtend zijn Nayra en ik voornamelijk in de weer met de lijsten die we bijwerken: de hoogte van de stekken, het aantal knoppen aan de takken, de dikte van de stammetjes. Hier en daar trekken we wat onkruid uit de grond, boren we om in de aarde die we omhooghalen te kijken welk bodemleven we aantreffen. We nemen monsters mee in plastic zakjes die in het lab microbiologisch worden onderzocht.

Meestal doen we ons werk zwijgend en als we al iets zeggen, zijn dat vaak korte, praktische mededelingen.

Wat zal ik dit missen, schiet het door me heen.

Na een uur of twee haalt Nayra een thermofles uit de auto. Zittend op een kleed op de grond drinken we met kleine slokjes onze maté en scheuren we van een groot, grof brood stukjes af die we samen met geitenkaas eten.

Je gevoel voor humor is het eerste dat verdwijnt als je in het buitenland bent en je een vreemde taal moet spreken. Dan merk je pas hoezeer je thuis gewend bent spreekwoorden en gezegden te gebruiken, woordspelingen en grapjes te maken. En hoe leg je uit aan iemand hoe het was om op te groeien in een klein dorp in Nederland, in een alledaags gezin, hoe het was om elke dag naar school te fietsen, met je klasgenoten om te gaan of elke zaterdag te voetballen met je vrienden?

Ik kan me op mijn beurt weer niets voorstellen bij opgroeien in armoede op het platteland, het met het hele gezin in één ruimte slapen vanwege de kou, de dagelijkse omgang met de dieren, het werken op het platteland en de zorg of de oogst voldoende zal zijn om het nieuwe jaar door te komen, de onderlinge verhoudingen in zo'n dorp en hoe iedereen op iedereen let, het geloof in Moeder Aarde, in de apus, in een omgeving die als magisch wordt ervaren.

'*Qala chuymani, imilla wawa. San Juan juyphiru purkasja*,' begint Nayra zachtjes te zingen, terwijl ze me guitig aankijkt. Het is een Aymaraliedje, dat gaat over een jongen met een gebroken hart. Hij is bereid een meisje 'met een stenen hart' te vergeven als ze hem, tijdens het feest van San Juan, op haar knieën en met veel gehuil om vergiffenis zal smeken. '*Jachan jachani. Qunqur kayuni perdón mayiri jutkitanta*.' Ze heeft een heldere stem, die diep tot me doordringt terwijl ik mijn ogen sluit. '*Suma qulila, perdón mayiri jutkitanta*.'

Tijdens het hoeden van de schapen was ze gewoon te zingen, heeft ze me verteld. Voor ieder seizoen zijn er liedjes, vaak verbonden aan het werk dat op dat moment nodig is op de velden; liedjes die van generatie op generatie worden doorgegeven.

Ze heeft dit liedje vaker gezongen voor me, net als andere liedjes – ik heb er zelfs een paar op mogen nemen om thuis naar te luisteren – maar vandaag voelt het een beetje als een afscheidslied en dat maakt me triest.

Mijn ritmisch meeklappen gaat over in een bescheiden applaus als Nayra is uitgezongen. Dan leg ik mijn hand op haar knie en zij legt haar hand weer op de mijne. Zo blijven we even zitten.

'Ik vind het vervelend dat je op dit moment weggaat,' zegt ze. 'Ik bedoel, met de dood van Luis. Het is echt een negatief einde van je verblijf hier.'

'Het is wel heel treurig, ja,' zeg ik. 'Er staan natuurlijk genoeg mooie dingen tegenover, maar het is echt ontzettend verdrietig. Denk je dat het ooit opgelost zal worden?'

'Het is moeilijk te zeggen. De oplossing zou echt vanuit de gemeenschap zelf moeten komen. Er is nog altijd veel wantrouwen tegenover de buitenwereld. Men is geneigd de gelederen gesloten te houden in zulke gevallen.'

'Mensen hangen de vuile was liever niet buiten.'

Dan ben ik even bezig met het uitleggen van deze uitdrukking.

Ze moet lachen. 'Precies. Alleen de schone was laten we zien. Dat is iets universeels dus. Maar met betrekking tot die moord op Luis moet er echt iemand opstaan die zegt: die heeft het gedaan. Als iemand het al weet natuurlijk, maar ik denk dat mensen wel vermoedens hebben. Ze moeten inzien dat zulk soort zaken onze gemeenschappen enorme schade toebrengen. Het beeld dat mensen van ons hebben blijft dan toch: het zijn een stel achterlijke wilden daar met hun antieke bijgeloof. De moord op die arme Luis is zó kwaadaardig en zo in strijd met waar we voor staan, wie we zijn.'

'Maar het geloof in de apus ís er toch?'

De apus zijn schimmengoden, de beschermgeesten van de hoge en de lage bergen van de Cordillera. Elke berg in de Andes, hoe laag ook, heeft een eigen beschermgeest. Toen de Spanjaarden kwamen en de beelden en de heiligdommen, de *huacas*, vernietigden, de indianen doopten en de heidense erediensten verboden, dachten ze dat er een eind zou komen aan die afgoderij. In werkelijkheid zijn ze, vermengd met de christelijke riten, nog steeds in gebruik. De apus beslissen in deze gebieden over leven en dood. Als ze ontevreden zijn, niet voldoende geëerd worden, niet voldoende gevoed zijn met offers, veroorzaken ze allerhande rampen als vernietigende hagelbuien, steenlawines, aardbevingen en allesverwoestende stormen.

Nayra trekt haar hand terug. Ze schuift nauwelijks zichtbaar een stukje van me vandaan.

'Sorry,' zeg ik onmiddellijk. 'Ik bedoelde niet...'

'Het geloof in de apus is er,' zegt ze, op rustige toon gelukkig. 'Ook ik geloof er in zekere zin in, Wara, maar voor mij zijn zij meer de belichaming van de krachten in de natuur die we niet kunnen beheersen. Uiteindelijk zijn wij volledig afhankelijk van de natuur waarin we leven. Regen en wind, kou en warmte, de hagel, het onweer, overstromingen, aardbevingen... We hebben het niet in de hand. Zelfs jullie in het Westen worden daar toch mee geconfronteerd, de laatste jaren meer dan ooit. Jullie zien toch ook dat de aarde als het ware terugslaat, alsof ze wraak neemt voor het misbruik dat er van haar gemaakt wordt. De uitputting van de oceanen, het verkrachten van de aarde, de vervuiling, de plasticsoep, de uitstoot van CO_2, de opwarming van de aarde… Dit alles resulteert toch in droogte in sommige gebieden, in overstromingen op andere plaatsen? De orkanen in Amerika, het verdwijnen van de gletsjers, het oprukken van de woestijnen, het verdwijnen van schoon drinkwater.'

Ik kan alleen maar deemoedig knikken, hoewel ik het ook wel een beetje vervelend vind dat ze me zo de les zit te lezen. 'Het was ook niet…' probeer ik.

'Dus waarom niet de apus? Voor mij zijn die niet meer dan een manier om een vorm of een gezicht te geven aan de dingen die om ons heen gebeuren. Geloof ik dat ze echt bestaan? Nee, of niet zoals de meeste mensen in de comunidad erin geloven, maar is er iets in de natuur dat zich tegen ons kan keren als we niet respectvol met haar omgaan? Ja, daar geloof ik wel in. We zien dat elke dag om ons heen gebeuren toch? Als het evenwicht zoek is, als we meer nemen dan teruggeven, als we meer nemen dan ons toekomt, dan raakt de wereld uit balans en dan zet die wereld ons dat betaald.'

Ik moet denken aan de Gaiahypothese die onder sommige van mijn medestudenten populair is – vernoemd naar Gaea, de Griekse godin van de Aarde. Volgens deze theorie is alle levende materie op aarde in feite één organisme, één groot levend wezen als het ware. De Aymara's breiden dit idee nóg verder uit door ook aan stenen, rotsen, bergen en meren een wil toe te kennen, alsof ze letterlijk 'begeesterd' zijn, een geest hebben.

'Uiteindelijk draait alles om evenwicht, om balans,' zegt Nayra. 'Het brengen van offers aan de apus heeft voor mij meer te maken met het tonen van respect voor die krachten in de natuur aan wie wij mensen uiteindelijk ondergeschikt zijn. In de regel zijn dat onschuldige gaven zoals cocablaadjes, sigaretten, suikerklontjes, wat druppels alcohol en ja, soms grotere offers zoals een schaap of, en dat is al heel zeldzaam, een lama.'

Nayra had me eerder al eens verteld over een ritueel dat iedere drie jaar voor de hele gemeenschap voltrokken wordt. De dorpsbewoners zamelen geld in om gezamenlijk een witte lama te kopen. Dan gaan ze naar de Jilarata, de hoogste berg in de buurt, om daar het dier te slachten. Ze doen dat niet op een willekeurige plaats, daar zijn speciale plekken voor. De ingewanden worden begraven, het vlees wordt verbrand – ze eten het niet op – en het bloed plengen ze op de aarde. Ze doen dit opdat Pachamama hen zegent, opdat het regent. Als ze het niet doen, geloven de mensen, dan valt er geen regen, is er geen oogst, komen er vorst en hagel die de gewassen vernietigen. Verder schenken ze één of twee keer per jaar een gedroogde lamafoetus aan de aarde, die ze een heuse begrafenis geven. Dit alles onder leiding van de yatiri, de religieuze specialist van het dorp. Alleen hij mag de rituelen uitvoeren. Als iemand anders het doet, brengt dit onheil over de gemeenschap, geloven de mensen.

'Maar een mens offeren...' zegt ze. 'Een kind nog wel, dat is echt iets uit vroegere, heel vroegere tijden. Die barbarij hebben we echt ver achter ons gelaten.'

'Blijkbaar niet,' zeg ik, nu ook een beetje geïrriteerd. 'Er zijn dus nog mensen die wel degelijk geloven dat de honger van de apus niet alleen gestild kan worden met cocablaadjes en het bloed van lama's, maar dat ze wellicht op zijn tijd het bloed van een echt mens nodig hebben.'

'Ik weiger dit te geloven.'

'En toch is het gebeurd.'

'Dan moet het echt een verdwaalde ziel zijn geweest. Dit gaat in tegen alle waarden die we als gemeenschap hebben.'

Ze staat op. 'Kom. Laten we maar weer aan het werk gaan.'

'Nayra,' probeer ik. 'Ik denk dat je gelijk hebt, ik denk dat dit het werk is van een verdwaalde ziel zoals je het zelf noemt. Ik wilde ook niets negatiefs beweren over het geloof van de gemeenschap. Ik vind dat juist prachtig, de eerbied, het ontzag voor de natuur, het besef van afhankelijkheid...'

Ik voel me wat hulpeloos, alsof de wij-zij-kloof tussen ons zich nog nooit zo ten volle heeft geopenbaard als op dit moment.

Ze neemt met opzet een andere rij dan ik om de boompjes te controleren. Een heel pad hou ik gelijke tred met haar, maar kijk ik wel tegen haar rug aan die onverzettelijkheid en ook iets van verongelijktheid lijkt uit te stralen.

De tijd kruipt voorbij, maar dan eindelijk zijn we aan het einde van ons laantje.

Dan draait ze zich om.

Ze moet lachen als ze mijn blik ziet, die haar smeekt me te vergeven.

'Het is al goed, Wara,' zegt ze. 'Ik reageerde wat overdreven misschien. Ik kan er niet goed tegen als mensen van buiten op die manier praten over ons. Je kent dat toch? Zelf mag je klagen over je familie, of over je land, of voor mijn part over je voetbalclub, maar als andere mensen dat doen schiet je in de verdediging.'

'Dat is waar.'

Dan zie ik in de verte een auto die onze kant op komt rijden.

20

Als de auto iets dichterbij gekomen is, herken ik Maartens wagen. Hij parkeert hem naast die van Nayra. Ook Mauro is meegekomen, zoals altijd gekleed in zijn soutane.

Die man slaapt daar nog in, denk ik als ze zijn uitgestapt.

'Laten we hun kant op lopen,' zeg ik.

Nayra en ik stonden toch al op het punt terug naar het universiteitsgebouw te gaan, omdat ons werk hier voor vanochtend erop zit. Op haar kantoortje zetten we dan de gegevens in de computer, al gaan we ook vaak in de kantine zitten.

'We dachten al dat jullie het waren,' zegt Maarten hartelijk.

In deze vlakke woestenij is het onmogelijk je te verbergen.

Mauro groet ons, maar lijkt er met zijn gedachten niet helemaal bij te zijn.

Afwezig schudt hij ons de hand, hoewel, hand... Het komt erop neer dat ik een kort moment zijn vingers omvat, die fijn en zacht aanvoelen, vrouwelijk bijna, als van iemand die in zijn leven nog geen seconde ruwe arbeid heeft hoeven verrichten. Ik ben geneigd mijn hand naar mijn neus te brengen om te ruiken of Mauro zijn handen parfumeert, maar ik weet me op tijd in te houden.

'We zijn op weg naar de familie van de kleine Luis,' zegt Maarten. 'Het lichaam is vanochtend vrijgegeven. De doodsoorzaak was al bekend natuurlijk. Het arme kind is het hoofd ingeslagen. Luis moet in één klap dood zijn geweest. Dat is bijna nog een troostende gedachte... Dat hij niet heeft geleden.'

'En verder?' vraag ik.

'Verder hebben ze niets gevonden, tenminste, niet iets wat ze ons willen vertellen. Ze hebben ook niet in ideale omstandigheden hun werk kunnen doen natuurlijk. Luis was weggehaald van de plek waar hij was gevonden. Begrijpelijk, maar voor het onderzoek funest. Maar dan nog, er hadden al zoveel mensen op die plek rondgelopen, dus zelfs als ze…'

'Als ze wat?'

'Zelfs als ze ter plekke uitgebreid onderzoek hadden gedaan en haren of wat dan ook hadden gevonden… Er is geen database waarin iedereens DNA is opgenomen. En dan nog, het halve dorp heeft in die kamer gestaan en die jongen aangeraakt, dus de aanwezigheid van sporen – mocht de dader uit het dorp afkomstig zijn – is dan nog steeds te verklaren.'

'Het is hopeloos dus.'

'Vrij hopeloos ben ik bang. De oplossing moet echt komen vanuit de gemeenschap zelf, iemand die iets heeft gehoord of gezien.'

'Waarom gaan jullie naar de ouders van Luis?' wil Nayra weten.

Ik bespeur iets vijandigs in haar toon, alsof ze nog steeds in de wij-zij-modus zit: zij als Aymara-indiaanse tegenover ons, de drie buitenlanders.

Als Maarten al iets van deze vijandigheid opmerkt, negeert hij die volledig. Hij blijft zijn beminnelijke zelf. 'We willen de familie laten weten dat we met onze gedachten en gebeden bij ze zijn, heel eenvoudig.'

'De begrafenis is in handen van de gemeenschap,' zegt Mauro, die weer tot leven lijkt te zijn gekomen. 'Daar zullen we ons verder niet mee bemoeien. Ik wil er wel bij aanwezig zijn natuurlijk en als ze willen dat ik een rol vervul, dan zal ik die op me nemen, maar ik laat dat aan de ouders van Luis over.'

Nayra lijkt tevreden met dit antwoord.

'Verder niks,' zegt Maarten. 'Vanaf de weg zagen we twee mensen hier aan het werk. Een beetje op goed geluk sloegen we af, half en half verwachtend dat jullie het zouden zijn. En dat was ook zo.'

'Wij stonden net op het punt naar huis te gaan,' zeg ik.

Nayra loopt bij ons weg om haar spullen op te halen.

Als we het grote kleed waarop we hebben gezeten uitkloppen, vraagt Maarten in het Nederlands: 'We verstoren toch geen romantische picknick?' Het is een beetje als grap bedoeld, maar hij zegt het met een serieuze ondertoon.

'Nee, nee,' zeg ik iets te gehaast. 'Maak je geen zorgen. We eten hier altijd even een broodje, drinken een kopje thee…'

Mauro is inmiddels weer in de auto gaan zitten.

Nayra is helemaal naar de andere kant van het veld gelopen om redenen die ik even niet goed begrijp.

Zou ze letterlijk even weg willen zijn bij de westerse indringers?

'Ik maak me zorgen om hem,' fluistert Maarten zo zacht dat ik een stap moet zetten om hem te kunnen verstaan. Met zijn hoofd maakt hij een nauwelijks merkbare beweging in de richting van de auto.

Het fluisteren is overdreven omdat Mauro ons niet kan horen én omdat Maarten ook nog eens Nederlands praat.

'Toen ik vannacht opstond om naar het toilet te gaan, zag ik dat er licht brandde in de kerk. Ik ben erheen gegaan en zag Mauro daar op de grond liggen, in het gangpad voor het priesterkoor, lang uitgestrekt zoals een priester bij zijn wijding. Hij was straalbezopen, huilde en sloeg wartaal uit. Hier en daar herkende ik flarden van een gebed en van Bijbelteksten, maar het was onsamenhangend. Met veel moeite heb ik hem overeind gekregen. Hij was nauwelijks aanspreekbaar.'

'Wat heftig.'

'Ja, hij bleef maar zeggen dat het zijn schuld was. "Mea culpa, mea culpa... Mea maxima culpa," herhaalde hij, eindeloos.'

Door mijn schuld, door mijn schuld, door mijn grote schuld... Thuis in de Werenfriduskerk maakte de priester van dat laatste altijd 'door mijn grote, gróte schuld', hetgeen ik altijd al wat overdreven vond.

'Maar hoezo dan?' vraag ik geschrokken. 'Hij heeft er toch niks mee te maken?'

'Nee, natuurlijk heeft hij er niks mee te maken,' haast Maarten zich te zeggen. 'In zoverre, hij voelt zich wel deels verantwoordelijk voor wat er is gebeurd. Het duurde even voordat hij aanspreekbaar was hoor. Ik heb hem letterlijk opgeraapt en in de keuken dwong ik hem zo goed en zo kwaad als het ging zijn hoofd onder de koude kraan te stoppen. Daarna kwam hij wel wat meer tot zijn positieven, al was hij nog steeds dronken. Maar ik heb hem naar de sacristie geleid, waar we even zijn gaan zitten. In horten en stoten, nog steeds niet helemaal coherent, vertelde hij hoe hij in gebreke was gebleven. Hoe hij al veertig jaar als een soldaat van Christus strijdt voor het evangelie. Hoe hij altijd zijn kracht gezocht heeft bij de Heer en zijn almacht. Dat hij de wapenrusting van God aangetrokken heeft om te kunnen standhouden tegen de listen van de duivel. Dat zijn strijd niet gericht is tegen vlees en bloed, maar tegen de heerschappijen, tegen de machten, tegen de wereldbeheersers van deze duisternis en tegen de geesten van het kwaad in de hemelse regionen, tegen de apus… Dat hij daarom elke dag opnieuw, al veertig jaar lang, naar de wapenrusting van God grijpt om weerstand te kunnen bieden op deze dagen van het kwaad en om staande te blijven, strijdend tot het einde.'

'En hij vindt dat hij heeft gefaald.'

'Ja, hij denkt dat als hij er beter in geslaagd was het evangelie over te brengen op de mensen, dat zij zich dan eerder van deze duivelse praktijken zouden hebben afgewend. Als zij niet de apus zouden aanbidden, geen offers zouden brengen aan Moeder Aarde, niet zouden bidden tot demonen zoals hij dat zegt, dan zou dit kwaad allang uit deze contreien zijn verdwenen. Snap je? Dan zou niemand het in zijn hoofd halen om een kind te offeren aan de berggeesten. Het zou in niemands hart opkomen.'

'Ik begrijp wat je bedoelt. Nog los van het feit dat ik het niet eens ben met zijn idee dat de apus demonen zijn, denk ik dat hij zich niet in zijn eentje verantwoordelijk hoeft te voelen voor iets wat andere mensen vijfhonderd jaar voor hem ook al niet is gelukt toch?'

'Je hebt gelijk, dat is ook zo, maar toch. De dood van de kleine Luis heeft hem gewoon enorm aangegrepen, zo vlak voor zijn pensioen ook. Er is geen opvolger voor hem… In deze tijd is het lastig iemand te vinden die zijn ziel en zaligheid in wil zetten in een uithoek als deze. In La Paz is het al moeilijk mensen te vinden…'

Ik kijk over Maartens schouder. Mauro staart onbewogen voor zich uit, als een wassen beeld. De man moet terugkijken op een mislukte missie, op een tevergeefs leven misschien wel. De uitval tegenover de twee indiaanse stellen tijdens de doopplechtigheid kan ik nu ook beter plaatsen.

Langzaam komt Nayra onze kant weer op gelopen.

'Hij heeft gewoon het gevoel dat het allemaal voor niets is geweest,' zegt Maarten.

Als Nayra dichterbij is, zie ik dat ze weer haar oude zelf is, alsof ze de afstand even nodig had om de boosheid en frustratie van zich af te schudden.

'Wij gaan naar de universiteit, padre,' zegt ze.

‘Wij vertrekken ook.’

‘Doe mijn hartelijke groeten aan de familie van Luis.’

‘Dat doe ik, Nayra.’

Als zij naar de auto loopt, zegt Maarten, opnieuw fluisterend: ‘Hou dit maar voor je, goed? Het is al pijnlijk genoeg. We hoeven dit niet aan de grote klok te hangen.’

‘Maak je geen zorgen, ik hang de vuile was niet buiten.’ We schudden elkaar de hand. ‘Wanneer is de begrafenis?’

‘Meestal is die binnen drie dagen, dus dat zal zondag worden.’

‘Dan zullen we die allebei niet meemaken toch?’

‘Inderdaad,’ zegt Maarten. ‘Mauro is er, dus dat is… voldoende. Voor hem is het ook belangrijk erbij te zijn, omdat hij zich zo verantwoordelijk lijkt te voelen. Onterecht natuurlijk, maar toch.’

Net als hij in wil stappen, vraag ik snel: ‘Denk je dat die Oscar, de voorganger van de evangelische gemeente, er iets mee te maken zou kunnen hebben?’

Maarten denkt een seconde na, maar verwerpt deze suggestie dan onmiddellijk. ‘Nee joh. Waarom denk je dat in hemelsnaam?’

‘Ik weet het niet,’ moet ik toegeven. ‘Het was zomaar een gedachte die bij me opkwam. Misschien om mensen te straffen? Of ze angst aan te jagen om ze zo naar zijn eigen kerk te jagen?’

Maarten schudt het hoofd. ‘In bange tijden wordt het geloof van mensen wel sterker, ja. De kerken zijn voller als het crisis of oorlog is, maar dit… En dan kinderen vermoorden? Nee, dat gaat me te ver.’

Hij is wel onder de indruk als ik kort verslag doe van het verven van de deurposten met het bloed van een geslacht schaap.

‘Dat is…’ zoekt Maarten naar woorden. Hij stapt in, doet zijn gordel om en draait het raampje omlaag. ‘Dat is tamelijk bizar, ja,’ maakt hij zijn zin af. ‘Daar zou ik me meer zorgen over maken.’

Mauro kijkt vanaf de bijrijdersstoel langs Maarten heen, maar niet om iets tegen mij te zeggen. Ik draai me om maar achter mij staat niemand. ‘Juich, hemel, en allen die daar wonen!’ zegt hij op bezwerende toon. ‘Maar wee de aarde en de zee: de duivel is naar jullie afgedaald! Hij is woedend, want hij weet dat hij geen tijd te verliezen heeft.’

Mauro lijkt zich rechtstreeks tot de apus in de bergen te richten.

Uit het aantekenschrift van Jan-Willem Pijnakker – 5

Dit 'dagboek', dat ik zeer onregelmatig bijhoud, is uitgegroeid tot een boekwerk op zich. Als ik zo terugblader, trekken alle gebeurtenissen weer voorbij. De hoogtepunten: de dorpsfeesten, de incidentele doorbraken in mijn onderzoek, de reizen met de auto over de Altiplano... De dieptepunten: de eerste drie weken waarin niemand met me wilde spreken, de eenzaamheid en de kou, en natuurlijk mijn aanhouding na de moord op het tweede kind een halfjaar geleden, omdat ik toevallig net in dat dorp was met Lionel en Oscar. Gelukkig is de aanhouding niet aan de grote klok gehangen. Ze hadden niets kunnen vinden dus er was geen enkele reden om mij, Oscar en Lionel langer vast te houden.

Zoals altijd zit ik op mijn vaste plek in mijn vaste lokaal in de dorpsschool te schrijven. Soms komen mensen me gedag zeggen.

Vanavond is er een groot feest op het instituut in Tiahuanaco. Luc neemt afscheid – zondag gaat hij met die Nederlandse priester naar La Paz en maandag vliegt hij terug naar Nederland – en 's ochtends is er voor zonsopkomst een feest bij de Zonnepoort.

Luc is regelmatig langsgekomen in mijn dorp als hij op de weg terug was van een dag gemeenschappen bezoeken. Hij is meestal in het gezelschap van Nayra, een zeer knappe, jonge indiaanse vrouw die aan de universiteit is verbonden. Het is wel duidelijk dat die twee op elkaar zijn gesteld.

De uitnodiging van Luc en Nayra om ook te komen heb ik een beetje afgehouden, want ik heb toch een dubbel gevoel over dat hele zonnewendefeest, die begroeting van de zon. Het is me toch iets te heidens naar mijn smaak.

Jezus als Licht van de Wereld is genoeg voor mij...

Ah, ik hoor de deur van de school. Er komt iemand langs blijkbaar...

21

Nayra en ik kijken Mauro en Maarten na, die naar het dorp van Luis rijden. Het is een beetje een vreemd afscheid geweest, door de duistere woorden die Mauro sprak, als een profeet die waarschuwt voor naderend onheil.

Dan stappen ook Nayra en ik in de auto. Het is de bedoeling terug te gaan naar het instituut waar we zoals gebruikelijk de gegevens van vanmorgen in de database zetten.

Dan weet ik het.

Plots lukt het me wel om er de vinger op te leggen en helder te krijgen wat eerder nog een onbestemd vermoeden was.

Maar ik kan toch niet de eerste zijn die dit ziet?

Ik ben blij dat het tussen ons weer normaal lijkt te zijn, na de verwijdering van zo-even. Tegelijkertijd besef ik dat ik de broze harmonie onmiddellijk weer zal verbreken als ik mijn vermoedens zou uitspreken.

Misschien is er namelijk iets heel anders aan de hand.

Ik moet denken aan wat Nayra vertelde over hoe in de tijd van de Inca's twee keer per jaar, in juni en december, onder meer de mooiste kinderen uit het hele rijk naar Cuzco gestuurd werden. Ze werden naar de vier windstreken van het rijk uitgezonden om op hoge bergtoppen geofferd te worden – rond de tijd van de zonnewendes van de zomer en de winter.

'Luis is vlak voor de twintigste juni gevonden,' begin ik dan toch maar. 'Dat is rond een zonnewende.'

'Die gedachte is ook door mij heen geschoten,' zegt Nayra verrassend genoeg. Hierdoor voel ik iets minder aarzeling verder te gaan, maar ze is me voor. 'Het vorige slachtoffertje werd vermoord rond 20 december, ook een zonnewende. En het eerste dode kind werd gevonden op 20 juni, wéér rond een zonnewende...'

'Dat wilde ik vragen, ja.'

Nayra fluistert nu bijna. 'Ik weet niet of don Sixto al ziet dat er mogelijk een patroon is. Ik denk dat Patricio Guerra, als expert op dit gebied, hem hier wel op zal wijzen.'

'Ze moeten dit eerder hebben gezien, toch? En zeker nu er drie offers...'

'Moorden,' valt Nayra me in de rede, nu toch geïrriteerd. 'Het waren geen offers, het zijn drie moorden.'

'En zeker nu er drie moorden zijn,' zeg ik dan maar. 'Telkens rond dezelfde dag, met tussenpozen van zes maanden, dat is geen toeval meer natuurlijk.'

Ze start de auto. 'Maar dan nog...' zegt ze. 'Stel dat er inderdaad sprake is van een patroon, waar het inderdaad veel van weg lijkt te hebben, dan nóg zegt dat helemaal niks over de dader of uit welke hoek hij komt.'

'Daar heb je gelijk in.'

Langzaam hobbelend rijden we het terrein af in de richting van de RN1.

'Zullen we anders Juan even gedag zeggen?' stel ik voor. 'Hij heeft nog niet laten weten of hij vanavond naar het feest komt. Kunnen we hem dat meteen even vragen.'

'Dat is goed,' zegt ze. 'Het is maar een klein stukje de andere kant op. Het werk kan wel even wachten.'

In plaats van linksaf gaan we rechtsaf en volgen we de weg naar Guaquí, waar een politiepost is. Beiden zijn we zulke bekende verschijningen hier, dat de meeste soldaten ons wel kennen en ze ons zonder verdere formaliteiten doorlaten.

Onderweg spreken we weinig. Een beetje over koetjes en kalfjes, nog zo'n uitdrukking die Nayra heel erg leuk vindt.

Dan mindert ze vaart en slaat ze links af een hobbelige zijweg in, die leidt naar het gastgezin van Jan-Willem.

Bij het huisje parkeert Nayra de auto. Uit ervaring weet ik dat we even moeten blijven zitten om het stof om ons heen de kans te geven neer te dalen.

Vanuit de verte komt een figuur aangelopen, die ik, als hij vlak bij de auto is, pas herken als Lionel. Hij is Jan-Willems veldassistent, een soort hulpje en ook een tolk voor oudere mensen die minder goed Spaans spreken. Ik heb hem een paar keer ontmoet, een wat verlegen jongeman, die dezelfde kerk bezoekt als Nayra's moeder.

Snel werp ik een blik op de deurpost en in de gauwigheid zie ik dat die niet met bloed besmeurd is.

Dan komen ook don Félix en doña Juana, de gastouders van Jan-Willem naar buiten gelopen, met hun kinderen achter hen aan.

Nu pas stappen Nayra en ik uit.

In het Aymara worden enkele beleefdheden uitgewisseld. Ik hoor de naam van Jan-Willem voorbijkomen – hier wordt hij eenvoudigweg Juan genoemd – maar hij lijkt niet hier te zijn.

'Juan is boven,' zegt Nayra dan. 'Bij de school.'

We stappen in de auto. Ook Lionel rijdt met ons mee.

Langzaam rijden we naar boven toe. Halverwege de uitloper van de berg is een vlak terrein gecreëerd waar de school staat, aan een enorm groot plein dat ook voor dorpsfeesten wordt gebruikt. Nayra en ik zijn een keer samen hier geweest bij de viering van de naamdag van de schutspatroon van het dorp – de naam van de heilige is me even ontschoten.

Als we uitstappen, zien we door de ramen heen niemand zitten.

Het eenvoudige gebouw bestaat uit niet meer dan een kleine 'portiersloge' bij de ingang en een lange gang waaraan drie lokalen liggen.

'Hij is hier niet,' zegt Nayra, die al rechtsomkeert wil maken, maar ik open de deur en ga naar binnen.

Misschien zit hij net om een hoekje, uit het zicht.

Dan loop ik langs de lokalen die inderdaad leeg lijken te zijn. Als ik aan het einde van de gang ben, besluit ik toch de lokalen in te gaan.

In het laatste lokaal zijn alleen maar verweerde bankjes te zien, afdankertjes uit de grote stad zo lijkt het. Naast het gehavende schoolbord hangt een grote landkaart van Bolivia, maar verder zijn de muren helemaal kaal.

Het middelste lokaal ziet er min of meer hetzelfde uit. Geen schoolboeken, geen schriften, alleen het bureau van de leraar, de bankjes en stoelen van de kinderen en de houten vloer waar stof en aarde zich hebben verzameld.

Ten slotte ga ik het eerste lokaal binnen. Het eerste wat ik zie is het woord dat met hanenpoten op het schoolbord staat geschreven.

¡KHARISIRI!

22

Een zacht gekreun klinkt vanachter uit het lokaal, als van een gewond dier.

Geschrokken doe ik een stap terug. Ik bons op de ramen om aandacht te trekken. 'Nayra!' schreeuw ik. 'Lionel!'

Ik ga het lokaal binnen en loop in de richting van het geluid. Voetje voor voetje schuifel ik vooruit, waarbij ik nauwelijks loskom van de grond.

Moet ik vluchten of vechten?

Maar ik verstar.

Ik zie Jan-Willem op de grond liggen, de armen boven zijn lichaam uitgestrekt, als een dronkenman die zijn roes ligt uit te slapen.

Dan klinkt opnieuw gekreun.

Ik snel op hem af en ga op mijn hurken bij hem zitten. 'Jan-Willem,' zeg ik zachtjes. 'Jan-Willem.' Ik schud hem aan zijn schouder een beetje heen en weer.

Zijn gekreun wordt heviger.

Achter me hoor ik snelle voetstappen die plots tot stilstand komen.

Ik draai me om en zie dat Nayra in de deuropening is blijven staan, een hand voor de mond geslagen. Lionel wurmt zich langs haar heen en komt naar me toe. Ook hij knielt bij Jan-Willem neer.

'We moeten naar het ziekenhuis,' zeg ik.

Jan-Willem heeft een grote bloeduitstorting bij zijn linkerslaap. Zijn haren zijn op één plek verkleefd.

Hij probeert zijn hoofd wat op te richten, maar dat kost hem zichtbaar grote moeite.

'Wat is er gebeurd?' vraag ik hem.

Hij prevelt iets onverstaanbaars en laat dan zijn hoofd iets te snel terugvallen. Met een harde bonk landt het op de houten vloer.

Nayra is onze kant op gekomen, maar toch blijft ze op een paar meter afstand staan.

Samen pakken Lionel en ik Jan-Willem voorzichtig onder zijn oksels om hem langzaam omhoog te tillen. Dat is nog niet zo eenvoudig, ik denk dat Jan-Willem meer dan honderd kilo weegt.

Zich nauwelijks bewust van waar hij is of wie wij zijn, strompelt hij tussen ons in met ons mee. Nayra neemt het aantekenschrift mee waarin hij zo te zien had zitten schrijven.

Het lukt ons om hem op de achterbank te krijgen, waar hij een foetushouding aanneemt. Ik ga naast hem zitten, terwijl Nayra van buitenaf de portieren dichtdoet. Dan zie ik dat hij ook aan de achterkant van zijn hoofd een wond heeft. De overeenkomst met de verwonding van de kleine Luis doet me huiveren.

Nayra en Lionel overleggen in het Aymara, dus ik versta niet waar ze het over hebben. Wel hoor ik een paar keer '*kharisiri*' voorbijkomen, het woord dat op het schoolbord stond geschreven.

Als Nayra is ingestapt begint Lionel voor de auto uit te rennen, in de richting van het huis van Jan-Willems gastouders.

Lionel buigt van de weg af als hij bij het huis van Félix en Juana is. Bij wijze van afscheidsgroet toetert Nayra een paar keer kort en fel achter elkaar.

Gelukkig zijn we al snel op de hoofdweg waar Nayra het gaspedaal indrukt, af en toe bezorgd een blik achterom werpend.

'We gaan naar de kliniek van de universiteit,' zegt ze. 'Er is een ziekenhuisje in Guaquí, maar ik wil Juan liever dicht bij ons hebben. Hij heeft een hoofdwond, maar is niet helemaal buiten kennis. Ik denk dat het allemaal uiteindelijk allemaal mee zal vallen.'

Dat klinkt redelijk.

'Kharisiri,' zegt Nayra met een zucht.

'Wat betekent kharisiri?' vraag ik.

Eerst verbetert Nayra mijn uitspraak van het woord 'kharisiri'. Dan schudt ze hevig met haar hoofd en zucht ze opnieuw, dieper dan zo-even.

'Je weet, Wara,' zegt ze. 'Ik heb een groot respect voor onze Moeder Aarde, onze Pachamama. En ik geloof dat er meer is tussen hemel en aarde dan wij met onze ogen kunnen zien. Ik geloof dat onze wereld bezield is, veel meer dan jullie in het Westen beseffen. Ik geloof dat de aarde leeft, dat ze iemand is, met een persoonlijkheid, als een moeder die voor haar kinderen zorgt. De regen, de wind, de zon, zelfs de hagel en het onweer, de bergen, het meer, de rivieren, de bronnen, de bomen en struiken, alles wat leeft heeft een ziel, Wara. We moeten in contact komen daarmee, of het contact ermee in ieder geval niet verliezen. Ze is als de navelstreng die een kind met zijn moeder verbindt. In principe is die wereld ons gunstig gezind. Als wij geven, zal zij ons geven. Als we niet meer nemen dan ze missen kan, verstoren we het evenwicht niet.'

Haar antwoord verrast me. Op zich ben ik bekend met dit verhaal, maar het is niet het antwoord op mijn vraag. Door de omhaal van woorden die ze gebruikt lijkt ze de echte kwestie uit de weg te willen gaan.

'Maar ik vroeg...' zeg ik dan ook.

'Er is ook heel veel... bijgeloof,' zegt ze. 'Op veel mensen zal het raar overkomen als ik dit zeg, omdat zij ervan overtuigd zijn dat het hele religieuze systeem van de Aymara's bijgeloof is.'

Ze lacht opnieuw, maar nu met een verbitterde ondertoon, die ik niet van haar ken. 'Die kharisiri hoort daar thuis wat mij betreft, bij het echte volksgeloof. Verhaaltjes die ouders hun kinderen vertellen om ze schrik aan te jagen.'

Nog steeds geen antwoord.

'Een kharisiri hoort in het rijtje van jullie Monster van Loch Ness, Bigfoot of de Verschrikkelijke Sneeuwman. Maar met dit verschil dat hier heel veel mensen écht geloven in het bestaan ervan. Kharisiri, *ñakaq*, *pishtaco*... Allemaal verschillende namen voor hetzelfde wezen. Het is een beetje zoals... In het Engels zeggen ze *boogeyman*, een boeman, maar dan een personage uit de mythologie van de Andes, met name hier in Bolivia en ook in Peru.'

Ik knik.

'Volgens de overlevering is de kharisiri een kwaadaardig mens,' gaat Nayra verder. 'Het is een monster, vaak een vreemdeling en meestal wit. Hij zoekt nietsvermoedende indianen uit om hen vervolgens te vermoorden of op andere manieren te misbruiken. Volgens sommigen snijdt de kharisiri zijn slachtoffers in stukken om hun lichaamsvet te eten of op een andere manier te gebruiken. Of om het vlees van het slachtoffer te verkopen als gebakken *chicharrones*.'

'Die heb ik in La Paz wel eens gezien, op de barbecue,' zeg ik bij wijze van grap, maar Nayra kan er niet om lachen.

Onverstoorbaar vertelt ze verder. 'Volgens anderen bijt hij zijn slachtoffers en zuigt hij hun lichaamsvet op… Hoe het ook zij, het bijzondere aan deze mythe is dat die heel duidelijk terug te voeren is op de Spaanse verovering van Zuid-Amerika. De oorsprong van de meeste mythes is natuurlijk in nevelen gehuld, maar dit weten we heel precies. Het woord pishtaco komt uit het Quechua, *pishtay*, en dat betekent: onthoofden, de keel doorsnijden of in stukken snijden.'

'En dachten ze dan dat Juan een kharisiri was?'

'Daar lijkt het wel op, ja,' zegt Nayra. 'Het is allemaal nog wel te beredeneren. Voor veel mensen, met name arme mensen, is stevigheid of een overmaat aan lichaamsvet een teken van voorspoed, een goede gezondheid, kracht en schoonheid. Dat is in heel veel delen van de wereld zo. Als je dik bent, heb je blijkbaar geen gebrek aan eten en drinken. Jan-Willem is niet de slankste natuurlijk, hoewel hij het afgelopen jaar behoorlijk is afgevallen… Het is vrij normaal dat arme boeren op het platteland dik zijn beschouwen als een teken van leven. Van veel ziektes denkt men dan ook dat die veroorzaakt worden door het verlies van lichaamsvet. Iemand die extreem mager is, wordt verafschuwd. Alsof die van binnenuit wordt verteerd, wordt opgegeten. Jullie magere schoonheidsideaal is echt niet universeel.'

Jullie, jullie, jullie… Een volgende keer zeg ik er iets van, neem ik mezelf voor.

'Er is een lange, lange traditie van fixatie op lichaamsvet hier in de Andes. De *indígenas* hechten zoveel waarde aan vet, dat er zelfs een god voor bestond, Viracocha, wat vrij vertaald "de zee van vet" betekent.'

'En hoe gebruikten de Spanjaarden het vet van de indianen dan?'

'Het gerucht ging dat de Spanjaarden hun wonden behandelden met het lichaamsvet van hun vijanden. Dat choqueerde de indianen heel diep. Van daaruit is het niet gek dat de indianen vervolgens de stap zetten naar de gedachte dat de Spanjaarden indianen doodden om hun lichamen te koken en vet te verkrijgen. Dat zouden ze dan niet alleen gebruikt hebben voor hun wonden, maar ook voor het smeren van hun metalen musketten en kanonnen, die heel snel roestten in het vochtige klimaat van het Amazonegebied. In de Andes waren de mensen bang voor de Spaanse missionarissen, omdat die indianen zouden doden voor het invetten van de kerkklokken waardoor deze een diepe, sonore klank kregen. Vandaag de dag zijn er nog mensen die geloven dat ze voor molens waarmee suikerriet wordt geperst menselijk vet als smeermiddel gebruiken, of dat vliegtuigmotoren niet kunnen starten zonder een spuit menselijk vet.'

'Maar dat is absurd,' zeg ik.

'Ja, natúúrlijk is dat absurd, Lucas,' zegt ze fel, alsof ik denk dat zij hier persoonlijk in gelooft. 'Sorry,' verontschuldigt ze zich meteen. 'Dat was niet aardig van me.'

'Het is al goed,' stel ik haar gerust.

'Kijk, als het alleen maar mythologie was, zou het een spannend verhaal opleveren voor rond het kampvuur of voor ouders om hun kinderen bang te maken. Maar dit geloof heeft echt invloed gehad op internationale hulpprojecten. Het Voedsel voor Vrede-project uit de vs is mede om die reden mislukt. Veel inheemse gemeenschappen wezen de hulp af, omdat ze bang waren dat het echte doel het vetmesten van kinderen was om ze later te exploiteren voor hun vet. Bewoners hebben onderzoeksgeologen, die op de Peruaanse en Boliviaanse hoogvlakte werkten, aangevallen omdat ze dachten dat het pishtaco's of kharisiri's waren. Het werk van antropologen is bemoeilijkt omdat er geruchten rondgingen dat het meten van vetrollen – het was een campagne tegen obesitas – onderdeel was van een samenzwering waarbij de vetste personen werden geselecteerd om later het doelwit van kharisiri's te worden. Een paar jaar geleden nog was er een groot schandaal in Peru. Er zou een bende actief zijn die minstens zestig mensen had vermoord om hun vet te oogsten.'

'En zijn er hier ook gevallen van bekend?'

'Je weet hoe dat gaat. Als je het aan mensen vraagt, zeggen ze er zelf niet in te geloven. Maar als je even doorvraagt, kennen ze altijd wel een verhaal van iemand in een andere comunidad, een neef van een buurman en daar een bekende van die het overkomen is. Het is nooit te controleren, maar de verhalen zijn altijd levendig genoeg en vol details om geloofwaardig over te komen.'

Nayra zoekt naar woorden. Het is duidelijk dat wat er met Jan-Willem is gebeurd voor haar een veel grotere reikwijdte heeft dan alleen maar een aanval op zijn persoon.

'Je kunt gewoon zien dat er angst heerst in de dorpen, Wara,' zegt ze dan. 'De mensen zijn bang. Nu er een derde kind is gevonden kun je je wel voorstellen wat dit doet met mensen toch? Op zo'n moment komen primitieve gevoelens naar boven. Als de wereld zoals wij die kennen wordt bedreigd, in gevaar is, dan zijn wij mensen geneigd ons te richten op wat vreemd is, wat van buiten de gemeenschap komt. Dat is eigenlijk altijd en overal de gemakkelijkste gedachte, een oerinstinct bijna. De vreemdeling, degene die niet op ons lijkt, is de bedreiging. Waarschijnlijk is dat evolutionair nog wel te verklaren ook. De aap die niet tot jouw clan hoort, doet een beroep op de schaarse voedselvoorraden, is een extra concurrent voor de mooiste vrouwtjes, profiteert mee met wat de gemeenschap heeft opgebouwd.'

Het is alsof ik naar een rechtse politicus in Nederland zit te luisteren die de gedachte achter zijn partijprogramma uit de doeken doet.

'En Juan...'

'In tijden als deze is Juan de buitenstaander, degene op wie de mensen zich het gemakkelijkst richten als de gemeenschap bedreigd wordt. Kharisiri's zíjn volgens de overlevering ook blank, blond, groot... Ik zei al, het gaat om primitieve reacties. Die zijn bij jullie niet anders, die zijn overal ter wereld hetzelfde. Neem de vreemdelingenhaat bij jullie in Europa.'

'Je hebt gelijk,' zeg ik en ik slik mijn woorden over haar wij-zij-denken in.

Af en toe draai ik me om naar Jan-Willem, die nog steeds ineengedoken naast me ligt, in dezelfde houding als waarin we hem hebben neergelegd. Regelmatig kreunt hij zachtjes.

We naderen de politiepost en de slagboom die door de soldaten zelf met de hand wordt geopend, gaat al omhoog. Zonder veel vaart te hoeven minderen, rijden we door. We zwaaien een beetje om ons heen en Nayra toetert twee keer kort en fel, alsof we hoogwaardigheidsbekleders uit de grote stad zijn die geen tijd hebben uit te stappen en het gewone volk te begroeten.

Het duurt niet lang eer we rechts afslaan, de weg op die naar de universiteit leidt.

Nayra rijdt rechtstreeks naar de kliniek waar ik zelf drie of vier keer ben geweest na kleine ongelukjes tijdens het werken op het land. Ik had een keer een stuk hout op mijn voet laten vallen en was een andere keer uitgeschoten met een mes. Nayra grapte dat ik voor altijd met Bolivia was verbonden omdat ik mijn bloed aan Pachamama had geschonken.

Blut und Bodem.

'Ik denk dat iemand denkt dat Juan met die moorden op die kinderen te maken heeft,' zegt Nayra dan. 'Volgens mij heeft dat hele "kharisiri" er niets mee te maken, is het een soort afleiding.'

'Juan? Waarom zou iemand in hemelsnaam denken dat hij met die dode kinderen te maken heeft?'

'Heeft hij het je niet verteld?' vraagt Nayra, oprecht verbaasd zo lijkt het. Ze werpt een snelle blik achterom op Jan-Willem.

'Verteld? Wat zou hij me verteld moeten hebben?' vraag ik fluisterend.

Nayra parkeert de auto voor de kliniek en buigt zich een beetje naar me toe, terwijl ze haar veiligheidsriem losmaakt.

Jan-Willem is nog steeds bij bewustzijn en lijkt veel pijn te hebben. Zijn gekreun is luider geworden sinds we stilstaan.

'Dat hij na de vondst van het tweede kind in december,' zegt ze, 'vlak voor jouw komst, korte tijd heeft vastgezeten.'

23

'Wat?' vraag ik.

'Ik vertel het je straks wel,' zegt Nayra. 'We hebben nu geen tijd.'

Als we zijn uitgestapt, loop ik zo snel om de auto heen dat ik bijna struikel. Nog voordat Nayra het portier bij Jan-Willem heeft kunnen openen, ben ik bij haar.

'Waaróm heeft hij vastgezeten?' vraag ik. Demonstratief ga ik tussen haar en de auto in staan.

'Zullen we eerst Juan naar binnen brengen?' zegt ze. Het is meer een mededeling dan een vraag.

'Nee,' zeg ik. 'Vertel me de korte versie anders. Die ene minuut maakt nu ook niet meer uit.'

Nayra zucht. 'Het verbaast me dat hij het je niet heeft verteld. Of eigenlijk verbaast het me niet, het is niet echt een leuk verhaal natuurlijk. Hij zal zich vast schamen.'

'En waarom heb jij nooit iets gezegd dan? Wat is er gebeurd?'

'Luister. Juan heeft een auto, dat weet je. Hij reist de hele omgeving af hier, hij bezoekt allerlei gemeenschappen om met mensen te praten. Het geval wil dat hij in beide dorpen was waar die eerste twee kinderen zijn gevonden.'

'Op het moment dat ze werden vermoord?'

'Ja, precies. Ik had het woord "vastgezeten" niet moeten gebruiken misschien… Ze hebben een lang en indringend gesprek met hem gevoerd, omdat het was opgevallen dat hij beide keren in de buurt was. Ik weet eigenlijk niet eens hoeveel mensen ervan op de hoogte zijn. Maar die gesprekken hebben ze ook met Oscar en Lionel gehad. Juan was samen met die twee, in de gemeenschap waar het tweede kind is gevonden, hier best een eind vandaan. Dat was vlak voordat jij aankwam.'

'Maar?'

'Hij is niet verdacht of zoiets. Misschien had hij de gelegenheid, maar ze konden geen enkel motief verzinnen. Ze hebben ook geen sporen gevonden. En in het tweede geval verschaften Oscar, Lionel en hij elkaar een waterdicht alibi.'

Jan-Willem? Het duizelt me. Ik begrijp ook wel dat dit niet het eerste is wat je iemand vertelt als je hem ontmoet, maar dat hij het nooit heeft genoemd? En dat überhaupt niemand er tegen mij over is begonnen... Mauro en Maarten moeten dit toch ook hebben geweten?

'Kom,' zegt Nayra. 'Nu weet je het. Zullen we hem naar binnen brengen?'

Misschien maak ik het groter dan het is. Voor de politie is het praten met Jan-Willem en met Oscar en Lionel waarschijnlijk gewoon routine geweest, een onderdeel van het lopende onderzoek. Natuurlijk praat je dan met iedereen die op dat moment in of rond het dorp is geweest.

'En het derde kind, in jouw dorp,' zeg ik dan toch nog. 'Hij woont er niet ver vandaan natuurlijk. Als je een beetje doorloopt, ben je er binnen een uur.'

'Dat had ik ook bedacht, ja,' zegt Nayra. 'Maar ook nu geldt, welk motief zou Juan in hemelsnaam kunnen hebben?'

Motief, motief? Moet iemand per se een motief hebben? Misschien is Jan-Willem wel niet goed bij zijn hoofd... 'Hij was zo aardig en behulpzaam,' zeggen buren van een seriemoordenaar toch altijd?

'Ik haal binnen hulp,' zegt Nayra. 'Wacht jij hier.'

Nayra rent naar de kliniek, terwijl ik door het autoraam naar Jan-Willem kijk. Al zijn gepraat over God en Jezus komen voor mij opeens in een ander daglicht te staan. Ik weet dat hij, ondanks zijn bewondering voor de indiaanse kennis van de natuur en hun respectvolle omgang met Pachamama, moeite heeft met de vergoddelijking van de aarde, met de offers die de mensen aan haar en aan de apus brengen. Voor hem telt alleen het offer van Jezus... Daarom gaat hij zo graag naar die kerk van die Oscar...

Maar nee, dan ga je toch niet... En bovendien, waarom wordt hij dan nu in elkaar geslagen in plaats van berecht?

Nayra komt naar buiten met Pablo, een mestieze collega – hier op de universiteit beschouwen ze elkaar allemaal als collega's, ongeacht iemands vakgebied. We openen het portier en snel onderzoekt hij de wond.

'Goed dat jullie hier gekomen zijn,' zegt Pablo. 'Help je mij even?'

Samen lukt het ons om Jan-Willem naar binnen te krijgen, waar we hem op een bed leggen. Ik trek zijn zware bergschoenen uit, terwijl Pablo hem zijn jas uitdoet. Dan onderzoekt hij Jan-Willem vluchtig.

'En wat denk je?' vraag ik.

'Hij lijkt geluk te hebben gehad,' zegt hij. 'Ik bedoel, hij is hard op het hoofd geslagen, dus we weten natuurlijk niet wat dat in zijn hoofd heeft aangericht, maar de wond zelf is vrij oppervlakkig. Een wond aan het hoofd zorgt altijd voor veel bloed.'

Dan vult hij een teil met warm water waarna hij voorzichtig deppend de hoofdwond schoonmaakt. Ik sta ernaast en zie hoe het water vuilrood kleurt, als een offerschaal die vol bloed loopt nadat een dier de keel is doorgesneden.

'Het ziet er niet zo slecht uit,' zegt Pablo. 'Er is een fikse snee, maar die heb ik nu schoongemaakt. Verder lijkt hij geen verwondingen te hebben...'

Uit een hoge kast pakt hij van de plank een flesje. Als hij in de fles knijpt, komt er een dunne straal doorzichtige vloeistof uit die over de wond heen spuit. Jan-Willem knijpt met zijn ogen, als iemand die plots tegen de felle zon in kijkt. Daarna wikkelt Pablo een breed verband om de bovenkant van Jan-Willems hoofd, met een rust en doelgerichtheid die op veel ervaring wijst. Het eindresultaat ziet er wat komisch uit, omdat Jan-Willems krullen onder het verband vandaan piepen, waardoor hij iets weg heeft van een clown.

'We laten hem maar even met rust dan,' zegt Pablo, nadat hij Jan-Willems hoofd met een bijna teder gebaar weer op het kussen heeft laten rusten. 'Ik ben op de kliniek vanavond en vannacht slaap ik hier ook. Niet dat er ooit iets gebeurt hier, maar zoals nu was het toch handig dat ik er was.'

'Heeft hij een hersenschudding, denk je?' vraag ik.

'Ja, dat denk ik wel. Het moet een behoorlijke klap geweest zijn. Daarom blijf ik ook hier. Ik zal regelmatig bij hem gaan kijken.'

'En als degene die dit gedaan heeft hem op komt zoeken?'

'Ik doe de voordeur op slot, dat in ieder geval. Maar dan nog, dit is in de gemeenschap gebeurd. Vermoedelijk zijn er mensen die hem weg willen hebben. En daar lijken ze in geslaagd, dus ik denk dat ze het hierbij zullen laten.'

'Ik heb hem gevonden in een schoollokaal. Op het bord stond "kharisiri".'

Pablo schiet in de lach, maar houdt daar onmiddellijk mee op. 'Sommige mensen...' begint hij een zin, maar die maakt hij niet af.

Nayra heeft al die tijd in de deuropening gestaan, alsof ze bang was verder binnen te komen en hier op de een of andere manier deel van uit te maken.

In haar hand houdt ze het schrift waar Jan-Willem in zat te werken op het moment dat hij werd neergeslagen. Ze geeft het aan me als Pablo en ik ook naar de gang gaan.

'Die kharisiri...' begint Pablo, maar Nayra valt hem in de rede.

'Ik heb het er al met Lucas over gehad,' zegt ze. 'Allemaal folklore, ik denk dat het een afleidingsmanoeuvre is. Het gaat om iets heel anders. Iemand wilde hem weg hebben. Of meerdere mensen wilden hem weg hebben.'

Of ze denken dat hij die kinderen heeft vermoord, denk ik.

'Daar zijn ze in geslaagd dan,' zegt Pablo. 'En ik denk dat je gelijk hebt, Nayra. Of beter gezegd, ik hoop dat je gelijk hebt.'

'Natúúrlijk heb ik gelijk,' zegt Nayra.

Pablo gaat hier verstandig genoeg niet meer op in. Hij draait de deur van de gang naar Jan-Willems kamer op slot en hangt de sleutel aan een rek in zijn spreekkamer.

'Zondag rij ik met padre Martín terug naar La Paz,' zeg ik. 'Misschien is het een goed idee als we Juan meenemen? Dan kan hij zich voor de zekerheid nog even laten onderzoeken in een groter ziekenhuis.'

'Dat is een uitstekend idee, Lucas. Heel goed. Mijn middelen zijn beperkt hier.' Hij wijst om zich heen in zijn schaars ingerichte kamer, verontschuldigend bijna. Meer dan een verstelbare onderzoekstafel, een keurig opgeruimd bureau en twee forse metalen kasten staan er niet. Aan de muur hangt een vergeelde poster waarop het belang van het goed wassen van je handen is afgebeeld.

'Laten we gaan,' stelt Nayra voor, met iets van ongeduld in haar stem. 'We hebben nog genoeg werk te doen.'

We nemen afscheid van Pablo die de voordeur achter ons in het slot draait, een handeling die me geruststelt.

'Dan zie ik je straks?' vraagt Nayra. Ze maakt een wat verslagen indruk.

Zou ze zich schamen? vraag ik mezelf opeens af. Dat dit nu hier is gebeurd? Dat de dader verwijst naar iets wat zijzelf beschouwt als een achterhaald onderdeel van haar cultuur? Alsof de mensen hier nog steeds geloven in zulk soort onwetenschappelijke bakerpraatjes.

'Gaat het goed met je?' vraag ik.

'Niet echt,' antwoordt ze. 'Ik vind het vervelend dat dit is gebeurd met Juan, onze gast.'

'En die khari...'

'Hou nou toch eens op over die kharisiri,' zegt ze. 'Die heeft hier niks mee te maken.' Ze lijkt hier nog van alles aan te willen toevoegen, maar houdt zich in. 'Kom, laten we aan het werk gaan. Ik bel don Sixto even om hem op de hoogte te brengen. Dan haal ik mijn laptop van mijn kamer en zie ik je zo in de kantine, goed?'

'Heel goed. Zie ik je zo.'

Ook ik ga even naar mijn gebouw om me op te frissen. Als ik op mijn kamer ben, besluit ik in een opwelling Jan-Willems schriftje te kopiëren. Mocht de politie het willen hebben om het nader te onderzoeken – er zitten wat bloedvlekken op de voorkant – dan heeft Jan-Willem in ieder geval zijn aantekeningen nog. En misschien kom ik meer te weten over de beschuldigingen aan zijn adres...

Al lopend naar de bibliotheek, die in hetzelfde gebouw zit als de gastenverblijven, blader ik wat in het schriftje. Het lijkt een soort notitieboekje voor invallen en overdenkingen te zijn. In de gauwigheid zie ik onder meer een stuk over het geven van giften, het evenwicht in de natuur...

Gehaast kopieer ik alle beschreven bladzijden en dan spoed ik me terug naar mijn kamer. Met het schriftje nog opengeslagen loop ik naar mijn bureau om het in een lade te doen. Nu pas valt me op dat de laatste paar bladzijden aan elkaar plakken.

Als het me gelukt is die los te krijgen zie ik dat er een paar bloedvlekken zitten, inmiddels wat roestbruin van kleur.

Maar dat is niet waar ik zo van schrik.

Assessino a ninyos, staat er geschreven.

Kindermoordenaar.

Met twee spelfouten.

Maar nee, er staat geen ‘kindermoordenaar’ besef ik. Dat zou ‘*asesino de niños*’ zijn.

Het is een beschuldiging.

Of juist een bekentenis.

Ik vermoord kinderen.

24

Assessino a ninyos.

Ik staar nog steeds naar de twee woorden in het aantekenschriftje van Jan-Willem. Aan het afwijkende handschrift te zien, heeft niet hij het geschreven, maar iemand anders. Er staan ook nog eens twee spelfouten: 'assessino' schrijf je zonder een dubbele s en 'ninyos' moet 'niños' zijn.

Een laaggeletterd iemand? Of iemand die ons wil doen gelóven dat een persoon met weinig scholing dit geschreven heeft?

'Ik vermoord kinderen.'

Is het een beschuldiging aan het adres van Jan-Willem? Is het een bekentenis van de kindermoordenaar die en passant ook de buitenlandse kharisiri voor zijn rekening genomen heeft? Of is het een bekentenis van Jan-Willem zelf? Maar waarom zou hij dan twee van die opzichtige spelfouten maken? Zijn Spaans is juist ontzettend goed.

Nu baal ik ervan dat we het schrift zomaar meegenomen hebben. Mijn vingerafdrukken zitten erop, samen met die van Nayra, Jan-Willem zelf en zijn belager. Ik pak een plastic tasje waar ik het schriftje in doe om het toch nog een beetje te beschermen. Ook de kopietjes neem ik mee.

In snelwandeltempo loop ik naar de bibliotheek om toch ook die laatste bladzijde even te kopiëren. Dan haast ik me naar de kantine, waar ik buiten adem aankom. Nayra zit er, met de laptop voor zich. De papieren met de gegevens die we vanmorgen hebben verzameld, liggen verspreid op de lange tafel.

'Ah, daar ben je,' zegt ze overdreven verheugd, alsof ze heel erg haar best doet de hele gebeurtenis met Jan-Willem naar de achtergrond te verdringen. Maar haar gezicht betrekt onmiddellijk als ze mijn bezorgde blik ziet.

Ik leg de kopietjes van Jan-Willems schrift op tafel. Dan haal ik het schriftje uit het tasje en blader ik naar de bewuste bladzijde met het 'assessino a ninyos'.

'Kijk,' zeg ik. 'Dit zag ik net staan in Juans schrift.'

'Ik vermoord kinderen?' leest ze voor. 'Wat vreemd. Tóch iemand die denkt dat Juan die kinderen vermoord heeft?'

'Na wat je mij net hebt verteld, weet ik helemaal niet meer wat ik moet denken. Misschien is het wel een bekentenis van Juan zelf.'

'Nee, doe normaal. Als hij er al iets mee te maken heeft, gaat hij dat toch niet opschrijven? En dan nog met spelfouten… Ik geloof daar niks van. Iemand wil hem verdacht maken, het is een beschuldiging.'

Ik wil haar graag geloven.

'Weet je,' zegt Nayra. 'Ik heb net de politie gebeld. Don Sixto zelf komt zo hiernaartoe, dan kunnen we het hem voorleggen. Ze willen ook kijken of Juan al aanspreekbaar is. Misschien dat hij iets kan vertellen over de persoon die hem heeft aangevallen. Of personen.'

'Hoe dan ook, het blijft een heel vervelende geschiedenis. Arme Juan…'

'Ja, afschuwelijk. Ik hoop dat hij er verder niets aan overhoudt. Maar dit…' Ze pakt het bewuste blaadje op en brengt de tekst tot vlak voor haar ogen, alsof ze op die manier een verborgen boodschap probeert te ontdekken. 'Nee,' besluit ze. 'Dit is ook een manier om de aandacht af te leiden.'

'Van wat?'

'Ik heb het gevoel dat het hier helemaal niet om gaat en ook niet om dat gedoe met die kharisiri. Voor mij, of voor ons, zijn die verhalen over zo'n kharisiri gewoon bakerpraatjes, volksverhalen, een beetje spannend, een beetje eng. Misschien waren ze ooit zelfs wel bedoeld om mensen 's avonds binnen te houden.'

'Zoals de wolf uit *Roodkapje*. Ken je dat sprookje?'

'De sprookjes van de gebroeders Grimm zijn ons hier ook bekend, ja.'

Ze glimlacht en ik voel me stom.

'Je kunt een kind honderd keer zeggen dat het naar zijn moeder moet luisteren,' zeg ik, 'maar dat gaat het ene oor in en het andere weer uit. Als je de boodschap verpakt in een mooi verhaal dan beklijft het wel. Luister naar je moeder, blijf op het rechte pad, pas op voor enge figuren.'

'Ja, precies. Pas op voor vreemdelingen. Weet je, dat zit er waarschijnlijk achter,' zegt ze. 'Iemand wil, om wat voor reden dan ook, dat Juan niet in de gemeenschap zijn onderzoek doet. En die persoon speelt in op oude angsten rond zo'n mythologische figuur – en ook op de moord op Luis.'

'Wat me eigenlijk nog het meest verbaast, is dat dit gebeurt nadat hij er al een jaar woont... Je zou dan toch denken dat er onlangs iets moet zijn gebeurd. Er moet toch een aanleiding zijn. Het kan ook zijn dat met de vondst van Luis, gisteren, voor iemand de maat vol was? Of dat bij die persoon herinneringen bovenkwamen aan die eerste twee kinderen? Misschien is zijn aanhouding destijds toch bij meer mensen bekend geworden.'

'Wie weet... Maar hoe dan ook, ik denk niet dat hij nog terug kan.'

'Dat denk ik ook niet. Ik zou in ieder geval niet meer terug durven gaan. Anders halen we straks voor de zekerheid al zijn spullen in het dorp even op. Dan kan hij zelf de beslissing nemen zodra hij weer helemaal bij kennis is.'

'Dat is goed,' zegt Nayra op een toon die duidelijk maakt dat ze het gesprek hierover wil beëindigen. 'Zullen we dan nu de gegevens verwerken?'

'Natuurlijk,' zeg ik. 'Dan haal ik eerst even wat te drinken voor ons.'

Ik loop naar het buffet dat stil en verlaten is, maar maté is permanent beschikbaar. Ik draai het kraantje onder het heetwaterreservoir open en vul twee mokken waarmee ik terugloop naar Nayra.

Ze zit heel geconcentreerd te werken.

Opnieuw voel ik me jaloers bij de gedachte dat Jan-Willem de komende tijd weer in haar nabijheid zal verkeren, maar deze keer vliegt het groene monster me echt aan.

Waarom zou hij niet gewoon terug kunnen naar zijn dorp? Hij heeft in het begin ook een moeilijke periode gehad en daar is hij toch ook goed uit gekomen? Een goede leerschool voor een antropoloog.

Als ik de mokken neerzet, zie ik dat mijn knokkels wit zijn.

Jaloezie is een normale emotie, zei mijn moeder altijd. Je hoeft je er niet voor te schamen. Je moet alleen nooit handelen uit jaloezie.

'Kom, mi amor,' zegt ze, terwijl ze haar hand uitnodigend op de stoel naast haar legt.

Ze noemt me alweer mi amor.

Ik ga zitten en al snel hebben we ons werkritme te pakken, waarbij ik de cijfers voorlees en zij ze in het systeem zet. In korte tijd hebben we al onze notities van de ochtend verwerkt.

'We zijn een geoliede machine,' grapt Nayra.

Na een druk op de knop schrijft het programma alle gegevens automatisch weg. We kijken vluchtig naar de bijgewerkte grafieken waarin onze nieuwe data zijn opgenomen.

We drinken onze thee, kleine slokjes nemend.

Niet veel later gaan de deuren van de kantine open. We draaien ons om en zien don Sixto binnenkomen.

'Waar is die Hollander?' roept hij, terwijl hij nog ver van ons verwijderd is.

'In de kliniek,' roept Nayra terug.

We zetten de mokken op tafel. Nayra klapt de laptop dicht, terwijl ik onze papieren bij elkaar raap en het plastic tasje met Jan-Willems schrift pak.

'Deze Hollander is jouw vriend toch?' vraagt Sixto me als hij bij onze tafel is aangekomen.

'Juan heet hij,' zeg ik, geërgerd omdat hij Jan-Willem slechts aanduidt met zijn nationaliteit. 'We noemen hem Juan. Hij is een vriend van mij, ja. Ik heb hem hier leren kennen. Hij doet al een jaar onderzoek in die gemeenschap –'

'Ik ken hem, ik ken hem,' kapt Sixto mij af. 'Ik ken jullie allemaal.' Dat laatste klinkt meer geringschattend dan vriendelijk.

'Laten we een kijkje nemen,' stelt hij voor, en zonder op antwoord te wachten draait hij zich om en beent hij weg.

Pas vlak voor we bij de kliniek zijn, weten Nayra en ik weer op gelijke hoogte met hem te komen. We kloppen aan en tot mijn opluchting is de deur inderdaad gesloten, zoals Pablo had beloofd. Hij doet pas open nadat we gezegd hebben wie we zijn.

'Ik ben een paar keer bij hem gaan kijken,' zegt Pablo als we alle drie binnen zijn en hij de deur weer in het slot draait. 'Hij is af een toe een beetje bij kennis, dus dat is positief.'

Ik voel dat ik ontspan. Mijn schouders, die ik blijkbaar onbewust al een hele tijd opgetrokken heb, zakken omlaag.

Uit zijn spreekkamer pakt Pablo de sleutel van het rek om de deur naar de gang open te doen.

Nayra en ik lopen mee, maar blijven op de gang staan als Sixto en Pablo het kleine kamertje waar Jan-Willem ligt binnengaan. Er is te weinig ruimte voor ons allemaal.

Van waar ik sta, zie ik dat Jan-Willem zijn ogen heeft gesloten. Hij lijkt diep in slaap.

Op fluistertoon overleggen Sixto en Pablo met elkaar, waarbij de laatste voorzichtig en zonder hem aan te raken, op het hoofd van Jan-Willem aanwijst waar hij is geslagen.

Dan, volkomen onverwacht, richt Jan-Willem zich helemaal op, met een onvoorstelbare snelheid. Door het verband om zijn hoofd heeft hij een extra afschrikwekkend uiterlijk.

Sixto schrikt hier zo van dat hij achterwaarts wegspringt.

Jan-Willem zit rechtop en opent zijn ogen, maar zonder iets te zien, zo lijkt het. Ik verwacht bijna dat hij begint te lachen, omdat hij ons zo aan het schrikken heeft gemaakt.

Sixto komt weer dichterbij.

Jan-Willem schudt een paar keer heftig met zijn hoofd en begint dan onsamenhangende klanken uit te slaan.

Nayra loopt naar hem toe. Ze pakt hem voorzichtig bij zijn beide schouders beet. Dat heeft blijkbaar een kalmerend effect. Samen met Pablo lukt het haar om hem weer terug op zijn kussen te duwen.

Nayra brengt sussende geluidjes voort, zoals je een onrustig dier toespreekt. Terwijl zij met hem bezig zijn, komt Sixto de gang op gelopen.

Ik haal het schrift uit het plastic tasje en sla het open om hem die woorden te laten zien.

'Asesino a niños,' leest hij hardop.

'Dit is het schrift waarin Juan aan het werken was op het moment dat hij werd aangevallen,' leg ik uit. 'We denken dat zijn belager dit heeft opgeschreven. Het lijkt op het handschrift waarmee op het schoolbord geschreven was.'

'Kharisiri stond daar toch?' vraagt Sixto. 'Wat zal er bedoeld zijn? Is hij aangevallen omdat hij een kharisiri is? Of omdat hij kinderen heeft vermoord? Is het een bekentenis van hem zelf? Bij die vorige twee kinderen was hij ook al in de buurt...'

'Het is zijn handschrift niet eens,' zeg ik. 'En dat van die kharisiri is ook onzin, dat weet je toch zelf.'

'Nou, dat zou ik niet zo snel zeggen,' zegt hij op ernstige toon, mijn eerste opmerking negerend. 'In een gemeenschap aan de andere kant van de bergen, waar mijn oom woont, is een man wiens neef iemand kent van wie een familielid van zijn buurman ooit is aangevallen. Een dikke man was het, maar binnen een paar weken was hij zó.' Hij balt zijn vuist en steekt alleen een pink omhoog. 'Niet veel later overleed hij, dus... Er is meer tussen hemel en aarde dan wij weten, don Lucas.'

Ik doe het schriftje terug in het plastic tasje en overhandig het hem.

Nayra loopt naar de gang met Pablo vlak achter haar aan. Ik glip nog even naar binnen om de kopietjes achter te kunnen laten voor Jan-Willem en sluit dan zachtjes de deur.

'Hij verkeert nog duidelijk in een shocktoestand,' zegt Pablo. 'Rust is op dit moment het belangrijkste voor hem. Ik zal hier blijven vannacht. Als jullie weg zijn, doe ik de deur weer op slot, dus niemand zal binnen kunnen komen.'

'Misschien dat jullie het schriftje kunnen onderzoeken op vingerafdrukken?' dring ik bij Sixto aan als we naar de uitgang lopen.

'Dat is goed,' antwoordt hij wat afwezig.

'Er staat toch "ik vermoord kinderen" in zijn schrift? Juan heeft dat niet zelf geschreven,' zeg ik. 'Misschien is degene die hem aangevallen heeft de moordenaar van die kinderen.'

Het is raar dat ik zo sterk de behoefte voel om Jan-Willem te verdedigen, het lijkt iets chauvinistisch te zijn, alsof een landgenoot nooit iets dergelijks op zijn geweten kan hebben.

'Het is meer een gevoel,' zegt Sixto. 'Ik denk dat de verdenking dat Juan een kharisiri is een grotere rol speelt. We moeten niets uitsluiten. Het lijkt me niet erg waarschijnlijk dat iemand een kind vermoordt en dan naar een andere gemeenschap gaat om een buitenlander neer te slaan. Deze zaken staan helemaal los van elkaar, ik heb tenminste een heel sterk gevoel dat dat zo is.'

Gebaseerd op jouw jarenlange ervaring met moordzaken, denk ik cynisch, maar ik besluit verder mijn mond te houden. Ik ben allang blij dat Jan-Willem naar het zich laat aanzien met de schrik en een paar flinke schrammen op zijn hoofd vrijkomt.

Eenmaal buiten zwaait Sixto kort met het tasje met daarin het schriftje in de lucht, bij wijze van afscheid.

Ik heb er spijt van dat ik het hem gegeven heb, omdat ik niet verwacht dat hij er iets mee gaat doen. Gelukkig heb ik alles gekopieerd.

25

Toen ik hier aankwam, was Jan-Willem er al een halfjaar. Mensen vertelden me onmiddellijk over hem, omdat hij ook uit Nederland kwam. Iedereen vond het ook bijzonder, want het was hier nog niet eerder gebeurd dat een onderzoeker een tijd in een indiaanse gemeenschap was gaan wonen.

Jan-Willem en ik zijn écht andere types. Voor wat betreft het onderzoek houd ik me toch meer bezig met vruchtbaarheid en samenstelling van de grond, boomsoorten, klimaat et cetera, zaken die in het algemeen te kwantificeren zijn, te meten, te controleren. Al moet ik wel zeggen dat mijn ideeën hier zijn veranderd, dat ik wat minder 'zakelijk' ben geworden, meer doordrongen van de enorme onderlinge samenhang van alles in de natuur.

Jan-Willem was – ís – wat dat betreft van een ander slag. Hij gaat uit van de verhalen van mensen, hij kijkt naar manieren waarop mensen zin en betekenis verlenen aan de wereld om hen heen, hoe ze met rituelen alle activiteiten in het landbouwseizoen begeleiden.

Ik weet nog hoe ik een dag met hem doorbracht in zijn gemeenschap. Helemaal in het begin had hij het heel zwaar gehad. Niemand had met hem willen praten omdat ze dachten dat hij een spion van de regering was.

Of een kharisiri…

Maar uiteindelijk hadden de mensen zich voor hem geopend, naar het zich liet aanzien, en hielp hij op het land met het onderhouden van de akkers of het snijden van de totora die dienstdeed als veevoeder. Dit was ook de tijd van de *minq'a*, de gemeenschappelijke arbeid, waarbij het hele dorp samenwerkte om irrigatiekanalen te onderhouden, gaten in wegen te dichten en onderhoud te plegen aan gemeenschapsruimtes zoals de school en het dorpshuis.

'Ik geloof niet dat ik ooit veel gelukkiger geweest ben dan toen ik op een ochtend mee ging vissen met mijn gastvader,' vertelde Jan-Willem me. 'Het was nog donker toen we van huis vertrokken en stervenskoud. Zijn bootje lag niet op de oever, maar een paar meter ervandaan. Ik moest mijn schoenen en mijn sokken uitdoen om net als hij door het ondiepe water naar de boot toe te waden. Er lag een dun vliesje ijs op het water waar ik doorheen brak, al snel verdween het gevoel uit mijn voeten en onderbenen. Nog lang nadat ik mijn sokken en schoenen weer had aangedaan, voelden ze aan als ijsklompen. Maar toen de zon eenmaal was opgekomen en we ons een flink stuk uit de kust bevonden… Dat was magisch. Ik roeide langzaam, meer bedoeld om de boot op de plaats te houden terwijl hij zijn netten binnenhaalde. Voor het eerst zag ik het dorp vanaf het meer liggen, tegen de berghelling aan. Aan de ene kant lagen de bergen van Peru die steeds beter zichtbaar werden naarmate de ochtendnevel oploste in de warmte van de zon en aan de andere kant, heel ver weg, de besneeuwde bergtoppen van Bolivia. En voor ons, zo ver ik kijken kon, de waterspiegel van het Titicacameer, met kleine golfjes, een rimpeling bijna, alsof het meer het zelf ook koud had en af en toe huiverde. En het was grappig. De vangst viel wat tegen en hij zei dat dit door de volle maan kwam. Onmiddellijk gingen mijn antropologische radartjes draaien natuurlijk: als daar geen mooi volksverhaal over een maangodin achter schuilging! Maar de verklaring bleek heel eenvoudig: bij volle maan zien de vissen het net in het water hangen en zwemmen ze weg.'

We lachten.

Dit deed me denken aan een ander verhaal van een antropoloog – antropologen staan erom bekend overal symboliek achter te zoeken. Nayra had het me eens verteld. Ze had met een Amerikaanse antropoloog een bezoek gebracht aan een gemeenschap. Het dorpshoofd had een poncho gedragen die helemaal blauw was, op een klein rood vierkantje op zijn borst na. De antropoloog die met Nayra mee was had de diepere betekenis ervan willen weten. 'Dat rode vierkantje symboliseert…' had de man uitgelegd, terwijl de antropoloog zijn aantekenboekje erbij had gehaald, de pen in de aanslag, 'dat er eerst een gat in mijn poncho zat.'

Beschaamd had de man zijn pen en zijn boekje weer opgeborgen. Nayra had besmuikt gelachen.

Jan-Willem en ik hadden langs het meer gelopen toen hij me het nestje van een vogeltje had aangewezen. Het vogeltje, de *choq'e*, bouwde zijn nestje in het riet. De boeren keken ieder jaar aan het begin van het landbouwseizoen naar de hoogte van zijn nestje om te zien of het dat jaar veel zou gaan regenen. Als het nestje hoog in het riet is gebouwd, zo'n tachtig centimeter boven het wateroppervlakte, dan zal het veel gaan regenen. Is het nest een centimeter of tien, vijftien boven het water gebouwd, dan weet men dat het dat jaar weinig zal regenen. In dat laatste geval zaait men met een gerust hart de akkers tot vlak bij de oevers in. Hoe hoger het nestje des te verder ze van het meer vandaan blijven.

'Maar dat is toch...' probeerde ik. 'Zelfs als dat zo is, zelfs als dat vogeltje dat weet, dan zou je dat toch een jaar of twintig, dertig eenvoudig op moeten kunnen meten? Het nestje zit zo hoog en toen is er zoveel neerslag gevallen. Dan kun je een mooi grafiekje maken...'

'Ja, en dan? Dan heb je het vastgesteld? Dan heb je nog steeds geen verklaring voor hoe dat beestje aan die kennis komt.'

'Dat is waar.'

'In 1986 was het helemaal bizar,' zei Jan-Willem, als iemand die in een discussie zijn sterkste troef voor het laatst heeft bewaard. 'De choq'e was helemaal de bergen in gevlogen, hij bouwde zijn nest dus niet eens in het riet. De boeren lieten de akkers tot aan de hoofdweg helemaal vrij, ze zaaiden daar niets dat jaar.'

'En toen?'

'Dat jaar waren de grootste overstromingen sinds mensenheugenis.'

'Dat is wel... sterk, ja.'

Ik bleef sceptisch. Ik wist dat er in het algemeen niets overbleef van zulk soort 'kennis' zodra je die ging onderzoeken.

'Zo zijn er zóveel dingen Luc, daar hebben wij geen idee van. Hoe die mensen kijken naar de sterren, naar welke wind wanneer waait, welke dieren wanneer komen drinken bij het meer... Er is een vogeltje in de bergen dat zijn nest maakt in de vorm van een oventje, met één gat erin. Daaraan kun je zien uit welke richting dat jaar de hagel zal komen. De vogel heeft het gat namelijk zó gemaakt dat er geen hagel binnen zal komen. Of een andere vogel – de *liqi-liqi* – die bouwt zijn nest óp het land. Als hij dat nest bouwt bóven op een vore, dan zal het veel gaan regenen. De boeren weten dan dat ze beter op de wat drogere akkers kunnen gaan zaaien, omdat de vochtiger plekken té nat worden. Het nest ín een vore betekent een droog jaar.'

Voor mij bleven zulk soort verhalen toch vooral een soort folklore, die niet was te controleren, maar voor Jan-Willem was precies dit het materiaal waar zijn proefschrift over ging.

'Weet je,' zegt Nayra als Sixto en zijn mannen zijn weggereden. 'Laten we inderdaad maar direct Juans spullen ophalen uit zijn dorp. Dan kan er ook niks mee gebeuren. Terug kan hij echt niet meer. Hij moet dan zelf maar besluiten of en hoe hij zijn onderzoek voortzet, maar dat kan niet meer vanuit de gemeenschap zelf.'

Nayra heeft gelijk.

We spreken af elkaar over een halfuurtje weer te treffen op de parkeerplaats.

Op mijn kamer weet ik niet goed wat te doen, dus ik ga maar even op mijn bed liggen. Ik pak mijn eigen laptop erbij en zoek de term kharisiri op. Al snel beland ik op de Engelse pagina van Wikipedia.

> **Pishtaco (Kharisiri)**
> Een *pishtaco* is een mythologische boemanfiguur in de Andesregio van Zuid-Amerika, in het bijzonder in Peru en Bolivia. In sommige gebieden van de Andes wordt de *pishtaco* ook wel *kharisiri* genoemd of *ñakaq*.

Ik scan de tekst, maar lees verder geen nieuwe dingen. Dan pak ik *Lituma en los Andes* van Vargas Llosa erbij. Ik blader erin, op zoek naar een bepaalde passage.

Ah, hier is het, hoofdstuk 2.

Tijdens zijn onderzoek naar de mysterieuze verdwijningen van drie wegwerkers raakt korporaal Lituma aan de praat met Dionisio, de baas van de kantine waar de arbeiders iedere avond hun karige loon wegzuipen. Deze legt Lituma uit wat een pishtaco is.

> De *pishtaco* was een vreemde. Half *gringo*. Op het eerste gezicht herkende je hem niet, want hij zag er als een gewone sterveling uit. Hij woonde in holen en bedreef zijn wandaden bij het vallen van de

avond. Geposteerd op wegen, verborgen achter rotsen, weggedoken achter het hoge riet of onder de bruggen wachtte hij eenzame reizigers op. Hij benaderde hen met slinkse trucs en speelde mooi weer. Hij had zijn poedertjes van het bot van een dode al klaar en wierp die zodra ze even afgeleid waren in hun gezicht. Dan kon hij hun vet opzuigen. Daarna liet hij ze gaan, leeggezogen, vel over been, en gedoemd om in luttele uren of dagen te sterven. Dat waren de goedaardige.

Ze waren op zoek naar menselijk vet om de klokken van de kerken welluidender te laten klinken, de tractors soepeler te laten lopen en zelfs, het allernieuwste, opdat de regering daarmee de buitenlandse schuld kon aflossen.

De kwaadaardige waren erger. Behalve dat ze het slachtoffer keelden, sneden ze hem als een rund, schaap of varken in mootjes en aten ze hem op. Ze lieten hem druppel voor druppel leegbloeden en bezatten zich met zijn bloed.

Een pishtaco is een monster dat lijkt op een mens – vaak een vreemdeling, een buitenstaander en vaak een blanke man.

Jan-Willem voldoet aan de beschrijving natuurlijk.

En dan, met een huivering dringt het besef tot me door.

Net als ik.

26

Ik voel onmiddellijk een diepe bewondering voor Jan-Willem als Nayra en ik zijn kamertje in zijn dorp betreden. Vergeleken met hem verblijf ik in een vijfsterrenhotel.

Hoe hou je het hier uit?

Ik ben nooit bij Jan-Willem 'thuis' geweest. Onze ontmoetingen in zijn dorp waren altijd buiten. Zijn kamer is ook niet echt een plek om mensen in te ontvangen, zie ik nu. Het is in feite de opslagruimte van het gastgezin en ziet er net zo uit als die waar het jongetje Luis 'opgebaard' zat.

Op een eenvoudig houten frame op pootjes liggen twee grote aan elkaar genaaide juten zakken waar op sommige plekken stro uit piept. Dit 'matras' is te klein voor Jan-Willem, dat zie ik in een oogopslag, en moet weinig comfortabel zijn geweest. Het bed staat tegen een korte muur van de kamer die verder vol staat met zakken zaaigoed en oogst, landbouwwerktuigen en grote plastic tonnen die als pilaren het plafond lijken te ondersteunen. Een bureautje staat voor een raam waar geen glas in zit maar doorzichtig landbouwplastic, dat vrij vies is en weinig licht doorlaat. Een kaal peertje is de enige bron van licht. Op een schoteltje staan drie kaarsen in verschillende stadia van opbranding, die vastgesmolten zijn in een plas van kaarsvet.

Het zal vast een zekere romantiek hebben om hier 's avonds in alle stilte je aantekeningen uit te werken, bij het licht van het eenzame peertje, bijgeschenen door flakkerende vlammetjes. Typisch een ervaring die in de loop van de jaren alleen maar mooier zal worden.

Er is geen stromend water in de gemeenschap. De enige wc van het dorp staat op het schoolplein: in een klein hokje is er een hurktoilet boven een diep gat in de grond dat een paar keer per jaar geleegd wordt. Ik heb er wel eens gebruik van gemaakt, terwijl groene bromvliegen om mijn hoofd cirkelden en andere insecten in mijn billen prikten.

Hier zit hij nu al een jaar in zijn eentje. Jan-Willem heeft me wel verteld dat de avonden lang zijn en eenzaam.

'God is de enige met wie ik echt kan praten hier,' zei hij. 'En nog in het Nederlands ook.'

Ik had hartelijk moeten lachen, maar het was helemaal niet als grap bedoeld.

In zijn studententijd is Jan-Willem gelovig geworden, van het ene op het andere moment, een klassiek bekeringsverhaal. De ene seconde geloofde hij nog niet, de volgende seconde was hij ervan overtuigd dat Jezus de Weg, de Waarheid en het Leven was. Tijdens een fietstocht werd hij overvallen door een niet te stoppen huilbui, waarbij hij zich vreemd genoeg gelukkiger voelde dan ooit. Waarom hij dit verbond met een Godservaring kon hij zelf ook niet verklaren, maar hij was ervan overtuigd dat hij op dat moment aangeraakt was door God, of om specifieker te zijn, door Jezus.

Ik bespeurde enige jaloezie bij mezelf toen hij hierover vertelde. Zo'n rotsvast geloof, zo'n sterke overtuiging, dat moet toch wel een geweldige rust geven.

Tegelijkertijd word ik ook wel eens iebelig als Jan-Willem voor de zóveelste keer over Jezus begint... Hij is een frequent bezoeker geworden van de kerkdiensten van Oscar, waar hij vaak samen met zijn assistent Lionel heen gaat. Het is voor mij vreemd om hem zo positief over Oscar te horen praten, terwijl ik zelf heel anders over die man denk.

Mijn eigen geloof was het sterkst toen ik een klein kind was, maar achteraf gezien was dat misschien nog het best te vergelijken met het geloof in Sinterklaas, van wiens bestaan en goedheid ik ook volledig was overtuigd. De hulpsinterklaas loste de logistieke problemen rond de cadeautjes in je schoen en rond pakjesavond op en verlengde mijn geloof met een jaar, maar op een gegeven moment was het gewoon niet langer bestand tegen de inconsequenties en onlogische elementen van het verhaal.

Mijn katholieke geloof heeft tot mijn vijftiende standgehouden.

Jan-Willems kleding ligt keurig op stapeltjes op de zakken, net als alles hier overdekt met een dun laagje stof. Zijn rugzak staat tegen de muur, een modern geval dat detoneert in deze ruimte, net als de hypermoderne slaapzak die opengeslagen ligt, alsof hij nog maar net is opgestaan.

Nayra pakt de rugzak en begint de kleding erin te doen.

Ik stapel de boeken, schriften en multomappen op om ze naar de auto te brengen. Plots bedenk ik dat niemand eraan heeft gedacht om Jan-Willems familie of vrienden op de hoogte te brengen van wat hem is overkomen. Ik neem me voor om dit straks als we op de universiteit zijn onmiddellijk te doen.

'Hoe gaat het met Juan?' hoor ik plots achter me.

Op de drempel staat don Félix, de gastvader van Jan-Willem. Hij houdt een klassiek ogende vilten gleufhoed in zijn hand, bruin met een zwarte band eromheen. Het geeft hem een wat onderdanige uitstraling, als van een horige die zijn heer om een gunst komt vragen. Zijn gitzwarte haren plakken tegen zijn bezwete voorhoofd.

'Het komt goed met hem,' zeg ik, meer gebaseerd op hoop dan op kennis. 'Voor de zekerheid brengen we hem zondag naar het ziekenhuis in La Paz. Hij lijkt een hersenschudding te hebben, dus hij heeft veel pijn in zijn hoofd. We nemen zijn spullen uit voorzorg mee, want we weten niet of hij nog terug kan komen.'

Nayra is klaar met inpakken.

In rap Aymara vuurt ze vragen op don Félix af, die hij nauwelijks verstaanbaar met korte woordjes of zinnetjes beantwoordt.

Dan zucht ze diep, alsof ze besluit dat deze man ook niets kan doen aan wat Jan-Willem is overkomen.

'Gelooft u dat kharisiri's bestaan?' vraag ik hem.

'Laten we gaan,' zegt Nayra voordat Félix antwoord heeft kunnen geven.

Een felle vlaag van irritatie vlamt door me heen, omdat ik me als een klein kind behandeld voel.

We lopen naar de auto en leggen de spullen op de achterbank.

'Ik wil nog even een kijkje in de school nemen,' zeg ik en zonder op antwoord te wachten loop ik omhoog, alsof ik hiermee mijn onafhankelijkheid wil bewijzen.

Het duurt even voor ik de autodeur achter me dicht hoor slaan. Als ik hoor dat ze mijn naam roept, blijf ik stilstaan zonder om te kijken.

Nayra hijgt licht als ze bij me is. Ze heeft iets harder gelopen dan ze normaal gesproken doet.

'Van don Félix worden we weinig wijzer,' zegt ze. 'Hij heeft niets gezien, niets gehoord... Geen idee wie dit gedaan zou kunnen hebben. Wel had hij de verhalen eerder gehoord, dat Juan een kharisiri zou kunnen zijn...'

'Dat verhaal is bekend dus?'

'Ja, blijkbaar... Maar hij zegt dat het nooit echt serieus bedoeld was. Het werd altijd meer als grap verteld. Zelf gelooft hij er niet in.'

'Maar de neef van de schoonzus van zijn buurman...'

'Die had het wel echt meegemaakt, ja,' zegt ze lachend.

'Waarom onderbrak je me eigenlijk?' vraag ik. 'Je gaf Félix niet de kans te antwoorden op mijn vraag.'

'Omdat dat... Dat levert dan toch niks op, geloof me. Op zo'n directe vraag van een buitenstaander geven mensen nooit antwoord, je zou toch beter moeten weten na zes maanden. Maar ik heb het gevraagd voor je. Echt, er moet een heel banale reden aan de mishandeling van Juan ten grondslag liggen. Het kan iemand zijn geweest die jaloers is op don Félix vanwege de extra inkomsten die hij heeft voor de kost en inwoning van Juan. Misschien heeft iemands dochter een oogje laten vallen op onze knappe Hollander en is er een vader, een broer of een aanstaande bruidegom boos. Er kan ook gewoon een dief zijn geweest, die hem heeft neergeslagen in de hoop dat hij dollars op zak had.'

Dat is allemaal inderdaad mogelijk.

'Die verhalen eromheen hebben hun uitwerking niet gemist,' zeg ik. 'Effectief.'

'Heel effectief, ja. Juan is als buitenstaander het perfecte slachtoffer natuurlijk.'

'De perfecte zondebok.'

'Precies.'

27

Als we de school binnengaan, zie ik tot mijn verbazing dat het er een drukte van belang is.

In de gauwigheid tel ik tien, twaalf mannen die bezig zijn om de tafeltjes uit het lokaal waar Jan-Willem gevonden is naar de gang te brengen. Binnen ruikt het zoals het buiten ruikt na een regenbui. Ik zie dat dit komt doordat twee mannen emmers water leeggooien op de vloer, terwijl anderen met bezems hevig schrobben, alsof ze in de finale van een curlingwedstrijd zitten. Het overtollige water vegen ze in de richting van een putje in het midden van de ruimte.

Jaarlijkse schoonmaak? Of het uitwissen van sporen?

Het schoolbord is schoongeveegd. Aan de natte strepen te zien, is dat nog niet lang geleden gebeurd.

'Wat zijn jullie aan het doen?' vraagt Nayra aan niemand in het bijzonder.

Ik waardeer het dat ze de vraag in het Spaans stelt, speciaal voor mij, zo stel ik me voor.

Niemand kijkt op of om.

Dan komt Lionel het lokaal binnengelopen. 'Hoe is het met Juan?' wil hij onmiddellijk weten.

'Komt wel goed,' zegt Nayra. 'Maak je geen zorgen. Zondag neemt don Lucas hem mee naar La Paz, zodat ze hem in een ziekenhuis verder kunnen onderzoeken. Hij is nu in de kliniek van de universiteit.'

Lionel knikt.

Aan zijn gezichtsuitdrukking zie ik niet of hij opgelucht is of dat het hem niets kan schelen.

'Maar wat zijn jullie hier aan het doen?' vraag ik dan maar.

'Ieder jaar doen we dat, met de minq'a,' zegt Lionel op defensieve toon.

Ik kijk naar het vuilbruine water dat langzaam in het putje verdwijnt. Dan loop ik naar de plek waar ik Jan-Willem heb gevonden. Op de vloer zijn nog bruinrode verkleuringen te zien.

‘Als de vloer is gedroogd,’ hoor ik Lionel zeggen, ‘gaan we de muren opnieuw kalken. Aan de buitenkant ook, dat doen we iedere paar jaar.’

Hoewel dit plausibel klinkt en er feitelijk niets verdachts aan de hand is, vind ik het toch een raar toeval dat het lokaal precies op dit moment zo grondig wordt geschrobd en geboend. En dat de muren worden gewit, alsof hun maagdelijke wit moet benadrukken dat niemand hier enige blaam treft.

Ik loop terug naar de deur en leg mijn hand op Lionels schouder, waardoor ik hem lichtjes dwing met me mee te gaan.

‘Is er iemand in de comunidad die een hekel heeft aan Juan?’ vraag ik hem. ‘Iemand die…’ Zijn bloed wel kan drinken, wil ik de Nederlandse uitdrukking naar het Spaans vertalen, maar die is zeer ongeschikt en ongepast in deze setting, nog los van het feit dat ik niet weet of deze in het Spaans wel bestaat. ‘Iemand die liever niet heeft dat hij hier was?’ zeg ik dan maar.

‘Nee, niemand,’ antwoordt Lionel na een korte denkpauze, waarbij het me opvalt dat hij erg zijn best doet mijn blik te ontwijken. ‘Niet dat ik weet.’

‘Maar het duurde toch weken voordat hij geaccepteerd werd door de gemeenschap?’

Inmiddels is Nayra ook naar de gang gekomen.

‘Dat is waar, maar…’ zegt Lionel. ‘Maar dat is al een jaar geleden… En het is niet zo raar toch? We wisten toch niet wie hij was? Hoe zou jij het vinden als ik in jouw dorp zou komen en dan aan iedereen zomaar allerlei vragen zou gaan stellen? Dan wil je toch eerst ook…’

De kat uit de boom kijken.

‘Dat vind ik ook niet zo gek,’ valt Nayra hem bij, ‘dat hij niet direct met open armen werd ontvangen. We hebben het er al vaker over gehad toch? Voor onze gemeenschappen zijn mensen van buiten eigenlijk altijd slecht nieuws geweest. Ze hebben nooit iets goeds gebracht, nooit.’

Toeval of niet, maar Lionel en Nayra staan naast elkaar, tegenover mij, alsof ze een tweepersoonsmuurtje vormen om mij, de indringer, buiten te houden.

‘Maar na drie weken zagen we dat Juan *un buen hombre* was,’ zegt Lionel. ‘Zeker toen hij na dat feest zo dronken werd…’

‘Uit frustratie, omdat hij…’ werp ik tegen.

Maar Lionel begint bij de herinnering aan de dronken Jan-Willem met zo'n oprecht plezier te grinniken, dat ik ondanks alles ook moet lachen.

'Zo dronken, dat we hem naar huis hebben moeten slepen, als een pop. "Waarom houden jullie niet van me?" bleef hij maar vragen. "Waarom houden jullie toch niet van me?" Maar vanaf dat moment zijn we allemaal van hem gaan houden.'

Op één iemand na.

28

Eén keer heb ik in dit dorp meegedaan met de minq'a, de communale arbeid in het dorp, op uitnodiging van Jan-Willem. Hoewel hij als antropoloog in hart en nieren gemakkelijk hele dagen kon werken waarbij er slechts sporadisch met hem werd gesproken, vond hij het ook een keer leuk om gezelschap te hebben. Jan-Willem deed altijd zo veel mogelijk mee: van het stenenvrij maken van de hoofdpaden en het onderhouden van irrigatiekanaaltjes tot het graven van een diepe sleuf voor een waterleiding en het bouwen van een heuse kas. Ik heb een dag meegeholpen met het maken van de adobestenen, een zware klus waarbij we, als wijnboeren met onze blote voeten trappend, aarde, water en stro mengden, staand in een ondiepe kuil. Vaak stonden we recht tegenover elkaar, waarbij we onze handen op elkaars schouders legden om elkaar zo te ondersteunen.

Het voelde heerlijk, het fysiek bezig zijn, de éérlijke arbeid als je het zo kunt noemen, letterlijk met de poten in de klei, bezweet te raken en in een lichte roes te verkeren door de voortdurende aanvoer van sterkedrank en het drinken van bier in de pauzes. En ik vond het ook fijn om onder mijn handen de spieren van Jan-Willem te voelen – hij is vrij fors – hoe die zich spanden en ontspanden. De oerkreten die we af en toe slaakten om nog even één keer door te zetten. Met om ons heen de indiaanse boeren die het allemaal heel vermakelijk vonden – wellicht ook het beeld dat witten nu eens voor hén werkten? – en ons aanmoedigden niet op te geven.

Daarna schepten we de modder in houten mallen die vervolgens in de zon te drogen werden gelegd. Schitterend vond ik het, deze eeuwenoude methode om stenen te maken. In de zomer houden ze de warmte buiten en in de winter de kou.

En dat allemaal in een omgeving die van een adembenemende schoonheid was.

‘Vergis je niet hoor,’ zei Jan-Willem, toen we tijdens een van de vele pauzes uitpuften. Hij wees naar een man die ik eerder op een grote steen had zien zitten met een schrift waarin hij dingen opschreef. ‘Het lijkt allemaal informeel en rommelig, maar die meneer daar is de *secretario de actas*, de dorpssecretaris. In zijn schriftje houdt hij exact bij wie er wel zijn en wie niet. De afwezigen moeten een bepaald bedrag betalen dat in de dorpskas terechtkomt en bestemd is voor het algemeen nut. Mensen die er vaak niet zijn, plaatsen zichzelf buiten de gemeenschap. Je ziet ook hier dat mensen, met wie het economisch net wat beter gaat, er vaak voor kiezen die “boete” te betalen om niet mee te hoeven doen. Maar dat druist helemaal in tegen de geest van deze arbeid natuurlijk. Het grootste deel van de tijd doen we niet eens iets, het gaat echt om het samenzijn, om het samen iets tot stand brengen voor de gemeenschap. Als twintig mannen hard door zouden werken, zouden ze in een halve dag waarschijnlijk méér werk verzetten dan de vijftig of zestig mensen die hier de hele dag bezig zijn. Maar dan mis je het hele punt.’

Het liep tegen het einde van de dag. Het was me inderdaad opgevallen dat we nog niet de helft van de tijd echt aan het werk waren geweest. Er werd heel veel gekletst, gelachen, er gingen dus flessen met sterkedrank rond, er waren eetpauzes waarbij grote flessen lauw bier rondgingen, dorpelingen wisselden cocablaadjes uit en namen goed de tijd om die te kauwen, de burgemeester laste meerdere malen een kleine vergadering in, er waren rookpauzes... Het was in de eerste plaats een sociaal gebeuren, waarbij de klus zelf bijna bijzaak leek.

‘In Nederland zouden veel mensen zich waarschijnlijk kapot ergeren,’ zei Jan-Willem, die inmiddels behoorlijk dronken aan het worden was. Hij zat naast me op de grond, met een arm om mijn schouder geslagen. Het was behoorlijk intiem, maar niet erg ongewoon in de omstandigheden. ‘Thuis zouden ze dan zeggen dat het zonde van de tijd is van zoveel mensen. Meer dan de helft zou thuis kunnen blijven of iets anders kunnen doen, maar daarmee onderschat je het belang van het samen arbeiden. Hier staat alles, echt alles, in het teken van wederkerigheid, in het teken van evenwicht. Aan de hand hiervan wordt bepaald of iemand “goed” of “slecht” is. Ik help jou, jij helpt mij. Ik geef jou, jij geeft mij. Zo eenvoudig kan het leven zijn. Je hélpt elkaar. En daardoor ontstaat er een relatie. Iemand heeft jou geholpen en dan moet je die "schuld" inlossen door binnen een redelijke termijn een vergelijkbare inspanning terug te leveren. Hulp ontvangen is nooit vrijblijvend en als je hulp geeft, weet je dat je die terug gaat krijgen. Hierdoor ontstaat er een band tussen mensen. Want door de wederdienst is de ontstane schuld niet opgeheven, maar is er een relatie ontstaan. Een volgende keer doen mensen wéér een beroep op elkaar.'

'Maar jij bent een buitenstaander,' zei ik.

'Ja, dat klopt,' gaf hij toe. 'Maar omdat ik vandaag help, zal morgen iemand mij te woord willen staan als ik hem wil interviewen voor mijn onderzoek. Net als jij... Als jullie hier weer eens komen voor jullie bomenproject is de burgemeester toch ook meer geneigd zijn medewerking te verlenen.'

Ik knikte.

Ik begreep wat hij bedoelde, ook al klonk hij als een dominee die voor eigen parochie preekte.

'De jaarlijkse schoonmaak,' zeg ik met enig cynisme als Nayra en ik weer buiten op het schoolplein staan.

'De jaarlijkse schoonmaak, ja. Daar is niets bijzonders aan.'

'Vlak nadat Juan is neergeslagen...'

'Luister,' zegt Nayra. 'In deze tijd is de school twee, drie maanden gesloten. Er is niets raars aan het feit dat de lokalen grondig worden geboend, dat de muren worden gekalkt. Het werk op het land ligt stil, de oogst is binnengehaald. Juist dit is de tijd van de minq'a, het werk voor de hele gemeenschap door de hele gemeenschap.'

Ik ben niet overtuigd.

'Kom,' zegt Nayra dan. 'Laten we teruggaan naar het instituut. We hebben hier toch niets meer te zoeken. Waarom wilde je eigenlijk naar de school toe?'

'Ik weet het niet goed,' antwoord ik naar waarheid. 'Misschien had ik gehoopt nog iets te vinden, een aanwijzing, een schrift dat we over het hoofd hadden gezien. Of iemand die ons iets zou vertellen.'

Nayra schudt het hoofd. 'Dat gaat niet zo snel gebeuren, vrees ik. De mensen zijn angstig, wat ik al zei. Dat ken je toch zelf ook? Je praat niet graag over waar je bang voor bent, om het niet aan te trekken. Ziekte, een ongeluk, de dood… Dat is iets universeels toch?'

Ik moet haar gelijk geven.

Zonder iemand nog te groeten gaan we weg. Als we een meter of twintig van de school vandaan zijn, roept iemand Nayra. We kijken om en zien drie mannen op ons afkomen. Vastberaden stappen ze voort, als mannen met een missie.

Als ze bij ons zijn, begint een van hen in het Aymara te spreken. Korte zinnetjes, zo lijkt het, maar uit de toon van de stem kan ik weinig opmaken. Het komt streng over, maar ook alsof het een redelijk verzoek betreft. Nayra luistert zonder iets terug te zeggen.

Als de mannen zich omkeren om weer terug naar het gebouw te gaan, vraag ik Nayra wat ze gezegd hebben.

Het duurt even voor ze antwoordt, maar dan zegt ze: 'Dat was de burgemeester. Ze willen dat Juan hier niet meer komt.'

'Wat jammer voor hem, maar misschien maar het beste voor iedereen? Ik bedoel, onderzoek doen in deze omstandigheden…'

'En jij bent ook niet meer welkom.'

Ik blijf stilstaan, terwijl Nayra stug doorloopt.

Waar slaat dat nou op? Op zich maakt het allemaal niet uit natuurlijk. Ik ga toch weg. Voor Jan-Willem is het veel ingrijpender – al had hij zelf misschien ook geen zin meer gehad om terug te gaan. De gebeurtenis zélf kan hij nog verwerken in het onderzoek. En ik heb de indruk dat hij al meer dan genoeg gegevens heeft verzameld. Maar waarom zou ík niet meer mogen komen? Of zouden ze hem en mij in dezelfde hoek plaatsen?

Dan loop ook ik in de richting van de auto, waar Nayra al bijna is aangekomen. Ik snap niet of zij nu boos is op mij of op de dorpelingen. Misschien tast deze situatie haar geloofwaardigheid aan en de relatie die zij namens het instituut met deze gemeenschap heeft opgebouwd. Ze is toch duidelijk verbonden met ons. Met mij.

'Ben je bang dat dit zijn weerslag gaat hebben op het bomenproject?' vraag ik als we in de auto zitten.

'Uiteindelijk niet, denk ik. Het is gewoon vervelend. Voor het instituut zal het niet zoveel uitmaken. We zullen alles even op een laag pitje zetten hier, maar over een tijdje zal het vast allemaal weer rustig zijn. Jan-Willem is dan weg, jij bent weg… Maar we moeten zulke dingen niet te vaak hebben natuurlijk.'

Ze start de auto en we rijden weg.

29

Ik zit met gemengde gevoelens naast Nayra. Ze heeft niets gezegd over de onredelijkheid van het feit dat ik niet meer welkom ben. Ze probeert het niet eens goed te praten of redenen te verzinnen om het te verzachten. Nayra lijkt vooral blij te zijn dat dit incident op de lange termijn geen consequenties zal hebben voor ons project.

Voor haar project.

Tezelfdertijd besef ik dat ik ook niet kinderachtig moet doen. Ik héb ook niets in dit dorp en mijn 'verbanning' raakt me feitelijk op geen enkele wijze. Bovendien loopt het project al vele jaren en daarbinnen is mijn rol natuurlijk uiterst bescheiden. Het ís belangrijker dat dit goed blijft lopen, ook nadat ik al lang en breed vertrokken ben.

'Ik kan anders ook morgen al naar La Paz gaan,' zeg ik. 'In plaats van zondag. Dan nemen Maarten en ik Juan zaterdag mee naar het ziekenhuis.'

'Nu doe je als een klein kind, Lucas. Kom. Natuurlijk ga je niet al eerder naar huis. Haal je geen gekke dingen in je hoofd, goed?'

'Goed.'

Als we daarna weer op het instituut zijn, ga ik met Jan-Willems spullen naar de kliniek.

Er wordt opengedaan door Gustavo, een goedlachse *mestizo* van mijn leeftijd, die Pablo blijkbaar heeft afgewisseld. Hij is veearts, maar door zijn basale kennis van de geneeskunde heeft hij ook regelmatig dienst in de kliniek. 'Uiteindelijk zijn we allemaal dieren toch?' is zijn favoriete uitspraak.

Hij laat me binnen en vertelt me dat Jan-Willem volledig bij kennis is. Zonder dat ik het aan zie komen, heb ik tranen in mijn ogen van opluchting en blijdschap. Snel loop ik naar zijn kamer, de grote rugzak op mijn rug en de stapel boeken en multomappen op mijn armen.

Monter kijkt hij me aan als ik binnenkom.

'Don Lucas, mijn redder,' zegt hij.

Ik leg de spullen snel op een tafel en laat de rugzak op de grond vallen voor ik naar het bed toe loop om hem te omhelzen. Hij reageert aanvankelijk wat verrast, maar dan voel ik dat ook hij met enige kracht zijn armen om mij heen slaat.

'Man,' zeg ik als ik hem loslaat. Met de achterkant van mijn hand veeg ik de tranen uit mijn ogen. Dan ga ik schuin op zijn bed zitten. 'Ik ben blij dat ik je zie, Jan-Willem. We zijn zó geschrokken.'

'Meer dan ik waarschijnlijk, want ik herinner me er echt helemaal niks van. Het ene moment zit ik nog te schrijven, het volgende moment word ik hier wakker in dit bed.'

'En?'

'Geen enkele herinnering, niks, nada. Ik weet ook niet meer of er iemand is binnengekomen, of ik met iemand heb gepraat. Dat moet wel, want je kunt alleen maar via de deur het lokaal in. Dus ik moet de persoon hebben gezien.'

'Bizar.'

'Maar ik snap het ook helemaal niet. Alleen helemaal in het begin, die eerste paar weken waren lastig, maar daarna heb ik een goede band opgebouwd met iedereen. Althans, zo leek het. Jij hebt me gezien toch? Die keer dat we samen hebben gewerkt. Ik was geaccepteerd... Ik woon hier al een jaar!'

'Dit is maar één iemand geweest, hè? En misschien nog niet eens iemand uit het dorp. Nayra zei al, het kan iemand zijn geweest die jaloers was op de extra inkomsten die Félix had of een ordinaire roofoverval.'

Hij knikt.

Zal ik vragen naar zijn aanhouding toen? Het is een beetje de olifant in de kamer... Hij weet niet dat ik het weet.

'Nayra vertelde me net dat je in december, zo ongeveer toen ik aankwam, even hebt vastgezeten,' zeg ik dan toch maar.

'Vastgezeten...' zegt Jan-Willem, met een spottend lachje dat ik niet van hem ken. 'Heeft ze dat gezegd?'

'Ja, net. Toen we in de auto zaten, op weg hiernaartoe.'

'Vastgezeten is wel een heel erg zware term hoor. De politie heeft me ondervraagd, meer niet. Ze hebben toen met nog veel meer mensen gesproken. Oscar, Lionel en ik waren toevallig in dat dorp waar dat tweede kind werd gevonden. Het stomme toeval wilde dat ik ook al in die eerste gemeenschap was ten tijde van de eerste moord.'

'Waarom heb je me dat nooit verteld?'

'Omdat ik het niet de moeite waard vond. Het was routine, meer niet. Je gelooft toch niet dat ik er iets mee te maken kan hebben?'

'Nee, natuurlijk niet,' zeg ik, net iets te snel. 'Maar misschien zijn er mensen die dat wel denken. En nu er een derde kind gevonden is, in een gemeenschap bij jou in de buurt… Het is heel goed mogelijk dat dit de aanleiding is geweest om jou aan te vallen, toch?'

Jan-Willem zucht, een beetje vermoeid, alsof hij het gespreksonderwerp zat is.

Ik besluit het te laten rusten. 'Heb je al contact gehad met Nederland?' vraag ik.

'Ja, ik heb mijn ouders even gebeld. Ik heb het een beetje vaag gehouden, gewoon, dat ik gevallen ben, gestruikeld en dat ik inmiddels ben opgeknapt. Ze schrokken eerst natuurlijk, maar ik kon ze direct geruststellen. Als ik straks weer in het dorp ben…' Maar hij maakt zijn zin niet af. 'Waarom heb je al mijn spullen eigenlijk meegenomen?'

'Nayra en ik zijn net in je dorp geweest…'

Nu vullen zíjn ogen zich met tranen. 'Ach…' is het enige dat hij uit kan brengen.

'We zagen dat ze het lokaal waarin jij had gezeten aan het schoonmaken waren. Tafels eruit, schrobben met water, een grote schoonmaak… De burgemeester kwam naar ons toe om te vertellen dat het beter was als je niet meer terugkwam. Ik ben ook niet meer welkom trouwens, maar goed.'

'En nu? Wat moet ik nu?'

'Het zou ook lastig zijn om onder deze omstandigheden verder te gaan met je onderzoek toch? Er is iemand die je heeft aangevallen, misschien wel iemand uit het dorp. Of meerdere mensen… Dan zou je toch ook niet meer rustig kunnen slapen? Er is blijkbaar weerstand tegen je aanwezigheid, al het vertrouwen dat je had opgebouwd, de goede band, die is weg nu…'

'Weerstand? Hoezo weerstand? Niet bij de hele gemeenschap toch?'

Ik besef dat Jan-Willem nog helemaal niet op de hoogte is en in een paar zinnen vertel ik hem over het woord 'kharisiri' op het bord en het 'asesino a niños' in zijn schrift.

'Ik vermoord kinderen? Een kind doden,' zegt hij. 'Een kind ófferen, iets barbaarders bestaat er toch niet?'

Behalve als jouw God zijn Zoon offert, denk ik, maar ik hou mijn mond.

Hij lijkt alleen maar geïrriteerd en sluit zijn ogen. 'Kharisiri... Asesino a niños... Wat een ónzin allemaal. Er moet iets anders aan de hand zijn.'

Ik heb met Jan-Willem te doen. Om zo na al die voorbereidingen thuis en het harde werk hier je veldwerk te zien eindigen, is toch wel wrang.

'Niet dat je er op dit moment iets aan hebt,' probeer ik hem te troosten, 'maar wat er is gebeurd, is wel een klassiek antropologisch veldwerkverhaal natuurlijk.'

Hij haalt zijn schouders op.

'Nog los van het feit dat je volgens mij al heel veel materiaal had verzameld. Dat kun je combineren met bestaande literatuur toch? Er is een goede reden, die buiten jou om gaat, waarom het gegaan is zoals het is gegaan. Je doet daar verslag van, op een eerlijke manier.'

Plots dringt de ironie van de hele situatie tot me door, hoewel ironie misschien niet direct het goede woord is.

Die hele mythologie rond de kharisiri is volledig terug te voeren op de komst van de Spanjaarden naar dit gebied. Er wérden in die tijd ook veel indianen vermoord of weggevoerd om te werken in de mijnen. En de indianen combineerden dit gegeven met het verhaal dat de conquistadores vertelden over hun God, over Jezus, wiens lichaam ze aten en wiens bloed ze dronken om deel te krijgen aan Zijn kracht. Vandaar ook de verhalen dat de Spanjaarden indianen in stukjes zouden hakken om vervolgens op te eten.

Jan-Willems eigen geloof dat het eten van het lichaam van Christus en het drinken van diens bloed de dood helpt overwinnen ligt nota bene ten grondslag aan de beschuldiging aan zijn adres dat hij een menseneter zou zijn.

Die hele eucharistie met de transsubstantiatie waarbij de gelovige ervan overtuigd is dat de hostie niet alleen symbolisch, maar ook wérkelijk verandert in het lichaam van Christus en waarbij de wijn écht zijn bloed wordt...

Dan zie ik dat Jan-Willem moe begint te worden.

'Volgens mij moet jij nog even rusten,' stel ik voor. 'Heeft Pablo je nog verteld dat hij liever wil dat je in een ziekenhuis in La Paz wordt onderzocht?'

'Ja, dat heeft hij gezegd. Ik voel me op zich prima verder, een klein beetje hoofdpijn nog, maar het kan geen kwaad, denk ik. Het zal ook goed zijn om even wat afstand te nemen, letterlijk.'

'Overmorgen gaan Maarten en ik naar La Paz. Dan kun je met ons meerijden.'

'Goed, goed,' zegt hij, met een duidelijke berusting in zijn stem.

Ik sta op, met een beetje kramp in mijn benen door de rare houding waarin ik heb gezeten.

'O ja,' zeg ik. 'Ik heb je aantekenschrift gekopieerd. Ik had het origineel aan de commissaris meegegeven voor nader onderzoek.'

Ik pak de kopietjes van de plank en geef ze aan Jan-Willem.

'Wat gaat die man vinden dan?' zegt hij. 'Maar fijn, dank je wel. Je hebt zelfs de voorkant meegekopieerd, grondig hoor.' Hij bladert wat door de papieren heen.

'Het staat achterin,' help ik hem.

'Asesino a niños,' leest hij voor als hij de bladzijde heeft gevonden. Hij schudt zijn hoofd en zucht. Dan ordent hij alles en wil hij het me teruggeven, maar midden in de beweging stopt hij.

'Wat is er?' vraag ik.

'Dit heb ik niet geschreven,' zegt hij, op het bovenste blaadje wijzend.

Ik ga naast hem staan en lees het woord waar zijn wijsvinger naast rust. Het is in dezelfde hanenpoten geschreven als waarmee 'kharisiri' op het schoolbord was geschreven.

Chupacabra.

30

'Chu-pa-ca-bra,' lees ik langzaam, hardop nu. 'Dat heb ik over het hoofd gezien.'

Op zich is dat niet raar, want er staan meer woorden op de voorkant van het schrift. Maar Jan-Willem weet natuurlijk dat dit niet van hem is.

We kennen het woord allebei niet.

'In een van de zijvakjes van mijn rugzak zit mijn mobiel,' zegt hij. 'Pak die eens.'

Na een aantal zakjes te hebben geprobeerd, vind ik hem.

'Ik gebruik hem niet veel daar. Er is sowieso geen internet natuurlijk. Ik heb hem alleen om in noodgevallen mee te kunnen bellen.'

'Maar in de school had je hem niet bij je dus.'

'Inderdaad.'

Ik geef hem het wachtwoord van de wifi van het instituut en korte tijd later heeft hij verbinding gemaakt.

'We weten allebei dat *chupar* "zuigen" betekent en *cabra* "geit",' zegt hij. 'Maar geitenzuiger? Dat is wel een heel raar woord, in iedere taal denk ik.'

Jan-Willem opent Wikipedia en zoekt op 'chupacabra'.

We schrikken allebei als we de afbeelding zien die in beeld verschijnt, een fantasierijke tekening van een kunstenaar die zich heeft gebaseerd op de verhalen rond dit mythische wezen. Het heeft het lichaam van een mens, maar de kop van een reptiel, met grote ogen. Twee scherpe slagtanden als van een vampier, steken uit zijn bek. Zijn voeten hebben scherpe klauwen, met drie tenen.

Dan leest Jan-Willem hardop wat erover geschreven staat.

De chupacabra (letterlijk: geitenzuiger) is een mythisch wezen uit Midden-Amerika – in het bijzonder Puerto Rico waar het dier vandaan zou komen – dat zich (vooral) zou voeden met het bloed van geiten. Naast Midden-Amerika bestaan ook in de Verenigde Staten verhalen over meldingen van het wezen, vooral in Californië. Meer sporadisch zijn de verwijzingen naar dit schepsel in het Amazonegebied van Zuid-Amerika, zoals in Peru, Brazilië en Bolivia.

De chupacabra lijkt op het eerste gezicht een mens. Alhoewel bronnen verschillen, lijken de beschrijvingen in grote lijnen allemaal op elkaar. Het dier heeft slagtanden die het gebruikt om bloed te kunnen drinken. Op zijn rug hangen korte 'vleugeltjes', die hem waarschijnlijk de kracht geven om even te vliegen. Het heeft geen staart en het wezen is zo'n 120 centimeter groot. Het heeft twee grote armen met klauwen aan de handen. Het kan beschreven worden als een kruising tussen de mens, een aap en een vogel. Het wezen heeft de slagtanden van een vampier en de kracht van een panter.

Het dier kan een rietachtige snavel hebben waarmee hij zijn prooi leegzuigt, maar het kan ook een bek vol met vooruitstekende tanden met afwisselende hoogtes bevatten.

Veel geloven ook dat hij zich af en toe aan mensen vergrijpt. Hij zou het vet van iemands lever wegzuigen, tijdens zijn slaap. De persoon merkt er aanvankelijk niets van, maar wordt dan binnen enkele dagen steeds lustelozer totdat hij op een dag vanuit het niets dood neervalt. Als ze dat dan gaan onderzoeken, heeft die persoon wondjes op zijn lichaam op de plek waar de lever zich bevindt.

Daarnaast is het niet duidelijk waar het wezen vandaan zou komen. Sommigen spreken van een mislukt experiment van de NASA en dat het beest heeft weten te ontsnappen. Volgens anderen zijn het buitenaardse wezens die hier op aarde zijn achtergelaten of weggelopen zijn van hun moederschip. Weer anderen gaan er weer van uit dat het een dier is dat lijkt op een mens, een missing link in de menselijke evolutie.

'Het mysterie verdiept zich, zoals dat dan heet,' zegt Jan-Willem.

'Het wordt steeds bizarder, ja. Die kharisiri ziet er tenminste nog uit als een mens, maar dit is gewoon een monster. Hoe kan iemand nou denken dat jij dit zou zijn?'

'En waarom chupacabra? Ik zie de overeenkomsten met de kharisiri, maar dit is toch vooral een verhaal uit Midden-Amerika – met name Puerto Rico wordt hier genoemd – en de vs?'

'Ze noemen Bolivia ook toch?'

'Ja, maar dan in de Amazone, dat is hier echt een heel eind vandaan, met een cultuur die ver afstaat van de Andes. In dat dichtbegroeide regenwoud kun je je nog voorstellen dat een dergelijk wezen zich kan verschuilen, maar hier in deze dorre vlaktes? Alleen een monster in de vorm van een mens kan hier overleven.'

In een flits komt een beeld bij me op, zoals een flikkerende tl-lamp in een verder donkere ruimte je een fractie van een seconde een blik gunt op wat er te zien is.

Bij de opgraving van Tiahuanaco heb ik iets gezien. Wat was dat toch?

'Ik ga ervandoor,' zeg ik.

'Goed. Fijn dat je even bent langsgekomen. Ik zou vanavond graag bij je afscheidsfeest zijn gekomen, maar ik ben bang dat ik dat niet trek.'

'Jij moet vooral uitrusten nu.'

En hier opgesloten ben je veiliger dan buiten, denk ik, maar dat zeg ik maar niet hardop.

'Maak je geen zorgen om je onderzoek verder. Het is echt heel vervelend hoe het is gelopen, maar je hebt voldoende materiaal verzameld om een mooi proefschrift mee te kunnen schrijven. En hier op het instituut lopen ook genoeg mensen rond die je van alles kunnen vertellen over Moeder Aarde en alles wat daarmee te maken heeft. Patricio Guerra bijvoorbeeld.'

'Je hebt vast gelijk, maar op dit moment ben ik nog niet zover. Om het te accepteren, bedoel ik. Maar ik kan hier ook mensen spreken, ja. Nayra bijvoorbeeld. Ik heb nog een maand of twee, drie.'

Ik zie het tafereel voor me van hen samen, avonden met lange gesprekken, wandelingen onder de sterrenhemel, een voorzichtige eerste kus.

Dan schud ik mijn hoofd snel heen en weer, om zo die beelden te laten verdwijnen.

'Gaat het goed met je?' vraagt Jan-Willem lachend.

Dan komt er nog een andere gedachte bij me op.

Er is nóg iets. Maar wat?

'Mag ik de tekst over de chupacabra nog een keertje zelf lezen?' vraag ik, maar zonder op zijn antwoord te wachten, pak ik de mobiel uit zijn handen.

'De chupacabra (letterlijk: geitenzuiger) is een mythisch wezen uit Midden-Amerika – in het bijzonder Puerto Rico waar het dier vandaan zou komen…' lees ik opnieuw. Ik klik de pagina weg.

Uit Puerto Rico…

Net als don Oscar.

31

Nadat ik haastig afscheid heb genomen van Jan-Willem, en Gustavo op het hart heb gedrukt de deur op slot te doen en te hóúden, loop ik naar het woonblok waar Nayra's kamer is.

Ongeduldig klop ik op haar deur.

Het duurt even voor ze opendoet. Met een slaperig gezicht kijkt ze me aan. 'Hey. Is er iets?'

'Don Oscar komt uit Puerto Rico toch?' zeg ik.

'Klopt. Waarom?' antwoordt ze, met een vermoeide glimlach.

'Mag ik even binnenkomen?'

Ze werpt een vluchtige blik over haar schouder en een vlaag van paniekerige jaloezie overspoelt me.

Er zal hier toch niet nóg iemand zijn?

Ze opent de deur en mijn ogen schieten door haar kamer.

'Het is een beetje een rommeltje hier,' zegt ze verontschuldigend. 'En ik was eigenlijk even aan het slapen. Maar vertel.'

Ik stap haar kamer binnen, maar de deur laat ze open.

Dan vertel ik haar hoe Jan-Willem en ik het woord 'chupacabra' zagen op de kopieën van zijn schrift en wat we erover te weten zijn gekomen. 'Het is zó vreemd dat in deze omgeving iemand verwijst naar een wezen dat bij de meeste mensen niet bekend is,' zeg ik. 'De chupacabra maakt helemaal geen deel uit van de lokale folklore hier toch?'

'Nee, dat is waar,' zegt ze, weinig onder de indruk, zo lijkt het. Ze is vooral blij te horen dat Jan-Willem weer bij is.

'Ik denk niet dat don Oscar dit op zijn geweten heeft,' zegt ze. 'En bovendien, Juan bezoekt toch vaak zijn kerk, het zijn goede vrienden geworden… Maar het is wel iets om door te geven aan commissaris Sixto. Iedere aanwijzing is er een, misschien kunnen ze iets met het handschrift. Ik bel hem straks wel even.'

Haar reactie is behoorlijk ontnuchterend, waardoor ik het zelf opeens ook niet meer zo'n grote ontdekking vind. Het kan best dat de dader al associërend bij de 'geitenzuiger' uitgekomen is – een verhaal dat hij dan weer opgepikt kan hebben tijdens een bezoek aan het Amazonegebied, of van iemand anders heeft gehoord.

'Maar als je het niet erg vindt, Wara...' Ze maakt met haar hoofd een beweging in de richting van haar beslapen bed.

Een fractie van een seconde denk ik dat ze me uitnodigt bij haar te komen liggen, maar net op tijd besef ik dat ze gewoon bedoelt dat ze verder wil slapen.

Een glimlachje verschijnt rond haar lippen.

Ze wéét wat ik dacht, denk ik beschaamd.

'Dan zie ik je met het avondeten, goed?' stel ik voor.

'Goed.'

Op het wekkertje op haar nachtkastje zie ik dat het tegen vieren is. Voor mij kan het ook geen kwaad even een dutje te doen.

Als we afscheid hebben genomen, loop ik terug naar mijn eigen kamer. Een beetje met mijn ziel onder de arm. *Con el alma bajo el brazo...*

Wat een treurigheid dit allemaal toch, denk ik als ik op mijn bed ga liggen. De zinloze dood van die kleine jongen, de aanval op Jan-Willem die direct het einde van zijn veldwerk betekent, mijn aanstaande vertrek in deze omstandigheden...

Ik bedenk hoe vreemd het eigenlijk is hoe snel de dood van Luis naar de achtergrond is verdwenen door de nieuwe verwikkelingen rond Jan-Willem. Op dit moment houdt vooral die beschuldiging van de kharisiri of chupacabra me bezig.

Is het dan dat ik me meer aantrek wat er met Jan-Willem is gebeurd, omdat hij ook een Nederlander is en op mij lijkt? En dat Luis gewoon verder van me afstaat?

Ik overweeg even om naar de Zonnepoort te gaan. Toen ik net bij Jan-Willem was en we die pagina op Wikipedia lazen, kwam er een gedachte bij me op.

32

Ik moet denken aan de rondleiding die Jim me een tijd geleden gaf, een Amerikaanse archeoloog die ik een keer bij toeval ontmoette toen hij rondstruinde op de opgraving van Tiahuanaco. We raakten aan de praat en hij nam me graag mee voor een tour over het terrein om zijn kennis te kunnen etaleren.

Uiteindelijk hebben we dik twee uur rondgedwaald, waardoor ik me na afloop afvroeg of ik hem er niet voor moest betalen. Toen ik een halfhartige greep naar mijn portemonnee deed, pakte hij mijn arm beet om me dat te beletten. Jim droomde weliswaar van een bestaan als toeristengids in Bolivia en Peru – 'Jij bent mooi oefenmateriaal,' zei hij lachend – maar van betaling tussen 'vrienden' kon natuurlijk geen sprake zijn. Daarna hebben we langs de kant van de weg bij een geïmproviseerd kraampje een paar halve liters bier gedeeld, die ik betaalde.

Zo was de balans tussen ons weer hersteld.

Als ik niet terugkom om hier permanent te wonen, is het niet erg waarschijnlijk dat ik hem ooit nog ga zien. Een gek idee blijft dat toch, dat hij en ik onze levens zullen gaan leiden, ver weg van elkaar, niet wetend of de ander überhaupt nog in leven is. We zullen beiden stollen in elkaars herinnering, nooit ouder worden dan op dat ene moment.

Jim was van mijn leeftijd, met een volle baard en een vilten cowboyhoed, die ik aanvankelijk wat aanstellerig vond, maar waar ik al snel aan wende. Hij was afkomstig uit het zuiden van de Verenigde Staten, waar het een heel gewoon kledingstuk is.

Jim had een plekje met wat schaduw uitgezocht, want de kracht van de zon was enorm. We zaten op de vloer van de verzonken tempel. Als leerlingen aan de voeten van hun meester keken we op naar een raadselachtig gezicht, dat aan de god Viracocha werd toegeschreven.

Het bleef een wonderlijke gedachte, vond ik, dat mensen zoals wij eeuwen geleden aan zoiets hebben gewerkt. De arbeiders die hebben gezweet in de zon, die honger en dorst kregen, die tijdens het werk misschien grappen maakten met elkaar of het laatste nieuws bespraken. Die zich zorgen maakten om de gezondheid van hun kind of om de oogst van dat jaar, die zich verheugden op een feest of nog een kater hadden van de avond ervoor. Al die mensen die tot stof zijn vergaan, met al hun talenten, hun mooie en minder fraaie karaktereigenschappen, al hun wijsheid, hun levenservaring en hun dagelijkse zorgen.

Het Viracochabeeld was mooi en straalde ondanks de erosie een soort van innerlijke kracht uit, macht... Viracocha had een hoog voorhoofd en grote ronde ogen, zijn neus was recht, smal bij de brug, maar breed bij de neusgaten. Zijn lippen waren vol. Het opvallendst was zijn elegante en indrukwekkende baard, die zijn gezicht breder leek te maken bij de kaken. Van dichtbij zag ik dat de beeldhouwer de huid rond de lippen glad had afgebeeld, zodat de snor hoog op zijn wangen begon, ongeveer naast de punt van zijn neus. Vandaar boog de snor extravagant langs de mondhoeken omlaag, tot in een lange sik bij de kin en langs de kaken terug naar de oren.

Boven en naast de oren, aan de zijkant van het hoofd, waren figuren uitgehakt: afbeeldingen van vreemde dieren, die eruitzagen als grote prehistorische zoogdieren met dikke staarten en logge poten. Er waren meer interessante punten. Zo had de stenen Viracocha over elkaar geslagen armen, voor een soepele mantel langs. Aan weerszijden slingerde een slang zich van de grond tot aan de schouder omhoog.

'De eerste Spaanse reizigers,' vertelde Jim, 'die kort na 1523 de ruïnes van Tiahuanaco bezochten, waren heel erg onder de indruk van de enorme gebouwen en de geheimzinnige sfeer die er hing. Kroniekschrijver Pedro Cieza de León had de indianen gevraagd of de gebouwen nog van de Inca's waren geweest, maar die hadden gelachen om de vraag. Ze hadden hem verteld dat ze lang voor de tijd van de Inca's waren gebouwd en dat alles opeens in de loop van een nacht was ontstaan. Een andere Spaanse bezoeker uit die tijd berichtte over een legende die wilde dat steden op wonderbaarlijke wijze van de grond werden getild. Ze zouden onder trompetgeschal door de lucht gedragen zijn, schreef hij.'

Terwijl hij doorpraatte, pakte Jim een schriftje tevoorschijn, met zijn aantekeningen. 'We hebben geluk gehad dat de historicus Garcilaso de la Vega de stad destijds tot in detail beschreven heeft. In die tijd werd er nog niet op schatten gejaagd of naar bouwmateriaal gezocht. De stad was al aangetast door de tand des tijds, maar nog steeds imponerend genoeg om deze De la Vega versteld te doen staan. Luister naar wat hij toen schreef.'

Jim las voor: 'Nu over de grote en bijna ongelooflijke gebouwen van Tiahuanaco. Er staat een zeer grote kunstmatige heuvel op stenen fundamenten opdat de aarde niet kan verschuiven. Gigantische figuren zijn uitgehakt in steen... Ze zijn erg vergaan, hetgeen hun hoge ouderdom bewijst. Er zijn muren opgetrokken uit steen zo enorm, dat het moeilijk voorstelbaar is dat deze door menselijke kracht zijn geplaatst... Het opmerkelijkst zijn stenen portalen, uitgehouwen uit massieve rots; deze staan op voetstukken van ruim negen meter lang, vierenhalve meter breed en bijna twee meter dik... Hoe, en met welk gereedschap of werktuig zulke enorme werkstukken zijn vervaardigd, zijn vragen die we niet kunnen beantwoorden... Evenmin kunnen we ons voorstellen hoe zulke enorme stenen hierheen zijn gebracht... Dat was in de zestiende eeuw,' zei hij. 'Nu, aan het eind van de twintigste eeuw, kunnen we niet anders dan zijn verbazing delen. De stad is erna zwaar geplunderd, maar de grote, logge en toch zo mooi gehouwen monolieten doen bijna de hand van superwezens vermoeden.' Hij lachte. 'Maar van de theorieën van Erich von Däniken zullen we maar vandaan blijven.'

Deze Oostenrijkse selfmade historicus en archeoloog werd in 1968 wereldberoemd met zijn boek *Waren de goden kosmonauten?*. In dit boek, waar miljoenen exemplaren van zijn verkocht en dat in vele talen is vertaald, lanceerde hij de theorie dat een buitenaardse beschaving verantwoordelijk was voor bouwwerken als de piramiden in Gizeh, Stonehenge, de lijnen in het Peruaanse Nazca, en dus ook in Tiahuanaco. Na hun vertrek beloofden de aliens aan de mensen op een dag terug te komen en vanaf die dag werden ze vereerd als goden.

De 'verzonken tempel' was in feite een enorme, rechthoekige put, die bijna twee meter dieper lag dan het maaiveld. De bodem, ongeveer twaalf bij negen meter, bestond uit hard, vlak grind. De sterke muren werden gevormd door nauwkeurig opgerichte blokken natuursteen van verschillende afmetingen. Ze stonden vlak naast elkaar zonder metselwerk in de voegen en werden afgewisseld door grotere, ruw gehouwen zuilen. We waren de tempel binnengekomen via een aantal treden in een opening in de zuidelijke muur.

We stonden op en liepen een aantal malen om de pilaar van Viracocha heen. De stenen god domineerde dit gebied, als een dirigent zijn orkest. Ik liet mijn vinger over de door de zon verwarmde steen dwalen in de hoop de zin ervan te kunnen doorgronden. Hij was ruim twee meter hoog en op het zuiden gericht, met de rug naar de oude kustlijn van het Titicacameer gericht, die destijds op maar tweehonderd meter afstand lag. Achter deze centrale obelisk stonden twee andere, kleinere exemplaren, die wellicht de legendarische metgezellen van Viracocha moesten voorstellen.

We gingen weer zitten en bekeken langzaam de omgeving van de tempel.

'Schitterend toch?' zei Jim, van wie ik me kon voorstellen dat hij hier over twintig jaar nog even begeesterd over zou vertellen, al had hij het voor de honderdste keer gezien.

Toen wees hij me op misschien nog wel het opvallendste kenmerk van de tempel: langs de muren, op verschillende punten en hoogten bevonden zich tientallen in steen gebeeldhouwde menselijke hoofden. Driedimensionaal staken ze uit de muren naar voren.

'Er bestaan vele verschillende – en elkaar tegensprekende – wetenschappelijke verklaringen omtrent hun functie,' legde Jim uit. 'Het kan zijn dat ze zijn bedoeld om de gelovigen schrik aan te jagen. Je kunt je voorstellen als je hier 's avonds of 's nachts bent... Er branden vuren of fakkels, de onmeetbare sterrenhemel boven je... De hoofden en de schaduwen, die bewegen doordat de vlammen flakkeren, moeten dan behoorlijk angstaanjagend overkomen. Het kan zijn bedoeld als een memento mori, een 'gedenk te sterven', die de mensen erop wijst dat ze goed moeten beseffen dat ze sterfelijk zijn. Pluk de dag, geniet van de dagen die je gegeven zijn... Dit lot wacht ons allen... Zoiets. Maar het kan ook zijn dat het een weergave is van een ouder gebruik, veel gruwelijker, waarbij de afgehakte hoofden van vijanden werden ingemetseld, als offer aan de god. En hoe kun je een tegenstander meer vernederen dan hem te gebruiken als een bouwsteen in je muur? Dat is zoiets als zijn lege schedel gebruiken als drinkbokaal.'

'Het hoeven niet per se vijanden geweest te zijn toch?'

‘Nee, je hebt gelijk. Het kunnen ook eigen mensen zijn geweest die werden geofferd aan de goden, helemaal waar. Het is een gebruik waarbij wij ons in deze tijd weinig meer voor kunnen stellen. Bij de Inca’s, maar ook bij de Maya’s en de Azteken, zie je dat de mensen uit de verschillende provincies gedwongen waren ieder jaar een bepaald aantal jongens en meisjes af te staan. Die werden dan een jaar lang vertroeteld, behandeld als halfgoden, als voorbereiding op de goddelijke status die ze zouden bereiken na hun offerdood. En dan op de dag van hun dood dansten ze naar het altaar, mooi gekleed, omhangen met bloemen, maar waarschijnlijk dronken of gedrogeerd zodat ze niet helemaal beseften wat er ging gebeuren. Wellicht is dat ook hier gebeurd.’

‘Zelf heb ik een katholieke achtergrond…’ begon ik, maar Jim nam het alweer over.

‘In het christendom is het in feite precies hetzelfde verhaal. Er is één persoon die zich opoffert – Jezus – en die redt de rest. Als dank wordt hij na zijn dood vereerd als een god. Het zijn oude, oeroude mechanismen die op de een of andere manier in ons DNA verankerd zitten. Daarom kom je ze ook overal en altijd tegen. In onze tijd vind je er nog iets van terug in de heldenverering die soldaten krijgen die zijn gesneuveld op een of ander slagveld om onze vrijheid te verdedigen.’

Jim borg zijn schriftje op en we liepen westwaarts, in de richting van een enorme muur met daarin een imposante geometrische poort van grote steenplaten. Achter de muur doemde de gestalte van een reus op.

‘Die muur daar,’ zei Jim, terwijl hij ten overvloede die kant op wees, ‘omsluit een marsterrein, dat het Kalasasaya wordt genoemd. In het Aymara betekent dat Plein van de Rechtopstaande Stenen. En de reus die we zien, is een van de enorme geërodeerde beeldhouwwerken die door Garcilaso de la Vega wordt vermeld.’

Vrijwel kaarsrecht tegenover de trap die uit de verzonken tempel leidt, in het zuiden, lag de zogenoemde Akapana-piramide, een kunstmatige heuvel van vijftien meter hoog.

‘Het waren echt geniale bouwers,’ zei Jim, terwijl we naar de piramide wandelden. Af en toe pauzeerden we even om water te drinken of om op adem te komen. ‘Net als de piramides in het Egyptische Gizeh of de Mayatempels in Mexico en Guatemala is de Akapana met een verbluffende precisie op kardinale punten gericht. Dat is een ongelofelijke prestatie voor die tijd, om een bouwwerk neer te zetten dat ruwweg tweehonderdentien meter meet aan elke zijde.'

We beklommen de zijden.

'Het is moeilijk meer voor te stellen,' zei Jim, 'maar ooit was dit een mooie trappiramide van aarde, bekleed met andesietblokken. In de eeuwen na de verovering is het bouwmateriaal echter geroofd, zodat er van de fraaie mantelstenen nog maar tien procent over is. Voor archeologen is het een onvoorstelbaar verlies, want we zullen wel nooit weten welke bewijzen de naamloze dieven samen met hun buit hebben verwijderd.'

Op weg naar de top van de Akapana klommen we met enige moeite over de verbrokkelde zijden en de diepe met gras begroeide groeven.

Toen we helemaal boven waren, gingen we zitten op enkele grote, ruwe stenen. Ik voelde me als een ruimtereiziger die net zijn schip had verlaten en een berg had beklommen om beter zicht te hebben op de onbekende planeet waar hij op was geland. De stilte was zo volkomen dat mijn oren ervan suisden.

'Hierdoor,' vervolgde Jim zijn verhaal, toen ook hij zijn ademhaling weer onder controle had, 'zullen we de ware functie van deze piramide wel nooit helemaal begrijpen. Het enige dat vaststaat is dat de piramide niet alleen maar decoratief of ceremonieel is geweest. Diep in haar "ingewanden", als je dat zo kunt noemen, hebben archeologen een complex netwerk van zigzaggende kanalen gevonden, met wanden van dunne natuursteen. De stenen zijn nauwgezet op maat gehouwen en aaneen geplaatst – tot op vijf millimeter nauwkeurig! Dat is een fenomenale prestatie. Door de kanalen is water vanuit een groot bassin boven in het gebouw via een reeks lagere niveaus naar een gracht geleid, die de hele stad omsloot en in het zuiden de voet van deze piramide flankeerde. Er is zoveel moeite en zorg aan dit netwerk besteed, zoveel uren van hooggeschoolde en geduldige arbeid, dat de Akapana wel een belangrijk doel moet hebben gediend. Misschien hebben de kanalen deel uitgemaakt van een bewerkingsmethode – het gebruik van stromend water om goud te wassen misschien? Een aantal archeologen heeft gespeculeerd op een regen- of riviercultus, een primitieve aanbidding van de krachten en eigenschappen van snelstromend water.'

Ik moest denken aan wat Jan-Willem me eens had verteld. Hij legde me uit dat veel Aymara's geloofden dat er een slangengod op de berg woonde, die heerste over de bergstroompjes, die als evenzovele slangen omlaagkronkelt. Deze god zou alleen bereid zijn water af te staan in ruil voor warm bloed. Als een yatiri een offer op een bergtop bracht, goot hij het bloed over de grond, waar het in de dorre aarde een stroompje vormde dat de bewegingen van de bergbeek nabootste. Er was ooit een fraaie Mochevaas gevonden waarop deze transsubstantiatie stond afgebeeld – een man die boven op een berg werd onthoofd, waarbij zijn bloed in een bergbeek stroomde.

'Er is een antropoloog die ik ken,' zei ik. 'Een Nederlander... Hij doet onderzoek in een van de gemeenschappen verderop. Hij vertelde me het verhaal dat indianen uit het dorp in droge tijden kikkers uit het meer verzamelen die ze naar de top van de berg brengen. De kikkers missen het water natuurlijk en gaan kwaken. Zo hopen de indianen dat ze op die manier het water in de hemel oproepen om op aarde te vallen en hen zo te redden.'

'Schitterend verhaal,' zei Jim, die onmiddellijk zijn schrift pakte om er aantekeningen van te maken. 'In één woord schitterend.'

Hij sloeg zijn schrift dicht. 'Er bestaat een vrij sombere theorie over deze piramide. Etymologisch is Akapana terug te voeren op twee woorden in het Aymara, namelijk *haka* en *apana*. Haka betekent "volk" of "mensen" en apana zoiets als "ten onder gaan". Dan wordt dit zoiets als een "plek waar mensen ten onder gaan". Daarom wagen sommigen zich aan de vertaling "*hill of sacrifices*", de offerheuvel. We weten dat ook volken als de Inca's, de Maya's en de Azteken de voorkeur hadden om hun offers uit te voeren op hoge plekken. Dat kon een piramide zijn, maar ook gewoon een hoge berg. Slachtoffers legden bij de Inca's soms vele, vele honderden kilometers af om ergens op een hoge berg te worden omgebracht. De gedachte dat deze piramide eenzelfde rol heeft vervuld in de cultus van het Tiahuanacovolk is dus niet geheel ondenkbaar.'

'En daar heb je dan ook een verband met die ingemetselde hoofden in de muren van de Verzonken Tempel.'

'Precies, precies.'

Jim pakte een rol koekjes uit zijn tas en gaf me er een paar.

'Dit is het goede leven,' zei ik, oprecht blij hier te zitten met hem. Het was altijd fijn in de omgeving te verkeren van iemand met een duidelijke passie.

‘*This is the life*,’ antwoordde hij, ook tevreden.

We daalden de piramide af en liepen naar Puma Punku.

Her en der lagen tientallen grote rotsblokken verspreid als blokken uit een blokkendoos van een reuzenkind.

‘Volgens ene professor Posnansky zijn de stenen die we zien het gevolg van een enorme natuurramp die Tiahuanaco rond 10.000 voor Christus heeft getroffen. Hij is ervan overtuigd dat seismische bevingen in een overstroming van het Titicacameer en in vulkaanuitbarstingen hebben geresulteerd.’

Ik probeerde me een voorstelling te maken van de tragedie die hier moest hebben plaatsgevonden.

‘Tiahuanaco moet wel door een vreselijke ramp zijn verwoest,’ zei Jim op een toon die verraadde dat de rondleiding tot een einde was gekomen. ‘Alles werd meegesleurd, in stukken gebroken en de resten hoopten zich in grote wanorde op. Zand uit het meer, vermengd met schelpen uit het Titicacameer en vulkanische as heeft zich opgehoopt binnen ommuurde ruimten. Als je hier een sleuf van twee meter diep zou graven, zou je van alles vinden: aardewerk, juwelen, gereedschappen en gebruiksvoorwerpen. De verwoestende kracht van water, in combinatie met heftige bewegingen van de aarde, moet enorm geweest zijn. Lagen slib bedekken nu het hele veld van de ruïnes. De cultuur van de Altiplano kwam nooit meer tot bloei, maar verviel in totale en definitieve ontreddering.’

‘Het is een les voor onze tijd,’ merkte ik op.

‘Ja, inderdaad. Uiteindelijk zijn we, ondanks al onze wetenschap en technologie, afhankelijk van de aarde en van de natuur. Als die zich tegen ons keert, staan we machteloos.’

Met deze ongemakkelijke waarheid eindigde Jim dan inderdaad zijn exposé.

33

Ik was ingedommeld.

Als ik wakker word, is het stikdonker. Het moet al ver na zessen zijn. Ik sta op en wat gedesoriënteerd door de diepe slaap waarin ik heb verkeerd, stommel ik door de kamer op weg naar het lichtknopje.

Op mijn telefoon zie ik dat het zelfs al halfacht is geweest. De keuken sluit rond acht uur. Vreemd genoeg maak ik me geen zorgen over de gemiste afspraak met Nayra, maar in de eerste plaats dringt zich een enorme honger op.

Erst kommt das Fressen...

De kantine is zo goed als uitgestorven. Aan twee tafeltjes zitten twee mensen, maar bijna alsof het is afgesproken staan zij alle vier op zodra ik ben binnengekomen.

Ik pak een dienblad en een bord met bestek. Er is niet veel eten meer over. Ik schep wat rijst op, leg er twee resterende aardappels bij en schraap wat mais met bonen uit een bak. Er is nog salade van tomaat en komkommer waar ik wat van in een schaaltje schep.

Ik ga zitten aan de enige tafel waar een fles ketchup staat, die ik flink aanspreek om nog wat smaak in de maaltijd aan te brengen. Zo werk ik in stilte het eten weg, met weinig vreugde, maar ik was er wel aan toe, want ik voel me meteen energieker.

Zonder dat ik het van plan was, ga ik buiten op weg naar Nayra's wooncomplex. Er branden lichten, maar haar kamer is donker. Toch klop ik op haar deur en zelfs van buitenaf op haar raam. Ze is er niet.

Vanaf mijn kamer zou ik haar kunnen appen of bellen, maar ik besluit het erbij te laten voor vandaag. Het zijn twee turbulente dagen geweest zo, waarbij ook de tegenstellingen tussen haar en mij zich, vaker dan ik wilde, hebben geopenbaard. Nayra blijkt wel heel erg gevoelig voor alles wat maar ruikt naar kritiek op haar cultuur, zelfs als het gaat om verhalen nota bene, niet eens om feiten, zoals bij de kharisiri.

Hoewel het nog vroeg is, poets ik mijn tanden en ga ik in mijn bed liggen.

Half en half hoop ik dat Nayra op míjn deur klopt, maar hoe later het wordt des te kleiner de kans daarop is.

Ik besluit de laatste drie hoofdstukken van *Lituma en los Andes* te lezen. Tot mijn grote tevredenheid zijn er nog geen tien woorden die ik niet ken.

Ik ben gespannener dan ik besefte, want de ontknoping van het boek schokt me toch nog heel erg. Het was al duidelijk dat de verdwenen mannen het slachtoffer zijn geworden van een bizar ritueel – een poging de geesten van de Andes gunstig te stemmen. Maar het zijn de laatste bladzijden waarmee Mario Vargas Llosa een mokerslag uitdeelt.

- 'Hebben ze de opzichter daarom geofferd? Om bij de terroristen in een goed blaadje te komen?'
- 'Niet alleen daarom,' protesteerde de boorder opgewonden. Hij pafte en blies onophoudelijk rook uit, alsof hij opnieuw dronken was. 'Niet alleen daarom, verdomme.'
- 'Waarom dan nog meer?'

  [...]
- 'Doden zou nog niet het ergste zijn. [...] Nee, dat is het niet wat de mensen dwarszit. Mij niet alleen, maar ook veel mensen die al zijn vertrokken. Maar dat andere.'
- 'Dat andere?' Lituma kreeg het koud.
- 'Die smaak in je mond,' fluisterde de boorder en zijn stem haperde. 'Het gaat niet weg, hoe vaak je je mond ook spoelt. Ik proef het nu ook. Hier op mijn tong, op mijn tanden. Ook in mijn keel. Zelfs in mijn buik voel ik het. Alsof ik net klaar ben met kauwen.'
- 'Dus ook dat nog,' mompelde Lituma, met open mond en hijgend.
- 'Het gaat zelfs niet weg als ik slaap,' zei de boorder. 'Alleen als ik zuip. Daarom ben ik zo'n zatlap geworden. [...] Ze hebben allemaal meegedaan, en hoewel ik dat niet wilde, heb ik ook meegedaan,' zei de arbeider, zich verslikkend. 'Dat is wat me dwarszit. Die brokken die ik heb doorgeslikt.'

Ik leg het boek weg en knip het licht op mijn nachtkastje uit, met een angstig voorgevoel dat ik niet goed kan herleiden tot iets concreets.

Wat ik vooral voel is spijt dat ik dit nu net op dit moment heb gelezen.

34

Vandaag is het 20 juni. Er staat niets meer gepland voor vandaag. Vanavond is mijn afscheid, dat samenvalt met het grote feest voor de zonnewende. Nayra vertelde me dat dit ieder jaar groots wordt gevierd met een feest waarbij de drank rijkelijk vloeit en er tot diep in de nacht wordt gedanst op de muziek van een indiaans blaasorkest. Daarna loopt iedereen in een grote optocht naar de Zonnepoort van Tiahuanaco om daar verder te drinken en te dansen tot het ochtendgloren.

In de eetzaal zit Nayra aan tafel bij een aantal andere collega's. Ze zwaait naar me als ik binnenkom en ik probeer niet al te uitbundig terug te zwaaien.

Als ik mijn ontbijt bij elkaar gescharreld heb, ga ik bij haar zitten. Gelukkig stappen de mensen om haar heen al snel op zodat we alleen overblijven.

'Zo, slaapkop,' zegt ze plagerig.

'Ik was in slaap gevallen inderdaad,' zeg ik. 'Sorry. Ik heb nog op je deur geklopt, maar je was niet thuis.'

'Nee, inderdaad. Toen ik je niet in de kantine zag, ben ik na het eten met Claudia nog wat gaan drinken in een bar in Tiahuanaco. We hebben het niet laat gemaakt. En jij?'

'Ik heb op bed nog liggen lezen. Ik heb *Lituma en los Andes* uit.'

'Precies op tijd, goed gedaan. En je kunt je slaap ook wel goed gebruiken, want vannacht zal er geen slaap zijn.'

'Vanmiddag zal ik nog wat extra slapen.'

'Heel verstandig van je. Ik ga dat ook doen.'

Ze maakt aanstalten om op te staan. 'Wil je ook een kop thee?'

'Ja, graag,' zeg ik opgelucht. Ik was al bang dat ze weer wegging.

Terwijl zij maté tapt, werk ik in een hoog tempo mijn ontbijt weg.

'Ay, ay, ay,' zegt ze lachend als ze de beide mokken op tafel neerzet, waarbij een flink deel van de inhoud over de randen klotst. 'Dat was heet.'

Ze komt op de stoel recht tegenover me zitten. Ik veeg de tafel droog met mijn servet en schuif de thee naar haar toe.

'Ik heb Juan er toch maar even naar gevraagd gisteren,' zeg ik. 'Over dat hij destijds korte tijd is aangehouden.'

'En? Hoe reageerde hij?'

'Gewoon. Volgens hem was het niets bijzonders, een gesprek met de politie in het kader van hun onderzoek, routine.'

'Dat was het ook.'

'Ja, laten we het daar maar op houden.'

Nayra heeft de mok gepakt en houdt die vlak bij haar mond, de rand raakt bijna haar lippen aan. Zachtjes blaast ze over de hete thee.

'Zullen we nog even naar de opgraving gaan?' stel ik voor.

Ze kijkt me aan, zonder haar hoofd echt op te tillen, maar door haar ogen meer open te sperren. Alsof ze mijn bedoelingen wil peilen. Dan besef ik dat ze misschien denkt dat ik hoop op een herhaling van onze zoenpartij van twee avonden geleden.

'Het is niet wat je denkt,' zeg ik snel. 'Ik bedoel...' Ik voel dat ik rood word.

Voorzichtig neemt ze een slokje, alsof ze het nog steeds niet helemaal vertrouwt.

'Waarom wil je daarnaartoe?' vraagt ze.

'Er is iets bij de Zonnepoort wat ik nog eens goed van dichtbij wil bekijken. Die Amerikaanse archeoloog heeft me er toen iets over verteld, maar het is me ontschoten wat dat nou was. Ik heb het idee dat het terugkomt als ik weer op dezelfde plek sta.'

Nu ik het zo uitspreek, besef ik dat het overkomt als een wel heel doorzichtige smoes om met haar alleen te zijn. Op internet zullen vast genoeg scherpe foto's van de Zonnepoort te vinden zijn.

Maar ik meen het. Gevoelsmatig weet ik dat er op de een of andere manier een connectie is tussen wat Jim me destijds vertelde en de gebeurtenissen van de afgelopen dagen. En dat ik er fysiek voor moet staan om dat weer terug te halen.

'Goed,' zegt ze dan. 'De auto is vanochtend door iemand anders gereserveerd zag ik net, maar we kunnen ook met de fiets.'

Hoewel de fiets een niet erg ingeburgerd vervoermiddel is, beschikt het instituut over een twintigtal fietsen. Meestal staan ze ongebruikt in een schuur, maar ik heb er veel gebruik van gemaakt. Zo droeg ik bij aan mijn excentrieke imago van *el holandés loco*, dat ik met enig plezier cultiveerde.

Buiten de asfaltwegen om zijn de wegen in het algemeen niet erg geschikt, maar als je in de verharde berm blijft is het best goed te doen. Het is in ieder geval sneller dan lopen.

En fietsen met Nayra op deze laatste werkdag – ook al is er geen werk – is een mooie afsluiting.

Terwijl Nayra haar laptop wegbrengt, ga ik ook even naar mijn kamer. Ik vul een grote fles water, die ik samen met een aantekenschrift, wat fruit, een zakje noten en een flesje zonnebrand in mijn rugzak doe.

Nayra en ik treffen elkaar bij de fietsenstalling waar we allebei een fiets uitzoeken. Dat valt nog tegen, want een paar hebben een lekke band. Ook staan er fietsen op slot, hoewel dit tegen de regels is.

Het doet me denken aan het ambitieuze en idealistische wittefietsenplan uit de jaren zestig in Amsterdam. Het idee was zeer mooi, maar het probleem is de anonimiteit. Mensen delen graag dingen met mensen die ze kennen, die ze mogen, die ze zelf hebben uitgekozen. Verder is er toch vooral wantrouwen tussen onbekenden.

In de verharde berm fietsen we achter elkaar aan.

Opnieuw komt de gedachte bij me op: waarom niet terugkomen hier?

Ik kijk achterom om de blik van Nayra te vangen, maar die kijkt geconcentreerd naar de weg voor zich, met de blik schuin naar beneden.

Dan bots ik tegen de asfaltrand aan en heb ik de grootste moeite om mijn evenwicht weer te vinden.

Nayra proest het uit. 'Ben jij nou een echte Nederlander?' roept ze. 'In de buik van je moeder maken jullie al fietsbewegingen, zei je me!'

Beschaamd kijk ik voor me.

Nayra en ik zijn nu bijna bij de opgraving. In de verte zie ik de Zonnepoort al liggen.

Op het knerpende geluid van onze fietsbanden op de kiezelige ondergrond na is het stil om ons heen. Hoewel het fietsen niet al te veel inspanning kost – de weg naar Tiahuanaco is vlak – ben ik toch licht bezweet als we onze fietsen parkeren.

Snel neem ik een paar teugen water. Nayra neemt een paar slokken na mij zonder dat ze de rand van de fles schoonveegt, wat me op de een of andere manier een fijn gevoel geeft.

We lopen naar de Zonnepoort, waar tot mijn aanvankelijke verbazing vrij veel mensen zijn. Maar dan bedenk ik dat ze voorbereidingen treffen voor het feest van vannacht – om meer precies te zijn van morgenochtend, als de eerste stralen van de zon door de poort heen zullen schijnen. Dat is het einde van de winter en het begin van de lente hier.

De Zonnepoort is een vrijstaande monoliet van grijsgroen andesiet, is ongeveer vier meter breed en drie meter hoog, en weegt naar schatting tien ton. Als een kleine triomfboog lijkt de poort in deze omgeving twee onzichtbare dimensies met elkaar te verbinden – een deur tussen ergens en niets. Jim, die Amerikaanse gids, was helemaal poëtisch geworden en schetste het beeld van de genade die vanaf de zon als het ware door de Zonnepoort heen het heelal in stroomde.

Het steenwerk is van zeer hoge kwaliteit en deskundigen zijn het erover eens dat het een van de archeologische wonderen van Amerika is. Aan de oostzijde is boven het portaal een raadselachtige 'kalenderfries' uitgehouwen. In het centrum wordt deze fries gedomineerd door wat archeologen bschouwen als weer een voorstelling van Viracocha, in zijn afschrikwekkende gedaante van de god-koning die vuur uit de hemel kan afroepen. Ondanks de tranen van medelijden die over zijn wangen stromen, is zijn gelaat streng en hard. Zijn tiara is koninklijk en indrukwekkend en in beide handen houdt hij een bliksemflits.

Om de Zonnepoort heen zijn ijzeren palen in de grond geslagen, in een vierkant, die met elkaar verbonden zijn door een eenvoudige ketting van verroeste schakels. Ik stap eroverheen om beter zicht te hebben en aandachtig bestudeer ik de overblijfselen van de fries. Het is een prachtig, evenwichtig beeldhouwwerk met drie rijen van acht figuren, vierentwintig in totaal, aan weerszijden van de verhoogde centrale afbeelding.

Volgens Jim is vaak geprobeerd, hoewel nooit overtuigend, om de veronderstelde kalenderfunctie van deze figuren te verklaren. De starre figuren bewaren hun geheim in de bijna machinale manier waarop zij in slagorde naar Viracocha lijken toe te lopen.

Dan zie ik waar ik naar op zoek ben.

35

'Kijk,' zeg ik opgewonden tegen Nayra. 'Zie je die figuren?'

Ingespannen tuurt Nayra naar de fries van de Zonnepoort. Ze helt haar hoofd schuin opzij, zodat ze bijna mijn uitgestoken arm raakt om mijn wijzende vinger te kunnen volgen.

'Zijn dat niet gewoon...' zegt ze nog, maar dan is ze stil.

We kijken naar de rij figuren die in slagorde naar de centrale figuur Viracocha toe lopen. Ze hebben een vogelkop, met scherpe haakneuzen, en vleugels op de rug. Allen houden iets vast wat lijkt op het voorwerp dat de hoge god zelf bij zich draagt.

'Ik denk dat we kijken naar een oude afbeelding van een chupacabra,' verbreek ik de stilte.

'Zijn dat niet gewoon maskers?'

'Dan nog. Dan beelden die mensen dit wezen uit. Dan krijgt het ook betekenis dat ze naar Viracocha toe lopen, alsof ze hem iets brengen. De naam Viracocha kan vertaald worden met "meer van vet" of "zee van vet". Het is alsof ze hem een offer komen brengen, namelijk de opbrengst van hun strooptochten waarbij ze vet voor hem hebben geroofd.'

Nayra lijkt niet overtuigd. 'Maar dit gaat zó in tegen...' zegt ze zwakjes.

'Nieuwe interpretaties kunnen in het begin schokkend zijn,' onderbreek ik haar. 'Maar daardoor hoeven ze nog niet minder waar te zijn. En dat ze hier worden afgebeeld, wil niet zeggen dat ze ooit echt hebben bestaan, maar dat het geloof in dergelijke wezens dus heel oud is. Deze afbeeldingen gaan heel ver terug, ver voordat de Spanjaarden hier kwamen, dus misschien is het geloof in de chupacabra nu weliswaar verdwenen hier, maar is het in feite ouder dan de kharisiri of de pishtaco, die wel duidelijk verbonden zijn met de komst van de Spanjaarden.'

'Het is... een interessante these,' zegt Nayra uiteindelijk.

'Maar er is meer,' zeg ik opgewonden. 'Kijk.'

Ik wijs haar op de basis van de fries die is bedekt met een 'meanderdessin' – een doorlopende geometrische reeks van trappenpiramiden, afwisselend ondersteboven en goed gerangschikt – waaraan ook een kalenderfunctie is toegeschreven.

'Zie je? Aan de rechterkant, en iets vager ook aan de linkerkant, staat een olifantenkop met oren, slagtanden en een slurf.'

'Dat is vreemd. Waarom heb ik dat nooit eerder gezien?'

'"Je ziet het pas als je het ziet," heeft een bekende Nederlandse filosoof ooit gezegd. Ja, het is vreemd, want nergens in de Nieuwe Wereld, als we het zo kunnen zeggen, komen olifanten voor. Maar als ze hier afgebeeld zijn, dan leefden ze hier in prehistorische tijden misschien wel. En als Tiahuanaco inderdaad getroffen is door een verwoestende ramp, dan zou dat verklaren waarom ze hier nu niet meer leven, én waarom de Zonnepoort, dit fantastische kunstwerk, nooit voltooid werd. Er is een abrupt einde aan het werk gekomen, alsof plotseling een grote duisternis was neergedaald. Jim wees me op bepaalde onafgewerkte delen van de fries, die volgens hem doen vermoeden dat er iets onverwachts en vreselijks is gebeurd.'

'Maar dat komt op geen enkele manier overeen met de traditionele datering. Dan zou de tempel vele duizenden jaren ouder zijn dan we dachten.'

'Inderdaad! Maar als de tempel maar vijftienhonderd jaar oud is, zoals we nu denken, hoe hebben die beeldhouwers dan dieren af kunnen beelden die al vele duizenden jaren voor hun tijd waren uitgestorven? Dan wisten ze toch helemaal niet dat die bestonden? Dit moet dan wel gemaakt zijn in de tijd dat die dieren nog leefden. En wie weet wat voor dieren er nog meer bestonden in die tijd? Wezens die in de loop van de evolutie zijn verdwenen, misschien omdat ze niet voldoende waren aangepast aan de veranderende omgeving.'

We lopen naar het Kalasasaya. Het is duidelijk waarom dit het Plein van de Rechtopstaande Stenen wordt genoemd. In een muur van logge trapezoïdevormige stenen zijn met regelmaat enorme dolkachtige monolieten van drieënhalve meter hoog met het gevest naar beneden verzonken in de rode aarde van de Altiplano. Het effect is een enorme palissade, ruim honderdvijftig meter in het vierkant, die ongeveer tweemaal zo hoog boven de grond uitreikt als de tempel die erin verzonken ligt.

Volgens Jim heeft het Kalasasaya niet gediend als fort, een gedachte die wel direct bij je opkomt als je het ziet. De breed gedeelde overtuiging is nu dat het werd gebruikt voor observatie van de hemel. In plaats van vijanden op een afstand te houden, heeft het gediend om dag- en nachtevening en zonnewenden vast te stellen en om de seizoenen met wiskundige precisie te voorspellen. Bepaalde structuren binnen de muren – en ook de muren zelf – lijken te zijn gericht op speciale sterrengroepen en ontworpen om de stand van de zon ten opzichte van de hemelequator in de zomer, winter, lente en herfst beter te kunnen meten.

Nayra en ik staan stil bij één van de twee grote beelden van het Kalasasaya. Het ene, El Fraile, de frater, staat in de zuidwesthoek; het andere, ongeveer halverwege de oostkant van de omheining, is de reus die ik vanuit de verzonken tempel had gezien toen Jim en ik daar zaten op een schaduwrijke plek.

Gehouwen uit rode zandsteen, onvoorstelbaar oud en versleten, rijst El Fraile bijna twee meter hoog op. Het humanoïde, androgyne wezen heeft enorme ogen en lippen. De rechterhand omsluit iets wat lijkt op een mes met een golvend blad, zoals een Indonesische kris. De linkerhand lijkt een scharnierend en gebonden boek vast te houden. Boven uit dit 'boek' steekt een voorwerp als een dolk uit een schede.

'Ah,' zegt Nayra. 'Dit beeld ken ik wel goed.'

Het onderlijf van de figuur is gehuld in een gewaad van vissenschubben. Als om dit te benadrukken heeft de beeldhouwer de aparte schubben gevormd uit rijen en rijen van kleine gestileerde vissenkoppen. El Fraile lijkt een portret te zijn van een denkbeeldige of symbolische 'visman'. De gordel die de figuur draagt, waarin verschillende grote schaaldieren gebeeldhouwd zijn, bevestigt deze indruk.

'Laat mij dan nu jou onderwijzen,' zegt Nayra, met een ironische glimlach die zo lief is dat ik me moet inhouden om haar niet te zoenen. 'Er is een heel, heel oude legende, die vertelt over "goden van het meer" met vissenstaart, die Chullua en Umantua werden genoemd. Dit waren amfibieachtige wezens, behept met verstand, die deze streken hadden bezocht in een grijs verleden. Het hele lichaam was als dat van een vis; onder de vissenkop had het een ander hoofd en onderaan, naast de vissenstaart, voeten als die van een mens. Ook zijn stem en spraak waren verstaanbaar en menselijk. Bij zonsondergang placht dit wezen weer in zee te duiken en de hele nacht in de diepte door te brengen; het was een amfibie. Volgens de legende brachten deze wezens de beschaving. Overdag spraken ze met de mensen om ze inzicht te schenken in de letteren, de wetenschap en de kunsten. Zij leerden hun huizen te bouwen, tempels te stichten, wetten op te stellen en de principes van geometrie.'

Zouden dergelijke wezens ooit echt bestaan hebben? Of zijn ze echt puur ontsproten aan het brein van de mensen die toen leefden?

Ik moet denken aan een van die raadselachtige passages uit Genesis, die zó onbekend is dat bijna iedereen die ik erover vertel, verbaasd reageert. Zelfs mensen die denken de Bijbel toch aardig te kennen, blijken over de passage heen gelezen te hebben. Bijna altijd moet ik er een bijbel bij pakken om ze ervan te overtuigen dat ik het toch echt niet zelf verzonnen heb.

Het is ook een kort stukje, slechts één vers in het zesde hoofdstuk van Genesis: 'In die tijd en ook daarna nog, zolang de zonen van de goden gemeenschap hadden met de dochters van de mensen en kinderen bij hen kregen, leefden de reuzen op aarde. Dat zijn de befaamde helden uit het verre verleden.'

Voor schrijvers als Von Däniken en alle aanhangers van de theorieën rond de *ancient astronauts* vormen dergelijke passages bewijs voor het bezoek, in een ver verleden, van wezens uit de ruimte die hier hun sporen hebben achtergelaten.

Nayra en ik lopen naar het andere beeld, het tweede en nog veel grotere afgodsbeeld op het Kalasasaya. Dit bevindt zich in de buurt van het oosteinde van het plein: een bijna drie meter hoge reus van grijs andesiet. Zijn brede hoofd staat kaarsrecht op zijn kolossale schouders en zijn platte gezicht staart uitdrukkingsloos in de verte. Hij draagt een kroon of hoofdband en zijn haar hangt in keurige vlechtjes die het beste te zien zijn op de rug. Deze figuur is zo ingewikkeld gebeeldhouwd en vrijwel geheel versierd dat het lijkt alsof hij is getatoeëerd. Evenals bij El Fraile, is zijn onderlijf gehuld in een gewaad vol schubben en vissymbolen. Ook hij houdt twee ondefinieerbare voorwerpen in zijn handen. In dit geval lijkt het voorwerp in de linkerhand meer op een schede dan op een gebonden boek. De rechterhand bevat een ruwe cilinder, maar wat deze feitelijk voorstelt, is niet na te gaan.

'Je hebt me behoorlijk in de war gebracht, Wara,' zegt Nayra. 'Met die afbeelding van de olifant vooral, al ben ik nu ook geneigd anders te kijken naar de mannen met dat vogelmasker op het fries van de Zonnepoort.'

Jij brengt me al maanden in de war, denk ik, maar ik wacht net een fractie van een seconde te lang waardoor het moment voorbij is.

'Wat wil je nu precies bewijzen?' vraagt ze dan.

'Ten eerste dat die verhalen rond "vetzuigers" mogelijk veel verder teruggaan dan lange tijd gedacht is, misschien wel meer dan twaalfduizend jaar terug. En ten tweede, dat er zomaar meer waarheid en minder mythologie in die verhalen zou kunnen schuilen dan iedereen denkt. Wie weet zíjn er wonderlijke wezens geweest die inmiddels zijn uitgestorven. De beeldhouwers hebben ze uit kunnen beelden, omdat ze die wezens kénden, net zoals ze de hier inmiddels uitgestorven olifantachtige hebben gekend.'

'Ik weet het niet, Wara.'

'Net als de praktijk van het offeren van mensen,' zeg ik als we terug in de richting van de verzonken tempel lopen.

Ik besef dat ik me met zulke opmerkingen niet populair maak bij Nayra.

We dalen de trappetjes af en komen uit op het plateau waar tientallen menselijke hoofden van steen uit de muren naar voren steken.

'Het zou heel goed kunnen dat de stenen hoofden hier een overblijfsel zijn van een oud gebruik om échte hoofden in te metselen, tenminste, de schedels. Van geofferde mensen, vijanden of mannen en vrouwen die al dan niet vrijwillig door gemeenschappen werden aangeboden.'

'We zullen het wel nooit echt weten toch?' vraagt ze, hoewel het meer als een constatering klinkt dan als een vraag.

'Op andere plekken, zoals in sommige Mayatempels in Mexico, vertelde Jim, zijn ze precies zulk soort muren tegengekomen. En ook bij de opgravingen onder het Zócalo, het centrale plein in Mexico-Stad. Daar hebben ze wel echte schedels gevonden die in de muur waren ingemetseld.'

Nayra wordt wat stil. Misschien zoals ik niet goed zou weten hoe te reageren als iemand maar doorging over het slavernijverleden van Nederland, de koloniën die we bezaten of de politionele acties in Indonesië. Zelf heb je er niet aan meegedaan, maar toch maakt het deel uit van de geschiedenis van het land waartoe je behoort.

'Maar nu...' zegt ze.

'Misschien is de persoon die Luis en die twee andere kinderen heeft vermoord iemand die denkt te handelen in de geest van zijn voorouders. Ik bedoel...'

Ik staar nog naar de wand, zoekend naar woorden. Dan valt het me op dat het wel erg stil is geworden achter me.

Ik draai me om en zie dat Nayra al een meter of dertig van me vandaan is. Met ferme stappen loopt ze naar de stenen trap om de Verzonken Tempel te verlaten.

Toch iets te lang doorgegaan over het onderwerp.

Ik ren achter haar aan en net boven aan de trap heb ik haar ingehaald.

Door ademgebrek kan ik niet praten, maar Nayra wacht niet en kijkt niet op of om.

'Waarom ben je opeens zo boos,' weet ik er nog uit te persen, waarna ik weer even stil moet staan om mijn ademhaling onder controle te krijgen.

De afstand tussen ons wordt groter en groter. Nayra is al bijna bij de fietsen.

'Nayra,' roep ik. 'Nayra!'

Het moet vrij wanhopig klinken, want eindelijk draait ze zich om.

Ik zal het toch niet verknallen op een van onze laatste dagen samen?

Als ik bijna bij haar ben, draait ze zich toch weer om en stapt ze op de fiets.

'Waarom reageer je zo?' vraag ik. 'Ben je boos?'

Ze zucht diep. 'Kijk, Lucas, ik weet dat deze streek een bloederige geschiedenis kent, dat mijn volk die geschiedenis heeft, maar ik denk dat dit ver achter ons ligt, heel ver. Ja, misschien is er een gek die zich laat inspireren door de offers die onze verre voorouders brachten aan hun goden, maar dat is het, een gek. Wij hebben die praktijken allang vaarwel gezegd. Dus als dan iemand van buiten komt vertellen dat de huidige moorden op die drie kinderen als het ware een onderdeel zijn van onze cultuur...'

'Maar dat heb ik helemaal niet gezegd.'

Vooral haar woordkeuze 'iemand van buiten' doet me weer pijn, al ben ik dat wel, natuurlijk.

'...dan is dat gewoon heel vervelend om te horen, begrijp je? Dan denk ik: je bent hier zes maanden geweest, je hebt zes maanden hier gewoond, je hebt deel uitgemaakt van ons leven. Je hebt meer gezien, meer gedaan en meer meegekregen dan de gemiddelde buitenlander die naar Bolivia komt, die naar Tiahuanaco komt. Je bent bij mij thuis geweest, je hebt de gemeenschappen bezocht, je hebt al die mensen leren kennen. En als jij dan zo gemakkelijk een verband legt tussen wat stenen hoofden van een archeologische opgraving of de offers die op de Akapana plaats zouden hebben gevonden en wat er hier en nu gebeurt in onze gemeenschappen, dan heb je er gewoon verdomd weinig van begrepen. Dan ben je nog net zo onwetend als op de allereerste dag dat je hier kwam. Of erger nog, toen wist je of begreep je er ondanks je gebrek aan kennis misschien nog wel meer van dan je er nu na zes maanden van begrijpt.'

Ik schrik enorm van Nayra's boosheid. De afgelopen zes maanden is ze nog nooit kwaad op me geworden. Ze was wel eens geïrriteerd, maar dat kwam ook andersom wel eens voor. Een slechte nachtrust, het werk dat niet goed liep, iets wat iemand vergeten was mee te nemen, kleine dingetjes.

'Sorry, Nayra, echt, het spijt me,' zeg ik, terwijl ik de tranen achter mijn ogen voel prikken. 'Ik was maar een beetje hardop aan het denken. Die Jim vertelde me van alles, dat vond ik interessant, juist omdat ik zo geïnteresseerd ben in dit gebied, in de rijke geschiedenis die hier ligt. En het was helemaal niet mijn bedoeling om het één direct in verband te brengen met het ander.'

'Het is geen spel, don Lucas.'

Het gebruik van de naam 'don Lucas' in plaats van 'Wara' vind ik niet fijn.

'Nee, dat begrijp ik.'

Ik doe een stap dichterbij. 'Sorry,' zeg ik nogmaals. 'Weet je, dat praten over die chupacabra of kharisiri en over de offers die hier hebben plaatsgevonden… Ik was aan het associëren, maar ik begrijp nu dat wat voor mij inderdaad een soort van intellectuele puzzel is, al die zaken met elkaar in verband brengen, al die lijntjes met elkaar proberen te verbinden, voor jou heel anders ligt natuurlijk. Voor jou is dit jouw leven.'

'Inderdaad, ja,' zegt ze, nog steeds op boze toon. 'Dit is mijn leven.'

'Nayra,' probeer ik. 'Echt.'

Ik leg een hand op mijn hart om mijn spijt te benadrukken. Een andere hand leg ik op haar stuur.

'Het is goed,' zegt ze, maar als ik nog een stap dichterbij doe, maakt ze aanstalten om op haar fiets te stappen.

'Ik ga nog even naar het dorp,' zegt ze. 'Een paar boodschappen doen. Laat me maar even alleen, goed? Dan zie ik je vanavond bij het eten wel.'

Ik besef dat aanhouden nu alleen maar een averechts effect zou hebben, dus ik laat het stuur los.

Een beetje moeizaam door het rulle zand fietst ze weg, maar zodra ze op het verharde pad is, versnelt ze.

Zonder nog om te kijken verdwijnt ze om de hoek, terwijl ik haar nastaar.

Mijn hoofd gloeit van spijt en schaamte.

36

Als ook ik op mijn fiets zit, ga ik eerst een stukje in de richting van het dorp, Nayra achterna, maar dan bedenk ik me en ga ik terug naar het instituut.

Wie weet, komt plots de hoopvolle gedachte bij me op, vindt Nayra het ook zo erg dat ik wegga, dat ze daarom zo heftig reageert.

Omdat ik behoefte heb aan een gesprek én omdat ik wil zien hoe het met hem is, zoek ik Jan-Willem op in de kliniek.

Gustavo opent de deur die hij onmiddellijk weer op slot doet als ik binnen ben. Inmiddels komt deze voorzorgsmaatregel een beetje overdreven op me over.

Of is het niet zozeer bedoeld om mensen buiten te houden, bedenk ik opeens, maar om Jan-Willem bínnen te houden?

Jan-Willem staat naast zijn bed wat rek- en strekoefeningen te doen als ik zijn kamer binnenkom. Zijn deur staat open en vanuit zijn mobiel klinkt de Cubaanse muziek van de Buena Vista Social Club.

'Dat ziet er goed uit, Jan-Willem,' zeg ik oprecht verheugd. 'Hoe gaat het?'

'Hé, don Lucas, jongen. Wat leuk dat je even langskomt.' Hij zet de muziek wat zachter. 'Voel het nog wel hoor, in mijn hoofd,' zegt hij. 'Toch een fijn idee om zondag met jou mee naar La Paz te gaan om mezelf even te laten checken, gewoon voor de zekerheid. Maar ik had al wel behoefte aan wat beweging, vandaar deze work-out.'

'Het feest van vanavond en vannacht komt nog iets te vroeg voor je?' Ik pak een stoel en schuif die aan bij zijn bed.

Ook Jan-Willem gaat weer zitten. 'Ik kijk het even aan. Ben vooral heel moe. Terwijl ik juist heel veel heb geslapen.'

'En dan? Heb je al bedacht wat je wilt doen als je terugkomt uit La Paz?'

'Ik heb met mijn promotor overlegd. Ze vinden het goed om dat wat ik wel heb gevonden te combineren met literatuuronderzoek en daar mijn proefschrift op te baseren. Ik wil op zijn minst nog één keer terug naar het dorp, eventueel onder begeleiding, om afscheid te nemen van bepaalde mensen, mijn gastouders bijvoorbeeld. Ik wil wel hier blijven om aan mijn boek te werken. De bibliotheek hier is heel uitgebreid, ik kan praten met Patricio Guerra… Thuis in Leiden is er niet echt iets wat op me wacht. Of iemand.'

'Dan kun je inderdaad nog het beste maken van je verblijf hier.'

'En misschien kan ik een beetje met Nayra mee, andere dorpen bezoeken, haar helpen met jullie bomenproject.'

Néé, wil ik schreeuwen. Dat doe je niet!

Hij moet de gepijnigde uitdrukking op mijn gezicht hebben gezien. 'Maak je geen zorgen hoor,' zegt hij lachend. 'Ik zal geen move maken.'

Ik lach ook, betrapt.

Dan knipoogt hij, een geruststellend gebaar.

'Weet je…' zeg ik aarzelend.

Ik twijfel even of ik hem lastig moet vallen met mijn gedoe van zoeven, want hij heeft wel iets anders aan zijn hoofd. Maar ik wil het er toch graag met iemand over hebben.

Dan vertel ik Jan-Willem toch maar over de botsing met Nayra. Ook mijn gedachten over de vetzuigende wezens, de mensenoffers en het mogelijke verband met de kindermoorden deel ik met hem.

'Ik denk dat je echt te ver doordraaft,' zegt hij, nadat ik eindelijk ben uitgepraat. 'Ik geloof er niks van dat de aanval op mij écht te maken heeft met dat gedoe over een kharisiri, pishtaco, chupacabra of hoe je het ook maar wil noemen. En ik kan me ook niet voorstellen dat er mensen zijn die me verdenken van de kindermoorden. Iemand heeft bezwaar gehad tegen mijn aanwezigheid, om wat voor reden dan ook. Weet ik veel, misschien denkt er nog steeds iemand dat ik een spion voor de regering ben. Als ze straks de dader te pakken krijgen en hij heeft uitgelegd waarom hij het heeft gedaan, ben je waarschijnlijk teleurgesteld om de banaliteit van zijn overwegingen.'

'Maar op het bord stond toch "kharisiri" en op je schrift…'

'Dat is gewoon de vorm die het heeft aangenomen. Ik ben een buitenstaander, net als jij. We kunnen onszelf wijsmaken wat we willen, maar dat is wat we zijn en wat we zullen blijven, hoelang we hier ook wonen.

Ik bedoel, mijn oom en tante zijn dertig jaar geleden – dertig jaar! – vanuit de Randstad naar een dorp in Drenthe verhuisd. Ze hebben kinderen gekregen, hebben altijd met alles meegedaan, zijn gaan sporten, vrijwilligerswerk gaan doen, zij is bij een koor gegaan, de kinderen hebben er vriendjes en vriendinnetjes gekregen, maar nog altijd worden ze als import beschouwd. Hoe denk je dat dat hier is? Andere huidskleur, andere taal, andere cultuur, andere gewoontes, noem maar op. "Al het goede komt van boven, maar al het slechte komt van buiten," zeggen ze toch?'

'Die uitdrukking ken ik niet.'

'Misschien heb ik hem wel zelf verzonnen, maar hoe dan ook... Degene van buiten, de ander, is per definitie bedreigend. Met name in tijden van onrust, van ziekte of misoogst, van crisis, dan richt de blik van de mensen zich automatisch op dat wat vreemd is binnen de gemeenschap, daar voel je minder solidariteit mee omdat je je met die persoon minder kunt vereenzelvigen. Dat is zo oud allemaal, zo ontzettend oer.'

'Het lijkt nou bijna of je je aanvaller verdedigt.'

'Nee, natuurlijk niet. Maar ik wil wel begrijpen waar het vandaan komt. Ik ben ook nog antropoloog natuurlijk, dus ik probeer te doorgronden welke mechanismen hier werkzaam zijn. En dat zijn diezelfde oeroude principes die vanaf het begin van de mensheid al spelen: een vreemde is per definitie slecht nieuws, want die kan zomaar uit zijn op wat jij en je gemeenschap hebben opgebouwd en aan voedsel hebben verzameld, en die komt profiteren terwijl hij daar geen bijdrage aan heeft geleverd. Als je iemand verdacht wilt maken of weg wilt hebben, is niets effectiever dan terug te grijpen op een oud volksgeloof, zoals in dit geval de kharisiri. Iedereen hier kent via-via-via wel iemand die aangevallen is door dit wezen, maar niemand heeft het zelf van dichtbij meegemaakt. Het is helemaal niet belangrijk dat dit verhaal een fabeltje is, het gaat erom dat het inspeelt op andere angsten, namelijk dat er buitenstaanders zijn die kwaad in de zin hebben. Wat dat betreft hebben de indianen zoveel negatieve ervaring met witten, dat je ze moeilijk ongelijk kunt geven natuurlijk.'

'Dus in Nederland is het racisme als mensen negatief denken over buitenlanders, maar hier is het acceptabel?'

'Nee, hier is het ook niet acceptabel, net als dat het dat in Nederland niet is. Maar als je niet weet waar dergelijk gedrag vandaan komt, kun je het nooit oplossen. In Nederland is het misgegaan omdat de politici te lang tekeergingen tegen racistische uitingen van mensen – terecht natuurlijk, begrijp me niet verkeerd – maar nooit keken naar wat daaronder lag. De ontevredenheid van mensen, die al te lang vonden dat er niet naar ze werd geluisterd, naar hun reële zorgen, mensen voor wie de veranderingen allemaal te snel gingen, voor wie de wereld te snel te groot werd.'

Ik weet dat hij gelijk heeft, maar zijn analyse maakt me somber. Mijn dagdroom om zo snel mogelijk na mijn afstuderen terug te keren verdwijnt langzaam maar zeker, als ochtendnevel boven een weiland die door de opkomende zon oplost. Ook de ruzie met Nayra heeft de kloof die er altijd al was, maar die de afgelopen maanden overbrugd leek, blootgelegd.

Een luchtbrug.

Het gesprek lijkt toch meer van Jan-Willems krachten gevergd te hebben dan hij aankan op dit moment.

'Gaat het wel?' vraag ik.

'Jawel, dank je. Maar ik voel me uitgeput. Ik ga zo maar even slapen. Door ons gesprek dringt het ook steeds meer tot me door dat mijn veldwerk in het dorp echt voorbij is. Er zijn nog zoveel dingen die ik had willen uitzoeken, al heb ik al veel gevonden hoor, maar toch… Het voelt een beetje als een relatie die plots uitgaat en je hebt het helemaal niet zien aankomen. Dan blijf je ook met zoveel vragen zitten, toch?'

'*It's not you, it's me…*'

'Ja, zoiets, ja.'

'Heb je trouwens nog met Sixto gesproken?' vraag ik. 'De commissaris?'

'Nee, niet meer gezien. Ze zullen ook niet goed weten wat ze hiermee aan moeten toch? Als er al getuigen zijn, zeggen die niks denk ik, dus het lijkt me een vrij hopeloos onderzoek. Waarschijnlijk hebben ze mijn zaak nu al afgesloten.'

'Daar zou je wel eens gelijk in kunnen hebben.'

'Met dat jongetje zullen ze meer in hun maag zitten. De derde al in een jaar tijd. En volgens mij geen idee wie of wat daarachter zit. Verschillende dorpen ook, uit verschillende gezinnen, willekeurig gekozen lijkt het. Pechvogels op de verkeerde plek op het verkeerde moment. Of op de goede plek voor de moordenaar dan.'

‘Misschien is het wel iemand uit de gemeente van Oscar?’ flap ik eruit voordat ik er erg in heb.

Jan-Willems gezicht betrekt onmiddellijk. ‘Met als motief?’ vraagt hij koel.

‘Met als motief? Ehm… Misschien iemand die dat verhaal uit de Bijbel letterlijk neemt waarbij iemands zoon moet sterven om zo vergeving te krijgen?’

Ik had er niet over moeten beginnen, besef ik net te laat. Bekeerlingen zijn altijd het fanatiekst en het meest recht in de leer.

Jan-Willem gaat meer rechtop zitten. Van zijn vermoeidheid is in één klap niets meer over. ‘Als die persoon het echt goed heeft begrepen, dan weet hij dat dit, na het offer dat Jezus heeft gebracht, dus niet meer nodig is.’

‘Als die het goed begrepen heeft, ja. Heb je wel eens iets van F. Springer gelezen?’

‘Nee. Wel van gehoord, maar niets van gelezen.’

‘Moet je eens doen, geweldige schrijver. Ik heb alles gelezen van hem, sommige boeken meerdere malen en *Teheran, een zwanenzang* al vijf of zes keer, schat ik. Hij was een Nederlands diplomaat, begonnen op Papoea-Nieuw-Guinea toen dat nog een Nederlandse kolonie was. In een van zijn eerste boeken schrijft hij over een zendelingenechtpaar dat groot succes lijkt te hebben onder een bepaalde Papoeastam. Enthousiast vertellen ze aan Springer hoe het Woord van God in vruchtbare aarde lijkt te vallen, bij deze mensen die weliswaar in een omgeving woonden die op het paradijs leek, maar verder natuurlijk vooral in zonde leefden.’

Jan-Willem lacht vreugdeloos. ‘En toen?’

‘Toen, op een dag, tijdens een expeditie, wilde Springer ze gaan opzoeken. Het dorp waar ze woonden, leek verlaten. Alle bewoners waren weggetrokken. Hoe verder Springer en zijn mannen het dorp in liepen, hoe sterker een rottende geur hun tegemoetkwam. Het zoemen van vliegen werd steeds luider en toen zagen ze wat er was gebeurd. Op een centrale plek in het dorp waren twee grote kruisen opgericht waarop de man en de vrouw gekruisigd waren. Ze waren naakt vastgespijkerd aan het hout en hingen rottend en stinkend in de zon. Uiteindelijk hebben ze een van de dorpelingen te pakken gekregen, die zich van geen kwaad bewust bleek. De dorpelingen dachten het echtpaar een grote dienst te hebben bewezen door hen te laten sterven op dezelfde manier als die Christus waar ze het maar de hele tijd over hadden. Dat was blijkbaar een mooie dood geweest, die heel veel goeds had betekend voor alle mensen op de wereld.'

'Gatver.'

'Ja, nogal.'

'En de moraal van het verhaal?'

'Dat lijkt me duidelijk. Je weet niet hoe zo'n verhaal van zo'n dominee als Oscar valt. Het kan best dat een volgeling van hem heeft gedacht: God heeft Zijn zoon gegeven om onze schuld te betalen, dus wij moeten ook een zoon opofferen om een bepaalde schuld te vereffenen. Zoiets.'

'Tja,' zegt Jan-Willem na een lange stilte. 'Ik weet het niet. Bij die Papoea's was het verhaal helemaal nieuw en dan is het verhaal van Jezus toch wat lastig te plaatsen. Het ís ook moeilijk te begrijpen, zelfs voor ons, voor mij… Maar hier zijn ze als katholieken toch al vertrouwd met deze geschiedenis, dus ik denk niet dat het een doorgedraaid persoon is die het goede nieuws dat hij heeft gehoord zelf in praktijk wil brengen. Wat ik hier heb geleerd het afgelopen jaar is dat die offers toch in de eerste plaats gebeuren omdat mensen iets willen krijgen. Hoe groter datgene is wat je vraagt, des te groter het offer dat daartegenover moet staan. Volgens mij moet je het meer in die hoek zoeken. En ik heb Oscar goed leren kennen, ik weet welke boodschap hij predikt. Jij mag dan anders over hem denken, maar hij is een goed mens. Niemand in zijn gemeente kan zijn verhaal zo verdraaien dat die tot iets dergelijks afschuwelijks in staat zou zijn.'

Dan eist de vermoeidheid bij Jan-Willem alsnog zijn tol. 'Ik ga toch nog even een tukkie doen,' zegt hij geeuwend, waardoor ik ook moet geeuwen.

Hij sluit zijn ogen en lijkt onmiddellijk in slaap te vallen. Zonder hem verder nog te storen, verlaat ik zo zachtjes mogelijk zijn kamer.

Ik weet dat hij gelijk heeft met zijn verhaal over ons als buitenstaanders, maar het zit me toch dwars.

Wat zegt dit over een toekomst hier? Een toekomst van Nayra en mij samen?

En ben ik of zijn wij – niet alleen Jan-Willem en ik, maar ook de politie en iederéén van buiten de indiaanse gemeenschap – uiteindelijk niets meer dan buitenstaanders?

Voorbijgangers voor wie de vuile was binnengehouden moet worden.

37

Als ik weer buiten sta, moet ik mezelf ervan weerhouden naar de kamer van Nayra te gaan. Ze heeft duidelijk gezegd dat ik haar even alleen moest laten, maar ik vind het zo zonde dat we nu een paar uren mislopen van de weinige tijd die we nog samen door kunnen brengen.

Wat besluiteloos sta ik op het terrein voor de kantine, hopend dat ze toevallig naar buiten komt. Ik heb een knoop in mijn maag en het lijkt alsof een band om mijn borst zich bij iedere ademteug strakker samentrekt.

Ik besluit een stukje te lopen om mijn onrust te beteugelen. Als ik de hoek omsla, zie ik dat voor de hoofdingang van de universiteit een Land Rover van de politie geparkeerd staat. Net als ik erheen loop, komt commissaris Sixto samen met twee andere agenten naar buiten. Hij steekt zijn hand naar me op, bij wijze van groet, maar in dezelfde beweging wenkt hij me.

'Hoe is het met don Juan?' vraagt hij als ik bij hem ben.

'Goed,' zeg ik. 'Ik kom net bij hem vandaan. Hij is aanspreekbaar, maar nog wel moe dus nu is hij gaan slapen.'

'Herinnert hij zich al iets van wat er gebeurd is?'

'Nee, dat geloof ik niet. Heel vreemd. Zondag ga ik naar La Paz, met padre Martín. Dan nemen we Juan mee om hem naar een ziekenhuis te brengen, zodat hij nog even grondig onderzocht kan worden.'

Sixto knikt. 'Dat is goed, dat is goed,' mompelt hij. 'Het is een ongelukkige geschiedenis. Als zijn herinnering hem in de steek laat, of hij niet wil zeggen wie dit gedaan heeft…'

Ik kijk Sixto verbaasd aan, maar dan besef ik dat hij gelijk heeft. Misschien houdt Jan-Willem zich wel van de domme, vanwege… Ja, vanwege wat eigenlijk? Wie weet kan hij wel begrip opbrengen voor het verzet tegen zijn aanwezigheid. Een soort antropologisch stockholmsyndroom waarin hij zelfs slecht gedrag van 'zijn' dorpelingen goedpraat. Of is hij bang dat hij de gemeenschap alleen nog maar meer verdeelt door de naam van zijn aanvaller te noemen?

'Dan?' vraag ik.

'Dan ben ik bang dat we nooit ontdekken wie hierachter zit. Met wie we ook praten, we stuiten op een muur van zwijgen.' Sixto opent de deur van de jeep waar zijn twee collega's al achterin zijn gaan zitten.

'Wat doen jullie hier trouwens?' vraag ik.

'Er waren wat kwesties...' zegt Sixto. Hij lijkt meer te willen zeggen, maar bedenkt zich. 'Niet belangrijk verder.'

Ik steek mijn hand uit, die hij routinematig schudt.

'Ik weet niet of ik je nog zie,' zeg ik. 'Zondag ga ik terug naar Nederland. Ik wil je bedanken voor al je hulp.'

'Om je te dienen,' antwoordt hij.

Hij stapt in en start de motor. Dan draait hij het raampje open. 'Moeten we je een lift geven ergens naartoe? Naar Tiahuanaco misschien? Wij gaan naar het dorp van Luis. We gaan toch nog een keer met de ouders praten.'

Dat komt goed uit eigenlijk. Kan ik direct Nayra's ouders gedag zeggen. Ik heb toch niks omhanden nu en de laatste keer dat ik ze zag, was een beetje vreemd natuurlijk. Het net geslachte schaap, het bloed aan de deurpost...

'Dat is goed,' zeg ik. 'Ik rij wel even mee.' Ik loop om de auto heen en stap in.

'Waar kan ik je heen brengen?' vraagt Sixto.

'Naar het dorp,' zeg ik. 'Dan kan ik afscheid nemen van de ouders van Nayra.'

Sixto glimlacht. 'Je schoonouders bedoel je.'

Mijn liefde voor Nayra is niet onopgemerkt gebleven...

'Komende zondag ga ik weg, dus dan zou de bruiloft morgen plaats moeten vinden. Dat is niet erg waarschijnlijk.'

'In Bolivia worden de meeste kinderen geboren zes of zeven maanden na de bruiloft,' zegt Sixto. 'Weet je hoe dat komt?'

'Vertel.'

Hij grijpt met zijn rechterhand in zijn kruis. 'Omdat wij Bolivianen superzaad hebben, daarom.' Zelf lacht Sixto mogelijk nog harder dan zijn twee ondergeschikten op de achterbank.

Terwijl zij nog nahikken van het lachen, kijk ik naar het landschap dat aan ons voorbijschiet. Het is een relatief kort ritje naar de gemeenschap van Luis, maar het is net of mijn tijdsbeleving anders is. Aandachtig neem ik de vertrouwde beelden in me op, alsof ik ze niet voor het laatst zie, maar voor het eerst. Er zullen ongetwijfeld mooiere plekken zijn in de wereld, groener in ieder geval, maar ik heb mijn hart verloren aan deze uitgestrekte vlakte, aan de heuvels en bergen in alle schakeringen bruin. Met het Titicacameer dat in diepe rust is, onaangetast door de tijd en onaangedaan door de beslommeringen van de mensen eromheen.

'Zit er al enige vooruitgang in het onderzoek naar de dood van Luis?' vraag ik uiteindelijk.

Sixto tuurt aandachtig over zijn stuur, alsof er ieder moment iets de weg over kan steken, maar schudt dan het hoofd. 'Zulk soort zaken zijn extreem moeilijk,' zegt hij. 'Luis was niet de eerste, misschien is hij niet de laatste. Wie zal het zeggen? Maar er gebeuren vreemde dingen hier, dingen die we niet altijd kunnen verklaren. In de duisternis van de nacht kunnen mensen ongezien hun kwade praktijken uitoefenen. Zonder getuigen zijn we nergens.'

Hebben jullie Jan-Willem weer in het vizier? vraag ik bijna, maar ik hou het voor me. Als het al zo is, zal Sixto er tegenover mij vast niets over zeggen.

'Kan het dan toch niet te maken hebben met de zonnewende?' zeg ik dan maar. 'Misschien wil de dader een offer aan de zon brengen? En probeert hij een heel oud gebruik in ere te herstellen? Een offer als tijdelijk "afscheid" van de zon in december, en dan nu in juni weer een offer om de zon te verwelkomen omdat de dagen weer langer worden.'

Sixto trekt een gepijnigd gezicht. 'Patricio Guerra dacht dat ook. Wie weet, maar dan nog. Het brengt ons nog steeds niet dichter bij een oplossing. Misschien heeft het inderdaad te maken met die zonnewendes, maar waarom opeens nu? En waarom in deze gemeenschappen?'

Op deze vragen moet ik het antwoord schuldig blijven.

'En hoe zit het met die verhalen over die vetzuiger?' vraag ik na een korte stilte. Ik draai me half om naar de twee andere agenten die op de achterbank zitten. 'De kharisiri of de chupacabra?'

De linkerman kijkt me spottend aan en werpt dan een blik naar buiten, alsof hij me helemaal niet heeft gehoord. De andere man – een jongen van nog geen twintig met gladgeschoren kaken en een keurig getrimd snorretje – trekt een serieuze blik. Dan kijkt hij voor zich uit en begint hij te praten, meer tegen de achterkant van don Sixto dan tegen mij. 'Een aantal jaren geleden was er in een comunidad hier een uur vandaan een dikzak, die van de ene op de andere dag heel erg begon te vermageren.'

Zijn collega naast hem op de achterbank begint hevig te knikken.

'Ja, ja,' zegt Sixto. 'Dat is een beruchte geschiedenis. Ik heb er veel mensen over horen vertellen.'

'Die dikke had een vreemd gevoel,' vertelt de agent verder, aangemoedigd door de bevestigingen van zijn collega's. 'Alsof hij vanbinnen was uitgehold en zijn lichaam alleen maar vel en botten was, een ballon die je met een speldenprik kon laten leeglopen, en ook alsof zijn hoofd ontdaan was van gedachten en herinneringen. Vlak voor hij een paar weken later stierf, was hij zo gekrompen en geslonken dat hij een schriel jongetje leek. Hij herinnerde zich niet waar hij vandaan kwam of wat zijn naam was, en aan de mensen die hem bezochten vroeg hij verschrikt en met een dun stemmetje of hij een mens of een dier was, want zelfs daar was hij niet zeker van. Een collega van ons heeft dit verhaal niet van anderen gehoord; hij heeft het met eigen ogen gezien.'

'En toen zijn mensen zich gaan beschermen tegen de kharisiri, tegen de pishtaco,' mengt zijn collega zich in het gesprek. 'Sindsdien zijn er geen aanvallen meer geweest in die gemeenschap.'

'En hoe beschermden de mensen zich dan?' vraag ik.

De rechteragent neemt het weer over. 'Het belangrijkste is om een teil water bij de voordeur van het huis neer te zetten, zodat het toverpoeder dat de pishtaco voor zijn slachtoffers uitstrooit geen uitwerking heeft. Urineren op een punt van je hemd en je trui voordat je die aantrekt. En daaroverheen iets van wol dragen. Een stukje zeep en een knoflookteentje bij je dragen, of een beetje zout, dat helpt ook.'

Ik draai me weer om, een beetje wagenziek inmiddels van het omgekeerd zitten.

'Wat vind je van don Oscar?' vraag ik aan Sixto.

'Don Oscar?' vraagt hij oprecht verrast. 'Waarom vraag je dat?'

'Hebben jullie gehoord van zijn actie om de deurposten van de huizen in te smeren met het bloed van een lam om zo de mensen te beschermen tegen de kharisiri? Net als in het verhaal van Exodus?'

'We hebben ervan gehoord, ja. Mensen geloven alles in deze dagen... Als ze nou denken dat het ze beschermt, dan moeten ze dat vooral doen toch? Het zal vooral gaan stinken en vliegen aantrekken, lijkt me.'

In de verte zie ik Nayra's dorp liggen.

De auto mindert vaart. Keurig geeft Sixto de richting aan, hoewel er in de verste verte geen ander verkeer te bespeuren is. Stapvoets rijden we in de richting van het huisje van Luis' ouders, wat heen en weer schommelend door het slechte wegdek.

De moeder van Luis komt naar buiten. Haar gezicht verraadt geen enkele emotie, terwijl ze langs ons heen lijkt te staren.

'Wij gaan er trouwens van uit dat de zaak van die Hollander helemaal losstaat van de moorden op de kinderen – het is meer een ongelukkige samenloop van omstandigheden,' maakt Sixto zijn verhaal af. 'Omdat het zo vlak na elkaar gebeurt, ben je geneigd te denken dat er een verband tussen die zaken is, maar nee, dat is er niet, geloof me. In het geval van die kinderen is er iemand systematisch bezig, over langere tijd, met een bepaald doel voor ogen – ook al weten we niet welk doel.'

Nu pas zet hij de motor uit. Al die tijd heeft Luis' moeder lijdzaam staan wachten.

Als we bij haar zijn, vuurt Sixto in het Spaans een paar vragen op haar af, waar ze alleen op antwoordt door ja te knikken of nee te schudden. Uit heel haar houding spreekt een gebrek aan geloof dat dit ooit opgelost gaat worden, alsof ze dat direct al heeft opgegeven.

Nee, haar man is er niet. Nee, ze hebben niets gehoord van iemand, geen geruchten. Nee, ze hebben nog steeds geen idee wie het gedaan kan hebben. Nee, ze hebben geen vijanden, niet in het dorp noch ergens anders. Ja, de begrafenis is zondag. Nee, ze weet niet wanneer het lichaam van Luis terugkomt. Nee, ze hebben de plek waar hij gevonden is niet aangeraakt. Ja, ze hebben hun deurpost door don Oscar in laten smeren met het bloed van een schaap.

Ik wil naar Nayra's ouders lopen, maar vind geen geschikt moment om afscheid te nemen. Het lijkt zo respectloos om nu zomaar weg te lopen.

'Kom,' zegt Sixto dan, tegen zijn collega's, maar ook tegen mij.

De moeder loopt zonder iets te zeggen terug het huis in.

We gaan naar de kamer waar ik twee dagen geleden ook stond, toen samen met Mauro. Een geur van wierook en van kaarsen komt ons tegemoet als we over de drempel stappen.

Ik knipper met mijn ogen, deels vanwege de overgang van het felle licht buiten en het donker binnen, en deels vanwege het tafereel dat we aantreffen.

Ik kan nauwelijks geloven wat ik zie.

38

De plek waar we de kleine, dode Luis aantroffen is veranderd in een soort kapel.

Een indiaanse man en vrouw zitten op de knieën, hun hoofd gebogen en hun ogen gesloten. In een draagdoek op de rug van een vrouw zit een kindje, met dieprode wangetjes, dat ons met grote, bruine ogen onbewogen aankijkt. Vlak voor de man opstaat, raakt hij de plek op de vloer aan waar Luis zat, hij veegt met zijn hand over de grond, en kust dan zijn hand, waarmee hij vervolgens zijn voorhoofd aanraakt. De vrouw imiteert deze handeling.

Er staat een vaas met verse bloemen. Flauw licht komt van een paar dikke kaarsen die een vettige walm voortbrengen. In een emmertje zand zie ik kegelvormige wierook die tot as vergaan is, maar die nog wel zijn vorm behouden heeft – alsof die nog niet doorheeft dat hij is opgebrand. Tegen de muur zijn met spijkertjes bidprentjes van heiligen bevestigd, rondom een grotere afbeelding van Maria, omgeven door mollige engeltjes.

Het is net een bedevaartsoord.

Sixto en zijn mannen hebben hun hoofddeksels afgedaan, ook ik doe mijn pet af.

De man en de vrouw staan op en zien ons wel, maar kijken door ons heen, alsof we geesten zijn. Ze lijken zich niet te verbazen over onze aanwezigheid.

Zonder te groeten, passeren ze ons.

'Wat gebeurt hier?' vraag ik Sixto als het stel de ruimte verlaten heeft.

Hij slaat eerst een kruis voordat hij mij antwoord geeft. 'Veel mensen geloven dat de doden engelen worden die boodschappen door kunnen geven aan God. En omdat ze Luis goed hebben gekend, hopen ze dat hij een goed woordje voor hen kan doen bij Jezus of Maria.'

Ik verbaas me, want ik had nog niet gehoord van een dergelijke verering van de doden.

Dan bedenk ik dat ook in Bolivia de *Día de los Muertos* – de Dag van de Doden; Allerzielen of Allerheiligen – net als in heel Latijns-Amerika groots wordt gevierd. Eén dag per jaar staat de hemelpoort wijd open en verkeren de overleden voorouders een dag tussen hun familie op aarde. Picknickend op de kerkhoven, tussen de graven en de muren waarin de lichamen in nissen zijn begraven, verwelkomen de levenden de doden met drank en eten. Dan is het voor een gelovige nog maar een kleine stap om aan een overleden familielid te vragen om voorspraak bij Jezus of Maria.

Of aan een overleden dorpsgenoot.

'En geloof jij daarin?' vraag ik.

Vlak langs het huis klinkt het geluid van een wagen die langzaam voorbijrijdt.

'De kleine Luis is nu bij God toch?' zegt Sixto. 'Daar gaan we van uit. Hij zit op de schoot van Jezus, is ons altijd verteld. Dus als ze dan toch met elkaar praten, kan onze Luis Hem net zo goed vertellen over de zorgen en het lijden van de mensen uit zijn gemeenschap.'

'Misschien kan God de dader straffen?' merk ik op. 'Of ons laten weten wie het heeft gedaan?'

'Als dat toch eens zou kunnen.' Dan kijkt Sixto me aan. 'Maar te zijner tijd krijgt de dader zijn verdiende loon, daar maak ik me geen zorgen over.'

Dat is toch wel de reden dat religie altijd zal blijven bestaan. De onrechtvaardigheid die mensen op aarde zien, het kwaad dat onbestraft blijft, het zware lijden dat sommigen treft, terwijl het anderen voor de wind lijkt te gaan... Na dit leven komt de beloning. Of de straf. En dan wordt alles rechtgetrokken. De Heer zal de tranen van alle gezichten af wissen...

'Goed,' zegt Sixto. 'Wij gaan ook nog even met jou mee naar het dorp van don Santiago en doña Josefina. We maken nog een rondje langs de huizen. Daarna kun je met ons mee terugrijden als je wil.'

'Dat is goed, dank je wel.'

We stappen in de auto en rijden weg. Als we dichter bij het ouderlijk huis van Nayra komen, zie ik dat de auto van het instituut er geparkeerd staat.

Mijn hart maakt een sprongetje. Dit kan alleen maar Nayra zijn.

Tegelijkertijd maak ik me zorgen, omdat ze nu kan denken dat ik een geobsedeerde stalker ben die haar zelfs tot in haar dorp achtervolgt.

Op het bankje voor het huis zit Nayra inderdaad met haar ouders, en de niet te vermijden don Oscar.

'Je verloofde is er ook,' zegt Sixto, terwijl hij me met een veelbetekenend glimlachje aankijkt, dat me ontzettend irriteert. 'Ze zijn met de dominee vast de bruiloft voor morgen aan het bespreken. Als je nog een getuige zoekt...'

De auto komt tot stilstand.

'Er was trouwens nog wel iets met het lichaam van Luis,' zegt hij dan. Door de manier waarop hij het zegt lijkt het alsof de temperatuur in de auto met een paar graden daalt.

'Wat dan?' vraag ik uiteindelijk als Sixto na die mededeling verder niets meer zegt.

Met zijn rechterhand veegt hij een paar keer over zijn gezicht, alsof hij plotseling heel erg moe is. 'Uit de kuit van Luis was een stukje vlees weggesneden.'

'Wat?' roep ik geschokt.

'Net als bij die andere twee kinderen,' voegt een van de agenten vanaf de achterbank daaraan toe. 'Het is heel slordig gedaan, in grote haast.'

Ik ben te geschokt om te reageren.

'Maar waarom...' weet ik dan toch nog uit te brengen. Waarom vertel je me dit nu? wil ik vragen. Je mocht toch niks zeggen?

'We weten niet waarom de dader dat gedaan heeft, mijn waarde Lucas,' maakt hij mijn vraag verkeerd af.

In de achteruitkijkspiegel zie ik dat een agent een hand omhoogtilt, de duim en wijsvinger tegen elkaar aan en die boven zijn geopende mond houdt – zoals we in Nederland een haring happen. Dan doet hij net alsof hij het denkbeeldige stukje vlees uit zijn vingers in zijn mond laat vallen. Hij kauwt en likt zijn lippen af.

Zijn collega moet lachen, maar stoot hem dan aan als hij doorheeft dat ik alles heb gezien.

Nee, nee, nee!

In mijn plotselinge haast uit de auto te komen, vergeet ik dat ik de veiligheidsgordel nog om heb, waardoor ik half buiten de auto blijf hangen als ik de deur heb geopend. De gordel snijdt in mijn schouder en een pijnscheut schiet door mijn hele lichaam. Noodgedwongen ga ik weer goed op de stoel zitten, waarna ik mezelf losmaak. Door mijn trillende handen slaag ik daar pas na een paar pogingen in.

Sixto omvat mijn pols met een ijzeren greep. 'Dit mag je aan niemand vertellen,' sist hij.

'Maar waarom heb je het me dan verteld?' schreeuw ik half, met tranen in mijn ogen. 'Ik had dit helemaal niet willen weten!'

Hij laat me los. 'Je mag het aan niemand vertellen,' herhaalt hij alleen maar.

39

Als ik ben uitgestapt, sla ik de deur met veel kracht dicht.

Dan stappen ook Sixto en zijn collega's uit. Over het dak van de auto kijkt Sixto me aan met iets van dreiging in zijn blik.

Waarom vertelde je het me dan? wil ik weer uitroepen.

Nayra en de anderen hebben zwijgend naar het hele tafereel staan kijken.

'Wara,' zegt Nayra dan en ze komt op me afgelopen. Tot mijn vreugde kijkt ze me blij aan. 'Wat doe jij hier?'

Het kost me grote moeite mijn afschuw over wat ik net heb gehoord te verbergen, maar ik denk dat ik erin slaag, want mijn vreugde over het onverwachte weerzien met Nayra – en het feit dat ook zij verheugd lijkt – krijgt direct de overhand.

'Ik kwam don Sixto tegen bij het instituut,' leg ik uit. 'Omdat ze toch deze kant op gingen, ben ik meegegaan om je ouders nog even gedag te zeggen. Het was een spontane ingeving van me. Ik wist niet dat jij er ook zou zijn.'

Aan haar gezicht zie ik dat ze mijn verhaal gelooft – of wil geloven.

Voor even wordt het afschuwelijke detail rond Luis' dood naar de achtergrond verdreven, maar al snel is het weer helemaal terug.

Dit kan ik niet voor me houden toch? Vroeg of laat zal ze het toch wel horen. Dan maar liever later. Ik wil niet de brenger van dit onheil zijn. De laatste dagen zijn toch al een aaneenschakeling van misverstanden en grotere en kleinere ruzies… En wat moet ik zeggen? 'O ja, er is een nieuwe ontwikkeling in de zaak! De moordenaar heeft een hap genomen uit Luis.' Hoewel ik niet weet wat hij met het stukje vlees uit zijn kuit heeft gedaan. Misschien heeft hij het wel weggegooid of verbrand als rookoffer.

'Wat was dat net in de auto?' vraagt Nayra op fluistertoon. 'Waar hadden jullie het over? Je leek boos of geschokt.'

‘Ik…’ zeg ik aarzelend. Dan herneem ik mezelf. ‘Hij maakte een ongepaste grap over jou. Dat vond ik niet leuk. Daarom werd ik boos.’

‘Je hebt mijn eer verdedigd,’ zegt ze met een glimlach. ‘Mijn ridder op het witte paard.’

‘Je kent me,’ zeg ik.

‘Heel galant, Wara. Heel vleiend te weten dat iemand me verdedigt.’

Je moest eens weten…

‘En hij ook weer hier,’ fluister ik, terwijl ik zo subtiel mogelijk in de richting van Oscar knik.

Nayra lacht. ‘Je weet het toch, hij woont hier zo ongeveer. Na het verven van de deurposten is hij weer teruggekomen om hier te slapen. Ik denk dat hij oprecht gelooft dat zijn aanwezigheid de gemeenschap beschermt, of in ieder geval dit huis. Hij houdt mijn broertje voortdurend in de gaten, alsof hij bang is dat hem iets overkomt.’

We lopen naar het bankje waar de commissaris inmiddels in gesprek is met Nayra’s ouders, maar die schudden vooral ontkennend het hoofd. Oscar kijkt weg, alsof dit gesprek hem helemaal niet aangaat.

‘Padre Martín en padre Mauro zijn nog langs geweest,’ zegt Nayra. ‘Mensen in het dorp stellen hun betrokkenheid erg op prijs, zelfs mijn moeder, hoewel ze met de katholieke kerk weinig opheeft.’

Onwillekeurig volg ik Oscars blik. Hij let inderdaad voortdurend op Aruni, die een heel stuk verderop aan het spelen is. Met zijn slinger werpt hij als een kleine, Bijbelse David met een onvoorstelbare precisie stenen naar een rij lege blikjes die op een rots opgesteld staan. Ik heb hem dat wel na proberen te doen, nadat hij me uitvoerig had geïnstrueerd, maar op één keer na – een volstrekte toevalstreffer – lukte het me niet een steentje ook maar in de buurt van de blikjes te krijgen. Hij en Qala, de herdersjongen, doen wel eens wedstrijdjes wie de meeste keren achter elkaar een bepaald punt kan raken.

‘Hebben jullie al een kijkje genomen bij San Luis?’ zegt Oscar dan opeens, dwars door het gesprek tussen Sixto en Santiago heen.

San Luis.

De heilige Luis.

De spottende toon waarop hij ‘san’ uitspreekt, is onmiskenbaar. Respectloos vind ik, al was ook ik verbaasd over de inderdaad gewijde sfeer die de plek binnen twee dagen heeft gekregen.

Sixto en Santiago vervolgen onverstoorbaar hun gesprek, alsof Oscars opmerking niet meer was dan een rimpeling op het Titicacameer.

Nayra pakt me bij de hand om me van het groepje weg te leiden. We gaan een stukje verderop zitten, op een lemen muurtje dat geen enkel doel lijkt te dienen, want na een meter of tien houdt het plots op.

Moet ik het nú zeggen, vraag ik me af, maar het moment is voorbij – alsof daar ooit een goed moment voor is.

'San Luis?' zeg ik dan maar.

'Ik had er al van gehoord. Bij die andere twee kinderen is hetzelfde gebeurd.'

'Wat?'

'Zulke dingen hou je niet tegen, Wara. Het heeft ook wel iets moois ergens.'

'Hoe bedoel je?'

'Luis en die andere kinderen blijven zo toch deel uitmaken van het leven van de mensen hier. Het is niet zoals bij jullie...'

'Wat weet jij daar nou van?' onderbreek ik haar geërgerd.

Die voortdurende tegenstelling tussen hier bij haar waar alles zo mooi en zo fijn is en daar bij mij waar alles zo kil en lelijk is.

'Sorry,' verontschuldigt ze zich. 'Ik weet daar ook te weinig van. Maar wat ik wil zeggen is dat het wel iets moois heeft dat die andere kinderen en Luis deel blijven uitmaken van de gemeenschap, alsof ze er nog steeds zijn, alsof ze niet echt zijn verdwenen.'

'Dat is wel waar,' moet ik toegeven.

Ik moet denken aan een ritueel dat hier in sommige dorpen wordt gehouden als een vrouw een miskraam heeft gehad. Als de foetus – of het doodgeboren kindje – wordt begraven, komt iedereen uit de gemeenschap samen. De mensen hebben allerlei miniatuurspulletjes bij zich, bijvoorbeeld een huisje van klei, compleet met huisraad, bekertjes en bestek, een autootje, schaapjes, koetjes, een ezeltje, kippen, bordjes, en minikleding van stof, net groot genoeg voor een pop. Dit wordt allemaal meebegraven met het kind dat er nooit heeft mogen zijn. 'Dit zou je huisje zijn geweest,' wordt er dan gezegd. 'En dit je bedje. Onder dit dekentje zou je hebben geslapen en van dit bordje zou je hebben gegeten. Voor deze schaapjes zou jij hebben gezorgd. Van de eieren van deze kippen zou je hebben gesmuld. Dit jasje en deze broek zou je hebben gedragen, en deze schoentjes.'

Het verhaal ontroerde me hevig.

Misschien ís het hier wel mooier. De dood is een natuurlijker onderdeel van het leven dan bij ons in ieder geval. Stel je voor dat wij thuis voor mijn broertje Abel iets dergelijks zouden hebben gedaan.

'Maar ik hoorde ook dat Oscar "heilige Luis" sarcastisch bedoelde,' zegt Nayra. 'Dat is erg onaardig van hem. Maar voor Oscar is dit nu juist precies waar hij zich tegen keert. Don Oscar vecht op twee fronten eigenlijk: tegen de rooms-katholieke kerk van Mauro en Martín met haar heiligen – voor hem is het katholicisme gewoon een polytheïstische godsdienst – en tegen het inheemse geloof, dat zoveel meer aanbidt dan de Vader, de Zoon en de Heilige Geest. In Oscars geloof heeft God de aarde en alles wat daarop leeft aan de mens gegeven om over te heersen. De mens staat tegenover die aarde, zwoegt in het zweet zijns aanschijns, zoals dat ook in Genesis staat, om zijn brood te verdienen, in een strijd met die aarde die onderworpen moet worden. Wij denken meer in termen van samenwerking.'

Ze denkt even na.

'Dus zo moet je die opmerking van hem plaatsen,' zegt ze dan. 'Het is een man met een missie natuurlijk. Net zoals padre Mauro dat is. Die voert ook twee oorlogen: tegen de inheemse godsdienst – in die strijd rukken hij en Oscar in zekere zin gezamenlijk op – maar ook juist weer tegen don Oscar die de schapen van zijn kudde wegrooft.'

'Waarbij Oscar aan de winnende hand lijkt,' zeg ik.

'Daar ziet het wel naar uit, ja. En na Oscar zal vast weer iets anders komen. Maar de indiaanse godsdienst zal altijd blijven bestaan, verwacht ik. Die is zó verbonden met de aarde die we bewerken, zó verbonden met onze manier van leven. Pas als wij zijn verdwenen, zal onze godsdienst verdwijnen. Niet Pachamama, want die is eeuwig en kan niet verdwijnen, lang nadat alle mensen zijn verdwenen zal zij er nog zijn.'

'Als een god.'

'Als een godin, ja.'

40

Sixto en zijn mannen nemen afscheid, waarbij ze nadrukkelijk de uitgestoken hand van don Oscar niet schudden. De commissaris zwaait nog even naar mij, maar vraagt niet of ik mee terug wil rijden.

'Kan ik met jou meerijden straks?' vraag ik snel aan Nayra.

'Natuurlijk. Maak je geen zorgen. Ik laat je toch niet achter?'

'Fijn.'

We zwaaien de politiejeep na als die langzaam wegrijdt.

Dan lopen we naar Nayra's ouders en Oscar, die ook nu weer een opengeslagen bijbel op schoot heeft. In de ogen van Santiago zie ik dat hij de strijd tegen Oscars voortdurende aanwezigheid in zijn huis heeft opgegeven. Het zal vast niet lang meer duren, vermoed ik, of hij zal Josefina en Aruni vergezellen naar de diensten op zondagochtend.

De bijbel ligt open bij het boek Openbaring. Ik kan het niet nalaten Oscar te vragen wat hij aan het lezen is.

'Goed dat je het vraagt, mijn vriend.' Met zijn vinger gaat hij naar de passage waar het hem blijkbaar om te doen is. 'Het zijn duistere tijden, mijn waarde don Lucas. Het zal niet lang meer duren voor onze Heer terugkomt om Zijn koninkrijk op aarde te herstellen. Alle tekenen wijzen erop. Hier...'

'Vannacht gaan Lucas en ik naar de bijeenkomst bij de Zonnepoort in Tiahuanaco,' onderbreekt Nayra hem, zodat hij niet voor kan lezen.

'Ik ook,' zegt Oscar dan, scherp. 'Met zo veel mogelijk leden van onze parochie El Camino.'

'Ah, net als vorig jaar?' zegt Nayra uitdagend. 'Echt een goede manier om sympathie van de mensen te winnen.'

Oscar hoort Nayra rustig aan, met een superieure rust en een glimlach om zijn lippen die ik er het liefst ter plekke af zou willen slaan. Doña Josefina's blik is moeilijk te peilen.

'Jij gaat toch niet, mama?'

‘Wij kunnen niet,’ antwoordt Santiago voor zijn vrouw iets kan zeggen. ‘We hebben veel werk morgen.’

‘We zijn met genoeg,’ zegt Oscar, niet in het minst uit het veld geslagen. ‘Want waar twee of drie mensen in mijn naam samen zijn, ben ik in hun midden,’ citeert hij uit het hoofd, waarna hij de bijbel dichtslaat.

‘Morgen heb ik ook een drukke dag trouwens,’ zegt Oscar als hij opstaat. ‘Na onze wake bij de Zonnepoort ga ik naar een conventie op het Isla del Sol. Veel voorgangers van evangelische kerken komen daar samen voor een grote gebedsdienst.’

‘Wat bijzonder dat jullie uitgerekend het Isla del Sol daarvoor hebben uitgekozen,’ zegt Nayra sceptisch. ‘De plaats waar volgens de Incalegende de zon geboren is.’

‘Dat doen we ieder jaar. Het is een mooie plek. Ook veel van onze broeders en zusters uit Peru komen, het is ook voor hen goed te bereiken. Wij verwelkomen inderdaad het Licht van de Wereld, maar dan in Christus, dus een betere plek kunnen we eigenlijk niet bedenken. Zo protesteren we op onze eigen wijze tegen het verderfelijke feest Inti Raymi.’

Tijdens het feest van het Inti Raymi, op 24 juni, drie dagen na de zonnewende, wordt gevierd dat de dagen weer langer worden. Met de verwelkoming van het licht heeft het feest alle kenmerken van het christelijke kerstfeest. De Spanjaarden konden dit maar moeilijk verkroppen.

Nayra kijkt hem woedend aan, maar besluit wijselijk er verder niet op in te gaan.

‘Kom,’ zegt ze tegen me. ‘Laten we terugrijden naar het instituut.’ Zonder op antwoord te wachten, draait ze zich om en loopt ze naar de auto.

‘Tot ziens dan maar,’ zeg ik bij wijze van afscheid tegen Nayra’s ouders. ‘Ik wil jullie bedanken voor jullie gastvrijheid.’ Ik grijp naar de binnenzak van mijn jas, waar ik nog een zakje cocablaadjes heb zitten, compleet met enkele klompjes honing en as.

‘Hier,’ zeg ik als ik het aan Santiago geef. ‘Ik mag dit toch niet meenemen naar Nederland, dus ik kan het beter aan u geven.’

‘Ah, bedankt,’ zegt Santiago, die onmiddellijk enkele blaadjes uit het zakje neemt. Ook mij biedt hij enkele blaadjes aan, die ik in mijn mond stop.

De afkeuring druipt zo ongeveer van Oscars gezicht af als Nayra's vader hem, pesterig, het zakje voorhoudt.

Josefina snelt naar binnen en komt terug met een kleine, kleurige geweven doek die ze me in de handen drukt. 'Als aandenken aan Bolivia,' zegt ze als ze me de doek overhandigt.

'Ik hoop op een dag terug te komen,' zeg ik. En dan kom ik om Nayra's hand vragen. 'Dus ik hoop dat dit geen afscheid voor altijd is.'

Voor de vorm geef ik ook Oscar een hand, hoewel ik weet dat ik hem vannacht waarschijnlijk nog tegen zal komen.

Achter me heeft Nayra de auto al gestart. Ze geeft een paar keer gas om uiting te geven aan haar ongeduld.

Als ik bij haar in de auto zit, glimlacht ze gelukkig naar me. Dan toetert ze drie keer kort achter elkaar.

Zal er ooit een goed moment zijn om te beginnen over Sixto's onthulling?

41

‘Het is een volhardend type, die Oscar,’ zeg ik dan maar.

‘Dat kun je wel zeggen, ja,’ antwoordt ze. ‘Mensen die denken de wil van God te kennen, hebben die houding.’

Op de weg naar beneden steken we onze handen op naar mensen die terugkeren naar hun huizen. Hun werkdag loopt ten einde.

Het beeld van de moordenaar die een stukje vlees uit het been van Luis wegsnijdt, laat me niet los. Ik wil al helemaal niet denken aan wat hij er vervolgens mee gedaan heeft…

Was het een onderdeel van een eucharistieviering? Een letterlijke uitvoering van de Bijbelse tekst: ‘Neemt en eet hiervan, gij allen, want dit is mijn lichaam, dat voor u gegeven wordt.’ Dronk hij er wijn bij? ‘Neemt deze beker en drinkt hier allen uit, want dit is de beker van het nieuwe altijddurende verbond, dit is mijn bloed dat voor u en alle mensen wordt vergoten tot vergeving van de zonden. Blijft dit doen om mij te gedenken.’ Hoe ziek moet iemand zijn om zo ver te gaan?

Inmiddels is mijn vegetarisme zo’n vanzelfsprekend onderdeel van mijn leven geworden, dat je het niet echt een principe kunt noemen. Principes kosten immers altijd moeite, tijd of geld – je geeft iets op – en dat is bij mij allang niet meer het geval. Het is zoiets als dat iemand die roken smerig vindt, zou zeggen dat hij uit principe niet rookt.

Twee of drie keer ben ik voor het blok gezet, tijdens een bezoek aan een gemeenschap waar Nayra en ik uitgenodigd werden voor een maaltijd. Een kip was speciaal voor ons geslacht, dus kon ik het niet maken om die niet te eten – alsof het dier anders voor niets gestorven was.

Zo zal een christen redeneren als iemand het offer van Jezus weigert…

Eén keer heb ik echt ‘uit vrije wil’ vlees gegeten en dat was die ene keer met Nayra in La Paz toen we *cuy* aten, gebraden cavia. Daarna vroeg ze me een beetje geamuseerd of ik nou ziek zou worden, omdat ik vlees had gegeten. Als boerendochter is zij letterlijk tussen de dieren opgegroeid. De rijkdom van een familie wordt afgemeten aan de grond die ze bezit en aan de dieren die ze heeft. Het slachten van het dier is een bijzondere gebeurtenis, omgeven met rituelen en gebeden om het dier te danken en om het om vergeving te vragen.

Met name dat laatste vond ik heel bijzonder.

'Als kind had ik het er soms wel eens moeilijk mee,' vertelde Nayra me. 'Bijvoorbeeld als er een schaap werd geslacht waar ik voor had gezorgd, waar ik vele uren in de velden mee had doorgebracht. Maar ik begreep ook dat het de taak van het dier was om ons te voeden en dat het onze taak was zo goed mogelijk voor hem te zorgen. De week voor de slacht werd zo'n schaap dan apart gezet, een beetje vertroeteld met net wat lekkerder eten, net wat schoner water, net wat meer aandacht. En vlak voor de slacht bedankte mijn vader het dier dat wij konden eten omdat het stierf, omdat het als het ware zijn leven gaf voor ons. Ik voelde me dan vaak een beetje schuldig, omdat het voor óns dood moest gaan, maar op het platteland is er nou eenmaal niet veel ruimte voor zulke gevoelens. Leven en dood horen nu eenmaal bij elkaar, niet?'

'Je hebt gelijk,' zei ik. 'Op zo'n manier zou ik er misschien ook nog wel mee om kunnen gaan. Als ik hier zou wonen bedoel ik...'

Ik liet een betekenisvolle stilte vallen, maar die pikte Nayra niet op – of die negeerde ze doelbewust.

'Als ik hier zou wonen,' ging ik maar verder, 'zou ik waarschijnlijk ook gewoon de dieren eten waar ik voor had gezorgd. Het is toch anders dan thuis, met name de bio-industrie die enorm is bij ons, je kunt je daar geen voorstelling van maken. Fabrieken des doods zijn het, geoliede machines helemaal gericht op het zo efficiënt mogelijk doden van zo veel mogelijk dieren in een zo kort mogelijke tijd. Hier is dat toch anders.'

'Maar ook hier dood je nog steeds een levend wezen.'

'Dat is waar. Daar zou ik toch... moeite mee blijven hebben. Ik zou nog steeds niet vaak vlees eten, maar ik zou het minder vaak afwijzen, denk ik. Alle argumenten van de bio-industrie van thuis vallen hier weg.'

'We hebben de mest ook nodig, de vachten... Op het platteland eten ze in het algemeen weinig vlees. En we gebruiken alles van het beest.'

'Waarom eten we eigenlijk?' vroeg ik.

Nayra lachte. Ik wist dat ze hield van deze gesprekken die we vaak voerden om de tijd een beetje te doden.

'Waarom eten we?' herhaalde ze. Ze maakte lichte smakgeluidjes die grappig klonken, alsof ze mijn vraag letterlijk wilde proeven. 'Om ons lichaam te onderhouden toch? Voedsel is onze brandstof.'

'Dat is alvast één punt,' zei ik. 'Maar dat is ook de meest voor de hand liggende.'

'Verder, verder...' zei ze nadenkend. Op de brug van haar neus verschenen twee kleine rimpeltjes die er zo lief uitzagen dat ik ze wel had willen kussen.

'Er is een geestelijke functie,' zei ze toen. 'Eten kan ons een tevreden gevoel geven, of juist niet. Iedereen heeft wel eten dat kan troosten toch? Ik heb chocolade, niet heel origineel voor een vrouw, ik weet het, maar goed. Jij?'

'Ik hou ook van chocolade. En van chips, kaas-uien.'

'Bestaat dat?'

'Ja, heel lekker.'

'Maar los van troosteten... Als ik iets eet wat ik heel lekker vind, dan kan ik echt heel erg genieten en me gelukkig voelen. Soms komen ook herinneringen boven, van thuis, met het gezin rond het haardvuur in de keuken... Met goed eten doet je hele lichaam mee, niet alleen je buik of je mond, maar ook je ogen, je neus...'

'Je oren! Als je chips eet. Fabrikanten doen zelfs onderzoek naar hoe het kraken van chips bijdraagt aan het genot.'

'En net zoals goed eten je blij kan maken, kun je je rot voelen door slecht eten. En dan bedoel ik niet alleen dat je achteraf spijt hebt omdat je te veel chocolade gegeten hebt, of kaas-uienchips... Of iets anders slechts met te veel suiker of vet, maar omdat je stemming echt beïnvloed wordt door slecht voedsel. Heb je *Supersize Me* gezien?'

'Die heb ik gezien, ja.'

Nayra verwees naar een documentaire van Morgan Spurlock waarin hij dertig dagen lang drie keer per dag bij de McDonald's eet – het enige voedsel dat hij die maand tot zich neemt.

'Dan herinner je je vast nog wel hoe depressief hij na heel korte tijd al wordt – plus dat hij nog eens iets van tien kilo aankomt,' ging ze verder. 'En hoe hij laat zien dat als ze op scholen en in gevangenissen gezonder voedsel aanbieden, het aantal vechtpartijen onmiddellijk afneemt, de concentratie toeneemt, de sfeer verbetert en alle betrokkenen vertellen dat hun sombere gevoelens verdwijnen...'

'Ja, dat klopt.'

Ik dacht terug aan hoe ik zelf al snel het gevoel had rustiger te zijn geworden nadat ik was gestopt met het eten van vlees. Hoewel zoiets natuurlijk nooit helemaal met zekerheid is vast te stellen – wie weet lag het aan iets anders en heb ik er onterecht een verband tussen gelegd – maar zelfs mijn omgeving was het opgevallen dat ik kalmer was geworden. Zelf wist ik zeker dat het invloed had op je geest wanneer je iets tot je nam waarvan het leven met geweld was beëindigd. Mijn vader heeft me altijd verteld dat het zaak was de dieren zo lang mogelijk onwetend te houden van hun aanstaande slacht, omdat de stress die vrijkomt door zoveel adrenaline de smaak van het vlees negatief beïnvloedt. En al die stresshormonen komen uiteindelijk ook weer gewoon in de mens terecht. Je bent wat je eet...

'En dan is er nog de sociale functie van eten,' zei ik. 'Het samen eten en drinken schept een band, of haalt bestaande banden juist verder aan. Met wie eet je, wie wordt wel en wie wordt niet uitgenodigd? We eten taart op een verjaardag, er zijn hapjes, er is drinken. Samen eten doet iets met de leden van een groep, daarom hebben we al die feesten met Kerstmis, Pasen, Thanksgiving, de Sabbat, het Suikerfeest. Alles staat in het teken van samen voedsel delen, samen het leven vieren, delen in elkaars overvloed. Het voedsel maakt deel uit van je identiteit, laat je keuzes zien.'

Nayra knikte. 'Hebben we dan alles gehad?' vroeg ze. 'Fysiek, geestelijk, sociaal...'

'Ah, en religieus niet te vergeten. Al ligt dat best dicht bij dat sociale, denk ik. Ter ere van je geloof eet je bijvoorbeeld iets niet, varkensvlees voor joden en moslims, rundvlees voor hindoes, of helemaal geen vlees voor de meeste boeddhisten... Of drink je geen alcohol zoals moslims.'

'Of zoals mijn moeder.'

'Ja, precies,' zei ik. 'Al die mensen in die nieuwe kerken, ook in die van Oscar. Daar is jezelf onthouden van alcohol toch ook een manier om te laten zien dat het je menens is om lid te worden, dat je er echt iets voor overhebt. Of je vast een bepaalde periode, je eet niet van zonsopgang tot zonsondergang zoals de moslims met de Ramadan... En wat dacht je van de eucharistie, het brood en de wijn? Bij de samenkomsten van de allereerste christenen stond het samen eten en drinken zelfs centraal. Dat was nog belangrijker dan het met elkaar van gedachten wisselen. De kerkdiensten komen in feite voort uit gemeenschappelijke maaltijden.'

'Leuk,' zei ze lachend. 'Dat wist ik niet.'

Nayra draait de RN1 op. Dan legt ze haar rechterhand op mijn bovenbeen, waar ze hem laat rusten. Met mijn linkerhand omvat ik haar hand.

'Ga je echt terugkomen?' vraagt ze dan. 'Ik bedoel...'

'Wil je dat?'

'Jij eerst.'

'Ja, ik kom terug, Nayra. Zo snel als ik kan.'

'Goed zo. Dan wacht ik op je.'

Zo gelukkig als een klein kind kijk ik naar de weg voor ons.

Misschien kan ik binnen drie maanden al terug zijn. In principe kan ik mijn scriptie ook voor een groot deel hier schrijven. Overleg kan via de mail of via Skype. Net als de aanvraag schrijven voor een promotieplek. Ik heb niet veel geld nodig. Met mijn spaargeld alleen al kan ik het hier een tijd uithouden...

'*All I need is the air that I breathe, and to love you*,' begin ik spontaan te zingen.

Nayra kijkt me lachend aan.

Veel sneller dan ik wil, rijden we het parkeerterrein van de universiteit op.

'Ik ga nog even slapen,' zegt Nayra. 'Daar zal het vannacht niet van komen, dus ik wil goed uitgerust zijn. Dan kleed ik me om en zie ik je later in de kantine, goed?'

'Dat is goed,' zeg ik.

Ik buig opzij naar Nayra en begraaf mijn gezicht in haar nek, die ik voorzichtig kus. Ze aait me over het hoofd en wiegt me een beetje heen en weer.

'Wara,' fluistert ze. 'Waracito.'

Mijn kleine Wara.

Het spijt me nu dat ik die cocablaadjes in mijn mond heb, anders zou ik haar hebben gezoend.

Nadat ik ben uitgestapt, loop ik naar mijn kamer. Onderweg spuug ik de groene bladerbrij op de grond.

Ik zeg niemand iets over wat Sixto me heeft verteld, besluit ik. Laat hém de onthuller van dat afschuwelijke nieuws maar zijn.

Als ik de deur van mijn kamer heb geopend, komt een windvlaag me tegemoet. Onmiddellijk besef ik dat er iets niet in orde is.

Wild wapperen de gordijnen voor mijn raam, het raam dat ik altijd gesloten houd als ik weg ben. Dan zie ik dat er glasscherven op de grond liggen.

Wat is dit?

Gehaast loop ik naar binnen, maar voordat ik bij het raam ben, wordt mijn aandacht getrokken door twee woorden die in grote letters op mijn muur gekalkt zijn.

Ik herken de hanenpoten.

¡KHARISIRI!

¡CHUPACABRA!

Dan hoor ik achter me iets bewegen.

42

Mijn tweelingbroer Abel stierf een paar dagen na onze geboorte.

De naam betekent 'de vergankelijke' nota bene, of 'adem' – wat dicht bij elkaar ligt, want niets is vergankelijker dan adem. Niet voor niets kennen veel culturen de gewoonte om een spiegeltje voor de mond van een overledene te houden om er zeker van te zijn dat die persoon daadwerkelijk dood is.

Abel kwam enkele minuten na mij ter wereld en onmiddellijk was duidelijk dat er iets mis was met hem. Hij ademde moeizaam, zag blauw en was veel magerder dan ik, die juist iets aan de zware kant was. Abel werd weggebracht naar een intensivecareafdeling, terwijl ik op de borst van onze moeder werd gelegd.

De vreugde over mijn geboorte werd daarmee direct verduisterd door de zorgen om het lot van Abel. Het verdriet om zijn vroege dood overschaduwde mijn eerste levensjaren. Ik denk eigenlijk dat mijn ouders überhaupt nooit naar mij hebben kunnen kijken zonder aan mijn dode broer te denken.

Eén keer per jaar, op zijn sterfdag, bezochten we met het hele gezin het grafje, dat er altijd keurig onderhouden bij lag. Mijn moeder bezocht hem vaker, maar zonder dat daar een regelmaat in zat.

Staand voor het zerkje – een treurend engeltje van marmer, dat deels over de rechtopstaande steen lag, waarbij het grootste deel van het gezicht schuilging achter zijn vleugeltjes, als een neergestorte Icarus – heb ik nooit enige emotie gevoeld. Voor mij was Abel niet meer dan een naam. Ik wist dat onze levens onlosmakelijk met elkaar verbonden waren, dat hij vlees van mijn vlees was en been van mijn been. Niemand op de wereld was meer mijn bloedverwant dan hij, maar toch bleef hij volkomen abstract. Ook voor mijn ouders moet hij uiteindelijk een ongrijpbare figuur zijn geworden, zonder gezicht en zonder identiteit. Al weet ik dat niet goed, omdat er thuis eigenlijk niet over hem werd gesproken.

Vanzelfsprekend ben ik geplaagd door de gedachte dat Abels dood aan mij te wijten was, in ieder geval voor een deel. Alsof ik zijn levenskrachten tot me had genomen en het teveel aan vet op mijn botten aan hem had onttrokken; dat ik meer van hem had genomen dan hij had kunnen geven.

De Bijbelse parallel ligt voor de hand natuurlijk, waarbij ik als een Kaïn mijn broer 'gedood' zou hebben. Mijn ouders zullen spijt hebben gehad van de naamkeuze, maar konden die moeilijk terugdraaien nadat hij was gestorven. Maar nu was zijn naam toch een soort voorteken geworden van zijn voortijdige einde.

Vanwege die achtergrond heb ik altijd een bijzondere belangstelling gehad voor de geschiedenis van Kaïn en Abel. Het is een van die verhalen in de Bijbel die door zijn extreme raadselachtigheid meer vragen oproept dan die beantwoordt. Het verhaal in Genesis 4 is korter dan de meeste mensen beseffen – en voor een zo kort verhaal heeft het nogal veel invloed gehad.

Kaïn en Abel zijn de twee zonen van Adam en Eva, de eerste mensen op de wereld. Beide jongemannen brengen een offer aan God: de landbouwer Kaïn iets van wat hij had geoogst, de veehouder Abel koos van de eerstgeboren dieren van zijn kudde de mooiste uit. Dan staat er: 'De Heer merkte Abel en zijn offer op, maar voor Kaïn en zijn offer had hij geen oog.' Kaïn is hier zo boos over en gekwetst, dat hij zijn broer met een smoes het veld in lokt waar hij hem doodslaat. God vraagt aan Kaïn waar zijn broer is, waarop Kaïn het beroemde antwoord geeft: 'Ben ik mijn broeders hoeder? Moet ík soms op mijn broer letten?' En dan zegt God: 'Wat heb je gedaan? Hoor toch hoe het bloed van je broer uit de aarde naar mij schreeuwt. Daarom: vervloekt ben jij! Ga weg van deze plek, waar de aarde haar mond heeft opengesperd om het bloed van je broer te ontvangen, het bloed dat jij vergoten hebt. Ook al bewerk je het land, het zal je niets meer opbrengen. Dolend en dwalend zul je over de aarde gaan.' Kaïn is bang dat mensen hem zullen doden vanwege zijn wandaad, maar God merkt Kaïn met een teken zodat niemand die hem tegenkomt hem iets aan zal doen.

Het is een verhaal vol raadsels. En dan hebben we het nog niet eens over het eerste vers dat op dit verhaal volgt, namelijk: 'Kaïn had gemeenschap met zijn vrouw.' Waar kwam die dan weer vandaan? Net als 'iedereen die mij tegenkomt kan mij doden'. Behalve Adam, Eva, Kaïn en Abel waren er volgens de Bijbel nog geen mensen op de aarde.

Kaïn is de eerste mens die in de nieuwe schepping wordt geboren, maar is ook de eerste moordenaar. En Abel is de allereerste mens op aarde die sterft, en niet op natuurlijke wijze maar door de hand van een moordenaar.

De eerste twee natuurlijk geboren mensen zijn een moordenaar en diens slachtoffer.

Als kind zat me de onvoorstelbare onredelijkheid van God in dit verhaal al dwars. Hij slaat geen acht op Kaïns offer – een reden wordt niet gegeven. Vervolgens doet de alwetende God net alsof hij niet weet wat Kaïn, die Hij zelf boos heeft gemaakt, gedaan heeft.

Pas later, toen ik afstand nam van de letterlijke interpretatie van de verhalen uit de Bijbel, verdween dit. Toen ging ik zien dat het verhaal van Kaïn en Abel niets meer is dan een weergave van de vroege geschiedenis van de mens, die niet langer rondzwerft van plaats tot plaats zoals de herder Abel deed, maar zich als landbouwer op vaste plaatsen ging vestigen. Kaïn was een landbouwer en de stichter van de eerste steden, wat hem maakt tot de stichter van de beschaving. Abel daarentegen vestigde zich niet en maakte zich geen eigenaar van grond, wat hem maakt tot de primitieveling, de natuurmens.

Misschien hield God wel meer van het offer van Abel dan van het plantaardige offer van Kaïn omdat er bij Abel bloed vloeide…

Nu ik hier in Bolivia ben, lijkt mijn hele leven in Nederland, in Elst en Wageningen, zo ver weg. Het is bijna alsof het iemand anders betreft, iemand over wie ik een boek heb gelezen of een film heb gezien.

Natuurlijk moet ik door de verhalen over de chupacabra, de pishtaco, de kharisiri of hoe je het wezen ook noemt aan mijn broer denken. Als kind al had ik het gevoel dat het vet op mijn botten afkomstig was geweest van Abel. Alsof hij zijn leven had gegeven, zijn lichaam en zijn bloed, zodat ik er kon zijn.

In het algemeen ben ik een vrij nuchter persoon, meer een wetenschapper dan een mysticus. Ik hou van legendes, sprookjes en mythen, maar voor mij zijn die nooit meer geweest dan dat: verhalen 'ter lering en vermaak'. Maar ik moet zeggen dat ik, nu ik hier zes maanden ben, daar toch anders over ben gaan denken.

Niet zozeer dat ik geloof dat wezens als de chupacabra bestaan – dat geloof ik niet – maar ik zie wel in dat het leven in dit gebied die gevoelens oproept. Je woont hier in een omgeving die nog niet onttoverd lijkt, die nog vol magie is, waar het zomaar zou kunnen dat mythische wezens zich schuilhouden in holen en spelonken, of die overdag de vorm aannemen van stervelingen maar zich 's nachts ontpoppen tot de monsters die ze werkelijk zijn.

43

Een halve seconde meen ik in het gezicht van een engel te staren, maar dan besef ik dat het Nayra is, die me bezorgd aankijkt. Ze zit geknield op de grond, terwijl mijn hoofd op haar bovenbeen rust.

'Wat is er gebeurd, Wara?' vraagt ze. 'Ik was zo ongerust toen je maar niet naar de kantine kwam. Iedereen wacht op je. Ben je flauwgevallen?'

Wat kan ik zeggen? flitst het door me heen. Ik wil niet de hele avond op het politiebureau zitten of kwijt zijn met een onderzoek hier op mijn kamer. Het is mijn afscheidsavond.

Met haar hoofd maakt ze een beweging in de richting van de muur waar de woorden 'kharisiri' en 'chupacabra' staan geschreven. 'Het moet dezelfde persoon zijn als die Juan heeft aangevallen,' zegt ze bezorgd. 'Dat kán gewoon niet anders! Heb je iemand gezien?'

Het heeft geen zin te ontkennen dat er iets is gebeurd. Maar tegelijk wil ik niet dat mijn afscheidsavond in het water valt.

'Nee, niemand,' zeg ik naar waarheid, terwijl ik me voorzichtig opricht. Aan het bonzen in mijn hoofd merk ik dat de aanvaller me goed te pakken heeft gehad. Met mijn hand voel ik aan de plek waar hij me heeft geslagen, maar ik voel geen bloed.

Nayra beweegt niet, zodat we nog steeds heel dicht tegen elkaar aan zitten. Ondanks mijn hoofdpijn vind ik het heel fijn dat onze bovenlichamen elkaar aanraken. Haar rechterarm ligt over mijn rug, zodat ze me eigenlijk helemaal omvat.

'Toen ik binnenkwam, zag ik dat mijn raam was ingeslagen,' zeg ik. 'Ik zag de woorden op de muur, maar voor ik er erg in had, werd ik van achteren aangevallen en daarna weet ik niks meer. Het eerste wat ik weer zag, was jou.'

'Ik zal don Sixto bellen,' zegt ze gedecideerd. Ze maakt aanstalten op te staan.

Met spijt voel ik hoe ze zich van me losmaakt.

'Weet je,' zeg ik, als ze mij heeft geholpen ook op te staan. 'Het hoeft niet nu. Vanavond is mijn afscheid, de mensen wachten op mij. Ik ben bang dat we anders heel de avond verliezen aan gesprekken, terwijl we de zaak toch niet gaan oplossen nu. Over twee dagen ben ik weg en dan ben ik veilig, niemand kan me meer iets maken. We moeten het uiteindelijk wel melden, ook voor de veiligheid van...'

'Juan,' maakt Nayra mijn zin af. Ze krijgt iets gejaagds over zich. 'Kom, we gaan eerst naar de kliniek om te zien of Juan in orde is. Ik begrijp wat je bedoelt, maar toch bel ik de commissaris.'

Ze pakt haar mobiele telefoon om een foto te maken van de woorden die op de muur staan gekalkt.

'Kom met me mee,' zegt ze dan. 'Ik wil je niet alleen laten hier. Pak je rugzak om je laptop in te doen, je telefoon, je paspoort, je waardevolle spullen. Dan brengen we die straks even naar mijn kamer, goed?'

'Goed.'

Terwijl ik doe wat ze me heeft opgedragen, belt zij het politiebureau. Al snel blijkt dat Sixto niet aanwezig is en aan de gefrustreerde toon van haar stem hoor ik dat de persoon aan de andere kant van de lijn niet erg behulpzaam is.

'We hebben een situatie hier,' zegt ze steeds bozer wordend. 'Er is weer een buitenlandse gast aangevallen, waarschijnlijk door dezelfde persoon die ook die andere Hollander heeft aangevallen. Het zijn wel onze gasten hoor.'

De agent met wie ze spreekt lijkt niet onder de indruk. Nayra geeft het op. 'Laat don Sixto weten dat we hebben gebeld, ja? De dader kan hier nog steeds rondlopen. We gaan nu naar de kliniek om het andere slachtoffer te bezoeken.'

Ze verbreekt de verbinding. 'We proberen het later nog wel een keer. Ik heb er weinig vertrouwen in dat deze agent de boodschap ook maar heeft opgeschreven.'

Ik heb inmiddels mijn rugzak gepakt met daarin mijn waardevolle spullen.

'Kom,' zegt Nayra. 'Laten we gaan. Lukt het een beetje?'

'Jawel, jawel,' zeg ik, al hou ik mezelf groter dan ik me voel.

Ik neem straks wel een paracetamol om de ergste pijn in mijn hoofd tegen te gaan.

We steken het terrein over op weg naar de kliniek, waarvan de voordeur gelukkig op slot is.

Maar een gesloten deur weerhield mijn aanvaller er ook niet van mijn kamer binnen te komen.

Ongeduldig bonst Nayra op het raam, waarna Gustavo al snel opendoet. Al lopend naar Jan-Willems kamer brengt ze hem op de hoogte van wat er met mij is gebeurd.

De deur van Jan-Willems kamer is open. Als we binnenkomen, werp ik eerst een blik op het raam waar gordijntjes voor zitten, maar op de grond ligt geen glas. Pas dan kijk ik naar het bed, waar Jan-Willem ligt. Een immens gevoel van geruststelling overspoelt me.

Hij heeft zijn ogen gesloten en lijkt te slapen. Nayra snelt naar zijn bed om hem heen en weer te schudden en te wekken.

Als hij niet direct reageert, is mijn onrust weer even snel terug als die zojuist was verdwenen, maar dan opent hij zijn ogen. Hij knippert, in verwarring, en kijkt ons met zo'n slaperige blik aan dat we van opluchting allemaal moeten lachen.

'Waar ben ik? Wat is er?' vraagt hij in het Nederlands. 'Heb ik iets gemist?'

'Niks aan de hand,' stel ik hem gerust. 'We kwamen even kijken of alles goed is met je.'

Later vertel ik hem het hele verhaal wel. We moeten hem op dit moment maar niet verontrusten.

Nayra volgt blijkbaar dezelfde gedachtegang. 'We wilden even kijken of je nog kon komen vanavond, maar we kunnen je beter nog even laten slapen, denk ik.'

Jan-Willem knikt en lijkt zich in het geheel niet af te vragen waarom we hem dan in hemelsnaam hebben gewekt.

'Ik ga zo naar het feest,' zegt Gustavo. 'Straks komt Pablo ook, dus er is iemand hier. Vannacht hebben we een dubbele bezetting. De ervaring heeft ons geleerd dat er nogal eens "ongelukjes" gebeuren op een avond als deze.'

Waarschijnlijk doelt hij op mensen die zich in een coma zuipen of die tot bloedens toe met elkaar op de vuist gaan.

'Vorig jaar waren bijna alle bedden bezet,' legt hij verder uit. 'Dus dat is echt wel nodig.'

Ik vind het een geruststellende gedachte dat de kliniek permanent is bemand.

Met een vermoeid gebaar steekt Jan-Willem zijn duim op, waarna hij zijn ogen weer sluit. 'Heb een fijne avond,' zegt hij nog glimlachend. Vrijwel onmiddellijk valt hij weer in slaap.

Ik loop naar het raam en open de gordijntjes. Aan de buitenkant zitten tralies.

Een gevangenis?

Gustavo lacht als hij mijn verbaasde gezicht ziet. 'Bij het ontwerp van dit gebouw zijn die beveiligde ramen direct meegenomen,' zegt hij. 'Niet alle patiënten die we krijgen, willen hier blijven, laat ik het zo zeggen. Soms denken mensen van zichzelf dat ze al zijn genezen, willen ze naar huis of willen ze om wat voor reden dan ook weg. Voor hun veiligheid is toen besloten tot deze maatregel. En voor die van de mensen buiten natuurlijk, in het geval dat we iemand hebben met een besmettelijke ziekte.'

'Dat is goed te weten,' zeg ik.

We laten Jan-Willem alleen. Op de gang legt Gustavo zijn hand op mijn schouder. 'Zal ik nog even kort naar jou kijken?' vraagt hij. 'Loop even met me mee.'

In zijn kamertje onderzoekt hij mijn hoofd, maar hij vindt geen wond. Mijn pupillen reageren goed op het lichtje dat hij in mijn ogen schijnt.

'Alleen hoofdpijn?' vraagt hij. Als ik bevestigend antwoord, drukt hij twee paracetamol uit een strip die hij me samen met een glas water overhandigt.

Pas als ik het water drink, merk ik dat ik enorme dorst heb.

'Hoe laat is het eigenlijk?' vraag ik.

'Zes uur,' zegt Nayra.

'Je hebt don Sixto gebeld?' vraagt Gustavo dan aan Nayra.

'Ik kreeg hem niet te pakken. De agent met wie ik sprak, was niet erg behulpzaam. Ik probeer het straks nog wel een keer.'

'Het is een rare geschiedenis,' zegt Gustavo. 'Het kan niet anders dan dezelfde persoon zijn geweest. Pablo en ik hebben het erover gehad: "chupacabra" is zó vreemd aan deze regio. In de Amazonas misschien, zoals ik je al zei, maar hier...'

'Don Oscar komt uit Puerto Rico,' zeg ik dan. 'Ik heb begrepen dat het oorspronkelijke verhaal van de chupacabra daarvandaan komt.'

Gustavo schudt het hoofd. 'Maar dan nog,' zegt hij. 'Het is allemaal niet erg waarschijnlijk.'

Ik besef dat mijn afkeer voor de man een grote rol speelt in mijn verdenkingen, bijna alsof ik hoop dat hij ermee te maken heeft.

'Laten we maar naar de kantine gaan,' zegt Nayra. 'Ze zullen zich wel gaan afvragen waar we blijven.'

Ik laat mijn spullen achter in het kamertje van Gustavo. Als we afscheid hebben genomen en we buiten staan, lopen we pas weg nadat we hem de sleutel in het slot hebben horen omdraaien.

Ik sla mijn arm om Nayra heen, zogenaamd als steun maar ik vind het gewoon fijn zo naast elkaar te lopen.

'Leun maar op mij, oudje,' grapt ze.

De paracetamol begint al snel zijn werk te doen. Het verbaast me hoe weinig die hele aanval me eigenlijk verontrust. Het zal een combinatie zijn van het idee hier toch al snel te vertrekken en het vooruitzicht van een leuk feest. Als die persoon me had willen vermoorden, had hij genoeg tijd en gelegenheid gehad om dat te doen. Net als bij Jan-Willem.

44

Vlak voor we de kantine betreden, maak ik mezelf los van Nayra.

Langs de muren hangen slingers en de lichten zijn gedempt. Het is heel erg druk, zoveel mensen heb ik nog nooit hierbinnen gezien.

Een paar mensen draaien zich naar ons om, maar ik herken geen van hen. Dan beginnen verderop wat mensen te applaudisseren, waarna uiteindelijk iedereen spontaan mee gaat klappen. Twee mensen schieten een confettikanon af, terwijl mensen hun glazen in mijn richting heffen. Iemand drukt me een grote fles bier in de hand, die ik onder luid gejuich direct aan mijn mond zet. Ik geef hem daarna aan Nayra die van iemand twee glazen heeft gekregen, die ze volschenkt waarna ze de fles weer aan iemand anders doorgeeft.

Een blaasorkestje zet in, bestaande uit een paar mannen met grote trommels, twee mannen met panfluiten en nog een paar met andersoortige fluiten en bosjes geitenhoeven, waarmee op het ritme van de muziek wordt geschud. Het volume van de muziek is eigenlijk te hoog voor de ruimte waar we ons bevinden. Al snel voel ik dat mijn hoofdpijn weer terugkomt, zeker ook door de alcohol, maar ik besluit dat niets of niemand dit feest van vanavond gaat verpesten.

Verscheidene mensen met wie ik de afgelopen maanden heb gewerkt, komen naar me toe en schreeuwen iets in mijn oor, maar ik versta ze nauwelijks, dus ik lach maar wat, sla op schouders en schenk iedereen nog maar eens bij.

Al snel wordt het heel benauwd, niet alleen door de drukte hierbinnen, maar ook doordat er naar hartenlust wordt gerookt.

Zou mijn belager hiertussen lopen? bedenk ik plots.

Ik neem me voor me niet af te zonderen, altijd in het gezelschap van andere mensen te blijven.

Tenzij Nayra voorstelt om ons even terug te trekken natuurlijk...

Aan de korte kant van de zaal is een soort buffettafel geopend, waar

Nayra en ik eten opscheppen. Er zijn aardappels, maiskolven, grote tuinbonen en stukken geroosterde vis. Met twee keer zoveel als wat ik normaal eet en een groot glas water schuif ik met Nayra aan bij een van de lange tafels waar nog meer mensen zitten te eten. Ik voel me al een beetje aangeschoten, dus ik moet wat gaan doseren wat betreft de alcohol wil ik de ochtend halen.

Een gesprek voeren te midden van dit lawaai is zo goed als onmogelijk, dus Nayra en ik beperken ons tot af en toe glimlachen naar elkaar, terwijl we ons tegoed doen aan het eten. Als ik mijn bord leeg heb, haal ik een grote mok dampende zwarte koffie en al snel voel ik me een heel stuk beter. De hoofdpijn is bijna helemaal verdwenen en ik voel me energiek.

Onder luid gejoel trekt Nayra me de 'dansvloer' op, waar mannen en vrouwen in paren met elkaar dansen. De stellen houden elkaars handen vast en blijven tijdens de dans op gepaste afstand van elkaar. Zonder dat ik een bepaald patroon kan ontdekken in de passen, bewegen de mensen mee met het ritme van de muziek. Veel van de melodieën ken ik inmiddels, en soms kan ik een paar zinnetjes meezingen. De liedjes worden eindeloos herhaald, wat een hypnotiserend effect heeft. En ik zou willen dat er geen einde aan Nayra's lach naar mij komt. Af en toe wordt onze dans onderbroken door iemand die me per se een glas bier in wil schenken of die me een klein glaasje met een heel sterk, zelfgemaakt brouwsel in de handen drukt. Uit gewoonte ben ik telkens geneigd een deel ervan op de grond te plengen, maar hierbinnen is dat niet de bedoeling natuurlijk. Ik neem zo klein mogelijke slokjes. Het glas geef ik weer terug of bied ik aan iemand anders aan, waarna ik snel Nayra's uitgestoken handen pak om verder te dansen.

Dan, midden in een lied, stopt de muziek. Niet-begrijpend kijk ik naar Nayra, maar die kijkt terug met een *all-knowing smile*.

Don Cirilo, de directeur van het instituut, treedt naar voren, met onder zijn arm een fors, opgerold kleed. Ik heb de afgelopen maanden niet veel met hem te maken gehad, maar ons contact was altijd wel heel erg hartelijk.

'Sta me toe,' schreeuwt hij veel harder dan nodig is, 'om twee woorden te richten tot onze gast, onze Hollandse gast, die deel is gaan uitmaken van onze familie.'

Nayra duwt me wat naar voren toe, waardoor ik het middelpunt vorm van de cirkel mensen die zich gevormd heeft.

'Twee woorden,' herhaalt hij nog eens. 'Eigenlijk zou onze geliefde Nayra beter het woord tot hem kunnen richten, maar bescheiden als zij is heeft ze dat aan mij overgelaten. Ze heeft me wel het een en ander ingefluisterd.' Goedkeurend gejoel klinkt. 'Mijn waarde don Lucas,' richt hij zich dan exclusief tot mij. 'We hebben vaker gasten in ons midden. Mensen komen en mensen gaan en hoewel iedereen natuurlijk zijn steentje bijdraagt, sommigen meer dan anderen, zijn er ook mensen bij die geen blijvende indruk achterlaten. Dat zijn passanten. Bij jou is dat niet het geval. Je bent hier zes maanden gekomen om ons herbebossingsteam te versterken, namens jouw universiteit van...' Hij kijkt even op een papiertje dat hij in de hand heeft. 'Wageningen... om jouw kennis met ons te delen én daarbij onze kennis van hier mee terug te nemen naar Nederland. Ik denk niet dat je ook maar één dag hebt gemist op het werk en daarbij was je ook altijd inzetbaar als er ergens extra handen nodig waren. Van je voetbalkwaliteiten hadden we grotere verwachtingen moet ik zeggen, maar je had ook nog nooit op zo'n hoog niveau gespeeld als wij hier gewend zijn.' Opnieuw klinkt gejoel.

Kort gaat hij vervolgens in op het project, hij noemt de aantallen bomen die we in de verschillende gemeenschappen hebben geplant – een aantal dat me in positieve zin verrast – en de plannen die op stapel staan voor als ik vertrokken ben. Dan nodigt hij me uit om opnieuw langs te komen, mocht dat mogelijk zijn, omdat er voor mij altijd een plaatsje vrij zal zijn in de familie. 'Dus als jouw regering voor een vervolgstudie nog een koe ter beschikking stelt,' – iedereen is blijkbaar op de hoogte van mijn verspreking destijds – 'dan ben je van harte welkom. Of zoals je bij jullie in Nederland zeggen: dat is een waarheid als een koe.' Mensen applaudisseren, al zie ik dat de meesten zijn laatste opmerking niet hebben begrepen.

Dan roept hij Nayra naar voren die het kleed van hem overneemt om het aan mij te overhandigen. Wat formeel schudt ze me de hand en samen rollen we het uit. Op het kleurige kleed zijn in het midden enkele woorden geweven: *Tiahuanaco – Wageningen, Lucas van Os, Bolivia*. Het is een werkelijk schitterend tapijt.

Direct erna barst de muziek weer los, op het punt waar het orkestje eerder was gestopt. Cirilo komt naar me toe met een glas bier, dat hij me dwingt op te drinken.

Niemand verwacht blijkbaar dat ook ik nog zou spreken en eigenlijk vind ik dat wel best.

'Was dit de verrassing waar je het over had?' schreeuw ik Nayra in het oor.

'Ja. Vind je het mooi?'

Ik steek mijn duim op.

'Alles is helemaal goed geschreven toch?'

'Ja, perfect. Dat is jouw werk zeker?'

Ze knikt. 'Kom. Geef maar aan mij. Dan leg ik het even achter neer. Hier raakt het kwijt of mensen morsen er bier over.'

Ik kan het tapijt net zo goed hier in Tiahuanaco achterlaten, denk ik als ik haar nakijk, vastbesloten als ik ben hier terug te komen. Er is genoeg te doen.

Ik glimlach.

En naar wat ik begrepen heb, ben ik nog welkom ook.

45

De muziek gaat onafgebroken door en we blijven de hele avond maar dansen en drinken. Met veel mensen voer ik gesprekken, al kan ik vaak niet verstaan wat ze precies zeggen. Ik raak aangeschoten, maar het is een prettige roes, geen dronkenschap. Het besef van tijd ben ik inmiddels verloren, het moet al na middernacht zijn.

'Laten we even naar buiten gaan,' zegt Nayra op een gegeven moment terwijl ze mijn hand pakt.

Voor de ingang staan meer mensen die blijkbaar behoefte hebben aan frisse lucht. Tot mijn teleurstelling gaan we bij de anderen zitten op een muurtje in plaats van een stukje te wandelen, maar de buitenlucht doet me goed. Het is inmiddels echt heel koud geworden.

'Ik ga straks een trui halen op mijn kamer,' zegt ze. 'Ik zal voor jou ook iets warms halen. En een poncho. Kun je afscheid nemen in stijl.'

'Heb je don Sixto eigenlijk nog gebeld?'

'Nee, niet meer geprobeerd. Ik verwacht dat hij er vannacht ook wel zal zijn, bij de Zonnepoort. Al is het maar om een oogje in het zeil te houden bij het protest van don Oscar en zijn mensen. En vorige jaren waren er echt honderden bezoekers, veel toeristen ook, dus dan zijn er ook zakkenrollers actief.'

Op de achtergrond is goed te horen dat de vermoeidheid en de alcohol bij de muzikanten ook hun tol beginnen te eisen, want de muziek wordt minder zuiver en niet iedereen lijkt hetzelfde lied te spelen.

'Het is bijna twee uur,' zegt Nayra.

Het verbaast me dat het toch al zo laat is.

'Wanneer vertrekken we?'

'Bijna. Met zo'n groep loop je wat langzamer, dus we zullen er een halfuur of langer over doen.'

Het zal goed zijn een stuk te lopen. Om de vermoeidheid en het duffe gevoel in mijn hoofd door het lawaai, de rook, de alcohol en de klap die ik eerder op mijn hoofd heb gekregen te verjagen.

'Ik ga even wat kleding voor ons halen,' zegt Nayra. Nog voor ik kan vragen of ik even mee zal lopen, is ze al verdwenen.

Ik kan nu moeilijk nog op mijn eigen kamer slapen, met dat kapotte raam. Een mooi excuus om na afloop van het feest morgenochtend met Nayra mee te gaan… Maar waarschijnlijk zal ik wel eindigen in een vrij bed in de kliniek.

Ik ben opgelucht als ik Nayra al vrij snel terug zie komen. Zelf draagt ze al een poncho die er heel warm uitziet. Voor mij heeft ze er ook een bij zich, van ruwe wol waar nog een schapengeur vanaf komt.

Dan gaan de deuren achter ons open en stroomt de kantine leeg. In een onordelijke optocht lopen we naar de opgraving toe. Een paar mensen dragen fakkels bij zich, anderen verlichten het pad voor ons met zaklampen of de lichten van hun mobieltjes, al is dat niet echt nodig.

De muzikanten blijven onvermoeibaar doorspelen en ook het schenken van de drank gaat door. Iemand trekt een kleine platte kar met kratten bier, plastic tonnen met *chicha*, gefermenteerd maisbier, en flessen sterkedrank die afgesloten zijn met de kale top van een maiskolf.

Het is een scène als uit een arthousefilm die ik vanaf mijn puberteit ging kijken in LUX in Nijmegen en later, toen ik student was, in het Movie W in Wageningen. Het is alsof ik figurant ben in een documentaire als *Die Salzmänner von Tibet* over de jaarlijkse tocht van Tibetanen, vol ontberingen over besneeuwde bergpassen om in een afgelegen gebied zout te verzamelen.

Het zal voor een groot deel vast ook de drank zijn – en de klap op mijn hoofd – maar ik onderga alles in een roes. De hypnotiserende muziek waarvan de melodieën zich blijven herhalen, de kristalheldere sterrenhemel boven ons, al die mensen om me heen, en ik daartussen, als enige buitenlander, in een poncho die me lekker warm houdt, voortsloffend op weg naar een monument waar mensen hier al eeuwenlang op 21 juni de eerste stralen van de zon begroeten.

Abel.

Waarom ik op dit moment zo sterk aan hem moet denken weet ik eigenlijk niet. Het is een beetje alsof hij op dit moment naast me wandelt.

Ik heb me nooit een voorstelling van hem kunnen maken natuurlijk.

Hoe zou hij eruitzien als hij nog zou hebben geleefd? Wat zou hij zijn gaan studeren? Zouden we elkaar aardig hebben gevonden?

Ik heb me vaak afgevraagd hoe het zou zijn geweest om op te groeien met een tweelingbroer. Als leeftijdgenoten zouden we veel met elkaar zijn opgetrokken. En gezien het ruimtegebrek bij ons thuis zouden we waarschijnlijk tot ons veertiende of vijftiende een kamer hebben gedeeld. Hoe zou het zijn geweest om altijd een kameraadje te hebben om mee te voetballen, mee te kletsen en mee op uit te trekken om hutten te bouwen, te fietsen? Zou ik zelf een andere persoon geworden zijn? En als ik hem na dit leven tegenkom, hoe zal hij er dan uitzien? Niet als die kleine baby met ondergewicht neem ik aan. Ik kan me niet voorstellen dat, als er een hemel is, iedere gestorven baby voor eeuwig een baby blijft, die niet kan praten. Zal hij het lichaam van een volwassen man hebben gekregen? De gedachte dat je er in de hemel uitziet zoals je eruitzag op het moment waarop je het gelukkigst was, spreekt me aan. Maar Abel dan?

Is hij nu hier bij me?

Ik moet een paar keer slikken om mijn tranen de baas te worden.

Mocht het zo zijn dat je na je overlijden een overzicht krijgt van het leven dat je op aarde geleid hebt, dan zal ik dit zien. Dan vergezel ik mezelf op dit pad, als getuige van deze fase in mijn leven, maar dan wetend hoe het allemaal hierna is gegaan.

Het tempo van onze carnavaleske optocht met dans, steeds onzuiverder wordende muziek en flarden gezang vertraagt en we komen uiteindelijk tot stilstand. Ik kijk over de hoofden van de mensen heen en zie dat het al enorm druk is rond de Zonnepoort. Het zal nog een hele kunst worden om bij het ochtendgloren op een goede plek te staan om symbolisch de eerste zonnestralen van dit nieuwe seizoen aan te kunnen raken.

Onze groep waaiert uit. De mannen met de drankkar posteren zich ergens aan de zijkant, waar meer van dergelijke mobiele cafés staan opgesteld. De muziekgroep neemt dan eindelijk een pauze, gelukkig, want er zijn meerdere groepen actief die ieder stug hun eigen repertoire blijven spelen.

Ook commissaris Sixto is er. Met een aantal collega's is hij druk bezig een groepje vechtersbazen tot bedaren te brengen.

Dit is niet het moment om hem aan te spreken.

Er zijn tientallen toeristen op het gebeuren afgekomen, zonder uitzondering te omschrijven als 'alternatief': jonge reizigers, die goedlachs proosten met de vele indianen uit de gemeenschappen in de omgeving. Ik besef wat voor indruk ik op hen moet maken, met mijn poncho aan; een westerling die probeert mee te doen met de lokale bevolking en zich daarmee onherroepelijk een beetje belachelijk maakt.

Als dan eindelijk ook de andere muzikanten een pauze nemen, wordt gezang hoorbaar dat ik eerst niet goed kan plaatsen. Het is een zuiver gezongen lied – in ieder geval zuiverder in vergelijking met waar we de hele avond al naar luisteren – dat uit vele kelen klinkt. Dan zie ik aan de rand van het terrein een grote groep mensen staan die zich duidelijk afzijdig houdt van het gebeuren rond de Zonnepoort.

En plots herken ik het lied dat ze zingen als gezang dat in een kerk thuishoort.

46

Ik laat de menigte achter me en loop in de richting van de zingende mensen. In het schemerduister duurt het even voor ik gezichten kan onderscheiden, maar als ik op een paar meter afstand ben, herken ik don Oscar. Hij reageert verheugd als hij me ziet, alsof hij verwacht dat ik de gelederen kom versterken. Ook andere mensen van zijn gemeente, die zich mij blijkbaar nog herinneren van mijn eenmalige bezoek aan hun kerk, begroeten me enthousiast. De enige van hen die ik herken is Lionel, die ik niet meer heb gezien sinds hij mij en Nayra hielp om Jan-Willem in de auto te krijgen nadat we hem in de school hadden gevonden.

In de grond staat een van riet gevlochten kruis op een ijzeren pin. De gemeenteleden hebben zich er in een halve cirkel omheen opgesteld. Ervoor staan grote fakkels waarvan de vlammen hevig flakkeren en roken door de wind. Door het spel van licht en schaduwen op hun gezichten hebben ze afwisselend de uitstraling van engelen en van demonen, die vanuit een andere wereld zingend hun commentaar geven op het aardse bestaan van de mensen, als een Grieks koor in een klassieke tragedie.

Met zijn bijbel onder de rechterarm komt Oscar energiek op me afgestapt. Net voor hij me de hand schudt, pakt hij de bijbel onder zijn arm vandaan. Hij steekt het boek de lucht in, als een trofee.

'De kracht van het gebed!' schreeuwt hij tegen me, veel harder dan nodig is. 'De kracht van het gebed! Wij voelen hoe de duisternis wijkt, hoe de kring van licht om ons heen groter en groter wordt. Gillend zullen de demonen terugkeren naar de hel waar zij thuishoren. Want God keert zich tegen hoogmoedigen, maar aan nederigen schenkt hij zijn genade.' Hij doet een paar stappen van me vandaan, in de richting van de Zonnepoort. Een paar van zijn volgelingen maken zich los uit de groep, misschien denkend dat Oscar de directe confrontatie zal aangaan, maar hij blijft staan. 'Onderwerp u dus aan God, en verzet u tegen de duivel!' schreeuwt hij. 'Dan zal die van u wegvluchten. Nader tot God, dan zal hij tot u naderen. Reinig uw handen, zondaars; zuiver uw hart, weifelaars.' Hij richt zijn blik schuin omhoog, alsof daar zijn echte publiek is, en sluit zijn ogen. 'Weeklaag, wees treurig en laat uw tranen vloeien. Laat uw lachen veranderen in droefheid en uw vreugde in somberheid. Verneder u voor de Heer, dan zal hij u verheffen.'

De rest van wat hij zegt gaat verloren in een nieuw lied dat zijn volgelingen aanheffen. Ik zie grote concentratie op de indiaanse gezichten, velen houden de ogen gesloten, een grote glimlach siert hun gezicht, sommigen hebben de handen geopend en naar de hemel geheven. Ook hun liederen worden begeleid door mannen op grote trommen of panfluiten en door mensen die ritmisch met een stokje op blokken hout slaan.

Net op het moment dat ik vermoed dat Oscar zelf heeft gedronken en in extase lijkt te geraken, kalmeert hij plots, alsof hem iets wordt ingefluisterd en hij goed moet luisteren naar wat hem wordt gezegd. Hij heeft een hemelse glimlach rond zijn lippen. Dan haakt hij in op het lied dat wordt ingezet. 'Van de moederschoot af zijn ze van God vervreemd, van hun geboorte af dwalen die leugenaars,' klinkt het vanachter hem. 'Giftig zijn ze als een bijtende adder, doof als een slang die zijn oren sluit.' Hij doet weer een paar stappen naar achteren en zingt opgewekt mee, met een verrassend heldere tenor. 'God, sla hun de tanden uit de mond, verbrijzel de kaken van die leeuwen, Heer.'

Ik speur de groep rond, maar kan de moeder van Nayra niet ontdekken. Zij zal dan toch niet zijn meegekomen, zoals Santiago gisteren al zei.

'Dat ze verdwijnen als water dat wegvloeit, als pijlen die op de boog al breken,' zingt de groep eendrachtig. 'Als een slak die kruipend oplost in slijm, als een misgeboorte die nooit de zon ziet.'

Een misgeboorte die nooit de zon ziet…

Ik slik.

Oscars stem is één geworden met de andere stemmen.

Ik vind het wel mooi geweest zo. Ik zwaai nog even naar niemand in het bijzonder en draai me dan om.

Een beetje schuifelend loop ik terug. Doordat ik net in het licht van de fakkels gekeken heb, lijkt de duisternis om me heen nog intenser dan voorheen. Daar komt nog bij dat dit het donkerste moment van de nacht is.

In La Paz zag ik op een muur een mooie slogan geschreven, een kreet die naar ik later begreep in heel Latijns-Amerika wordt gebruikt door linkse groepen die namens het volk in opstand komen tegen hun corrupte regeringen.

La noche es más oscura justo antes del amanecer.

De nacht is het donkerst vlak voor de dageraad.

Jezus als het Licht van de Wereld past naadloos in een schier eindeloze rij van lichtgoden. Niemand heeft een idee wanneer Jezus geboren is. In ieder geval niet op 24 december, zoveel is zeker. De herders die bij nacht in het veld lagen om hun schaapjes te bewaken, waren daar niet in de winter als het in Israël hard vroor en een dikke sneeuwlaag het landschap bedekte. Het moet dus lente of zomer geweest zijn. Op 24 december viel wel het immens populaire Romeinse volksfeest van Sol Invictus, de Onoverwinnelijke Zon, die opnieuw de strijd met de duisternis had gewonnen. Deze festiviteiten bleken niet uit te roeien en bleven ook op nieuwe christenen een onverminderd grote aantrekkingskracht hebben. De kerk, praktisch als altijd, besloot om het Sol Invictus-feest te veranderen in Christus' geboortedag. Hij was immers ook het Licht dat de duisternis verdreef, nietwaar?

Langzaam loop ik terug naar de Zonnepoort.

Het meest ironische van alles vind ik nog wel dat hier de dagen na 21 juni langer worden, terwijl ze korter worden na de kerst in december. De geboorte van Christus – het Licht van de Wereld – luidt op het zuidelijk halfrond een periode in waarin het licht juist aan kracht verliest en de duisternis elke dag opnieuw aan terrein wint. Waarmee nog maar eens wordt aangetoond hoe plaats- en tijdgebonden zulke overtuigingen zijn – zo in tegenspraak met de universaliteit van het geloof dat christenen prediken.

Ik voeg me weer bij de andere groep.

47

Na even speuren heb ik Nayra gevonden; ze danst met een stuk of twintig mensen hand in hand in een grote cirkel. Ze laat haar buurman even los en wenkt me. Dan haak ik ook aan.

Onvermoeibaar blijven mensen langskomen met flessen bier en dat kleurloze, zelfgemaakte brouwsel dat ik nauwelijks wegkrijg. Hierbuiten is het gelukkig veel gemakkelijker om telkens het grootste deel van de aangeboden drank aan de aarde te schenken. Vaak spoel ik mijn mond een beetje en spuug ik vervolgens alles uit.

'Heel verstandig,' zegt Nayra tegen me.

Ik moet niet veel meer drinken, merk ik. De hoofdpijn komt ook weer terug. Nu heb ik spijt dat ik niet nog een paar paracetamol heb meegenomen uit de kliniek.

Zo dansen we de tijd weg, in steeds wisselende samenstellingen; dan weer in een enorme, chaotisch uitdijende kring, begeleid door bands die verschillende liederen op zijn hardst door elkaar heen spelen, dan weer in paren. Het dansen verdrijft de kou, die ik nauwelijks meer voel, alleen aan mijn handen nog een beetje.

Rond de bergen in de verte begint een rood-oranje gloed te ontstaan, dus het zal inmiddels tegen vijven lopen.

Nog een paar uurtjes en dan kan ik een bed opzoeken...

Ik loop weg van de drukte, omdat mijn blaas op knappen staat. Verderop bij een greppel staat een groep mannen op een rijtje te plassen, dus ik volg hun voorbeeld maar. Zorgvuldig sla ik de poncho omhoog over mijn schouders heen, voordat ik mijn gulp openrits.

Het begint onmiskenbaar lichter te worden om ons heen. Ik merk het als ik terugga en ik minder voorzichtig hoef te stappen, omdat het zichtbaarder is waar ik loop. Eenmaal terug krijg ik in een ondiep houten schaaltje chicha aangeboden, maisbier, dat op een feest als dit niet ontbreken mag. Vrouwen scheppen de chicha uit grote blauwe plastic tonnen. Omdat de houten bakjes na gebruik niet worden omgespoeld, zal de hygiëne ver te zoeken zijn, ben ik bang, maar ik heb in de afgelopen maanden een aardige weerstand opgebouwd.

Het is een wat dikkige drab, geel, met een lichtzure smaak. Omdat het alcoholgehalte niet al te hoog is, kun je er vrij veel van drinken. Als ik het opheb, krijg ik direct een nieuwe portie. Dat herhaalt zich zo een paar keer, maar dan besluit ik dat het voor vandaag wel mooi is geweest.

Nayra komt bij me staan en ook zij drinkt een kommetje leeg, dat ze dan weer teruggeeft.

Eindelijk houdt de muziek om ons heen op. De gloed aan de horizon die eerst paars kleurde, wordt langzaam maar zeker rood en gaat dan richting oranje, met een randje goudgeel, dat precies de contouren van de bergen volgt, alsof iemand er met een dun kleurpotlood een lijntje langs heeft getrokken.

De mensen wijken uiteen en enkele ernstig kijkende indiaanse mannen komen naar voren. De voorste houdt iets in zijn hand wat lijkt op een korte staf. Allemaal dragen ze de karakteristieke mutsen van alpacawol met de flappen aan de zijkant. Een paar toeristen die een goede plek dachten te hebben verworven, reageren geprikkeld als ze gemaand worden plaats te maken voor de *yatiris* uit de omringende gemeenschappen. Met gebeden zullen zij de opkomende zon verwelkomen, legt Nayra me uit.

Eerder is er een bijeenkomst geweest waarbij buitenstaanders niet welkom waren. Ook Nayra is er niet naartoe gegaan en toen ze me vertelde wat er gebeurt, kon ik me daar ook wel iets bij voorstellen. Er wordt een lama geofferd, die liggend op een steen de keel doorgesneden wordt. Daarna wordt een snee in de borstkas gemaakt waarna de yatiri op zoek gaat naar het hart dat hij uit het lichaam rukt. Samen met cocabladeren, nepgeld en een dode lamafoetus, verpakt in goudfolie, wordt het hart verbrand. Dit zal allemaal inderdaad geen pretje zijn om naar te kijken.

De man die zojuist vooropging, stelt zich nu het dichtst bij de Zonnepoort op. Een roestige ketting met grote schakels vormt samen met enkele ijzeren paaltjes, die rondom de monoliet scheefgezakt in de grond staan, een afscheiding.

De andere mannen scharen zich achter hem.

Ik moet denken aan de woorden van Jan-Willem en hoe wij altijd buitenstaanders zullen zijn, hoelang je hier ook blijft.

Ook nu kan ik weinig anders doen dan registreren wat ik zie. En dat is: de yatiri die zijn beide armen schuin omhoogheft, terwijl hij nauwelijks verstaanbaar gebeden de hemel in zendt. De mannen achter hem volgen zijn voorbeeld. Veel mensen om me heen hebben de ogen gesloten en aan de geluidloos bewegende lippen leid ik af dat ook zij gebeden prevelen.

Morning has broken, like the first morning... zing ik in mijn hoofd.

Het zonlicht beroert de getaande huid van de yatiri, voorzichtig, als een vrouw die het gezicht van haar geliefde aanraakt, teder en vol liefde. Geconcentreerd, de ogen gesloten en het hoofd schuin omhooggericht naar de zon spreekt hij zijn formules uit, onaangedaan door de drukte om zich heen. Ik vind het mooi te beseffen dat deze man een schakel vormt in een eindeloze keten van mensen die in het verleden hun eerbied aan de zon hebben betoond en dat de generaties na hem dat in de toekomst nog zullen blijven doen.

Mine is the sunlight, mine is the morning... Borne of the one light Eden saw play.

Na de nachtelijke kou zorgen de eerste zonnestralen al direct merkbaar voor warmte. Je kunt je voorstellen dat in een wereld waar het schijnen of niet schijnen van de zon zo'n groot verschil uitmaakt, die zon bijna als vanzelf het object van verering wordt.

Praise with elation, praise ev'ry morning. God's recreation of the new day...

Veel mensen, voornamelijk de buitenlandse gasten trouwens, filmen dit tafereel met hun mobieltjes, wat ik zelf van weinig respect vind getuigen. Het is alsof een toerist de Werenfriduskerk binnenstapt en tijdens het zegenen van de hostie en de wijn het koor op loopt om de priester uitgebreid vast te leggen.

Op reis gelden blijkbaar andere normen.

Wat zich voor mijn ogen afspeelt, kan ik op geen enkele wijze duiden of begrijpen. Ja, hij zal de zon verwelkomen en haar ongetwijfeld om haar zegen vragen voor het nieuwe jaar, haar wellicht bedanken voor haar warmte en licht zonder welke het leven niet mogelijk is. Maar wat het écht betekent allemaal, nog los van wat hij überhaupt zegt, daar zal ik nooit tot doordringen, ben ik bang. Je blijft aan de buitenkant.

Dus ik laat het maar over me heen komen. Wat ik vooral zie, is dat het nu snel lichter begint te worden.

Hoewel ik had besloten dat het genoeg was en ik niet echt trek heb, drink ik toch nog twee of drie van de mij aangeboden houten kommen chicha. Ik zie dat Nayra ze allemaal beleefd, maar gedecideerd afwijst.

En dan opeens, als een laserstraal die afgeschoten wordt, schiet een straal zonlicht over de bergen heen, onze kant op. Het is een magisch gezicht. Het licht wordt door iedereen met gejuich en een luid applaus ontvangen, als een artiest die dan eindelijk het podium betreedt.

Voor de Zonnepoort begint wat gedrang te ontstaan, omdat iedereen iets op wil vangen van de eerste stralen die nu door de poort heen schijnen. Ik sla mijn arm om Nayra heen die zich door mij gewillig in de richting van het gedrang laat voeren.

De priesters hebben zich teruggetrokken, waardoor er nu meer plaats is voor de andere mensen. Iedereen steekt zijn handen in de lucht, de handpalmen gericht op het westen, en 'smeert' het ontvangen licht uit over zijn gezicht en haren.

De sfeer is buitengewoon vriendelijk, sereen bijna. Hoewel het druk is en er zachtjes wordt geduwd, bespeur ik geen irritatie of ongedurigheid. Alsof we één groot lichaam zijn, bewegen we met elkaar mee, cirkelen we om elkaar heen en maken degenen die vinden dat ze genoeg in het licht hebben gestaan, plaats voor een ander.

Dan staan Nayra en ik eindelijk vooraan. Meer zonnestralen piepen over de toppen heen, de kleuren oranje en rood zijn verdwenen en alles is nu geel en goud. Samen steken we onze handen de lucht in, en ik merk hoe koud die toch zijn geworden. Ik voel de warmte, die via mijn handpalmen mijn lichaam binnendringt.

Volkomen onverwacht stromen de tranen over mijn wangen.

Abeltje, Abeltje, Abeltje, denk ik.

De vermoeidheid en de drank zullen ongetwijfeld ook een rol spelen, maar ik voel me ontzettend verdrietig. Omdat ik weg moet, omdat ik hier een buitenstaander ben, omdat ik mijn broer nooit heb leren kennen. Hoe kun je je verbonden voelen met iemand die feitelijk niet eens bestaat?

Ik veeg mijn tranen weg.

Opnieuw richt ik mijn handen naar de hemel en bestrijk ik mijn gezicht en haren met het licht. Het is gek, maar het voelt alsof ik me was, alsof de warmte en het licht me reinigen om zo het nieuwe jaar dat voor me ligt met een schone lei te kunnen beginnen, alsof ik de zonden van me af was, alle slechte dingen van me afveeg.

En dan plots is het alsof er een last van me af valt – ik kan het niet anders omschrijven. Alsof je na een lange wandeling je rugzak afdoet. Al lopend ben je gewend geraakt aan het gewicht en heb je er eigenlijk geen aandacht meer aan geschonken omdat die onderdeel van je lichaam leek te zijn geworden. Maar als je de rugzak op de grond hebt gezet en je weer rechtop staat, besef je plots welk gewicht je met je meezeulde.

De mengeling van dankbaarheid en schuldgevoel jegens Abel – hij schonk zijn levenskracht aan mij zodat ik kon bestaan – die in mijn leven altijd, en altijd op de achtergrond aanwezig is, lijkt te zijn verdwenen, alsof die is opgelost in het warme licht van de eerste zonnestralen.

Ik mag er zijn.

En ik zal een leven leiden dat de moeite waard is.

De monoliet staart naar me terug, met de uit de rots gehouwen figuren die versteend zijn in de tijd. Zoveel eerste zonnestralen heeft ze al mogen verwelkomen sinds ze is gemaakt, en nog zoveel zullen er volgen.

Here comes the sun, and I say, It's alright.

Het moet een pathetisch gezicht zijn voor een buitenstaander om deze westerling zo te zien huilen tijdens een inheems ritueel, alsof ik een wanhopige poging doe om me één te voelen met de lokale bevolking. Dit besef brengt me weer terug op aarde, in combinatie met het feit dat mensen om me heen vinden dat ik er lang genoeg heb gestaan. Zachtjes word ik naar de zijkant geduwd.

Nayra is stil en ademt een paar keer diep in, alsof ze het licht niet alleen op haar huid wil voelen maar in wil drinken, in haar lichaam wil hebben, in elke vezel ervan.

Bij wijze van knipoog knijp ik mijn beide ogen tegelijkertijd dicht, waardoor ik ook het laatste traanvocht naar buiten pers.

'Dat was mooi,' zeg ik tegen haar, als we samen een rustiger plek opzoeken.

'Ja,' beaamt ze.

Dan kijkt ze geërgerd in de richting van don Oscar en zijn groep die nog een tandje bij hebben gezet met hun gezang. Enkele meters voor zijn gemeenteleden staat Oscar zelf, de bijbel permanent in de lucht geheven, de wijsvinger van zijn vrije hand naar de hemel priemend. We zien alleen zijn wijd geopende mond. Blijkbaar staat hij uit alle macht het goede nieuws te verspreiden, maar dat doet hij dan in de eerste plaats voor zijn eigen parochie want hier is niets te verstaan van wat hij zegt.

Ik voel een zeurende pijn in mijn buik opkomen. Als ik erover aai, doet Nayra bij zichzelf precies hetzelfde.

'Heb jij ook zo'n last van je maag?' vraagt ze me.

48

Ik knik en leg nu beide handen op mijn onderbuik. 'Ja, opeens,' zeg ik. 'Ik weet niet wat het is.'

Dan kijken we om ons heen en zien we dat wij niet de enigen met klachten zijn. Een paar mensen liggen op de grond, met de handen hun buik vasthoudend. Verschillende mensen geven over. Het zien overgeven van mensen maakt me ook misselijk en al snel kan ik het niet meer binnenhouden. Ik doe nog een paar passen van Nayra vandaan, maar dan gooi ook ik alles naar buiten. Vanuit mijn ooghoek zie ik dat Nayra voorovergebogen staat, net als ik, duidelijk hondsberoerd.

Als ik me met moeite heb opgericht, wankel ik naar Nayra toe, zowel om mezelf te ondersteunen als om haar tot steun te zijn. Dan zie ik dat veel van de zonaanbidders die nog maar enkele momenten eerder sereen het licht van de zon op zich in hebben laten werken, nu voorovergebogen staan om hun maaginhoud aan Moeder Aarde te schenken of op de grond liggen, kermend hun buik vasthoudend. Ook nu stel ik geërgerd vast, dat dit tafereel weer massaal gefilmd wordt door toeristen die niet getroffen zijn door deze plotselinge buikloop.

'Het moet de chicha geweest zijn,' weet Nayra nog uit te brengen, voordat ze zich opnieuw vooroverbuigt om over te geven.

Ik weet dat chicha notoir is vanwege het gevaar op voedselvergiftiging door fouten in het fermentatieproces. Bovendien gebeurt het brouwen van de drank vaak onder niet erg hygiënische omstandigheden.

Opnieuw staan de tranen in mijn ogen, maar deze keer niet van ontroering.

Dan hoor ik de stem van Oscar vlak bij me. De bijbel houdt hij vlak voor mijn ogen, zodat ik een kort moment even helemaal niets meer zie. 'Wie het water drinkt dat ik hem geef, zal nooit meer dorst krijgen!' schreeuwt hij in mijn oor. 'Het water dat ik geef, zal in hem een bron worden waaruit water opwelt dat eeuwig leven geeft.'

Ik heb moeite mijn blik te focussen. Ook Oscars woorden dringen niet meer goed tot me door. Wat ik wel zie, is de vreemde grimas op zijn gezicht, de bijna satanische glimlach rond zijn lippen, de wilde waanzin die uit zijn ogen schiet. 'Geest die doof en stom maakt, ik gebied je: ga uit deze mensen weg en keer niet meer in hen terug,' hoor ik dan toch nog.

Nayra lijkt er minder erg aan toe dan ik. Ze grijpt me bij de hand en leidt me weg van de dolleman die Oscar geworden lijkt te zijn. 'Kindermoordenaars,' hoor ik Oscar schreeuwen. 'Jullie zijn kindermoordenaars.'

Het is alsof een ijskoude hand mijn hart omvat.

'De Heer zegt: "Hoor toch hoe het bloed van jullie zonen uit de aarde naar mij schreeuwt,"' gilt Oscar. 'Daarom: vervloekt zijn jullie! Jullie kindermoordenaars. Ga weg van deze plek, waar de aarde haar mond heeft opengesperd om het bloed van jullie kinderen te ontvangen, het bloed dat jullie hebben vergoten. Het bloed van de kleine Luis dat jullie hebben vergoten! Ook al bewerken jullie het land, het zal jullie niets meer opbrengen.'

Heeft hij het tegen mij?

'Hij is gek geworden,' zegt Nayra. 'Hij is helemaal gek geworden.'

Waarom citeert hij uitgerekend nu, uitgerekend hier de woorden die God sprak tegen Kaïn nadat hij Abel had vermoord?

'Slangen zijn jullie, addergebroed, hoe denken jullie te kunnen ontkomen aan een veroordeling tot de Gehenna?' hoor ik hem nog roepen. De rest van zijn woorden verwaait in de wind.

Het is een absurd tafereel, al die mensen op de grond, voorovergebogen, steun zoekend bij elkaar, maar vooral de inhoud van hun magen legend. Een zoete, weeïge maisgeur doordringt de lucht.

'We gaan terug,' zegt Nayra gedecideerd. 'Kijken of er vervoer is naar het instituut. Anders proberen we te lopen, goed?'

Ik knik, toch nog onder de indruk van Oscars woorden.

Waarom citeert hij nu precies die tekst over Kaïn en Abel?

Dan sla ik mijn arm om Nayra heen, die zelf ook niet helemaal vast ter been is, maar in ieder geval steviger staat dan ik.

Langzaam komen we vooruit en laten we de anderen achter ons.

Alleen al door weg te lopen van deze Jeroen Bosch-achtige setting, van de geur en de geluiden van brakende mensen, knap ik op. Toch rommelt het nog in mijn maag, en ik krijg de zurige smaak niet uit mijn mond.

Een grote pick-uptruck remt naast ons, met een open laadbak waarin al veel mensen zitten. Met moeite hijsen Nayra en ik ons naar boven. Lusteloos laat ik me zakken tussen de andere feestgangers in, van wie de meesten ook aangeslagen lijken. Af en toe geeft iemand over, het grootste deel meestal over de rand van de laadbak heen.

Niet iedereen zal van de chicha hebben gedronken, dat kan bijna niet. Sommigen zullen gewoon in het algemeen te veel gedronken hebben.

Wat een naar einde van een geweldig bijzondere nacht.

We slaan de hoek om waardoor Tiahuanaco helemaal uit het zicht verdwijnt. Ik probeer me te richten op een punt op de horizon recht voor me uit om zo mijn misselijkheid de baas te worden.

Ik moet heel erg nodig naar de wc.

49

Als soldaten die na een veldslag bij hun barakken terugkeren, stroomt de laadbak van de pick-up leeg. Hier en daar gaan mensen op de grond zitten, anderen lopen weg, elkaar ondersteunend.

Nayra lijkt wonderwel snel te zijn hersteld. Zij heeft ook maar één bakje chicha gedronken volgens mij, dus toen ze die eruit gegooid had, leek voor haar het ergste leed te zijn geleden. Nadat ze met hernieuwde energie uit de wagen is gesprongen, helpt ze me behoedzaam omlaag, zoals een moeder haar kind van een kinderzitje van de fiets tilt. Dan loopt ze met me naar de kliniek, kleine stapjes zettend en zich geheel aan mijn tempo aanpassend. Ik voel me duizelig en zwak, maar ook vastberaden om in ieder geval zo snel mogelijk een toilet te bereiken.

De deur van de kliniek staat wagenwijd open, iets wat me ondanks mijn eigen toestand toch onmiddellijk verontrust. Eenmaal binnen zie ik een grote drukte. Op de gang zitten en staan mensen in verschillende stadia van dronkenschap, lodderig voor zich uit kijkend, sommigen met geronnen bloed op het gezicht, kapotte wenkbrauwen of schrammen op het gezicht. De spreekkamer is geopend en ik zie Pablo een man behandelen die op een lange onderzoekstafel zit.

Nayra roept zijn naam, waarna hij zich omdraait.

'Ah, Nayra. Ik kom straks bij je.'

In de gang hangt een geur van kots, zweet, bloed en aarde.

De tocht naar het toilet had geen moment langer moeten duren.

Wat een feest…

'Gaat het, mi amor?' vraagt Nayra. Ze klopt een paar keer op de deur.

'Niet echt,' antwoord ik naar waarheid, al voel ik me ietsje beter dan toen ik net nog in de laadbak voorthobbelde.

Ik trek door en ga naar buiten, de deur snel achter me sluitend.

Nayra glimlacht naar me en ik doe een halfhartige poging haar glimlach te beantwoorden. Ik schaam me enorm voor mijn toestand, hoewel ik ook wel weet dat het niet direct mijn eigen schuld is. Het is niet dat ik onverantwoord veel alcohol in mijn lichaam heb gegoten.

'Het moet inderdaad de chicha zijn geweest,' weet ik nog uit te brengen.

'Met chicha gaat het vaak mis. Daarom drink ik er nooit te veel van, je weet niet door wie en waar en onder welke omstandigheden het is gebrouwen. Het komt zo vaak voor dat er een bacterie in zit. Vorig jaar hadden we nog een bruiloft waarbij honderden gasten ziek zijn geworden. Zelfs de bruid heeft nog bijna twee weken in kritieke toestand in het ziekenhuis gelegen, half uitgedroogd.'

Ik hou mijn hele hoofd nog even onder de kraan en snuit mijn neus. Als ik de kraan heb uitgezet, staar ik mezelf aan in de spiegel. Mijn ogen zijn bloeddoorlopen, ik heb grote wallen en mijn huid zit onder de rode vlekken.

'Kom,' zegt Nayra, terwijl ze me bij mijn bovenarm beetpakt. 'We gaan even langs Pablo. Laat hem even naar je kijken.'

Op de gang passeren we de ziekenboeg die alleen maar gegroeid lijkt. Behalve Pablo zijn er nog drie of vier collega's in de weer om de mensen bij te staan. Ze delen glazen water uit en drukken pillen uit strippen, die ze op de uitgestoken tongen leggen, zoals een priester hosties uitdeelt tijdens de eucharistie. Met natte doeken deppen ze voorhoofden af, ze schijnen met kleine zaklampjes in ogen en ze plakken pleisters op schrammen en snijwonden.

'Wat een afscheid, don Lucas,' zegt Pablo, met een geamuseerde blik als hij me ziet. 'Kom even naar binnen.' Hij neemt me over van Nayra. Ik schuifel achter hem aan en neem plaats op de onderzoekstafel.

'Altijd weer die chicha,' zegt hij. 'Ik drink het alleen als mijn moeder het heeft gemaakt.'

Routinematig onderzoekt hij me. Hij stelt een paar vragen en is tevreden met de antwoorden.

'Je zult in de buurt van een wc willen blijven voorlopig,' zegt hij. 'Het ergste kan achter de rug zijn. Veel heb je er al uit gegooid, dat is een gezonde afweerreactie van het lichaam. Het is moeilijk te zeggen. Sommige mensen reageren heftiger dan anderen en blijven dagen ziek, het kan ook zijn dat dit het was.'

Hij trekt een lade open. 'Ik zal je wat ORS geven en paracetamol. En ik geef je ook norit, al ben ik daar zelf geen voorstander van. Het is een voedselvergiftiging, dus alle slechte stoffen moeten je lichaam uit. Maar omdat je morgen op reis gaat, is het goed om dit achter de hand te houden. Je wilt niet zo in de auto zitten of in het vliegtuig naar Nederland. Voor nu raad ik je aan even te gaan liggen. Ga lekker slapen en dan zie je wel hoe je je over een paar uur voelt. Hier zijn de bedden bezet, dus je zult een andere plek moeten zoeken.'

Met mijn ogen zoek ik contact met Nayra, die in de deuropening is blijven staan.

'Ik begeleid hem wel,' zegt ze tegen niemand in het bijzonder.

Voorzichtig ga ik staan. Mijn benen voelen nog steeds krachteloos, alsof ik er elk moment doorheen kan zakken.

De paracetamol neem ik direct in met een groot glas water.

'Juan?' vraag ik dan. 'Er lopen nu zoveel mensen in en uit.'

'De deur naar zijn gang zit op slot, maak je geen zorgen.'

'Ik ben gisteravond ook aangevallen,' besluit ik hem toch te vertellen.

'Wat?' roept hij uit.

'Gisteravond heeft er iemand in mijn kamer ingebroken. Het raam was ingeslagen. Ik ben van achteren neergeslagen, ik heb niet gezien door wie. Maar op de muur stond weer "kharisiri" geschreven en "chupacabra".'

Pablo zucht diep. 'Dat is echt bizar,' zegt hij dan. 'Jullie hebben het wel gemeld bij de commissaris toch?'

'Ik heb hem gebeld, maar ik kreeg hem niet te pakken,' zegt Nayra. 'We hebben een boodschap achtergelaten. Ik heb hem wel bij de Zonnepoort gezien net, maar niet kunnen spreken... Wil je het hem zeggen als je hem ziet? Lucas blijft bij mij, hij kan niet terug naar zijn kamer.'

Elk nadeel heeft zijn voordeel.

'Ik ga straks even bij Juan kijken,' zegt Pablo. 'Maar maak je geen zorgen. Alleen Gustavo en ik hebben de sleutel, dus er kan verder niemand bij hem. Het is wel een heel rare geschiedenis dit.'

'Morgenochtend kom ik nog wel even afscheid nemen,' zeg ik. 'Dan zal ik me vast beter voelen.'

'Dat denk ik ook,' zegt hij. 'En hier.' Hij loopt naar zijn bureau. 'Vergeet je tas niet.'

We omhelzen elkaar kort. Ik besef dat ik afschuwelijk moet ruiken, maar aan de andere kant zal hij als arts het een en ander gewend zijn.

Ik voel me onmiskenbaar beter dan toen we hier aankwamen. Opnieuw in de frisse buitenlucht te zijn doet me ook goed.

Het is maar een klein stukje lopen naar het gebouw waar Nayra's kamer is. In de afgelopen maanden ben ik er maar een paar keer geweest, alles bij elkaar nog geen vijf keer.

Ook nu weer valt me op hoe eenvoudig en weinig persoonlijk haar kamer is. Hij ziet eruit zoals de mijne: een bed met een nachtkastje ernaast, een bureau en een boekenkast, en een kledingkast. Aan haar muur hangen twee posters die de indruk wekken er lang geleden door een vorige bewoner te zijn opgehangen, aan de randen zijn vochtkringen te zien en de afbeeldingen zijn wat vaal geworden. Op de ene wordt een congres over de inheemse geneeskunde in 1998 aangekondigd, op de andere is een dansend indiaans echtpaar te zien, in traditionele kledij.

Een treurig gevoel overvalt me. Ik ben nog een voorbijganger, dus mijn kamer is zoals een hotelkamer: door mij te gebruiken en na mij weer door iemand anders. Maar dit is haar leven hier. Ze heeft niet eens ergens foto's staan. Iedereen zou hier kunnen wonen.

'Kan ik even douchen?' vraag ik.

'Goed,' zegt ze. 'Ik ga dan even naar je kamer om de rest van je spullen op te halen, goed?'

'Ga je wel mét iemand dan? Je weet maar nooit.'

'Nee joh, doe niet zo gek. Ik gooi je spullen in een tas, doe je boeken en aantekeningen in een doos en dan ben ik in vijftien minuten weer terug. Ik zal het gebroken raam melden, zodat het direct kan worden gemaakt.'

Degene die het op mij en Jan-Willem heeft voorzien, zal haar vast niet lastigvallen inderdaad.

'Doe jij de badkamerdeur op slot?' vraagt ze vlak voor ze weggaat. 'Al denk ik dat je je geen zorgen meer hoeft te maken. De persoon die jou heeft aangevallen, heeft je vooral aan het schrikken willen maken, vermoed ik. Als hij je écht kwaad had willen doen, zou hij dat wel hebben gedaan.'

Eigenlijk vind ik het ook heel prettig om na alle drukte eventjes alleen te zijn. Mijn hoofdpijn is afgenomen door de paracetamol, maar mijn buik doet nog steeds pijn.

Ik pak de handdoek die Nayra voor me heeft klaargelegd op het bed en ik strompel over de gang naar de douche in de badkamer die Nayra met enkele medebewoners deelt. Ik voel me uitgeput, geradbraakt.

In de douchecel stroop ik de kleren van me af, die stoffig en muf ruiken. De hals van mijn T-shirt is nat van mijn zweet. Ik trek alles uit en bekijk mezelf in de spiegel. Zo afgetraind als nu heb ik er nog nooit uitgezien. Geen grammetje vet vermoed ik, iets te pezig misschien. De baard van een paar dagen, mijn haren langer dan normaal, gebleekt door de zon, maar helaas wordt het geheel wat gedetoneerd door mijn holle ogen die diep in hun kassen liggen en een enorme uitputting uitstralen.

Ik ga het douchehokje binnen. De straal van de warme douche is mager, dus om de druk te verhogen zet ik hem kouder dan eigenlijk comfortabel is. Wild sop ik mijn hele lichaam en ook mijn haren in met een ruw blok groene zeep dat in een klein bakje ligt. De gedachte dat deze zelfde zeep in aanraking is geweest met Nayra's lichaam maakt me toch nog een beetje vrolijk.

Als een zeeppilaar sta ik naast de waterstraal, bedekt met grote vlokken witgroen schuim. Onverwachts klap ik dubbel door een scherpe steek in mijn buik. Met mijn handen druk ik in mijn zij, alsof ik zo de pijn kan wegduwen.

Snel spoel ik mezelf af en stap ik de doucheruimte uit.

Nog voor ik me afdroog, knijp ik een dot tandpasta uit een tube die op een plankje voor de spiegel ligt in mijn mond. Met mijn wijsvinger poets ik mijn tanden.

Dan hoor ik de voordeur opengaan.

Ik kijk naar mijn hoopje vieze kleding op de grond, die ik zelfs met een tang niet meer aan zou willen raken. Ik spoel mijn mond uitgebreid en proef de frisse mintsmaak. Voorzichtig open ik de badkamerdeur en kijk ik om het hoekje.

Lionel.

50

'Wat doe jij hier?' weet ik nog uit te brengen, terwijl Lionel mijn kant uit loopt. In zijn ene hand houdt hij een dun plastic tasje, in zijn andere een houten kruis dat opvalt vanwege de scherpe ijzeren punt aan de onderkant, alsof het bedoeld is om in de grond te steken.

'Ik was op zoek naar je,' zegt hij. 'Vannacht was ik ook bij Tiahuanaco.'

Ja, maar alleen als lid van de parochie van Oscar.

'Ja, ik heb je gezien,' zeg ik. 'Wacht even.' Gelukkig blijft hij staan. 'Ik moet me even afdrogen en aankleden, dan kom ik zo bij je. Waarom heb je me nodig?'

'Ik wilde even weten hoe het met Juan was, meer niet. Ik was bij de kliniek, maar niemand mag bij hem komen. We zijn bezorgd, dus ik dacht, nu ik toch hier ben, kan ik even bij hem gaan kijken. Misschien kun jij ervoor zorgen dat ik hem kort mag zien.'

Voor hem moet het ook een vervelend incident zijn geweest. Ze hebben maanden samengewerkt. Nog los van de financiële strop die het stoppen van het onderzoek waarschijnlijk voor Lionel betekent.

'Het gaat goed met hem,' stel ik hem gerust. 'Ik zal zo even kijken wat ik voor je kan doen.'

Dan gaat de deur achter hem open en komt Nayra binnen. Op haar rug draagt ze mijn rugzak die uitpuilt met kleding. Voor zich houdt ze een grote doos waarboven boeken en papieren uitsteken. Ook zij lijkt verbaasd Lionel hier aan te treffen.

'Kun je me wat schone kleren geven?' roep ik naar haar, terwijl ik de deur op een kier houd.

Korte tijd later is ze bij me met sokken, een broek, T-shirt en een onderbroek. Ze kijkt discreet weg, terwijl ze me het stapeltje overhandigt.

'*Lock the door of your room*,' zeg ik in het Engels, hoewel we dat nooit met elkaar spreken. Ik ben ervan overtuigd dat Lionel geen Engels spreekt.

Als Nayra merkt dat ik serieus ben, zegt ze: *'Okay, I will do that.'*

Ik kan er mijn vinger niet op leggen, maar Lionels aanwezigheid verontrust me. Pas als ik Nayra haar kamer binnen heb zien gaan en die op slot heb horen draaien, doe ook ik de badkamerdeur op slot. Lionel is al die tijd midden in de gang blijven staan, als de indringer zoals ik hem ervaar.

Wat doet hij hier? Als hij echt alleen maar had willen weten hoe het met Jan-Willem ging, dan had Pablo of Gustavo hem dat gewoon kunnen vertellen.

Maar op dit moment ben ik niet erg redelijk bedenk ik dan. Lionel en Jan-Willem hebben maanden samen opgetrokken, dus dan is het niet zo gek dat je iemand even in levenden lijve wil zien. Of dat hij naar mij komt in de hoop dat ik wel bij Jan-Willem mag.

Ik kleed me aan. De schone kleding voelt heerlijk, zoals het voelt om in schoon beddengoed te duiken.

Mijn vieze kleren kan ik moeilijk zomaar laten liggen. Ik pak ze toch maar op, ze zo ver van me af houdend als maar kan. Het zal me vast worden vergeven als ik gebruikmaak van de wasmachine. Ik stop alles in de trommel en schep er een grote dosis waspoeder bij uit een doos waar iemand behalve zijn naam ook groot 'NIET AANRAKEN' op heeft geschreven. Ik kies een extra lang programma om de sporen van de afgelopen nacht grondig weg te spoelen.

Als ik de badkamer verlaat, voel ik hoe mijn spieren zich onbewust spannen en met enige opluchting zie ik dat Lionel is verdwenen.

In de gang hangt vaag de geur van knoflook.

Ik klop op de kamerdeur van Nayra, bij wie de vermoeidheid nu ook lijkt toegeslagen.

'Voel je je wat beter?' vraagt ze.

Ik besluit de details maar achterwege te laten. 'Veel beter, dank je wel. Heel erg moe, dat wel. Ik zou wel even willen gaan slapen.'

Ze twijfelt even. 'Kom eerst maar even verder,' zegt ze dan. Ze doet de deur weer op slot. 'Waarom moest ik de deur op slot doen?'

'Ik weet het niet, ik had een raar gevoel toen die Lionel hier opeens stond. Hij wil dat ik met Gustavo ga praten zodat hij bij Juan op bezoek kan.'

'Dat is niet zo raar toch?'

'Misschien niet. Ik had opeens een raar gevoel, ik weet het niet. Het zal ook de vermoeidheid zijn. Het is een rare nacht geweest.'

En nu?

'Ga maar op mijn bed liggen als je wilt,' biedt ze aan. 'Probeer maar even te slapen.'

'En jij dan?'

'Ik haal het vanmiddag wel in.'

'Maar je blijft wel hier toch?'

Ze glimlacht. 'Maak je geen zorgen, mi amor.'

Voor het eerst klinken die laatste woorden alsof ze echt alleen voor mij bedoeld zijn.

'Wacht even,' zegt ze en ze verlaat de kamer. Niet veel later komt ze terug met een kan water die zo vol is dat het over de rand klotst. 'Je moet veel drinken.'

In een grote mok schudt ze twee ORS-zakjes leeg, een oplossing van zout en glucose.

'Hier, drink,' zegt Nayra. Ze komt schuin bij me op bed zitten als ik het goedje achteroverklok.

Het duizelt me. Zelfs nadat ik mijn ogen gesloten heb, heb ik het gevoel op een licht schommelende boot te zitten. Ik voel aan het matras hoe Nayra voorzichtig van het bed afglijdt en de mok terug op de tafel zet. Daarna zak ik al snel weg in een heerlijk rustig niets.

Uit het aantekenschrift van Jan-Willem Pijnakker – 6

Ik weet niet eens waar ik moet beginnen. Ik ben letterlijk uit het veld geslagen.

Twee dagen lig ik in de kliniek van de universiteit van Tiahuanaco, nadat ik neer ben gemept in het lokaal van de dorpsschool.

Natuurlijk breek ik me het hoofd over de vraag wie het op me kan hebben gemunt. Als dit nou helemaal in het begin was gebeurd, dan had ik het me nog voor kunnen stellen. Toen waren er veel mensen die bedenkingen hadden bij mijn aanwezigheid… Maar nu heb ik meer dan een jaar in hun midden verkeerd, op het land gewerkt en iedereen geholpen die me er maar om vroeg, ik heb met ze gegeten en gedronken, met ze gedanst, ik heb stenen gesjouwd en de gewassen water gegeven.

Ik snap het gewoon niet. Ben ik dan zo blind geweest? Heb ik het dan zo verkeerd gezien?

En dan die bizarre beschuldiging een kharisiri te zijn, een vetzuiger, of een chupacabra, een geitenzuiger.

Een *poor sucker* ben ik, zoveel is wel duidelijk…

En dan is er een derde kind vermoord… Misschien heeft dat iemand getriggerd?

Lionel was het me komen vertellen, diezelfde dag nog. Voor het eerst voelde ik een afstand tussen hem en mij. Een halfjaar geleden zijn ook hij en Oscar verhoord, maar we hebben elkaar een alibi kunnen verschaffen. We vormden één team toen… Nu lijkt er toch iets in geslopen te zijn van… Alsof Lionel dacht dat ik er mogelijk toch iets mee te maken heb. Hij wilde opeens precies weten waar ik was de avond voordat het derde jongetje werd gevonden. Het was heel onaangenaam allemaal. Het vertrouwen dat ik dacht te genieten, de vriendschap die ik met hem dacht te hebben… Het is allemaal toch maar een dun vernislaagje, zo lijkt het nu.

Luc is al een paar keer bij me op ziekenbezoek geweest, samen met Nayra. Hun bezorgdheid is hartverwarmend, echt heel fijn. Maar ook

Luc kwam opeens met vragen over mijn verhoor destijds… En hij bracht me het slechte nieuws dat de dorpsraad heeft besloten dat ik maar beter helemaal niet meer terugkom. Ergens snap ik dat ook wel weer. Mijn aanwezigheid wordt dan toch een bron van onrust. Ze zullen waarschijnlijk nu al naar elkaar kijken, wantrouwig, zich afvragend wie er achter de aanval zit. Misschien wordt er wel over me gepraat als mogelijke moordenaar van die kinderen, wie zal het zeggen.

Het vreemde is ook dat ik nul herinnering heb aan de aanval zelf. Ik moet de persoon hebben gezien. Ik zat op mijn vaste plek achter in het klaslokaal en de enige manier om binnen te komen is via de deur.

Er lijkt nu niets anders op te zitten dan hier op de universiteit te blijven en hier verder te werken. Misschien kan ik al gaan schrijven en het materiaal gaan ordenen. Gelukkig heb ik goed contact met Patricio Guerra, de expert met betrekking tot gewoonten en gebruiken rond de landbouw.

En ik kan eens op pad met Nayra. Ik zag dat Luc bijna barstte van jaloezie toen ik hem dat vertelde, dus ik heb hem maar gerustgesteld dat ik mijn handen thuis zal houden.

Dit is het dan.

Mijn gedachten gaan vaak uit naar het jongetje dat net is gevonden. Luis heette hij, heb ik begrepen. God hebbe zijn ziel.

Hoe zou dat toch gaan daarboven? Komt uiteindelijk iedereen gewoon terecht in diezelfde hemel omdat het hart van God zo groot is dat hij uiteindelijk iedereen vergeeft, wat je ook gedaan hebt in je leven en wat je ook hebt geloofd?

‘In het huis van mijn Vader zijn vele woningen,’ zei Jezus volgens Johannes al.

Of is het toch zoals diezelfde Johannes ook schrijft, dat Jezus zei: ‘Ik ben de weg, de waarheid en het leven. Niemand kan bij de Vader komen dan door mij.’

Deze mensen hier, hoe aardig ze ook zijn en hoe hard ze ook werken… Hoe je het ook wendt of keert, ze blijven volharden in hun zonde, ze blijven wandelen op het pad dat wegleidt van de waarheid en het leven, precies zoals Oscar ook keer op keer benadrukt in zijn preken. Dan is de uiterste consequentie toch dat het eeuwige leven je wordt ontzegd… Dat is wat er gebeurt als je het offer van Jezus afwijst.

Lijkt mij.

Maar goed, wie zal het zeggen?
Voor mij zal het nog lang duren voor ik daarachter ga komen.
Hoop ik.
Ik hoor voetstappen.
Gek.
Opeens heb ik de associatie met het moment dat ik in de school zat te werken.
Het komt allemaal terug.
Ik weet het weer.

51

Als ik mijn ogen open, zie ik op de wandklok die geluidloos voorttikt, dat het net halftien is geweest. Dat betekent dat ik een kleine twee uur heb geslapen.

Dan pas merk ik dat Nayra tegen me aan ligt. We liggen beiden op onze rechterzijde, zij met haar rug tegen me aan, lepeltje-lepeltje.

Zouden ze die uitdrukking kennen in het Spaans?

Haar hoofd rust op mijn rechterarm, terwijl ze mijn linkerarm over zich heen heeft getrokken en mijn hand met haar beide handen omvat. Ik begraaf mijn gezicht in haar haren en ruik dat ook zij heeft gedoucht. Haar huid ruikt naar dezelfde zeep als die ik heb gebruikt, maar haar haren heeft ze met shampoo gewassen.

Zo stil mogelijk blijf ik liggen, bang om dit tafereel te verstoren en te beëindigen.

Binnenkort worden we hopelijk elke dag zo wakker.

Nayra's ademhaling is rustig. Ze is diep in slaap.

Zou het mogelijk zijn? Kan het dat twee mensen met zo'n verschillende achtergrond, met zo'n verschillende geschiedenis, samen een leven opbouwen?

Dan sluit ik mijn ogen weer.

Als ik opnieuw wakker word, zie ik dat de plek naast me leeg is.

In de tijd dat ik sliep moet Nayra nog een keer zijn weg geweest, want er staat een dienblad uit de keuken met stukken brood, appels, tomaten, pruimen en kleine bananen.

'Je bent wakker!' zegt ze met veel affectie in haar stem. 'Dat is goed. Kom, ik heb nog een oplossing van suiker en zout voor je gemaakt. Drink.'

Ik doe gehoorzaam wat ze me opdraagt. Het water drinken kost me moeite, maar ik weet dat het belangrijk is.

Dan ga ik naar het toilet, maar ik hoef alleen maar te plassen. De buikpijn is nog niet verdwenen, soms voel ik nog een hevige scheut, en de pijn in mijn hoofd zeurt bonzend.

Ik hou mijn hoofd onder het koude water en ga terug.

Nayra heeft het dienblad op het bed gezet en is aan één kant ervan gaan zitten. 'Je moet wat eten nu, ook al heb je geen trek.'

Ik heb inderdaad geen honger, maar toch hijs ik me het bed op. Ik voel me lusteloos. Het is lang geleden dat ik iets heb gegeten.

Met enige tegenzin kauw ik op wat brood, dat ik wegspoel met veel water. Nayra dwingt me een paar pruimen te eten en twee banaantjes. In de kantine blijkt ze een drankje voor me te hebben gebrouwen van gedroogde oregano en nog wat kruiden, wat volgens haar een beproefde remedie is tegen buikloop. Ik proef vooral de citroen die ze erboven uitgeknepen heeft vlak voordat ze de beker aan me gaf.

'Hoe is de situatie buiten?' vraag ik.

'Het is weer rustig. De meeste mensen zijn naar huis, geloof ik. Bij zulk soort bijeenkomsten zijn er altijd wel mensen die veel te veel drinken. En dat met die bedorven chicha is ook niet de eerste keer. Hoewel, dat er zoveel mensen op hetzelfde moment zo ontzettend ziek werden, heb ik ook nog nooit meegemaakt.'

'Ik herinner me vooral Oscar die zo triomfantelijk kwam aangerend. Hij bleef maar roepen dat we onze zonden uitkotsten, als demonen die ons lichaam zouden verlaten zodra we Jezus als Heer en Heiland zouden accepteren.'

'Ik heb me laten vertellen dat Oscar en zijn gemeente een vat chicha hebben aangeboden, waaruit we hebben gedronken.'

'Echt? Maar hij is toch zo tegen het gebruik van alcohol?'

'Ja, de mensen verbaasden zich er ook over, maar ze dachten dat het een handreiking was, een positief gebaar.'

Misschien heeft hij met opzet bedorven chicha gegeven.

Een hevige kramp in mijn maag dwingt me mijn ogen te sluiten.

Als ik maar niet ga overgeven nu.

'Laten we even naar buiten gaan,' stelt Nayra voor. 'Al ga je maar op een bankje zitten. De frisse lucht zal je goed doen.'

Voor de zekerheid slik ik toch maar een pilletje norit, in de hoop mijn maag daarmee een beetje tot rust te krijgen.

We doen onze jassen aan en gaan naar buiten.

Zoals altijd is de hemel strakblauw. Het scherpe licht doet pijn aan mijn ogen.

'Zullen we even bij Juan gaan kijken?' stel ik voor. 'Hij zal vast wel wakker zijn nu. En hij zal het leuk vinden om wat gezelschap te hebben.'

'Dat is goed.'

De deur van de kliniek staat wagenwijd open, maar de gang is uitgestorven. Ik versnel mijn pas, waardoor ik al snel buiten adem ben.

De deur van Pablo's kamer staat open. We zien hem languit liggen op de onderzoekstafel, op zijn rug. Luid snurkend. De afgelopen nacht is ook hem niet in de koude kleren gaan zitten.

Dan zien we dat de deur van de gang die naar Jan-Willems kamer leidt op een kier staat. De sleutel zit nog in het slot.

Is er iemand bij hem? Of heeft Jan-Willem juist kans gezien te ontsnappen?

'Een van de assistenten is vast binnen,' probeert Nayra me gerust te stellen.

Ik duw de deur naar de gang verder open. Met een klap slaat die tegen de muur. Bijna op hetzelfde moment komt Lionel verderop uit Jan-Willems kamer. De plastic zak die hij eerder bij zich had, is leeg. Hij gooit hem op de grond als hij me ziet, als een dief die is betrapt en zich ontdoet van zijn gestolen waar.

'Wat doe jij hier?' roep ik naar hem.

Nayra en ik lopen in zijn richting.

Dit is niet goed.

Zonder iets te zeggen komt hij op ons af gelopen. Aan alles merk ik dat Lionel zich inhoudt om niet te rennen. Als hij vlak bij me is, versnelt hij en duwt hij me opzij. Ik val achterover, tegen Nayra aan, die zich ternauwernood staande kan houden, maar ik val op de grond. Lionel stapt over me heen, duwt Nayra opzij en snelt weg.

Nayra schiet langs me heen naar Jan-Willems kamer. Moeizaam weet ik mezelf op te richten, met beide handen steunend tegen de muur.

'Juan!' Nayra gilt en haar stem slaat over.

Ik zie dat ze de kamer niet binnen is gegaan, maar dat ze op de drempel is blijven staan.

'Juan!' blijft ze maar gillen. 'Juan!'

Duizelig en opnieuw misselijk strompel ik naar haar toe, met een hand contact houdend met de muur.

Hoe dichter ik in de buurt van haar kom, des te sterker de geur van knoflook in mijn neusgaten doordringt.

Dan ben ik bij Nayra en kijk ik over haar schouders naar binnen.

Over Jan-Willems hele lichaam zijn knoflookbollen uitgestrooid.

Dan zie ik de grote rode plek op zijn borst.

Een groot houten kruis met een ijzeren punt is dwars door zijn hart gestoken.

52

Het pandemonium is compleet.

Nayra is naar binnen gerend en heeft het houten kruis uit Jan-Willems lichaam getrokken. Zijn hoofd zakt opzij en uit zijn mond gulpt traag een straaltje bloed, als lava over de rand van een vulkaan.

Hij is mors- en morsdood.

Alles draait voor mijn ogen. Ik loop naar de wasbak om over te geven, maar hoezeer mijn maag zich ook samentrekt, er komt niets.

'Juan!' schreeuwt Nayra buiten zichzelf van angst en verdriet. 'Juan!'

Ze begint onbedaarlijk te huilen, maar weet toch haar mobiele telefoon uit haar broekzak te frummelen. Doordat haar handen zo erg beven, lukt het haar pas na een paar pogingen het nummer te draaien dat ze wil. Gelukkig wordt er snel opgenomen.

'Er is iemand vermoord!' schreeuwt ze door de telefoon. Deze keer heeft ze wel de volledige aandacht van de dienstdoende agent. 'Jullie moeten snel naar de kliniek komen. Van de universiteit. Waar is don Sixto? Zeg hem dat hij onmiddellijk moet komen!'

Dan hangt ze op.

Ik ben op de grond gaan zitten, niet langer in staat op mijn benen te blijven staan. Ik sla de handen voor mijn ogen, wachtend op de tranen, maar die komen niet.

Ach, Jan-Willem, arme Jan-Willem… Wat een zinloze dood. Wat zinloos allemaal. Heeft hij je toch te pakken gekregen.

Ik bedenk dat Lionel mogelijk hetzelfde van plan was met mij toen hij me eerder vanmorgen op kwam zoeken.

Zou hij geloven dat we allebei kharisiris zijn? Of dat Jan-Willem en ik samen verantwoordelijk zijn voor de dood van de drie kinderen? Waarom heeft hij ons dan niet direct vermoord?

Dan besef ik plots hoe Jan-Willem de klap voor mij heeft opgevangen. Hoe hij het lot ondergaan heeft dat voor mij bestemd was.

Of voor mij bestemd ís…

'We moeten weg hier,' zeg ik gejaagd. 'Hij kan terugkomen. En dan komt hij voor mij.'

'Wat moeten we, Wara,' zegt Nayra snikkend. 'Wat moeten we nu? Die arme Juan… Zo'n goede jongen… Zijn ouders… Dios mio.'

Ik ga op mijn handen en knieën zitten, waarna ik me aan de wasbak omhoogtrek.

'Ik ga Pablo halen,' zegt ze en ze is weg.

Het is godvergeten bizar dit. Zo aan je einde te komen… Wat moet er in dat verwarde brein van Lionel omgegaan zijn? Of zou hij iets geweten hebben?

Niet in staat dit nog langer aan te zien, schuifel ik naar de gang waar de snelle voetstappen van Pablo al klinken. Nayra is aan het begin van de gang blijven staan.

'Nee!' schreeuwt hij als hij Jan-Willems kamer binnenkomt. 'Dit kan niet waar zijn!' Dan begint ook hij te huilen, met lange uithalen, waarin ook de uitputting en de vermoeidheid door het gebrek aan slaap hoorbaar zijn.

Ik wankel door de gang naar Nayra toe.

'Toilet,' stamel ik tegen haar en ik loop langs haar heen.

Het kunnen zitten op de wc-pot ontspant me al en haalt de druk van mijn buik. Erna hou ik opnieuw mijn gezicht onder de koude kraan, en uiteindelijk heel mijn hoofd. Dan laat ik het water lange tijd tegen de binnenkant van mijn polsen stromen.

Jan-Willem… Arme Jan-Willem…

Ik schiet vol.

Je ouders, ach, je ouders, die denken op dit moment nog dat je leeft. Zij doen hun dagelijkse dingen vandaag, onwetend van het afschuwelijke onheil dat boven hun hoofd hangt.

Vanuit de gang klinkt een enorme commotie. Harde stemmen, deuren die tegen muren slaan, stampende voeten.

Eenmaal buiten zie ik inderdaad een grote drukte op de gang en door de deur zie ik dat ook voor de kliniek zich in korte tijd al veel mensen hebben verzameld.

Sixto komt uit de gang en loopt gehaast op me af. 'Jij hebt hem gezien, hè?' schreeuwt hij meer dan dat hij vraagt. 'Nayra zegt dat het Lionel was?'

'Ja, ja, we hebben hem allebei gezien.'

Nayra voegt zich bij ons.

'We gaan achter hem aan,' zegt Sixto. 'Onmiddellijk. En jij moet ook weg hier. Ga zo ver mogelijk hier vandaan. Het kan me niet schelen waarnaartoe, maar blijf niet hier! We kunnen je veiligheid niet garanderen.'

Verbouwereerd kijk ik hem aan.

'Dit gebied is zo groot,' zegt hij, iets rustiger nu. 'En hij kent het zo goed. Hij kan zich op duizend plaatsen verstoppen om toe te slaan als niemand erop bedacht is. Maar we zullen hem te pakken krijgen. Hij kan zich niet eeuwig verstoppen.'

Wat kan ik doen? Ik kan na zes maanden toch niet als een dief in de nacht verdwijnen? Zo wil ik niet weggaan. En met al die mensen hier zal hij het niet in zijn hoofd halen hier in de buurt rond te blijven hangen. Dus als ik érgens veilig ben…

Sixto draait zich om en beent weg.

'Je moet ook don Oscar te pakken zien te krijgen,' roep ik achter hem aan.

Sixto komt terug. 'Don Oscar? Waarom? Wat heeft hij hiermee te maken?'

'Lionel is een lid van don Oscars gemeente. Op mijn muur stond ook kharisiri, net als op het schoolbord. En het verhaal van de chupacabra komt uit Puerto Rico, niet van hier, en Oscar komt oorspronkelijk uit Puerto Rico. Ik denk dat hij Lionel geïnspireerd heeft, dat zijn preken hem op het idee gebracht hebben om Juan te vermoorden.'

En hij heeft ons bedorven chicha gegeven, wil ik daar nog aan toevoegen, maar dat weet ik helemaal niet zeker natuurlijk.

Sixto kijkt me aan alsof hij spijt heeft dat hij zijn tijd heeft verdaan door naar dit verhaal te luisteren.

Hij zucht. 'We gaan het onderzoeken,' zegt hij, maar aan alles voel ik dat hij dit alleen maar zegt om van me af te zijn. Hij wordt geroepen door een van zijn ondergeschikten en loopt weg.

'Kom, Wara,' zegt Nayra. 'Je hebt gehoord wat Sixto zei. Laten we weggaan. Je moet weg hier, het is niet langer veilig. We weten niet waar Lionel is, wanneer hij weer terugkomt. Misschien is hij voor altijd weg, maar wie weet komt hij terug voor jou. Kom, mi amor. Laat de politie haar werk doen.'

Ze pakt me bij de hand en voert me mee naar buiten waar de menigte almaar aangroeit. Geschokte gezichten overal. Sommige mensen komen naar me toe, schudden me de hand en slaan me op de schouder.

Cirilo, de directeur, neemt ons even apart. 'Wat een afschuwelijke tragedie,' zegt hij, diep bewogen. 'Ze zullen die demon snel uit zijn hol roken, daar ben ik van overtuigd. Dit is niet van hier, dit heeft niets te maken met wie wij zijn. Dat begrijp je toch?'

Hij geeft me geen kans te antwoorden. 'Ik heb met don Sixto gesproken. Nayra, help jij don Lucas met het inpakken van zijn spullen? Het is beter als hij zo snel mogelijk weggaat hier. Misschien zelfs zonder dat iemand het weet, om niemand op zijn spoor te zetten, begrijp je?'

Nayra knikt, verslagen. 'Wat zullen we doen? Waar kunnen we heen?'

'Laten we naar padre Mauro gaan,' stel ik voor. 'Padre Martín is daar ook. Ik zou morgen toch al met hem meereizen naar La Paz. Binnen de muren van zijn kerk zal ik veilig zijn. En anders beslissen we wel om vandaag nog te vertrekken.'

'Goed,' zegt Cirilo. 'Het spijt me zo ontzettend dat we op deze manier uit elkaar moeten gaan. Ik had je een ander afscheid gegund.'

'I'll be back,' zeg ik in mijn beste Arnold Schwarzenegger-imitatie. Of Cirilo verstaat geen Engels of hij kent het citaat niet, want hij staart me nietszeggend aan.

Nadat we afscheid hebben genomen van Cirilo en we terug zijn op de kamer van Nayra, hebben zij en ik verbazingwekkend snel mijn spullen ingepakt. Een beetje provisorisch natuurlijk. Als ik straks bij Mauro ben, kan ik alles met wat meer zorg ordenen. Mijn boeken en aantekeningen laten we in de doos zitten waar Nayra alles in gestopt had. In mijn rugzak zitten mijn laptop, moneybelt met paspoort en pasjes en mijn mobiele telefoon.

'Ik wil toch nog even naar mijn kamer, Nayra. Om even te kijken of ik niks ben vergeten, maar ook om mijn kamer gedag te zeggen, afscheid te nemen. Anders ga ik weg met zo'n slecht gevoel, snap je?'

Ze lijkt te willen protesteren, maar als ze mijn vastberadenheid ziet, geeft ze toch toe. 'Heel snel dan.'

Buiten lopen we van de drukte weg naar mijn woonbarak, die geheel verlaten is. Mijn kamer biedt een trieste aanblik, inderdaad alsof iemand halsoverkop verdwenen is. Ik verzamel nog wat spulletjes, zoals kleifiguurtjes, fluitjes van riet, een paar kleine kleedjes en wat boeken, waaronder *Lituma en los Andes*.

Het gordijn wappert naar binnen en zit deels vast aan uitstekend glas in een hoek van het kozijn. Op de grond liggen de scherven nog.

Als op de gang voetstappen klinken, bevriezen we allebei in onze houding. Zoekend kijkt Nayra om zich heen. Uit de kledingkast haalt ze de ijzeren stang los waardoor de kledinghangers met een klaterend kabaal op de grond vallen.

Op de gang wordt het stil.

Misschien was het toch geen goed idee om naar mijn kamer terug te komen.

53

Met de stang omhoog, klaar om ermee uit te halen, gaat Nayra de gang op. Ik, lafaard die ik ben, verschuil me achter haar, met mijn armen nog vol spullen.

Wat ik heb 'gered', zal thuis vast uiteindelijk in een doos belanden om vervolgens nooit meer te worden gemist. Moest ik hiervoor nou per se terugkomen?

Nog voor ik gezien heb wie er op de gang is, laat Nayra de stang zakken. Haar schouders zakken omlaag. Dan kom ik ook vanachter haar rug tevoorschijn. Het is José, een van mijn 'huisgenoten'.

'Ik hoorde lawaai uit Lucas' kamer komen, dus ik wilde even gaan kijken, meer niet. Gaat het goed?'

Nayra draait zich om en gooit met een grote boog de stang op het bed. 'Laten we gaan,' zegt ze.

Bij het passeren groet ik José. 'We zien elkaar,' zeg ik.

Weer terug op Nayra's kamer gooi ik alles wat ik nog had verzameld boven in de doos.

'Ik ga de auto halen,' zegt Nayra. 'Die parkeer ik aan de achterkant van het gebouw. Dan nemen we de achteruitgang en laden we alle spullen in. Als jij dan op de achterbank gaat liggen, ziet niemand dat je bent vertrokken.'

Nadat ze is weggegaan draai ik de deur direct op slot.

Het zou zomaar kunnen dat ik maandag naar huis vlieg met in het laadruim het lichaam van Jan-Willem. Het is toch te bizar voor woorden allemaal.

Met een flink glas water neem ik nog een paar paracetamol en toch nog maar een norit. Alle pillen stop ik in het voorvakje van mijn rugzak.

De deurklink gaat omlaag, wat me een hartverzakking bezorgt, maar gelukkig klinkt direct erna de stem van Nayra. 'Wil je opendoen? Ik heb de auto achter geparkeerd.'

Samen lopen we twee keer heen en weer, ik meer voor de vorm eigenlijk, want zij tilt alles. Ik voel me nog steeds te beroerd. Als ze de auto start, ga ik op de achterbank liggen. Nayra drapeert nog een kleed over me heen, wat ik een beetje overdreven vind.

De pijn in mijn buik lijkt wel wat weg te trekken.

'De directeur zal de ouders van Jan-Willem op de hoogte stellen,' zegt ze. 'Hij heeft alle contactgegevens gekregen van Gustavo.'

Dan start ze de auto. Het trillen van de motor voel ik in mijn hele lichaam.

In de chaos van de ochtend moet Lionel de kans hebben gezien de sleutels van Jan-Willems kamer te bemachtigen. Nee, Pablo was in slaap gevallen, dat hebben we zelf gezien, uitgeput natuurlijk. En dan die Jan-Willem... Ik hoop dat hij sliep. Hij zal niet gealarmeerd zijn geweest toen hij het vertrouwde gezicht zag. Of kwam plotseling de herinnering aan de eerdere aanval terug?

Stapvoets rijdt Nayra over het hobbelige terrein van de universiteit. Dan hebben we duidelijk de geasfalteerde weg bereikt, want nu zoeven we bijna geluidloos voort.

Wat een roemloze aftocht, denk ik misnoegd, om dat zelf onmiddellijk te relativeren.

Ik leef tenminste nog.

Hoewel we uit het zicht zijn van nieuwsgierige blikken besluit ik toch nog maar onder mijn beschermende kleed te blijven.

Nayra zet de radio aan. Er klinkt Boliviaanse volksmuziek. '*Llorando se fué, y me dejó sólo sin su amor.*' Huilend ging ze weg, en ze liet me achter zonder haar liefde.

Ga ik me nu voor de rest van mijn leven schuldig voelen omdat Jan-Willem gestorven is en niet ik? Dat hij is doodgegaan in mijn plaats? Het is te veel. Eerst Abel, en nu Jan-Willem. Hoe vaak kan iemand je plek innemen? Wanneer ben ik aan de beurt en kan ik me niet langer verschuilen achter iemand anders die de klappen voor me opvangt?

We lijken langer onderweg dan het ritje zou moeten duren, maar dan mindert de auto vaart.

Voorzichtig til ik een deel van het doek over mijn hoofd op. 'Zijn we er?' vraag ik.

'We zijn er,' zegt Nayra. 'Ik ben een heel klein beetje omgereden, alsof ik gewoon naar de sukkakollos ging. Via een omtrekkende beweging ben ik naar het dorp gereden. We staan nu voor de kerk van padre Mauro. Laten we naar binnen gaan.'

Ik richt me op en veeg mijn bezwete voorhoofd af met de doek. Gek genoeg voel ik me iets beter dan toen we van de universiteit vertrokken. Waarschijnlijk doen de pillen hun heilzame werk.

Als we de auto uit stappen, besluit ik het kleed over mijn hoofd gedrapeerd te houden, als een popster die bij zijn hotel arriveert en niet door zijn fans herkend wil worden.

De kerkdeur zit op slot. Terwijl ik me verschuil in het halfduister van het portaal loopt Nayra naar de zijkant van de kerk waar een deur zit die toegang geeft tot Mauro's woongedeelte. Niet veel later hoor ik hoe een zware schuif wordt weggeschoven en een sleutel in het slot wordt omgedraaid. De deur zwaait open, maar omdat ik niemand zie, blijf ik op de drempel staan. Dan komen de koster en Nayra achter de deur vandaan.

Ik stap naar binnen. Het maakt niet uit welke kerk ik binnenloop, hoe ik me ook voel op dat moment, toen ik nog geloofde of nadat ik daar afstand van had genomen, de serene rust van een kerk doet me altijd goed. Het zal ook de vertrouwde geur van wierook zijn die zo diep in mijn brein is genesteld en die me terugbrengt naar mijn vroegste jeugd, en naar het onvoorwaardelijke, kinderlijke geloof waarmee ik in de kerkbank zat, naast mijn ouders, me verheugend op de zorgeloze vrije tijd na de mis, de taart bij de koffie en het eindeloze buitenspelen.

'Ik zal je spullen wel even halen,' zegt Nayra en ze gaat naar buiten.

Als ze alles heeft meegenomen, brengen we mijn schamele bezittingen naar de sacristie.

Onderweg passeren we de vele heiligenbeelden die aan weerskanten van de kerkbanken staan, soms in kleine nissen. Bij alle beelden branden waxinelichtjes. Het licht ervan belicht de gezichten van onderaf en geeft de heiligen een onheilspellende uitdrukking.

Dat uitgerekend een priester als Mauro zo tekeergaat tegen het zogenoemde polytheïsme van de indianen, denk ik geamuseerd. Via een achterdeurtje heeft de katholieke kerk het veelgodendom gewoon weer toegelaten: thuis in Elst de heilige Werenfridus als god van de reuma. De heilige Petrus, de god van de gevangenisbewaarders, vissers, schippers, sloten- en horlogemakers, smeden en metselaars. Je kunt hem aanroepen bij kinkhoest, koorts, onvruchtbaarheid, flauwvallen en dieven. De heilige Andreas, god van de vissers, vishandelaars, slagers en touwslagers. Hij helpt bij kinkhoest, nekpijn, jicht, keelpijn en echtelijke onvruchtbaarheid. Sint Jacobus Maior is de god van de pelgrims, ridders, weeskinderen, bejaardentehuizen en tientallen beroepen. Hij wordt aangeroepen tegen reuma, voor mooi weer en een goede oogst. Sint Thomas is de god van de timmerlui, steenkappers, landmeters, aannemers, architecten en van theologen. Je kunt hem aanroepen bij ongelovigheid, rugpijn en blindheid. De heilige Matthias is de god van de bouwvakkers, houthakkers, kleermakers en slagers. Zijn hulp roep je in bij kinkhoest, pokken en echtelijke onvruchtbaarheid. Of neem Sint Johannes, de god van de visverkopers, wijnbouwers, priesters, schrijvers, kunstenaars en kaarsenmakers. Zijn bijstand vraag je bij voetkwalen, vergiftiging, epilepsie en brandwonden. Of anders de heilige Rosa van Lima, de godin van de tuinders, bloemenhandelaars en rozenkwekers. Zij wordt aangeroepen tegen roos, besmettelijke ziekten en bij familieruzies. En de heilige Rita van Cascia, de godin van de slagers, katholieke ziekenzorg en van hopeloze en onmogelijke zaken. De heilige Martha van Bethanië is godin van de huisvrouwen, koks, wasvrouwen, dienstboden en hotelhouders. Zij wordt aangeroepen tegen pest en bloedingen. En zo kun je pagina na pagina vullen met katholieke heiligen die de plaats ingenomen hebben van de vroegere heidense goden, die ieder weer een eigen gebied hadden, soms overlappend met dat van een andere god.

Sint Antonius mijn goede vrind, zorg dat ik mijn sleutels toch weer vind, zei mijn moeder altijd als ze die kwijt was. Het woord 'sleutels' kon je natuurlijk inwisselen voor wat je op dat moment ook maar zocht.

De rugzak met de laptop zet ik in een kast, samen met mijn moneybelt, portemonnee en telefoon, erop vertrouwend dat die hier veilig zijn. Al mijn werk staat in documenten op Dropbox, dus wat dat betreft kan ik niks kwijtraken. En alle gegevens die Nayra en ik verzameld hebben, staan in een systeem dat voor mij ook vanuit Nederland toegankelijk is.

'Waar zijn Mauro en Martín eigenlijk?' vraag ik dan.

'Padre Martín is in de woonkamer achter,' zegt Nayra. 'Waar padre Mauro is weet ik niet. We kunnen het Martín even vragen.'

De koster doet de sacristie achter ons op slot. Met mijn blik volg ik hem als hij de kerk weer in loopt, hier en daar opgebrande kaarsjes weghalend en nieuwe aanstekend.

Dan gaan we naar de woonkamer, waar Maarten in een fauteuil zit. Een boek ligt opengeslagen op zijn schoot, het omslag naar boven.

'Luc, Nayra,' zegt hij. 'Wat verschaft mij het genoegen van jullie bezoek? We hebben toch pas voor morgen afgesproken?'

In het Nederlands breng ik Maarten in grote lijnen op de hoogte van de afschuwelijke gebeurtenissen van de afgelopen twaalf uur. Nayra knikt af en toe ter ondersteuning van mijn verhaal, hoewel ze natuurlijk niet weet wat ik precies zeg.

'Ach, ach,' is het enige wat Maarten af en toe uit weet te brengen, afgewisseld met een 'mijn hemel' of 'Dios mio'.

'Zijn zijn ouders al op de hoogte?' vraagt hij, in het Spaans, om zo ook Nayra weer bij het gesprek te betrekken.

'De directeur van het instituut neemt contact met hen op,' zegt Nayra.

'Ik zal...' zegt Maarten aarzelend. 'Ik zal later vandaag naar de universiteit gaan om te zien wat ik kan betekenen. Hij zal gerepatrieerd moeten worden... Ik kan misschien fungeren als contactpersoon met de ambassade. En de ouders, ik zal ze ook bellen... Die arme mensen, je zoon op zo'n manier te verliezen...'

Ik ben blij dat Maarten onmiddellijk een rol voor zichzelf ziet weggelegd.

'En padre Mauro? Waar is hij?' vraag ik.

'Hij is toch weer naar de gemeenschap van Luis,' antwoordt Maarten. 'De dood van de kleine jongen heeft hem vreselijk aangegrepen. Die twee andere kinderen raakten hem vanzelfsprekend ook, maar omdat hij vaker in deze gemeenschap komt, kent hij de mensen die er wonen beter.'

En nu?

Ik zie dat eenzelfde besluiteloosheid Nayra heeft overvallen. Mijn spullen inpakken, mij wegkrijgen van het terrein en hiernaartoe brengen, was overzichtelijk, allemaal handelingen met een duidelijk doel. Maar nu we onze missie hebben volbracht, weten we niet wat de volgende stap moet zijn.

'Goed,' zegt Nayra. Ze diept de autosleutels op uit haar jaszak. 'Dan ga ook ik daar maar naartoe. Ik kan mijn ouders wellicht nog helpen. Ik ben te rusteloos om op de universiteit rond te lopen of om hier te blijven. Ik wil in beweging zijn, iets doen.'

Ik begrijp wat ze bedoelt, maar besef ook dat het waarschijnlijk geen goed idee is als ik mee zou gaan.

Aan de andere kant: iedereen zoekt op dit moment naar Lionel. Iedereen weet wie het is, hoe hij eruitziet. Het ligt meer voor de hand dat hij nu zo ver mogelijk hiervandaan aan het vluchten is. De laatste plaats waar hij op zal duiken is in een van de gemeenschappen langs het meer waar hij een bekend gezicht is. En ik weet uit welke hoek de dreiging komt, dus hij zal me niet kunnen verrassen. Als ik er maar voor zorg niet alleen te zijn.

'Ik ga met je mee,' zeg ik tegen Nayra.

Ze kijkt me aan alsof ze niet kan geloven wat ze zojuist heeft gehoord.

'Nee,' zegt ze gedecideerd. 'Jij blijft hier. Waarom denk je dat we net al die moeite hebben gedaan om je het terrein af te smokkelen? Alleen om je rugzak hier te brengen en dan vrolijk weer de toerist uit te kunnen hangen?'

Haar keuze voor het woord 'toerist' kwetst me.

Ik ben geen toerist. Ik ben geen voorbijganger. Ik hoor hier.

Maar ik weet dat ze gelijk heeft.

Maarten kijkt ons om beurten welwillend aan, duidelijk zijn best doend geen partij voor de een of de ander te kiezen. Dan toch, om de impasse te doorbreken, zegt hij: 'Wat Nayra zegt, klinkt niet onredelijk toch, Lucas? Wat heb je te winnen door nu met haar mee te gaan?'

Nog een paar uur in haar aanwezigheid. Dat is mijn winst. Morgen ben ik weg. Hoe vastberaden ik ook ben om terug te keren, je weet nooit hoe die dingen lopen. Misschien duurt het geen maanden, maar een jaar. Of langer. Of komt het er nooit van.

'Voor het donker wordt, ben ik terug, mi amor,' zegt ze. 'Blijf jij nu maar hier bij padre Martín, binnen de vier muren van deze kerk, veilig. Ik zou me veel beter voelen als ik weet dat je hier bent, Wara, echt. Ik ga alleen even naar mijn ouders. Er is altijd iets te doen daar. Jij blijft hier, lees een boek, ga even slapen, drink een kop thee, de tijd vliegt voorbij. Voor je het weet, ben ik er weer.'

De onrust die zij voelt om in beweging te blijven heb ik ook, maar tegelijkertijd ben ik ook moe. Inmiddels knort mijn maag toch ook alweer een beetje. En voor de zekerheid kan het geen kwaad om bij een wc in de buurt te blijven.

'Laat me een kop maté voor je zetten,' hakt Maarten definitief de knoop door. Dankbaar kijkt Nayra hem na als hij naar het gasfornuis loopt en een ketel water op het vuur zet.

Het is twee voor twaalf zie ik op de staande klok, een groot ouderwets geval.

Ik geef me gewonnen. Nayra omhelst me kort, glimlacht en pakt mijn beide handen waar ze even in knijpt. Dan draait ze zich om en gaat ze naar buiten.

Een grote triestheid overvalt me als de deur achter haar is dichtgevallen. Ik hou mijn blik onafgebroken op de deur gericht, biddend en verwachtend dat die elk moment weer open kan gaan, tot het fluitje van de ketel me terughaalt naar het hier en nu.

54

Hier zit ik dan, in de woonkamer van Mauro Benigni, de Italiaanse priester die veertig jaar geleden het platteland van Assisi verliet om het goede nieuws te verspreiden onder de indiaanse bevolking van Bolivia.

Hoe kijkt deze man terug op zijn leven? Hij is er in ieder geval niet in geslaagd het inheemse geloof met wortel en tak uit te roeien, zoals zijn bedoeling lijkt te zijn geweest... Zal hij nou het gevoel hebben dat het leven dat hij heeft opgeofferd voor zijn geloof de moeite waard is geweest?

Maarten zit rustig de krant te lezen. Op de achtergrond speelt de radio zachtjes. Ik kan nog net onderscheiden dat het Boliviaanse volksmuziek is, maar de liedjes herken ik niet. Als je niet beter zou weten, zou dit zomaar een heel vredig, huiselijk tafereel kunnen zijn. We drinken onze maté, wisselen af en toe een paar woorden en verkeren in onze eigen wereld – alsof ik niet aan het onderduiken ben, omdat een gek Jan-Willem heeft vermoord en mij ook op de hielen zit.

'Ach, ach, ach,' zegt hij opeens. 'In Peru is een enorm massagraf ontdekt. Vijfhonderd jaar oud gelukkig, dat dan weer wel, maar dan nog. In één enkele ceremonie zijn honderdveertig kinderen vermoord.'

Een huivering trekt langs mijn ruggengraat omhoog.

'Volgens archeologen,' leest hij voor, 'zijn aan de noordkust van Peru bewijzen gevonden voor het grootste kinderoffer in de Nieuwe Wereld waarvan ooit overblijfselen zijn ontdekt. Ruim honderdveertig kinderen en tweehonderd kameelachtigen, soorten van de dierfamilie waartoe ook lama's en alpaca's behoren, lijken op rituele wijze te zijn gedood tijdens een ceremonie die zo'n vijfhonderdvijftig jaar geleden plaatsvond op een lage zandduin die uitkeek over de Stille Oceaan, in de buurt van de destijds uitgestrekte hoofdstad van het Chimúrijk.'

Dan scant hij het artikel. Zijn ogen zijn iets opengesperd, alsof het bericht dat hij leest over een moordpartij gaat die gisteren pas heeft plaatsgevonden.

'Hier,' zegt hij dan. 'De skeletresten van zowel de kinderen als de dieren vertoonden diepe insneden in de borst en verbogen en gebroken ribben, sporen die overeenkomen met de mogelijkheid dat de harten uit de slachtoffers en offerdieren zijn verwijderd. De honderdveertig kinderen varieerden in leeftijd van vijf tot ongeveer veertien jaar; de meesten waren met het hoofd naar het westen, richting de oceaan, begraven.'

'Staat er nog bij welke verklaring de archeologen hebben?'

'Ja, hier. Luister. De modderlaag die bij de opgravingen werd ontdekt kan volgens de onderzoekers zelf ook een aanwijzing zijn. Ze denken dat de modder het gevolg was van zware regenval en overstromingen in dit normaliter droge kustgebied. Waarschijnlijk werden zulke omstandigheden veroorzaakt door een El Niño-achtig weersfenomeen. De hogere zeetemperaturen die kenmerkend zijn voor een El Niño-episode moeten de visserij langs de kust hebben verstoord, terwijl de wijdvertakte infrastructuur van irrigatiekanalen die de Chimú hadden aangelegd, door overstromingen kan zijn weggevaagd. Haagen Klaus, professor in de antropologie aan de George Mason University, denkt dat samenlevingen langs de noordkust van Peru hun toevlucht tot kinderoffers zijn gaan nemen toen het offeren van volwassenen niet voldoende bleek om de steeds terugkerende verwoestingen als gevolg van El Niño-episoden af te wenden. "Mensen offeren dat wat voor hen het waardevolst is," legt hij uit. "Het kan zijn dat ze merkten dat volwassen mensenoffers geen effect hadden. Toen het weer begon te regenen, dachten ze misschien dat nieuwe offers nodig waren. Het idee bestaat dat een ritueel offer een soort contract is om iets van bovennatuurlijke machten gedaan te krijgen. Maar in het echt is het een veel complexere poging om met hogere machten in onderhandeling te treden en om die machten met levende mensen te manipuleren."'

Maarten staat op en opent een laatje in de keuken waar hij een schaar uit pakt.

Ik merk dat mijn maag wat tot rust lijkt te zijn gekomen, misschien ook door de kalmerende werking van de maté. Af en toe nog een licht krampje, maar dat is niets vergeleken bij de barensweeën die ik eerder vanochtend voelde. Ik heb zelfs trek gekregen.

Nadat Maarten het artikel heeft uitgeknipt, schrijft hij in zijn keurige handschrift de naam van de krant met de datum erbij.

'Voor mijn archief,' zegt hij geheel ten overvloede als hij de schaar weer heeft teruggelegd.

'Mag ik het artikel even zien?' vraag ik, geïntrigeerd door de laatste zinnen die hij heeft voorgelezen.

Ik lees het hele artikel, waarbij ik me verbaas hoe gemakkelijk het me eigenlijk afgaat. Van de paar woorden Spaans die ik niet ken, kan ik de betekenis uit de context afleiden.

De zin over het rituele offer als een soort contract om iets van bovennatuurlijke machten gedaan te krijgen, treft me in het bijzonder. Het is een poging van de mens om met hogere machten te onderhandelen.

Do ut des. Ik geef, opdat jij geeft.

Wat heeft de persoon, die de kleine Luis geofferd heeft, willen bereiken? Of wat wilden de personen bereiken? Wat wilden ze van de hogere machten gedaan krijgen?

55

Tijdens mijn eerste bezoek vanuit Tiahuanaco aan Maarten in La Paz zaten we op een avond in de grote keuken van de congregatie waar hij en zijn broeders altijd samen hun maaltijden gebruikten. Met zijn tweeën zaten we nog wat na te tafelen, terwijl de twee huishoudsters de tafel afruimden en de vaat deden. De andere bewoners hadden zich in hun kamers teruggetrokken.

We kwamen te spreken over de slachtpartij waar we half januari getuige van waren geweest. Ik was toen een kleine drie weken in Bolivia en was een dagje met beide heren op stap geweest.

Op zich was Maarten niet eens geschokt geweest door de ruwheid waarmee alles gepaard was gegaan – het verdrinken van de varkens, het de keel doorsnijden van de lammetjes die daarna nog een korte tijd bij bewustzijn waren. Het was om een andere reden, zo vertelde hij me tijdens dat etentje bij hem thuis.

'Zoals ik je heb verteld werk ik al vele jaren aan een boek over het kinderoffer,' zei hij. 'Volgend jaar rond deze tijd zal ik definitief naar Nederland vertrekken en dan hoop ik al het materiaal, dat ik in de loop van de jaren heb verzameld, te ordenen en onderling met elkaar te verbinden.'

Hij stond op om een boek uit de kast te pakken, een Spaanstalige bijbel, zo zag ik toen hij weer was gaan zitten. Maarten legde het boek voor zich op tafel en liet zijn rechterhand erop rusten, alsof hij in een Amerikaanse rechtbank zat en moest zweren de 'waarheid en niets dan de waarheid' te spreken.

'Ik ben heel mijn leven al gefascineerd geweest door het mensenoffer,' vertelde hij, 'waarbij het kinderoffer dan nog een extra afschuwwekkende variant is natuurlijk. Het gebruik gaat heel ver terug in de geschiedenis van de mensheid. Het geloof in mensenoffers is gebaseerd op de veronderstelling dat een surrogaatslachtoffer door zijn of haar dood op de een of andere manier het leven van anderen kan redden.'

‘Zoals een dier dat je slacht sterft,’ zei ik, ‘zodat jij kunt eten en daardoor kunt leven. Dezelfde notie toch?’

‘Klopt,’ antwoordde hij. ‘Waarschijnlijk is het daar begonnen, dat is niet ondenkbaar. Maar in het algemeen is het zo dat in de loop van de tijd het mensenoffer door een dierenoffer wordt vervangen. Die worden dan vaak gevolgd door plantaardige offers – de mensen bieden vruchten aan, maiskolven, een deel van de eerste oogst – of reukoffers zoals wierook. In het laatste stadium “offeren” mensen alleen nog maar gebeden, ze bieden hun woorden aan – zoals in de christelijke kerken gebeurt.’

‘Een beetje evolutionair gedacht toch? Een ontwikkeling van primitief naar beschaafd waarbij heel “toevallig” onze praktijk de hoogste trap van beschaving is.’

Maarten lachte. ‘Je hebt gelijk. Kijk, iedere tijd... Iedere cultuur beschouwt de eigen verworvenheden, vertaald naar de normen en waarden, als de beste uitkomst van alle mogelijke uitkomsten. Mensen zien die als dé standaard waaraan de normen en waarden van andere mensen en van andere culturen worden afgemeten. En dan is men geneigd te denken dat dit is hoe het hoort, dat het altijd zo is geweest en dat iedere verandering of aantasting ervan een achteruitgang is. Maar het zijn altijd momentopnames. Iets wat vijftig jaar geleden de norm was, kan nu als achterhaald beschouwd worden. Kijk maar naar de positie van de vrouw in Nederland.’

‘Maar goed...’

‘Maar goed, inderdaad, ik dwaal af. Hoewel, ook weer niet echt. Luister, vanuit onze positie kijken wij naar het mensenoffer als iets barbaars, als iets afschuwelijks, we kunnen niet anders. In mijn boek besteed ik veel aandacht aan het Fenicische Carthago, een kustplaats in het huidige Tunesië. Archeologen hebben in graven de overblijfselen van heel veel, vaak zeer jonge kinderen gevonden die op rituele wijze waren vermoord. En uit archeologische opgravingen is gebleken dat de Kanaänieten – een volk in het oude Israël – met grote regelmaat kinderen van drie tot twaalf maanden oud op een altaar verbrandden. Ook werden soms bij de bouw van een huis kinderen in een muur of in een fundament gemetseld, of onder de drempel van een huis begraven. Het geofferde kind werd vanaf dat moment als het ware de beschermgeest van het huis.’

Ik huiverde even.

'Afschuwelijk natuurlijk,' vervolgde hij. 'Het gaat ons voorstellingsvermogen te boven. En er was nog een ander volk, de Ammonieten. Moloch was hun nationale god en in het Oude Testament wordt Moloch genoemd als een god aan wie mensenoffers werden gebracht. Dat gebeurde door kinderen door het vuur te laten lopen, waarbij ze levend verbrandden. De Bijbel, het Oude Testament, doet niets anders dan het voortdurend veroordelen van deze praktijken.'

Ik begreep waar Maarten naartoe wilde.

'En dan heb je als christen natuurlijk een probleem,' bevestigde Maarten mijn vermoeden. 'Als je het Oude Testament leest als een voortdurende, zorgvuldige aanklacht tegen het mensenoffer, dan sluit het Nieuwe Testament daar totaal niet op aan. Want daar staat een mensenoffer – het offer van Jezus – juist centraal. De kruisiging van Jezus was het laatste grote mensenoffer. Dan druist de christelijke boodschap geheel in tegen deze moeizame culturele evolutie van een offercultus naar een stelsel van persoonlijke verantwoordelijkheid. Het christendom zou dan geen voortzetting van het joodse geloof zijn, maar juist het terugdraaien van de klok, omdat wordt teruggegaan naar het mensenoffer als centrum van de cultus. Opeens zijn we weer terug in de primitieve situatie waarin de afgrond zich opent en er in paniek om een slachtoffer wordt geroepen. Door deze cultus van lichaam en bloed, door zichzelf tot het paaslam te maken, zou Jezus duizend jaar Bijbelhistorie overboord hebben gegooid. Het ritueel van de communie betekent immers de herinvoering van het mensenoffer, dat al lang geleden was vervangen door de ram op de berg Moria.'

Ik knikte.

'Het is...' verzuchtte Maarten.

'*It's complicated*,' zei ik lachend.

'Inderdaad,' antwoordde Maarten die ook moest lachen. 'Er is een boek, ik denk niet dat je het kent, maar het staat min of meer centraal in mijn boek. Het heet *Homo Necans*, de "dodende mens", uit 1972 van Walter Burkert, een Duitse classicus en een vooraanstaand deskundige op het gebied van de Oud-Griekse religies en mysteriegodsdiensten.'

Ik kende het inderdaad niet.

'Het offerritueel is voor Burkert essentieel. Volgens hem bestaat er in de meest primitieve vorm van samenleven een fundamenteel verschil tussen het heilige en het profane – het gewone, alledaagse leven zogezegd. Aan de hogere wereld van het heilige kun je alleen maar deelnemen door een offer. Volgens Burkert ervaart de gelovige zijn of haar god niet alleen in vroom gedrag of in gebed, zang en dans, maar...' Met een harde klap liet hij zijn hand op de tafel voor ons neerkomen, waardoor onze glazen wijn bijna omvielen. Ik schrok me rot. '...in de dodelijke dreun van de bijl, het stromen van het bloed en het verbranden van beenderen.'

'Zoals wat wij gezien hebben, vorige maand in die gemeenschap,' hernam ik mezelf.

'Ja, exact. En het vreemde is... Ik kreeg daar een inzicht, een bliksemflits, en zoals dat nu eenmaal gaat met grote inzichten, leek het zo volstrekt logisch en voor de hand liggend dat ik verbaasd was dat ik het niet eerder had gezien. Opeens zag ik een overeenkomst met de offerrituelen in het oude Griekenland zoals Burkert die in zijn boek beschrijft, en nog meer dan dat, een een-op-eenparallel met de kruisiging van Jezus.'

Vol bewondering luisterde ik naar Maarten. De parate kennis waar hij over beschikte was duizelingwekkend, maar nog meer dan dat bewonderde ik de lenigheid van zijn geest. Ook op deze leeftijd hield hij niet koste wat het kost vast aan zijn overtuigingen en ideeën, maar was hij bereid die voortdurend te onderzoeken en in te ruilen voor iets beters als hij tot de conclusie kwam dat de oude niet langer houdbaar waren.

'Een offer in het oude Griekenland begon altijd met een processie, waarbij de deelnemers hun alledaagse wereld verlieten. Ze bewogen zich dansend voort en voerden het offerdier mee. Meisjes liepen voorop met mandjes graan. In het Nieuwe Testament wordt beschreven hoe Christus, omgeven door een menigte, naar Golgotha liep. Op zijn mishandelde schouders droeg hij zelf de dwarsbalk, op zijn hoofd hadden ze hem een doornenkroon gedrukt. De stekels ervan staken diep in het vlees. Ze waren op weg naar een plek buiten de stad.'

Ook in dat dorp liepen wij in een optocht het dorp uit, met de dieren in ons midden, bloemenkransen op de kop, als waren ze de hoofdgasten op een feest. Ik ging in gedachten terug naar enkele weken geleden.

'Het doel van de tocht is het altaar, waar een vuur op brandt...'

Het vuur was al hoog opgestookt, het water in de pannen borrelde en de stoom steeg naar de hemel. Op sommige plekken in de aarde staken door de zon witgeblakerde schedels naar boven.

'Christus werd naar Golgotha geleid, de Schedelplaats, de executieplek net buiten de muren van Jeruzalem, gelegen op een heuvel zodat de gekruisigden voor iedereen goed zichtbaar waren. "Als een schaap dat naar de slacht wordt geleid, als een ooi die stil is bij haar scheerders deed hij zijn mond niet open," schreef de profeet Jesaja al... En dan gaat iedereen in een cirkel staan, om het altaar heen waar het offerdier vastgebonden wordt. Iedereen doet mee, dus iedereen draagt verantwoordelijkheid voor dit offer. Iedereen is medeplichtig...'

Alle inwoners van de gemeenschap verzamelden zich rond de emmers, rond de tafels waar de dieren geslacht werden.

'Rond het kruis stonden de soldaten, de vrouwen die Jezus hebben gevolgd, mensen uit het volk die Jezus een paar dagen eerder nog verwelkomden met een "Hosanna, gezegend hij die komt in de naam des Heren", toen hij op een ezeltje de poort van Jeruzalem binnenging. Er is een oud lied, een *spiritual*, zoals ze die wel zingen in zwarte Amerikaanse kerken: "*I was there when they crucified my Lord...*" Iedere gelovige is verantwoordelijk voor de dood van Jezus, want om jóúw zonden te kunnen vergeven is dit offer nodig... En dan, weer terug in het oude Griekenland: de mensen reinigen hun handen met water.'

De slagers wasten hun handen. Uit hygiënisch oogpunt? De omstandigheden zijn sowieso verre van hygiënisch hier, dus het al dan niet hebben van schone handen lijkt een bijzaak.

'Pilatus liet water brengen en waste ten overstaan van de menigte zijn handen. Hij zei: "Ik ben onschuldig aan de dood van deze man. Zie het zelf maar op te lossen..." Vervolgens wordt er water op het hoofd van het dier gegooid, dat door het er weer af te werpen een knikkende beweging maakt en daarmee dus instemt met het offer. Ook Jezus stemde in met het offer. "Niet mijn wil, maar de Uwe geschiede," bidt hij tot de Vader.'

De overeenkomsten zijn inderdaad schokkend.

'De mand werd rondgegeven en iedereen haalde daar wat graankorrels uit. Onder in de mand lag een mes verstopt. De priester pakte het mes en sneed een paar haren van het dier af, die in het vuur werden gegooid. Na deze inleidende handelingen werd het dier met een bijl doodgeslagen.'

Een mes werd nog in de keel gestoken van het varken. Met één haal werd de halsslagader van het lam doorgesneden. Het bloed en de levenssappen van de dieren stroomden naar buiten.

'In de evangeliën lezen we...' Maarten citeerde uit het hoofd: '"Vervolgens kwamen ze bij Jezus, maar ze zagen dat hij al gestorven was. Daarom braken ze zijn benen niet. Maar een van de soldaten stak een lans in zijn zij en meteen vloeide er bloed en water uit." In het Griekse ritueel begonnen dan de vrouwen in de groep zo hard te schreeuwen, dat alle herrie die met het doden gepaard ging, werd overstemd. In het geval van Jezus begonnen de vrouwen luidkeels te wenen. Het offer was gebracht. De daad was voorbij en het dier werd opengesneden.'

De slagers deden hun werk: ze verwijderden de vacht en de huid van de dieren en haalden de ingewanden eruit. Dan sneden ze het karkas in twee gelijke delen die werden weggedragen.

'In het geval van Jezus: Hij werd van het kruis af genomen, in doeken gewikkeld en naar het graf gebracht. Het verzorgen van het lichaam, het wassen en het balsemen kon pas na de sabbat plaatsvinden, dus legden ze het te rusten en rolden ze de steen voor het graf.'

Goede Vrijdag.

'Voor wat betreft het dier: de eetbare delen werden op het altaar gebraden en er ontstond een gemeenschappelijke maaltijd: de collectieve horror was veranderd in een collectief feest.'

De dieren hebben hun leven gegeven. Ze hebben hun lichaam en hun bloed geschonken waardoor de mensen te eten hebben. Het vlees, de harten, levers, nieren, darmen, de hersenen, het merg van hun botten, de ogen, de oren, de tongen, alles werd gebruikt.

'En als we dan de parallel trekken met Jezus. Volgens de evangelieschrijvers zou hij hebben gezegd: "Dit is mijn lichaam, dat voor u gegeven wordt..." Jezus, het Lam Gods, heeft zijn lichaam en zijn bloed gegeven om óns leven te schenken. Wij christenen geloven dat we dood zouden zijn zonder zijn belangeloze offer. Door zijn dood kunnen wij leven.'

Ik knikte. Nog niet eerder had ik het offer van Jezus zo duidelijk tot zijn essentie teruggebracht zien worden.

'Van het offerdier werden de botten op het altaar gelegd in de oorspronkelijke vorm van het dier. Ze werden in brand gestoken, en de rook steeg op naar de goden, die zo ook deelhadden aan het offer.'

Het vlees werd gebraden, er werd soep getrokken van het merg in de botten, de ingewanden werden in stukken gesneden, leeggeknepen en schoongespoeld. De rook kringelde omhoog, aangename geuren stegen op naar de hemel... Veertig dagen na Zijn opstanding is er de Hemelvaart waarbij Jezus ook naar de hemel opsteeg.

Toen ik 's avonds in bed lag, was ik nog steeds onder de indruk. We waren getuige geweest van dezelfde gebeurtenis, maar Maarten had daar in feite iets heel anders gezien dan ik. De eenvoud waarmee hij deze ingewikkelde materie had uitgelegd, vond ik fenomenaal. De kruisiging van Jezus bleek bijna volledig overeen te komen met het offerritueel in het oude Griekenland en met de slacht die we hadden bijgewoond in het dorp. Daarom was Maarten er zo ondersteboven van geweest. Het was tot hem doorgedrongen dat het offer van Jezus, dat hij tot dan had gezien als een unieke gebeurtenis in de geschiedenis van de mensheid, een ritueel offer was zoals dat al sinds mensenheugenis plaatsvond. Precies dezelfde mechanismen speelden een rol, precies dezelfde elementen kwamen erin terug. Tot en met het wassen van de handen in onschuld, zoals Pilatus gedaan had nadat hij Jezus tot de kruisdood had veroordeeld. Hiermee was dit offer opeens niet meer uniek. En daarmee opende zich de mogelijkheid dat de kruisdood van Jezus niets meer was dan een christelijke versie van een oeroud verhaal – niet méér waard dan andere offerrituelen.

Later bedacht ik pas dat ik Maarten was vergeten te vragen wat al deze ontdekkingen eigenlijk met zijn eigen geloof deden. Ondermijnden de parallellen tussen de kruisiging van Jezus en het Griekse offerritueel zijn eigen geloof? Of waren het voor hem weliswaar sterke overeenkomsten, maar tastten die de kern van het unieke offer van Jezus niet aan?

Vlak na de slacht wist ik dit alles nog niet natuurlijk, maar het was een feit dat hij op de weg terug naar Tiahuanaco een stuk zwijgzamer was geweest dan op de heenweg.

56

Ineens voel ik een grote onrust. Ik wil weg hier. Weg uit de keuken van Mauro's parochie.

Waarom moet ik me verschuilen als een bange wezel, terwijl Lionel rondgaat als een briesende leeuw? Laat hém de prooi worden, laat hém bang zijn! Laat míj de jager zijn! We weten wie hij is, hoe hij eruitziet, waar hij woont. Politieagenten zitten achter hem aan, dus waarschijnlijk zit hij inmiddels al in Peru of in ieder geval ver weg.

Het is ook mijn frustratie vanwege het feit dat ik morgen al vertrek en dat Nayra hier vlakbij is zonder dat ik haar zie. Allemaal verloren uren.

En wat kan me overkomen als ik bij haar ben? Waarom ben ik zo snel akkoord gegaan met haar vertrek naar haar ouders en mijn onderduiken hier?

Ik sta op om het krantenartikel aan Maarten terug te geven. Een kort moment houden we het tegelijkertijd vast, waarbij hij me aankijkt.

'Ik bespeur ongeduld bij je, vriend,' zegt hij, met iets van bezorgdheid in zijn stem.

'Dat klopt,' zeg ik. 'Dat klopt. Ik heb het idee dat ik mijn tijd hier zit te verdoen, sorry. Ik bedoel, je bent aangenaam gezelschap, maar ik denk niet dat ik zo bang hoef te zijn dat die figuur achter me aan komt. Hij wordt gezocht en zal het wel uit zijn hoofd laten zijn gezicht te laten zien. Hier komen was een beetje paniekvoetbal, achteraf bezien. Wel begrijpelijk, maar ik denk niet dat het nog echt nodig is. Wat denk jij?'

Maarten glimlacht. 'Ik heb zo het idee dat het niet zoveel uitmaakt wat ik zeg of denk, is het wel? Je wilt graag bij Nayra zijn en dat kan ik me ook wel voorstellen.'

Zoals altijd kijkt hij dwars door me heen.

'Ja, daar komt het wel op neer, ja. Het is ook...' Ik moet bij mezelf te rade gaan om te achterhalen of ik wel helemaal oprecht ben. 'Het is ook, nu na dat krantenartikel over kinderoffers, na de dood van Luis en die andere kinderen... Het voelt alsof ik daarbuiten misschien van betekenis kan zijn. Extra ogen en oren kan zijn. Het is allemaal niet erg rationeel, ik weet het. Wie weet zit Lionel ook achter de moord op die jonge kinderen en kan ik hem met mijn aanwezigheid uit zijn tent lokken. Als ze hem pakken, komt er een einde aan deze verschrikkelijke geschiedenis. Dus ja, alles bij elkaar genomen, wil ik gewoon weg.'

Maarten steekt een hand in zijn broekzak. Ik hoor gerammel van sleutels.

'Goed,' zegt hij. 'Maar dan ga ik wel met je mee. Hoe zou je anders in het dorp moeten komen? Ik kan Nayra even een berichtje sturen van tevoren, ik heb haar nummer tenslotte.'

Dankbaar schud ik hem de hand, wat iets komisch heeft.

'Maar eet eerst even iets,' zegt hij. 'Anders ben je veel te zwak.'

Ik besef dat ik mijn hand niet moet overspelen nu ik zijn zegen heb weg te gaan en hij zelfs bereid is me met de auto te brengen.

Maarten zet opnieuw water op voor de thee, terwijl ik voor ons beiden grote stukken brood afscheur.

Neem, dit is mijn lichaam, wil ik zeggen, maar ik slik de grap in.

Uit de koelkast pak ik een stuk grove, brokkelige geitenkaas.

Als hij de thee heeft opgeschonken, gaat Maarten aan tafel zitten om zijn brood te eten en de maté te drinken, maar ik voel me te onrustig en blijf aan het aanrecht staan. De lichte pijn in mijn buik lijkt nu meer te worden veroorzaakt door het hongergevoel dan door de naweeën van het chichadebacle.

Sneller dan Maarten heb ik mijn brood achter de kiezen. Ik maak van de gelegenheid gebruik om even naar het toilet te gaan.

Als ik terugkom, zie ik dat Maarten wat verward naar het schermpje van zijn mobiel staart.

'Is er iets?' vraag ik. De bezorgdheid die net wat was geluwd, laait in volle hevigheid weer op.

'Nayra heeft je al een paar keer geprobeerd te bereiken,' zegt hij.

Op m'n telefoon die in de sacristie ligt, besef ik.

'Zegt ze ook waarom?' vraag ik.

Pling. Er komt een nieuw appje binnen.

'Oscar is naar Isla del Sol vertrokken,' leest Maarten voor.

‘Ja, en?’ zeg ik. ‘Er is daar een bijeenkomst van evangelische kerken toch? Die willen gaan protesteren tegen het Inti Raymi.’

‘Op het Isla del Sol?’ vraagt Maarten verbaasd. ‘Nee joh, dat feest is sinds jaar en dag in Sacsayhuaman, bij Cuzco. Ik ben er jaren geleden met Mauro zelf geweest.’

‘Wat raar. Maar dan nog… Wat kan het ons schelen dat Oscar naar Isla del Sol is gegaan? Wat mij betreft gaat hij naar het Isla de la Luna. Of loopt hij naar de maan.’

Maarten lacht hartelijk.

Pling.

Niet-begrijpend kijkt hij naar het appje dat is binnengekomen.

Niet in staat mijn ongeduld te beheersen, ruk ik de mobiel uit zijn handen.

Dan begrijp ik Nayra’s ongerustheid pas.

Ik lees haar laatste bericht.

Hij heeft Aruni meegenomen.

57

Met het toestel van Maarten bel ik Nayra, maar tot mijn grote frustratie word ik onmiddellijk doorgeschakeld naar haar voicemail. Het slechte bereik van de mobiel op het Boliviaanse platteland is legendarisch. Het is ook goed mogelijk dat de appjes die zijn binnengekomen op Maartens telefoon al langere tijd geleden zijn verstuurd.

Ik neem de moeite niet eens om iets in te spreken.

Dit is Lucas, typ ik haar terug.

Aan het tekentje onderaan het berichtje zie ik dat het niet wordt verstuurd.

'We moeten naar Nayra, Maarten,' zeg ik. 'Nu.' Ik wilde al gaan, maar nu ben ik niet meer te houden.

Dan zie ik tot mijn opluchting een enkel vinkje verschijnen in het beeldschermpje, al snel gevolgd door een tweede vinkje.

Maarten en ik komen NU naar je toe, typ ik in een nieuw appje. We gaan naar Isla del Sol om – Ja, om wat?

Ik kan moeilijk typen 'om Aruni te redden', want dat slaat nergens op. Het is een volslagen raadsel waarom Oscar het jongetje meegenomen heeft.

Het lijkt me vooral zaak om Aruni weer te herenigen met zijn familie, met Nayra. Het ventje heeft niets te zoeken op dat eiland, zoveel weet ik nog wel. We gaan naar Isla del Sol om don Oscar en Aruni te zoeken, maak ik ervan. *Verstuur.*

Een vinkje.

Twee vinkjes.

Is dan toch Oscar de kwade genius in dit verhaal?

Tot mijn onbeschrijflijke opluchting worden de vinkjes blauw.

Nayra is aan het typen…

Pling.

We begrijpen ook niet waarom don Oscar dit heeft gedaan, heeft ze getypt. Mijn moeder zegt dat hij Aruni wil beschermen tegen degene die Luis heeft vermoord.

Wat als hij nu juist de moordenaar is? typ ik, maar dat berichtje wis ik. We komen er NU aan, maak ik ervan.

Wat haar moeder zegt kan natuurlijk ook. Maar dan nog blijft het een raar verhaal. Aruni kan toch het beste in de beschermde omgeving van zijn eigen huis en familie zijn?

Het klopt niet.

Er klopt helemaal niets van.

Dat is goed, typt Nayra dan. We moeten uitgaan van zijn goede bedoelingen. Er schijnt een bijeenkomst te zijn van evangelische voorgangers.

Nee, ik denk niet dat er zo'n bijeenkomst is.

En in een volgend bericht: Maar toch heb ik er geen fijn gevoel bij. Daarom wil ik Aruni ophalen.

We zien je zo, schrijf ik terug. Deze keer worden de beide vinkjes onmiddellijk blauw.

'Ik ben klaar,' zeg ik tegen Maarten. 'Laten we gaan.'

'Trek op zijn minst je jas aan,' zegt hij, terwijl hij zijn eigen jas van de kapstok pakt en aandoet.

Ik ben blij dat ik in ieder geval wat heb gegeten en gedronken, waardoor ik iets ben aangesterkt, al voel ik me nog steeds niet honderd procent. Voor de zekerheid ga ik nog even naar het toilet.

In de kerk roep ik Victor, de koster, die bezig is met zijn eeuwigdurende klus om de kaarsjes bij de heiligenbeelden brandende te houden.

Een moderne Sysiphus. Zodra hij zijn rondje heeft gemaakt, zijn de eerste kaarsen alweer opgebrand en kan hij weer opnieuw beginnen.

Hij opent de sacristie voor me. Ik pak mijn jas en steek mijn mobiel bij me, al heeft de batterij nog maar vijftien procent.

Eenmaal buiten start Maarten de auto en al snel zijn we onderweg.

'Nog een laatste avontuur zo vlak voor je vertrek,' merkt Maarten op.

'Tja,' zeg ik zonder geestdrift.

Ik zou het graag zonder hebben gedaan. Man, wat een einde van mijn verblijf hier.

'Maar dat zal de verklaring dan wel zijn,' zegt Maarten die zelf ook al de appjes van Nayra heeft gelezen. 'Het is niet eens zo gek gedacht dat

Oscar Aruni heeft meegenomen om hem te beschermen. Met die Lionel, die ergens rondzwerft… Wie weet zit die ook achter de moorden op de kinderen. Dan is het juist goed dat hij Aruni meeneemt naar een plek ver hiervandaan.'

'Maar waarom dan alleen Aruni? Dan had hij net zo goed met een schoolbus alle kinderen uit het dorp mee kunnen nemen. Of alle kinderen uit alle dorpen.'

Als de rattenvanger van Hamelen.

'Tja, het is mij ook niet helder,' zegt Maarten. 'Hij staat wel op heel goede voet met Nayra's moeder toch? Het zou kunnen dat hij een speciale band heeft met dat jongetje, of een grote verantwoordelijkheid voor hem voelt?'

Misschien is hij in een droom gewaarschuwd door een Engel van de Heer…

Graag laat ik me geruststellen door Maartens gedachtegang, maar ik zal me pas helemaal kunnen ontspannen als we Aruni weer terug hebben.

58

We rijden het dorpje Tiahuanaco uit, dat zoals altijd de indruk maakt een spookdorp te zijn. Van zo goed als alle huizen zijn de luiken gesloten, er is geen sterveling op straat en zelfs bij de kraampjes voor de huizen zit niemand om op de koopwaar te letten.

Imagine there's no heaven, komt opeens dat oude liedje van John Lennon bij me op. *It's easy when you try...*

'Zou de wereld niet beter af zijn zonder godsdienst?' zeg ik plompverloren.

No hell below us, above us only sky...

'Ach, Luc, don Lucas,' zegt Maarten, met veel warmte in zijn stem. 'Je bent nog zo jong.' Als iemand anders me op dit moment zo zou hebben aangesproken, zou het me geërgerd hebben.

Nothing to kill or die for, no religion too.

'Ik bedoel...' zeg ik. 'Al die mensen die denken de waarheid in pacht te hebben. En dan mensen de hersenen inslaan die niet dezelfde overtuiging hebben als zij. In gesprek met ze gaan is zinloos, want ze hebben toch gelijk.'

'Ik ben de weg, de waarheid en het leven,' citeert Maarten een beroemde uitspraak van Jezus.

'Ja, precies.'

'Zie je mij ook zo?'

'Nee, nee,' zeg ik haastig. 'Jij bent anders. Jij staat open voor een gesprek.'

'Nou dan,' zegt hij. 'Er zijn toch veel mensen zoals ik? Ik begrijp wat je bedoelt, maar dat geldt natuurlijk niet alleen voor godsdiensten, maar voor elke onwrikbare overtuiging. Er zijn ook ideologieën, neem het communisme. In de Sovjet-Unie zaten de kampen vol met mensen die niet overtuigd waren van de zegeningen van de communistische heilstaat. Die gingen naar een heropvoedingskamp, zodat ze hun verkeerde manier van denken afleerden. Kijk naar China onder Mao. En dan hebben we het nog niet eens over het fascisme van Hitler-Duitsland. In de twintigste eeuw hebben die niet-godsdienstige ideologieën waarschijnlijk voor meer doden gezorgd dan twintig eeuwen christendom bij elkaar. Of probeer maar eens een zinnig gesprek met een overtuigd vegetariër te voeren.'

Het lukt hem me aan het lachen te krijgen.

Het is fijn te kletsen zoals we afgelopen zes maanden zo vaak met elkaar hebben gediscussieerd. Het dringt alle zorgen voor even naar de achtergrond.

'Toch is dat anders,' zeg ik. 'Hoewel alle vleeseters inderdaad vegetariers moeten worden natuurlijk...'

Aan Maartens glimlach zie ik dat hij de ironische ondertoon heeft opgemerkt.

'Maar een gelovige heeft een heel andere agenda,' ga ik verder. 'Die denkt dat hij niet alleen zelf een plekje in de hemel verdient door ongelovigen te bestrijden, maar ook dat hij van de wereld een betere plek kan maken als hij het ongeloof tegengaat.'

'Daar doe je veel gelovigen onrecht mee, met die houding. Vroeger was dat misschien zo, maar tegenwoordig...'

'Hoeveel oorlogen zijn er wel niet in de wereld, hoeveel conflicten die direct met godsdienst te maken hebben?'

'En dan zeg ik je: kijk naar ieder conflict afzonderlijk en dan zul je zien dat het nooit om de godsdienst zelf gaat. Er zit altijd iets anders achter, altijd. Volkeren kunnen eeuwen- en eeuwenlang in harmonie met elkaar samenleven totdat de grond schaars wordt, er ergens olie wordt gevonden of politici de religieuze verschillen gaan benadrukken om aan de macht te komen of te blijven. Echt, ik daag je uit. Je kunt een willekeurig zogenaamd religieus conflict in de wereld nemen en als je je erin verdiept, zul je ontdekken dat godsdienst alleen maar wordt gebruikt om een wij- en een zijgroep te creëren.'

In mijn gedachten ga ik snel een aantal grote wereldconflicten af – oorlogen in Irak, Kasjmir, Rwanda, Joegoslavië, conflicten in Sri Lanka, de Filippijnen, Noord-Ierland of zelfs in België – en ik moet hem gelijk geven.

'Daar is religie natuurlijk perfect voor,' vervolgt hij. 'In zulk soort conflicten ben je christen of niet, je bent moslim of niet, je bent hindoe óf moslim óf boeddhist. Een tussenpositie is niet mogelijk. Als iedereen moslim is, dan wordt het: je bent óf soenniet óf sjiiet. En als je godsdienst afschaft, vinden mensen wel andere criteria op basis waarvan ze een groep kunnen vormen. Clubliefde, geboorteplaats, beroep, bezit, moedertaal… de mogelijkheden zijn eindeloos. Godsdienst is zo'n krachtig middel omdat het zo diep ingrijpt in je leven, zo'n belangrijk onderdeel uitmaakt van je identiteit. Aangevallen worden op je godsdienst is aangevallen worden op wie je ten diepste vanbinnen bent.'

'Zo zullen sommige Ajacieden of Feyenoorders zich ook voelen,' zeg ik lachend.

'Ja, precies. Voetbal heeft alle trekken van een godsdienst. In Brazilië zeggen ze niet voor niets dat God rond is.'

Hij heeft een punt, besef ik.

'Waar het misgaat voor mij,' zegt Maarten, 'is als, net wat jij zegt, mensen de teksten uit hun heilige boek, of dat nou de Bijbel is, de Koran, het rode boekje van Mao of het Boek van Mormon, letterlijk gaan nemen en die gaan zien als de enige waarheid die er is. Dan worden het woorden die in steen zijn gebeiteld en die niet meer kunnen worden geïnterpreteerd, of bediscussieerd. Dan kunnen ze niet meer worden gerelativeerd, vertaald naar een nieuwe tijd met nieuwe omstandigheden, met nieuwe eisen… Maar ik hoop dat je mij niet zo ziet. Ik denk dat je me beter hebt leren kennen dan dat.'

'Dat is waar,' geef ik toe.

Maarten mindert vaart, omdat we de politiepost van Guaquí naderen. Er staan meer militairen dan anders, jonge jongens zoals altijd, de meesten nog geen twintig jaar oud schat ik. Een aantal is uitgerust met indrukwekkende uzi-achtige machinegeweren.

Zou het te maken hebben met de zoektocht naar Lionel?

In een automatische reflex breng ik mijn hand naar mijn middel om mijn paspoort uit mijn moneybelt te halen, maar dan herinner ik me dat die nog in de sacristie ligt.

59

De auto is tot stilstand gekomen bij de slagboom. Maarten draait het raampje open om twee militairen te woord te staan. Ook aan mijn kant verschijnen twee jongens. Eentje klopt op de ruit en sommeert me die omlaag te doen.

Ik zie geen bekende gezichten.

'Paspoort,' zeggen ze allebei.

Maarten wurmt zijn portemonnee uit zijn broekzak en haalt er zowel zijn rijbewijs als zijn identiteitskaart uit die hij overhandigt.

Ik lach wat schaapachtig naar de soldaat die zijn hand uitgestoken heeft om mijn document in ontvangst te nemen.

'Ik woon hier al zes maanden,' probeer ik. 'Ik werk bij de universiteit van Tiahuanaco, als onderzoeker. Ik kom uit Nederland.' En ik was een vriend van Jan-Willem, maar die informatie laat ik maar even achterwege. 'Mijn paspoort ligt nog op het instituut, maar ik passeer deze post bijna elke dag.'

Ze zijn niet overtuigd. Ik noem een paar namen van grenswachten die ik in de afgelopen maanden heb leren kennen en dat lijkt enig effect te hebben.

'Wilt u uit de auto komen?' klinkt het dan toch.

Maarten is goedgekeurd, zie ik. Hij gebaart naar me dat ik maar even uit moet stappen.

Tussen de twee soldaten in loop ik naar het wachtershuisje, terwijl ik me toch weinig op mijn gemak begin te voelen. Ik wil zo snel mogelijk door.

De slagboom gaat open en Maarten start de motor. Dan rijdt hij tien, twintig meter verder en parkeert hij de auto in de berm.

Binnen tref ik gelukkig don Augustín aan, een man die ik de afgelopen zes maanden wat beter heb leren kennen. Een enkele keer heeft hij zelfs meegedaan aan de zondagse voetbalwedstrijden op het instituut. Ook bij de 'derde helft' liet hij zich niet onbetuigd.

Hij wuift zijn ondergeschikten weg, zodat we samen in zijn kamer zijn. 'Don Lucas. Ik dacht dat je al was vertrokken.'

'Morgen ga ik naar La Paz. En dan maandag naar Nederland.'

'Heel goed, heel goed,' zegt hij. 'Maar wat verschaft mij de eer? Hoe kan ik je dienen?'

'Ik ben onderweg naar de gemeenschap van Nayra,' zeg ik. 'Samen met padre Martín. Die ken je toch wel? Een goede vriend van padre Mauro.'

Hij denkt even na en knikt dan. 'Heel goed, heel goed. Het is een gekkenhuis vandaag. Vandaar al die extra mannen hier bij de post. Je hebt ervan gehoord natuurlijk, de moord op je landgenoot.'

'Een drama, ja. Hij was een goede vriend van mij.'

'Precies. Daarom houden we de situatie extra scherp in de gaten vandaag.'

'Het punt is dat ik in grote haast ben vertrokken. Mijn paspoort is nog thuis, dus dat is –'

'We weten dat de moordenaar in het gebied is,' onderbreekt hij me. 'Hij is op verschillende plaatsen gezien, dus het is een kwestie van uren voordat we hem hebben. Daar ben ik van overtuigd.'

'Goed zo,' zeg ik, maar ik weet niet of ik nu opgelucht moet zijn of niet. Liever had ik hem over de grens met Peru gehad of in ieder geval ver weg van hier.

'Maar kan ik door?' vraag ik dan toch maar.

'Maar je hebt geen paspoort.'

'Ik... Nee, dat is waar. Maar je weet toch wie ik ben?'

Dat flikt hij me niet hoor.

Verwachtingsvol kijkt hij me aan.

Hij zal toch geen geld willen? Mijn portemonnee ligt ook thuis.

'Misschien heb je een bijdrage voor mijn mannen? Die staan de hele dag in die brandende zon, voor jouw veiligheid. Die hebben vanavond wel een biertje verdiend toch?'

'Absoluut,' zeg ik, terwijl mijn hersens op volle toeren draaien. 'Ik zal padre Martín even vragen. Zelf heb ik op dit moment niets bij me om bij te dragen aan' – aan jouw portemonnee – 'een extraatje voor je mannen dat ze inderdaad zo hard hebben verdiend. Als je even een moment hebt.'

Zonder op zijn antwoord te wachten, schiet ik naar buiten.

De soldaten buiten gaan ervan uit dat ik de goedkeuring van hun leidinggevende gekregen heb en leggen me geen strobreed in de weg. Maarten start de auto als hij mij in zijn achteruitkijkspiegel ziet naderen.

Ik ren naar de bestuurderskant.

Natuurlijk zou ik nu ook gewoon in kunnen stappen, maar dat levert ongetwijfeld straks op de terugweg nog veel grotere problemen op.

'Heb jij geld bij je?' vraag ik gehaast. 'Hij wil geld van me, omdat ik mijn paspoort niet bij me heb.'

Geërgerd kijkt Maarten me aan. Hij maakt aanstalten uit te stappen, maar ik hou hem tegen. Dan grijpt hij naar zijn broekzak. 'Dát aspect van Bolivia zal ik in Nederland in ieder geval niet missen.'

Hij overhandigt me wat papiergeld, dat ik snel tel. Het is omgerekend ongeveer twintig euro, een stevig dagloon hier. Teruglopend betwijfel ik of Augustín hiermee akkoord zal gaan. Met een te laag bedrag kun je de situatie alleen nog maar erger maken. Tegelijk voel ik een immense teleurstelling over het feit dat hij me überhaupt om geld vraagt.

De afgelopen maanden heb ik vaker zulk soort 'giften' moeten afdragen: op het immigratiekantoor in La Paz en bij andere politieposten. En altijd met bonzend hart, jezelf afvragend of je de 'hint' wel goed hebt begrepen en niet juist een enorme blunder maakt waarmee je een rechtschapen agent diep beledigt.

Terug in het kamertje van Augustín blijkt dat hij niet langer alleen is. Door de manier waarop hij naar me kijkt, begrijp ik dat dit niet het moment is om het geld te overhandigen.

Ik verlies kostbare tijd zo.

Dan knikt hij bijna onzichtbaar met zijn hoofd in de richting van de deur. Ik ga naar buiten en gelukkig voegt hij zich niet veel later bij me. Met een arm om mijn schouder geslagen loopt hij met me mee, als een oude vriend die maar moeilijk afscheid kan nemen van zijn Hollandse kameraad. Pas als we aan de andere kant van de auto zijn en dus uit het zicht van zijn ondergeschikten, kan ik hem de hand drukken met daarin de briefjes die een beetje vochtig geworden zijn door mijn bezwete handpalm.

Ongegeneerd telt hij het bedrag na. Hij doet geen moeite zijn teleurstelling te verbergen. 'Is er niet meer?' vraagt hij.

Ik doe een poging amicaal te glimlachen, terwijl ik hem op dit moment het liefst op zijn bek wil timmeren.

Maarten rijdt een metertje vooruit om aan te geven dat hij het zo wel mooi geweest vindt.

'We moeten gaan, don Augustín,' zeg ik dan. 'Het spijt me.'

Dan stap ik in. Ik zie hoe Augustín snel het stapeltje biljetten in zijn kontzak stopt en boos wegloopt. Misschien zal hij op de terugweg minder coulant zijn.

Maar dan is Nayra er. En er zijn weinig dingen die haar zo ontzettend kwaad maken als dit.

'Je krijgt het wel –' zeg ik als ik weer ben ingestapt.

Met een simpel handgebaar legt Maarten me het zwijgen op.

'Hij was niet van plan me door te laten hoor,' verdedig ik mezelf. Ik weet ook dat ik zojuist mijn bijdrage heb geleverd aan de instandhouding van dit hele systeem van corruptie.

'Je had weinig keus,' zegt hij. 'Ik heb er gelukkig weinig mee te maken gehad, met name als ik mijn habijt draag, maar goed. Ergerlijk blijft het wel.'

Harder dan zo-even rijden we verder. Het is vanaf hier maar een klein stukje naar Nayra's dorp.

60

Het is niet meer het moment om ons gesprek opnieuw op te pakken. Want los van al die zaken die Maarten terecht noemde, al de argumenten waar hij mee kwam, blijft voor mij ook het schuldgevoel staan waar gelovigen zichzelf mee opzadelen, met name christenen met hun erfzonde. Hoe kun je in hemelsnaam nu schuldig ter wereld komen? Wat had mijn broertje Abel op zijn kerfstok om verdoemd te zijn omdat hij stierf voordat hij kon worden gedoopt? Hij had ook nog eens de pech dat hij doodging voor 21 april 2007, toen paus Benedictus XVI besloot dat ongedoopte baby's voortaan niet meer naar het vagevuur gingen, de helse wachtkamer van de hemel waar je een tijd moest verblijven voordat je al dan niet in de hemel werd toegelaten.

'Het verbaast me eigenlijk dat je de eilanden nog nooit hebt bezocht,' zegt Maarten dan. Hij heeft blijkbaar besloten de ergernis over het gedrag van Augustín maar van zich af te zetten.

'Ja, mij ook eigenlijk,' antwoord ik, blij dat we het gesprek naar een neutraler terrein kunnen leiden. 'Hoe langer je ergens verblijft, des te minder je ziet. Je denkt altijd: ik heb zoveel tijd, dat kan altijd nog. In Wageningen heb ik sommige dingen ook pas voor het eerst bezocht toen er familie op bezoek kwam en we een dagje uit gingen.'

'Zo gaat dat, ja. Er zijn bepaalde plekken in La Paz die ik nota bene nog nooit gezien heb. Kun je nagaan!'

Ik knik begrijpend.

'Ik heb uiteindelijk drie weken rondgereisd,' zeg ik. Ik vertel er niet bij dat het oorspronkelijke plan zes weken was, maar dat ik Nayra zo miste dat ik eerder terug ben gekeerd. 'Ik ben naar Rurrenabaque gegaan in de Amazone, naar Sucre, Santa Cruz, Cochabamba, de zilvermijnen van Potosí heb ik bezocht, helemaal tot aan de zoutvlaktes van Uyuni. De hoogtepunten heb ik wel zo'n beetje gezien, maar de eilanden stom genoeg dus niet.'

'Terwijl die zo dichtbij zijn.'

'Juist omdat die zo dichtbij zijn. Wat is er te zien eigenlijk?'

'Je hebt het kleine Isla de la Luna, het Maaneiland, waar volgens de legende de god Viracocha de maan sommeerde op te gaan. Er ligt een amfitheaterachtige ruïne, El Templo de las Virgines, de maagdentempel.'

Altijd die maagden maar weer, denk ik geërgerd. Dat is toch ook wel een universele obsessie van mannen door alle tijden heen.

'In een uurtje ben je over het eiland heen gewandeld. Schitterend, maar behalve die ruïne is er verder niet veel te zien. Interessanter, ook vanuit het oogpunt van de Incamythologie bezien, is het Isla del Sol, het Zonne-eiland dus. Op deze plek in het Titicacameer zou Viracocha, de god met de baard die het universum heeft geschapen, uit het water omhoog zijn gerezen en de zon hebben gecreëerd. Inti, de zonnegod, zou dus geboren zijn op het Isla del Sol, waarmee ook de beschaving van de Inca's is begonnen. Er is een plek, de Roca Sagrada, de heilige rots, waar Manco Capac en Mama Ocilo, het eerste mensenpaar, werden geschapen. Deze zoon en dochter van Inti werden vanuit een van de grotten op het eiland eropuit gestuurd met een gouden staf. Manco Capac nam deze staf mee en stichtte Cuzco tussen de bergen. Ze besloten het Incarijk daar te beginnen.'

'Allemaal op het noordelijke deel van het eiland dus?'

'Ja, precies. Net als op het Maaneiland zijn de bezienswaardigheden op zich niet vreselijk spectaculair, vonden Mauro en ik. Het eiland zelf is de grootste bezienswaardigheid. De omgeving is prachtig natuurlijk, zo midden in het Titicacameer, de bergketens van Peru en Bolivia in de verte. Het water is kristalhelder, we hebben er zelfs nog even gezwommen.'

We naderen de gemeenschap van Nayra en haar ouders.

'Er is een museum in Cha'llapampa, het enige dorpje op het noordelijke deel, met wat mooie gouden artefacten die onder water zijn gevonden. Er zijn overblijfselen van een oude Incatempel, El Templo de Pilcocaina, en er is een rotsformatie, La Roca de la Puma, de Titi Khakra, die op een poema zou lijken, maar die hebben wij er met de beste wil van de wereld niet in kunnen ontdekken. Er is een trap, Las Escalinatas de Yumani, de 'Voetstappen van de Zon' zou je kunnen zeggen, die je het water in leidt, waar een bron ontspringt uit drie gaten in de grond. De ene staat voor de condor die de hemel voorstelt, de andere voor de poema, de aarde, en de laatste voor de slang, de onderwereld.'

Ook Maarten lijkt blij om even over andere zaken te praten. 'Die trap leidt het water in, een bron, die vroeger bekendstond als de fontein van de eeuwige jeugd. Mauro en ik hebben ervan gedronken, maar helaas. Het voortschrijden van de jaren is niet gestopt.'

Hij lacht, maar stopt dan abrupt midden in zijn lach. 'Er is ook...' zegt hij dan aarzelend.

De manier waarop hij dat zegt, doet bij mij de alarmbellen afgaan.

Het lijkt of hij er spijt van heeft dat hij de zin is begonnen.

'Kijk,' zegt hij, in een poging mijn aandacht af te leiden. 'Volgens mij zie ik Nayra daar al staan.'

Hij toetert een paar keer, een overbodige handeling want Nayra staat al wild te zwaaien, met beide armen, zoals een drenkeling de aandacht van een passerend schip probeert te trekken.

'Wat is er ook, Maarten?' vraag ik, waarbij ik me moet inhouden niet tegen hem te schreeuwen.

Hij zucht diep. 'Niks. Een oud overblijfsel van de Inca's.'

'Wat?' schreeuw ik nu dan toch.

Maarten kijkt opzij, beseffend dat hij me niet langer aan het lijntje kan houden. 'Er is een cirkel van stenen,' zegt hij dan. 'Zetels lijken het te zijn geweest. In het midden staat een enorme, massieve tafel.'

Hij laat een korte pauze vallen waarvan het dramatische effect nauwelijks groter had kunnen zijn.

Hij parkeert de auto. '*La mesa ritual...*' zegt hij dan, als hij het sleuteltje in het contact omdraait.

Als de motor afslaat, dringt de stilte in volle hevigheid tot me door.

'De offertafel,' maakt hij eindelijk zijn zin af. 'De plek waar de Inca's hun mensenoffers volbrachten.'

61

Vlak voor we uitstappen, leg ik mijn hand op de onderarm van Maarten. 'Je denkt toch niet dat Oscar op weg is naar die plek om...' Ik durf mijn gedachte niet eens hardop uit te spreken.

En dan weet hij niet eens van het stukje vlees dat uit Luis' kuit is weggesneden... Ik heb niet de durf gehad het iemand te vertellen.

Geschokt kijkt hij me aan. 'Nee joh, natuurlijk niet. Doe niet zo gek. Ik had dat niet eens moeten noemen. Don Oscar is een rare, een fanatiekeling, maar hij gaat geen kinderen offeren.'

'Het is eerder gedaan hier.'

'Ja maar...' Nu is Maarten even stil. 'Nee, nee, doe niet zo gek,' zegt hij dan. 'We gaan Aruni terughalen, dat sowieso, omdat hij gewoon bij zijn ouders hoort. Niet omdat hij in handen zou zijn van een bloeddorstige idioot die het offer van Christus wil herhalen, om wat voor reden dan ook.'

Zonder op mijn weerwoord te wachten stapt hij uit. Min of meer gerustgesteld door Maartens woorden verlaat ook ik de auto.

Met een bezorgd gezicht groet Nayra me. Om haar heen vindt druk overleg plaats. Ik zie Nayra's ouders, het herdersjongetje Qala, padre Mauro en een paar mensen die ik wel van gezicht, maar niet van naam ken.

'We hebben don Sixto gebeld,' brengt Nayra me kort verslag uit van de stand van zaken. 'Volgens hem hoeven we ons geen zorgen te maken. Hij ziet geen reden om zijn mannen erop af te sturen – een paar ervan zijn overigens lid van Oscars gemeente. Het zal zelfs hem niet lukken om die ervan te overtuigen dat ze achter hun voorganger aan moeten. Bovendien heeft hij iedereen nodig voor zijn klopjacht op die Lionel.'

Ik wil me graag gerust laten stellen door Sixto's overwegingen, net als door die van Maarten zo-even, maar de onrust verdwijnt toch niet helemaal naar de achtergrond.

'Don Sixto beloofde me contact op te nemen met zijn collega's op het eiland,' zegt Nayra. 'Maar hij had in zijn lange carrière zelden of nooit meegemaakt dat iemand daar de telefoon opnam. Hij wilde ook nog zijn Peruaanse collega's in Copacabana proberen eventueel. Maar als hij die al te pakken zou krijgen, zei hij, dan betwijfelde hij of de politie daar mankracht kon of wilde missen. Hij wist dat veel agenten tijdelijk waren overgeplaatst naar Sacsayhuaman, bij Cuzco, voor de viering van het Inti Raymi. Maar alles bij elkaar leek het hem allemaal overdreven. Volgens hem is er niets waar we ons zorgen om hoeven te maken.'

Misschien.

'Ik dacht dat hij naar Isla del Sol ging om daar met andere evangelische broeders en zusters te protesteren tegen de viering van het Inti Raymi, zoals ieder jaar,' zeg ik.

'Ja, dat is wat hij ons ook heeft gezegd. Het echte Inti Raymi vindt natuurlijk plaats in Sacsayhuaman. Hij zei dat er een soort alternatieve bijeenkomst van evangelische kerken was, maar daar heb ik nog nooit van gehoord.'

'Maar waarom denk jij dan dat hij daarnaartoe is gegaan?' vraag ik. 'En waarom hij Aruni heeft meegenomen?'

'Ik weet het niet, Lucas,' roept ze, geïrriteerd, maar ze verontschuldigt zich onmiddellijk. 'Ik weet het niet, mi amor,' zegt ze, zachter nu. 'We weten het niet. Wat we wel weten, is dat we Aruni liever thuis hebben.'

'Je denkt toch niet dat hij... iets slechts van plan is?' Mijn verdere sombere gedachten spreek ik liever niet uit, maar het is duidelijk dat Nayra aan hetzelfde denkt.

'Er zijn al drie kinderen dood, Wara. Ik weet niet wat er omgaat in Oscars brein. Ik weiger... Wij weigeren te geloven dat Oscar iets te maken heeft gehad met de dood van die drie kinderen, maar we weten wel dat dit allemaal heel erg ongewoon is.'

Het lijkt me beter verder geen olie op het vuur te gooien.

'Iedereen is toch al gespannen vanwege de gebeurtenissen rond Juan, de zoektocht naar Lionel, de dood van Luis...' gaat ze verder. 'De verhalen van de bedorven chicha hebben ze ook gehoord. Er is veel onrust op dit moment.'

'En nu?' vraag ik. 'Wat is het plan? We gaan naar het Isla del Sol, toch?'

Ze kijkt me aan en ik zie een nieuwe vastberadenheid in haar ogen. 'Ja, we gaan naar het eiland toe. Het probleem is alleen dat we via Peru naar Copacabana zouden moeten reizen, en dat duurt echt lang. Nog los van het probleem dat we eerst de grensovergang bij Desaguadero moeten passeren.'

Mijn paspoort!

'Ik heb wel mijn rijbewijs bij me,' zegt Nayra, 'maar niet mijn identiteitsbewijs of paspoort. Ik reis altijd zonder, ik heb het toch nooit nodig hier. Padre Mauro heeft ook niks bij zich, mijn ouders hebben niet eens een paspoort. Dus dan stranden we al bij de grens.'

Of we moeten flink betalen.

'En de weg rechts om het meer is nog veel langer,' gaat ze verder. 'We hadden gehoopt dat Sixto zijn contacten op het eiland aan kon spreken, maar ik ben bang dat dat ijdele hoop is.'

'Je vader heeft toch een boot?' zeg ik. 'Waarom nemen we die niet?'

Het is moeilijk de emoties te beschrijven die zich, in een fractie van een seconde zo lijkt het, achtereenvolgens op Nayra's gezicht aftekenen: het zelfverwijt dat ze niet zelf met deze oplossing is gekomen, de blijdschap en dankbaarheid dat ik daar wel mee ben gekomen, de opluchting dat er een oplossing lijkt te zijn gevonden, de hoop dat we nu snel bij Aruni kunnen zijn en ten slotte de vastbeslotenheid om snel tot handelen over te gaan.

Ze draait zich om en in rap Aymara praat ze op haar ouders en de buren in. Nayra kijkt een paar keer naar me om, ik denk om te laten zien dat dit eenvoudige doch briljante plan van mij afkomstig is.

Ik gloei van trots.

Jaha, jullie schoonzoon.

Maarten komt bij me staan. 'En?' vraagt hij. 'Wat is de bedoeling?'

'Ik denk dat we met de boot van Nayra's vader het meer oversteken om naar het Isla del Sol te gaan,' zeg ik.

'Goed, we gaan,' zegt Santiago eenvoudig, waarna hij op een drafje het huis in verdwijnt. Vrij snel erna keert hij terug met twee grote roeispanen, die hij altijd mee naar zijn huis neemt, omdat ze in het verleden wel eens zijn gestolen.

Twee of drie keer ben ik met Nayra's vader mee gaan vissen. Net als andere vissers uit het dorp zette hij aan palen in het meer lange netten uit die hij om de paar dagen inspecteerde. De vangst was altijd vrij bescheiden: een tien- of twintigtal kleine visjes en drie of vier grotere vissen. Die laatste heb ik nog wel gegeten; geroosterd boven een vuur smaakten die uitstekend. Die kleintjes leken meer op een soort voorntjes, met meer graten en ingewanden dan vlees. Eentje heb ik er, enige walging onderdrukkend, weten weg te werken, drijvend in een waterige soep alsof die daar ter plekke in was overleden, maar daar heb ik het bij gelaten.

Santiago's verrassend grote boot beschikt over een groot en een kleiner zeil, die hij neerhaalt zodra hij zijn visgronden heeft bereikt. Mijn taak was toen het bedienen van de roeispanen om de boot min of meer stil te houden, terwijl hij de netten leeghaalde.

Snel worden de roeispanen op de imperiaal van Nayra's auto gebonden, waarna we met haar auto en die van Maarten naar de oevers van het meer rijden.

De boot ligt aan een touw van wel tien, vijftien meter dat aan een ijzeren pin in de grond is vastgebonden. Nayra, Santiago en ik doen onze schoenen en sokken uit en stropen onze broeken op om naar de boot te kunnen waden.

Dan zie ik dat Mauro en Maarten ons voorbeeld volgen.

'Dan wordt de boot te zwaar toch?' zeg ik tegen Maarten. 'Ik bedoel, als jullie ook meegaan.'

'Santiago zal bij zijn boot willen blijven als jullie er zijn,' zegt hij, terwijl hij gewoon doorgaat met zijn handelingen. Zijn behaarde oudemannenbenen zijn extreem wit, echte melkflessen, alsof die in geen jaren zonlicht hebben gezien. 'Je zult alle hulp nodig hebben die je krijgen kunt.'

Qala heeft de roeispanen los weten te krijgen en sleept ze achter zich aan, twee diepe voren achterlatend. Ook hij waadt het water door, kennelijk vastbesloten om te helpen zoeken naar zijn beste vriendje.

Er staat niet heel veel wind, een licht briesje, meer is het niet eigenlijk, dus de roeispanen zullen we hard nodig hebben. En dan kan het inderdaad geen kwaad om elkaar regelmatig af te wisselen, want het zijn zware, primitieve houten spanen waarmee het zwaar roeien is.

Zo lopen we voorzichtig door het water. Mijn voeten zakken telkens diep de zachte modder in, terwijl dode waterplanten en wier zich om mijn onderbenen krullen. Een irreële, maar waarschijnlijk diep menselijke angst steekt de kop op, het idee dat voor mij onzichtbare dieren ieder moment in mijn kuiten kunnen bijten of dat bloedzuigers zich aan mijn zachte vlees vastzuigen om zich tegoed te kunnen doen aan mijn bloed.

Santiago is als eerste bij de boot, met Qala. Samen leggen ze de roeispanen op het dek en ze klimmen aan boord. Dan volgen wij, met enige moeite over de hoge randen heen klauterend. Het bootje zakt onder ons gewicht en raakt de bodem. Met de roeispanen tegen de grond duwend, als Venetiaanse gondeliers, proberen Santiago en Maarten de boot vlot te trekken, maar er komt geen beweging in. Dan laten ze zich overboord zakken en weten ze hem los te wrikken. Moeizaam duwen ze ons vooruit, totdat het water bijna tot aan hun borst reikt. Ze weer aan boord krijgen blijkt een enorme onderneming te zijn, waarbij we bijna kapseizen, maar dan lukt het eindelijk.

Snel tuigt Santiago de zeilen op, waarbij Nayra een grote handigheid aan de dag legt. Het grote en het kleine zeil bollen op als we goed liggen en dan schieten we met een toch nog verrassend pittig vaartje over het water.

62

We verdelen ons zo gunstig mogelijk over het dek, waarna Santiago en ik plaatsnemen op de plank in het midden om de eerste roeibeurt op ons te nemen. In het begin mis ik regelmatig een slag en scheert mijn roeispaan over het water, maar dan hebben we een goed ritme te pakken. Het zweet staat na vijf minuten al op mijn voorhoofd en in mijn handpalmen voel ik de eerste tekenen van wat vast grote blaren zullen worden, maar ik negeer ze.

Tegelijkertijd besef ik dat ik dit niet heel erg lang vol ga houden. Ik heb moeite mijn ademhaling onder controle te krijgen. Ook ben ik door de voedselvergiftiging van vanmorgen toch nog erg verzwakt. Door de adrenaline van de opwinding rond de zoektocht naar Aruni, de snelle beslissing om naar het eiland te varen en de opmerking van Maarten over de offertafel was de buikpijn helemaal naar de achtergrond verdwenen, maar nu voel ik die toch weer opkomen, samen met een zekere lichtheid in mijn hoofd.

Als een volleerd zeilster hanteert Nayra de zeilen, terwijl Maarten het roer vasthoudt. Af en toe moeten Santiago en ik bukken om de giek niet tegen ons hoofd aan te krijgen.

De afstand naar de oever van waar we zijn vertrokken wordt snel groter. We bevinden ons op het meer dat via een brede opening is verbonden aan het eigenlijke Titicacameer. Ik heb geen idee hoelang we hierover gaan doen. Twee uur? Drie uur? Het kan niet later dan twee uur zijn geweest toen we wegvoeren, dus als het een beetje meezit zijn we tegen vier of vijf uur op het eiland. Dan hebben we nog meer dan een uur voor het donker wordt, misschien twee.

Onwillekeurig worden mijn gedachten getrokken naar de offertafel die op het eiland staat. Wat een bloed moet daar wel niet hebben gevloeid in lang vervlogen tijden. Wat een onbeschrijfelijke doodsangst moeten de slachtoffers hebben gekend, terwijl ze daar lagen vastgebonden. Misschien waren ze getuige geweest van het offeren van de anderen voor hen, hadden ze moeten zien hoe het nog kloppende hart uit de borst werd gerukt, nadat die met een obsidianen mes was opengesneden. Het onmenselijke gegil van het slachtoffer – of was hij zo gedrogeerd dat hij niet eens meer besefte wat er gebeurde, dat het zíjn lichaam was dat werd opengereten? Het slachtoffer dat misschien nog een paar seconden bij kennis was om het eigen hart te zien kloppen in de bloederige handen van de priester die het omhooghield om te tonen aan de zon die onverschillig zijn stralen over dit tafereel liet schijnen.

Nam de priester dan een hap van het hart? Grijnsde hij met zijn met bloed bedekte lippen, zijn bloedrode tanden bloot, om een deel van het nog zinloos pompende hart weg te slikken?

Maarten heeft me wel eens verteld dat hij denkt dat zijn levenslange fascinatie voor het mensenoffer is terug te voeren op een voorval uit zijn vroege jeugd. Hij weet nog goed hoe hij als klein kind op de schoot van zijn vader had gezeten, die hem een verhaal uit de Bijbel had voorgelezen, zoals hij dat zo vaak deed. Die avond – de kleine Maarten was net in bad geweest en had met zijn nog natte en gekamde haartjes plaatsgenomen – had zijn vader het verhaal van Abraham en Isaäk voorgelezen. Pas jaren later drong de absurditeit van de hele situatie tot Maarten door, niet zozeer van het onbegrijpelijke verhaal zelf, maar van het feit dat zijn vader uitgerekend een verhaal had uitgekozen waarbij een andere vader besloot zijn enige zoon te offeren, omdat God hem dit had gevraagd. Maarten herinnert zich vooral de angst die hij had gevoeld: zou zijn vader dat ook met hem doen? Zodra hij had gekund, had hij zich losgeworsteld en was hij weggerend, rechtstreeks naar de zachte en troostende armen van zijn moeder, die kwaad was geworden op Maartens vader vanwege diens ongelukkige verhaalkeuze.

Ik merk dat ik aan het einde van mijn krachten raak. Steeds vaker mis ik een slag en ook bij Santiago begint de vermoeidheid toe te slaan.

Maarten ziet het en biedt aan de roeibeurt van me over te nemen. Plots zie ik vlekken voor mijn ogen en een paar seconden lijkt het licht even helemaal uit te gaan. Ik zak op mijn knieën, terwijl ik voel dat mijn maag zich samentrekt.

Voorzichtig balancerend is Maarten gaan staan. Hij komt naar me toe geschuifeld, met zijn armen iets van zijn lichaam vandaan om zijn evenwicht te bewaren.

'Gooi even een plens water op je gezicht,' raadt hij me aan als hij de roeispaan van me heeft overgenomen. Nayra neemt het roer over.

Als we van plek hebben gewisseld, ga ik inderdaad half overboord hangen, nog steeds misselijk en duizelig. Ik laat mijn onderarmen in het heerlijk koele water hangen en sluit mijn ogen. Ik vorm een kommetje met mijn handen en plens water over mijn gezicht heen. Ik heb dorst en onderdruk de aanvechting om van het water te drinken, want dat zou niet verstandig zijn.

Als ik weer rechtop zit, met Nayra naast me, die kort haar hand op mijn rug legt, zie ik dat Mauro en Santiago dezelfde wisseltruc hebben uitgevoerd als Maarten en ik. Santiago heeft op de voorsteven plaatsgenomen naast Qala, die als een boegbeeld één geworden lijkt met de boot.

Ondanks hun gevorderde leeftijd roeien Maarten en Mauro in een stevig tempo door, alsof ze niet voor elkaar onder willen doen.

Na verloop van tijd naderen we de smalle doorgang die toegang biedt tot het grotere meer. Beide landtongen steken het water in alsof ze elkaar de hand willen schudden maar elkaar net niet kunnen bereiken.

Op Nayra's gezicht verschijnt zowaar een glimlach als ze me aankijkt.

Ik besef dat ik er wat woest uit moet zien: mijn stoppelbaardje ontwikkelt zich in de richting van een serieuze baard, mijn haren zijn warrig en zijn deels tegen mijn hoofd geplakt door het water uit het meer, mijn wangen zijn ingevallen en onder mijn ogen prijken grote wallen door het slaapgebrek. Mijn hoofd moet rood zijn van de inspanning die ik net heb geleverd.

Als we de landtongen zijn gepasseerd, lijkt het net alsof de wind toeneemt, en harder dan zo-even schieten we over het water. Maarten en Mauro halen de roeispanen uit het water en manoeuvreren ze de boot in, want door ze in het water te steken vertragen ze ons eerder dan dat ze ons sneller laten gaan.

De bries om mijn hoofd doet me goed. Als we niet zo'n vreemde reden hadden gehad om eropuit te trekken, had ik er nog van kunnen genieten ook.

De waterplas voor ons is enorm. Zowel links als rechts van ons zijn er geen oevers meer zichtbaar. Wel zien we aan de horizon de bergketens, die in de lucht lijken te zweven of deel uit lijken te maken van de wolkenpartij boven hen.

Rimpelingen trekken over het meer, en golven en golfjes botsen met witte schuimkoppen tegen elkaar op. Soms ketst een golf tegen de voorsteven, die vervolgens in een mist van fijne druppels over ons heen trekt.

Om ons heen zien we niemand.

De gedachte dat we deze hele episode snel en goed af kunnen sluiten begint bij mij nu de overhand te krijgen. In het meest waarschijnlijke scenario zijn Oscar en Aruni in Cha'llapampa, het hoofdplaatsje van Isla del Sol. Hij zal zich uitputten in honderdduizend excuses en het dan hopelijk voorlopig uit zijn hoofd laten zijn gezicht bij Nayra's ouders te laten zien. Aruni zal niet begrijpen waar alle drukte voor nodig was, omdat hij gewoon een dagje op stap was met de man die hij als voorganger van zijn moeders gemeente zo vertrouwt.

Plots komt deze hele onderneming me hysterisch en overdreven voor. Door de moorden op Luis en Jan-Willem staat iedereen op scherp. Dit in combinatie met de onvermijdelijke vermoeidheid van Nayra, mijn uitputting en de klopjacht op Lionel heeft gezorgd dat we wellicht gedachten toelaten die onder normale omstandigheden niet eens bij ons zouden zijn opgekomen. Waarom zou hij verteld hebben waar hij heen ging, als hij iets slechts van plan was?

Misschien is het een rookgordijn en is hij daar helemaal niet…

Straks zijn wij het die ons uit moeten putten in excuses aan Oscar als we hem in een lokaal restaurant treffen waar hij en Aruni zitten te eten. Hij zal willen weten waarom een hele delegatie hem met zo'n enorme haast over water is nagereisd.

En wat zeggen we dan? We hadden het vermoeden dat jij die drie andere kinderen had vermoord. En dat je nu op weg was naar de mesa ritual om als een moderne Abraham het offer van Isaäk nieuw leven in te blazen.

Al een tijdje hoor ik een gezoem ver achter me, dat echter steeds dichterbij lijkt te komen. Lange tijd denk ik dat het een vliegtuigje is dat buiten ons zicht overvliegt. Als ik me eindelijk omdraai, zie ik in de verte een motorbootje dat op hoge snelheid voortbeweegt.

63

Witte vlokken schuim spatten op iedere keer als de voorsteven van het motorbootje op het water klapt. Dat deze persoon enorme haast heeft, is wel duidelijk.

Ik kijk weer voor me en zie tot mijn frustratie nog niets wat op land lijkt. Het blauw van het water gaat via de lichtblauwe mist subtiel over in de lucht erboven, waardoor het lijkt alsof we op een blauwe muur afvaren.

Het geluid van het motorbootje komt steeds dichterbij en heeft iets van een woedend insect, dat is opgesloten in een lege kamer zonder slachtoffer dat hij prikken kan om aan zijn dagelijkse portie bloed te komen.

Nu kijken de anderen ook om. Met zijn allen zien we dat het bootje recht op ons afkoerst. Ik weet dat boten soms in elkaars kielzog varen, omdat je daar minder last hebt van golven, maar hij bevindt zich zo ver achter ons dat het water daar allang zijn normale kabbeling moet hebben hervonden.

'Wie is dat?' doorbreekt Santiago de stilte. 'Iemand met veel haast, lijkt het.'

Het moet iemand uit het dorp zijn. Iemand met nieuws over Aruni? Slecht nieuws? Of kunnen we rechtsomkeert maken omdat Aruni veilig en wel weer thuis is, samen met don Oscar?

'Misschien brengt hij goed nieuws over Aruni?' besluit ik mijn gedachten dan toch maar uit te spreken.

Aan Nayra's reactie te zien, merk ik dat zij op hetzelfde idee is gekomen. Ze laveert zo dat we dwars op de wind komen, waardoor de boot stil komt te liggen.

Dan blijkt hoe groot onze vergissing is.

Eerst herken ik hem aan zijn kleding, dezelfde sweater die hij aanhad toen hij me omverduwde nadat ik hem bijna op heterdaad had betrapt op de moord op Jan-Willem. Dan kunnen we ook zijn gezicht onderscheiden.

'Het is Lionel!' schreeuwt Nayra. 'Mijn god!'

Onmiddellijk legt ze de boot in de wind, waarna de zeilen opnieuw bollen en we al rap weer de snelheid hebben die we eerder hadden. Maar we vormen geen partij voor Lionel in zijn motorboot. Het is de ongelijke race tussen een razendsnelle cheeta en een vermoeide gazelle.

Instinctief pak ik een van de roeispanen beet, maar ik heb te weinig kracht in mijn armen om die de lucht in te tillen. Santiago doorziet mijn bedoeling en pakt de andere spaan. Met beide handen omvat hij het hout. Zo staat hij licht voorovergebogen, als een batsman bij cricket die wacht tot de werper de bal naar hem toe gooit. Zijn gezicht heeft een grimmige uitdrukking gekregen.

Als Lionel op veertig, vijftig meter afstand van ons is, maakt hij plots een bocht, van ons vandaan, zoals een wolf om zijn prooi heen trekt.

Maar dan stuurt hij toch weer op ons af.

Hij wil ons rammen.

Hoe heeft hij ons in hemelsnaam ontdekt?

Dan bedenk ik dat we het niet echt subtiel hebben aangepakt. Open en bloot zijn we naar beneden gereden, voor iedereen zichtbaar, en zijn we in de boot gestapt. Vanuit werkelijk iedere plek in het dorp, en daarbuiten, was te zien wat wij daar in die rietkraag uitspookten.

Lionel moet in de buurt zijn geweest. En misschien nog wel dichterbij dan wij hebben beseft. In ieder geval is hij niet in de afleidingsmanoeuvre – mijn ontsnappingspoging van de universiteit – getrapt.

Maar al deze overwegingen zijn op dit moment volstrekt onbelangrijk.

Lionel komt met een noodvaart op ons af, hier en daar een beetje bijsturend om ons precies in het midden te kunnen raken.

Santiago heeft de roeispaan inmiddels schuin in de lucht geheven, maar wat denkt hij daarmee te gaan doen? Zelfs als het hem lukt om Lionel omver te kegelen, zal hij de kamikazeactie niet kunnen stoppen.

Als Lionel op nog maar tien meter afstand is, kunnen we zijn gezicht goed zien: geen van waanzin vertrokken gezicht, geen opengesperde muil, geen afschuwelijke kreet die zijn keel verlaat, maar slechts een rustige concentratie is erop af te lezen, een man met een missie.

'Jij en Juan hebben Luis vermoord!' schreeuwt hij opeens.

Wat?

Eén of twee seconden voor hij ons in het midden zou hebben geramd, lijkt het of onze boot een duwtje krijgt, alsof God zijn wangen bolt en in onze zeilen blaast. We schieten vooruit waardoor Santiago opzij valt. Gelukkig blijft hij binnenboord.

De punt van Lionels boot raakt met volle kracht de punt aan onze achterzijde, waar krakend een stuk van afbreekt. Zijn boot steigert door de plotselinge koerswijziging, als een onwillig paard dat weigert zich met zijn berijder in het strijdgewoel voor hen te storten.

Water klotst over de rand naar binnen.

Niemand van ons zou het overleven hier, besef ik. We zijn kilometers en kilometers uit de kust. Iedereen is doodmoe. Het water is ijskoud. Hoelang zouden we ons aan het wrakhout vast kunnen klampen nadat Lionel onze boot aan gort heeft gevaren? Nog los van het feit dat we in het water door moeten vechten tegen een monster dat zelfs niet om zijn eigen leven lijkt te geven.

Lionel heeft zich hersteld en maakt opnieuw een omtrekkende beweging, nu van de andere kant. Uit het geluid van zijn motor kan ik opmaken waar hij ongeveer is, maar het zeil ontneemt me het zicht.

Lionels motor jankt op volle toeren en hij komt snel dichterbij. Qala richt zich half op, gaat op één knie zitten en haalt uit zijn ene broekzak de katapult en uit de andere een steentje. In één vloeiende beweging stopt hij de grote, kogelronde kiezel in het elastiek en slingert hij het een paar keer boven zijn hoofd. Het steentje verlaat met een enorme snelheid het elastiek, het is bijna niet te zien. Ik buk om onder het zeil te kijken. Het steentje vliegt rakelings over het hoofd van Lionel heen. Een blikje omver kegelen is razend knap natuurlijk, maar een bewegend object raken is wel even iets anders.

Het lukt Nayra een scherpe bocht naar rechts te maken, waardoor Lionel met grote kracht langs de linkerzijde van onze boot schuurt. Splinters hout vliegen in het rond en opnieuw gulpen grote golven over ons heen.

De paniek aan boord is groot. Lionel zal niet opgeven tot hij ons tot zinken heeft gebracht, ook al betekent dat dat hij zelf met ons in de golven ten onder zal gaan.

Hoe komt hij er in hemelsnaam bij dat Jan-Willem en ik...

We liggen weer goed op de wind, hoewel we weten dat dit slechts uitstel van executie is. Santiago is opgekrabbeld en houdt de roeispaan weer stevig vast. Die van mij geef ik aan Mauro die op de bodem van de boot is gaan zitten, in het water, alsof hij zijn onvermijdelijke lot al heeft geaccepteerd.

Zou Lionel zijn aanval opgeven als hij mij te pakken heeft?

Voor de derde keer doet hij een poging. Nu komt hij van stuurboord en heb ik vol zicht op hem.

Driemaal is scheepsrecht.

Hij komt voor mij, besluit ik dan. Waarom zouden die anderen moeten sterven, terwijl ik de aanleiding ben van dit alles?

Genoeg mensen hebben voor mij de klappen opgevangen.

Abel.

Jan-Willem.

Nu is het mijn beurt.

64

Ik spring overeind, zo snel dat mijn hersenen pas registreren dat ik een voet op de reling heb gezet als ik daar ook daadwerkelijk sta, alsof iets of iemand buiten me het heeft besloten en mijn hoofd niet anders kan dan mijn actie te volgen.

Als ik me heb afgezet, hoor ik Nayra mijn naam schreeuwen.

'WARA!'

Een ondeelbaar moment lijk ik in de lucht stil te hangen, alsof ik in een scène van *The Matrix* zit en een camera om me heen cirkelt. Tijd en plaats vallen weg, geluid verdwijnt.

In een flits zie ik mezelf vanaf grote hoogte. Het is net of ik al in de hemel ben en neerkijk op het aardse gewoel onder me, met de blik van een alwetende engel van God.

Dan drukt de onzichtbare regisseur op het playknopje en kom ik weer in beweging. Mijn handen rusten kruislings op mijn schouders, zodat mijn ellebogen vooruitsteken. Een levende pijl.

Lionels ogen worden groot van schrik. Ik zie het wit van zijn oogballen net voordat de punten van mijn ellebogen hem vol op het hoofd raken.

Achter me hoor ik het gekraak van hout op hout voordat Lionel overboord slaat en ik boven op hem in het water beland.

De kou is overweldigend. Ik hap naar lucht, maar in plaats daarvan vult mijn mond zich met donkergroen water dat ik onmiddellijk uitproest. Mijn brandende longen schreeuwen om zuurstof.

Ik bevind me net onder het wateroppervlak. Boven me hoor ik gedempt geschreeuw en gegil, alsof ik in een drukke kamer ben maar watten in mijn oren heb.

Eén of twee slagen en dan ben ik boven, maar ik kom niet van mijn plaats.

Terwijl mijn hoofd lijkt te barsten, kijk ik naar onder. Als een diepzeemonster met tentakels heeft Lionel zijn armen om mijn benen geslagen.

Hij trekt me omlaag, de diepte in.

En ja, het is waar.

Je hele leven schiet aan je voorbij, als een op hol geslagen powerpointpresentatie. In stroboscoopachtige flikkeringen worden beelden op mijn netvlies geprojecteerd: een pasgeboren kind, dood, Abel, al heb ik hem nooit gezien. Als kleuter op de rug van mijn vader die voor paard speelt en vervaarlijk steigert. Ik hou hem bij zijn haren vast, alsof het manen zijn. Een ijsje op een warme dag, bij mijn moeder op schoot. Het smeltende softijs stroomt over mijn handjes. Koninginnedag, een vlaggetje in mijn hand, terwijl ik meeloop met mijn klasgenootjes in een optocht. Een voetbalwedstrijd, ik scoor een doelpunt. Een kat die me krabt waarna ik moet huilen. In het zwembad van Elst, ik spring van een duikplank. Elize, het eerste meisje op wie ik verliefd werd, groep 3. Achter het speelhuisje op het schoolplein kuste ze me op de wang. En dan schieten we door, steeds sneller. Mijn vriendjes en ik op onze BMX'en, sprongen makend over kleine heuveltjes, maar in onze beleving door de lucht zwevend als skischansspringers. Een schooluitje, een bezoek aan een dierentuin. De schooldisco, dansend met Laura die uit zichzelf mijn hand pakte en naar me lachte. Opeens sta ik voor de winkel van mijn ouders, kijk ik door de etalage naar binnen en zie ik mijn ouders achter de toonbank staan. Dan een varken dat me indringend aankijkt.

Boven me hoor ik een doffe klap. Ik zie een wolk van luchtbellen, met in het midden daarvan een schaduw die mijn kant op komt.

Mijn longen branden en mijn hoofd staat op het punt van ontploffen. De klem om mijn benen lijkt af te nemen, maar ik heb niet de kracht meer te trappelen. En dan zie ik niets meer en geef ik mezelf over.

65

Iemand trekt aan mijn haar. Ik beweeg omhoog. Een explosie van licht en lucht als ik boven ben. Ik probeer een diepe teug te nemen, maar ik proest ook water naar buiten. Door de groene smaak van het Titicacawater heen proef ik nóg de chicha. Ik hoest, ga kopje-onder, maar word weer naar boven gehaald door iemand, wiens hortende ademhaling ik vlak bij me voel.

Maarten?

Dan komt vlak naast ons ook Lionel weer boven, die wild spartelend boven water probeert te blijven, en daar maar half in slaagt.

Maarten dreigt nu zelf onder water te verdwijnen, in zijn poging mij boven te houden.

Ik voel iemand aan mijn jas trekken, ik hoor paniekerige stemmen schreeuwen. Gedesoriënteerd als ik ben, heb ik moeite te focussen. Ik voel handen, bij mijn schouder. Als een pop in een grijper op zo'n kermisattractie hang ik deels in de lucht, mijn onderlichaam bungelt als een willoos aanhangsel onder me. Om me heen stukken hout, een oranje reddingsvest en een visnet. Iemand steekt een roeispaan uit. Als in slow motion draai ik me om.

Ik geef nog een keer water over, voordat ik eindelijk echt diep adem kan halen. Mijn longen zwellen op door de heldere, frisse berglucht.

Ik leef.

Ik leef.

Mijn gehoor komt terug, scherper dan ooit. Boven me nog steeds geschreeuw, mensen die elkaar aanwijzingen geven, door elkaar heen. Maarten ligt in het water naast me. Hij kijkt me aan, zijn hoofd rood van inspanning, maar hij weet zowaar te glimlachen.

Met mijn beide handen grijp ik de bootrand vast, waarvan de bovenste plank deels verdwenen is. Ik draai mijn hoofd om in de richting van waar Lionel weer onder water is verdwenen.

Wat heeft hem in hemelsnaam bezield? Wat is er in hem gevaren?

'Wara!' schreeuwt Nayra. 'Wara!' Ze huilt.

'Hier ben ik,' zeg ik tegen haar. 'Ik ben er.'

Bij hun pogingen mij weer aan boord te krijgen, schommelt het bootje gevaarlijk heen weer. Qala en Mauro dienen als tegengewicht om te voorkomen dat ze kapseizen en iedereen in het water belandt. Ik krijg splinters in mijn handen, maar ik verwelkom de pijn als teken dat ik nog in leven ben.

Eenmaal aan boord zak ik in elkaar op de bodem van de boot waar een diepe laag water in staat. Qala is inmiddels druk bezig het water eruit te scheppen met twee veel te kleine emmertjes. Santiago en Mauro hebben al hun aandacht nu gericht op Maarten.

Een meter of twintig bij ons vandaan drijft Lionels boot. De motor pruttelt nog wat krachteloos na, maar lijkt vooral rook te produceren.

Nayra hurkt zo goed en zo kwaad als dat gaat in de beperkte ruimte naast me neer en omhelst me kort. 'Je bent er. Ik dacht even dat ik je kwijt was.'

'Hij komt voor mij, dacht ik,' zeg ik. 'Dus als hij me heeft, laat hij jullie gaan.'

'Mijn held, dat ben je.'

Het was een opwelling natuurlijk. De paniek van het moment. En voor hetzelfde geld was ik er niet meer geweest.

Dan hoor ik geproest achter me – het klinkt als een walvis die door zijn spuitgat lucht en water naar buiten spuugt.

Een kort moment komt Lionel boven, maar al snel verdwijnt hij weer onder water.

Het is alsof iedereen in de boot dezelfde gedachte heeft.

We kunnen hem ook laten verdrinken.

Maar dan heb ik buiten Maarten gerekend. Hij duwt zich van de boot af en zwemt naar Lionel toe.

'Maarten!' schreeuw ik. Is hij gek geworden? Wat kan ons die moordenaar schelen? 'Kom terug!' roep ik. 'Hij trekt je naar beneden.'

Als ik op de rand van de boot ga staan, trekt Nayra me omlaag. 'Blijf hier, mi amor!' zegt ze met overslaande stem.

Maarten is bij Lionel aangekomen. Hij heeft grote moeite grip te krijgen op de paniekerige man, die om zich heen slaat, onder water verdwijnt en weer bovenkomt.

Het lukt Santiago en Mauro om de boot langszij te krijgen.

De boot kapseist bijna als ze allebei tegelijk bukken om Lionel bij zijn schouders te pakken.

Snel bieden Nayra en ik tegenwicht door aan de andere kant te gaan zitten. Qala gaat onvermoeibaar verder met hozen, al lijkt dat nauwelijks verschil te maken. Hij geeft een emmertje aan mij.

Ze hebben Lionel nu stevig vast bij zijn schouders.

'We hebben je,' zegt Santiago. 'Werk ons niet tegen.'

Lionel geeft zijn verzet op.

Maarten slaat een arm over de reling van de boot, maar heeft niet de kracht aan boord te komen.

Het bootje van Lionel draait inmiddels stationair rondjes, als een roofdier dat maar om zijn prooi heen blijft cirkelen, besluiteloos.

'Ik haal de boot op,' zeg ik tegen niemand in het bijzonder.

Met veel moeite weet ik mijn jas uit te wurmen. Als een soort wetsuit had die me beschermd, want pas nu die uit is merk ik hoe koud het is. Toch ben ik vastbesloten opnieuw het water in te gaan. We kunnen de motor van Lionels boot goed gebruiken.

Voorzichtig laat ik me over de rand weer in het water zakken, terwijl Nayra elke handeling met haar bezorgde blik volgt.

Met een paar slagen breng ik mezelf in de koers van de boot. De eerste keer dat hij langskomt, mis ik hem. De vermoeidheid en de kou beginnen me nu ook parten te spelen. En zwemmen met natte kleren is gewoon heel zwaar.

Dit moet niet nog een paar keer misgaan…

Maar ook de tweede keer lukt het me niet voldoende grip te krijgen op de reling. In mijn mislukte poging ga ik kopje-onder en krijg ik toch weer water in mijn mond. Ik kom boven en spuug het uit.

'Wara!' schreeuwt Nayra. 'Kom terug!'

Ik draai me om en zie dat het ze gelukt is om Lionel aan boord te krijgen. Met een touw binden ze zijn handen achter zijn rug.

Maarten moet ook niet al te lang meer in het water liggen…

Dan ga ik weer met mijn hoofd onder water. Het monotone gedreun van de motor klinkt gedempt en komt steeds dichterbij. Watertrappelend duw ik mezelf naar boven.

Nu of nooit.

Splinters dringen mijn handpalm binnen als ik het hout vastgrijp, maar de gemene pijn weerhoudt me er niet van de boot vast te blijven houden. Onmiddellijk mindert die vaart, en ik word langzaam meegesleurd.

Het lukt me om één been over de rand heen te krijgen, maar zodra ik in de boot probeer te klimmen dreigt die om te slaan.

In mijn ooghoek zie ik dat ze nu bezig zijn Maarten aan boord te hijsen.

Ik doe een nieuwe poging, de stekende pijn in mijn hand negerend. Terwijl de gehavende rand gevaarlijk dicht bij de waterspiegel komt, lukt het me wonderwel om een groot deel van mijn lichaam eroverheen te krijgen. Ik trappel hevig met mijn ene been dat nog in het water is en zo slaag ik erin aan boord te komen.

Ik rol de boot in en kom op mijn rug op de bodem terecht, waar ook al een behoorlijke laag water staat. Snel richt ik me op, met hevig piepende ademhaling en zwarte vlekken voor mijn ogen. Meer op gehoor dan op zicht kruip ik naar de achterkant van de boot. Ik veeg het water uit mijn ogen en vind het aan-uitknopje op de motor, die nog maar aan één grote schroef aan de beschadigde achtersteven hangt. Ik draai de schakelaar om en onmiddellijk zwijgt de motor.

De plotselinge stilte is overweldigend.

Ik richt mijn blik op de andere boot en zie dat Maarten weer veilig aan boord is gehesen. Nayra is bezig hem zijn jas uit te doen.

Ik ben op maar tien of vijftien meter afstand van hen.

Zo goed en zo kwaad als het kan, roeit Mauro voorzichtig mijn kant op. Als hij vlakbij is, maakt hij een roeispaan los en reikt me die aan. Ik sta op, pak hem beet en zo manoeuvreer ik mezelf en de boot achterlangs, waardoor ik achter hen kom te liggen. Zo stevig mogelijk de peddel vasthoudend, balanceer ik geconcentreerd in het midden van het ruim, waar het water tot boven mijn enkels komt.

Dan gooi ik het touw dat aan een ring op het voorsteven vastzit naar Qala, die is opgehouden met hozen.

Maarten heeft inmiddels een oversized regenjack aan. Ik weet dat Santiago in de voorsteven van zijn boot extra kleding heeft liggen, omdat hij tijdens het vissen soms tot zijn middel het water in moet om de boot vlot te krijgen.

Lionel heeft de blik omlaag gericht, als een krijgsgevangene die beseft dat hij de strijd heeft verloren – of aan de verkeerde kant heeft gestreden.

Het zou het fijnst zijn als we hem in zijn eentje in zijn eigen boot zouden kunnen houden, vastgebonden, maar dan besef ik dat dat een te grote operatie zou zijn.

Maarten steekt een hand op en glimlacht. Hij ziet er aangeslagen uit, maar tegelijkertijd gaat er ook een enorme kracht van hem uit. Een reus in ruste.

Ze krijgen hem niet klein.

'Toen jij eruit sprong en hem raakte,' roept Maarten naar me – hij moet om de twee, drie woorden pauzeren om op adem te komen – 'liet hij de hendel van zijn motor los. Zijn boot raakte ons wel, maar niet meer vol in het midden gelukkig. Dat zou het einde van ons allemaal hebben betekend.'

Dan hijst Nayra opnieuw de zeilen. De wind is sterker geworden, dus we gaan harder dan eerst.

Ik ga achterstevoren op de voorsteven zitten, met mijn rug in de wind. De zon schijnt fel, maar de wind is erg koud, nat als ik ben.

Ik trek mijn overhemd uit, wring het uit en trek het weer aan.

Mauro vuurt vragen op Lionel af, maar die blijft volharden in stilzwijgen, en dan geeft Mauro het op.

Niemand zegt meer iets.

66

We blijven een stuk uit de kust van het Peruaanse vasteland, dat we links van ons houden. Al snel zien we de engte tussen het land en het doel van onze tocht, het Isla del Sol.

'We gaan naar de comunidad, naar Cha'llapampa,' roept Santiago. 'Vanaf daar kunnen we het eiland goed verkennen.'

De zoektocht naar Aruni, die door de dramatische gebeurtenissen wat naar de achtergrond was geraakt, dringt zich weer in volle hevigheid aan me op.

Ik draai me half om om naar Nayra te kijken, maar ik krijg geen oogcontact met haar omdat ze geconcentreerd omhoogkijkt, naar de zeilen die gebold staan. We vliegen over het water inmiddels.

We passeren een uitstekende landpunt en varen dan een baai binnen. In de verte zien we huisjes liggen. Al snel zijn enkele uithangborden van hostels en restaurants te onderscheiden.

Nayra stuurt aan op de kust, waar al enkele bootjes op het strandje zijn getrokken.

Twee mannen op het strand kijken onze kant op. We zijn gezien.

Als we een meter of tien uit de kust zijn, laat Nayra de zeilen zakken waardoor we snel vaart minderen. Ik kan de bodem zien tussen de waterplanten die langzaam heen en weer dansen, op het ritme van de stroming.

Als we bijna aan de kust zijn springen Qala en Santiago overboord met het touw. Ze trekken tot de boot vastloopt. Dan klim ook ik overboord en laat ik me in het water zakken, dat tot mijn knieën reikt.

Nu ik eenmaal op het vasteland ben, merk ik hoe uitgeput ik eigenlijk ben na mijn onvrijwillige zwempartij. Het voelt raar om vaste grond onder mijn voeten te hebben.

Inmiddels is iedereen op het strandje, behalve Lionel.

De twee mannen komen op ons af, nieuwsgierig, maar er valt ook duidelijk een zekere argwaan op hun gezichten af te lezen.

Santiago neemt onmiddellijk het woord. 'We hebben een ongeluk gehad, *compañeros*, op het meer. Onze boten zijn beschadigd geraakt, we moeten ze repareren voordat we weer terug kunnen.'

'Waar komen jullie vandaan?' vraagt een van de mannen. Hij heeft een breed gezicht met onderzoekende ogen die heen en weer schieten tussen ons en onze boot.

'Van de zuidkant van het meer,' zegt Santiago. 'We waren op een trip om onze gast,' – hij wijst op mij – 'een tour te geven. Samen met padre Mauro en padre Martín.'

Slim van hem om die meteen te noemen. Priesters staan in hoog aanzien hier.

Het heeft inderdaad het gewenste effect. Beide mannen nemen hun petten af en doen een stap naar voren. Respectvol pakken ze om beurten de handen van Mauro en Maarten die hun rol met verve spelen en beiden de zegelring om hun vinger laten kussen.

'Hoe kunnen we u van dienst zijn, eerwaarde vaders?' zegt de man. De ander heeft nog steeds niets gezegd.

'Jullie kunnen mij helpen, terwijl zij naar het dorp gaan om tot rust te komen. We moeten ook het water uit de boten laten lopen. Als wij dan klaar zijn, kunnen we weer veilig naar huis terugkeren.'

De mannen knikken.

Santiago loopt terug naar zijn boot en rommelt wat in de plastic ton, die nog het meest weg heeft van een groot zuurkoolvat, compleet met de grote, rode draaideksel. Hij haalt er nog een regenjack en andere kleding uit. Hij geeft twee broeken en twee overhemden aan mij. 'Jij en Maarten moeten je maar ergens binnen even omkleden,' zegt hij.

Het aanvankelijke wantrouwen van de mannen heeft plaatsgemaakt voor de bereidheid te helpen.

Zouden ze die nog hebben als ze erachter komen dat Lionel is vastgebonden? bedenk ik als we weglopen en Santiago met Lionel bij de bootjes achterlaten.

Mauro, Maarten, Nayra, Qala en ik steken het strand over.

'Nu naar Aruni,' zegt Nayra, die naast me is komen lopen.

Ze heeft een onvoorstelbare prestatie geleverd door ons dwars over het meer te zeilen, optimaal gebruikmakend van de wind. Bij haar is geen greintje vermoeidheid te bespeuren. Die zal vast later wel komen, als dit allemaal achter de rug is.

Als we bijna bij de bebouwing zijn, klinkt een korte, felle schreeuw achter ons. We draaien ons allemaal om en zien dat de sfeer bij de bootjes is omgeslagen. De twee mannen staan tussen Santiago en de boot in waar Lionel in zit.

67

‘Kom,’ zegt Maarten tegen mij. ‘Wij lopen samen even terug.’ Naar Nayra en Mauro roept hij dat ze moeten proberen een auto te regelen.

‘Het is een dorpsgenoot,’ zeg ik tegen Maarten. ‘Dat moet je vertellen. Een neef, een familieruzie.’

Maarten kijkt strak voor zich uit, waardoor ik niet zeker weet of hij me wel heeft gehoord.

Gij zult geen valse getuigenis spreken tegen uw naaste.

Ik draai me om en zie dat Nayra en Mauro verderop een hostel binnengaan.

‘Wie is dit, vader?’ vraagt de man die tot nog toe heeft gezwegen als we weer bij het bootje zijn. Met zijn hoofd knikt hij in de richting van Lionel. Opnieuw neemt hij zijn pet af nu hij het woord tot Maarten richt.

‘Dat is een moordenaar,’ zegt Maarten eenvoudig. ‘Het is een zeer gecompliceerde zaak, te ingewikkeld om nu uit te leggen. Deze man heeft iemand vermoord en hij heeft geprobeerd ons allemaal te vermoorden op het meer, om redenen die alleen hem bekend zijn. Zodra onze boot is gerepareerd, keren wij huiswaarts om hem aan de autoriteiten over te dragen. Hij is een lid van onze gemeenschap, dus een goede bekende.’

De waarheid spreken is soms gemakkelijker dan je denkt. Alle kaarten liggen nu op tafel.

De twee mannen lijken onder de indruk te zijn van Maartens directheid en openheid. Ze kijken naar Lionel, die geen enkele moeite doet om Maartens woorden tegen te spreken.

‘We vertrouwen op jullie discretie,’ maakt Maarten zijn verhaal nog af. ‘De Heer zal jullie belonen, want God beloont ieder mens naar zijn daden.’

De mannen knikken deemoedig naar onze man Gods.

Maarten stapt op hen af en drukt ze de hand, om aan te geven dat de afspraak om te zwijgen bij deze is bezegeld.

'Komen jullie ook voor die gebedsdienst?' vraagt een van de mannen dan.

'Welke gebedsdienst?' vraag ik.

'Sinds een paar jaar komen evangelische dominees hier op 24 juni samen om tegen het Inti Raymi te bidden. Vanmiddag zijn er al een paar met de boot aangekomen. Ze verblijven in een hostel hier.'

Dus toch!

'Was er ook een kind bij?' vraag ik.

'Ik weet het niet,' zegt er een. 'Zou kunnen... Ik heb het niet gezien.'

Het feit dat die bijeenkomst echt plaatsvindt, stelt me in zekere mate gerust – al is Oscar dan wel wat vroeg.

'Is het dat hostel?' vraag ik, terwijl ik het hostel in de verte aanwijs waar ik Nayra naar binnen heb zien gaan.

'Zou kunnen, ik weet het niet. Er zijn meerdere hostels hier.'

'We zullen het zien, dank jullie wel.'

We zeggen gedag en steken het strand weer over.

'Goed gesproken, Maarten,' zeg ik, als we weer teruglopen.

'Ik kan niet liegen,' geeft hij als eenvoudige verklaring. 'Het lukt me gewoon niet. De woorden blijven in mijn keel steken.'

'Het is wel een hoopvol teken dat die gebedsdienst er in ieder geval is toch?'

Maarten knikt.

We zien Qala voor de deur van Hostal Aya Huma staan wachten. Hij zwaait naar ons.

'Ze zijn binnen,' zegt hij als we bij hem zijn.

Binnen zijn Nayra en Mauro inderdaad in gesprek met een vrouw die achter een balie staat.

'De mannen op het strand vertelden ons dat hier inderdaad ieder jaar een gebedsdienst is,' zeg ik, terwijl ik naar Nayra toe loop. 'Dat gedeelte van het verhaal klopt in ieder geval.'

Aan twee lange tafels zitten toeristen, jonge backpackers die met elkaar een biertje drinken. Het loopt tegen het eind van de middag, dus meer dan een uur zonlicht zullen we niet meer hebben.

Aan haar tegenwerpingen te horen, lijkt de eigenaresse niet erg genegen ons te willen helpen. Zelfs het priesterlijk gezag van Mauro legt geen gewicht in de schaal.

Ik overhandig de droge kleding aan Maarten. In de ruimte naast de receptie trekken we ons terug om ons om te kleden. Ik zorg dat ik met mijn rug naar hem toe sta, zodat we beiden nog een beetje privacy hebben.

Het valt niet mee de natte kleding uit te krijgen, maar als het dan eindelijk gelukt is de droge broek en het droge overhemd aan te krijgen, is dat een heerlijk gevoel. De natte onderbroek en de natte sokken heb ik gewoon weer aangetrokken, nadat ik ze uitgewrongen had.

Als ik me omdraai, zie ik dat ook Maarten zich omgekleed heeft. Een glimlach siert zowaar zijn gezicht. 'En dat op mijn oude dag,' zegt hij.

Met onze druipende kleding in de hand gaan we terug naar de receptie.

We weten niet eens waar we moeten zoeken. Misschien zijn ze allang weer van het eiland af. Als ze hier al zijn geweest…

Een van de toeristen wenkt me. 'Wat is er aan de hand?' vraagt hij in het Engels, waarin een sterk Frans accent doorklinkt.

'We hebben een probleem,' zeg ik. 'We zoeken een kind, dat mogelijk is ontvoerd. Het moet hier op het eiland zijn, we zijn hierheen komen varen vanaf de zuidkant van het meer. Nu hebben we vervoer nodig.'

In rap Frans doet hij verslag aan zijn reisgenoten, die verschrikt naar ons kijken.

Een jonge vrouw met een kleurige bandana in haar hennakleurige dreadlocks richt het woord tot mij. 'Vanmiddag hebben we een man gezien. Hij liep naast een ezel waar een kind op zat.' Ze geeft een omschrijving die perfect bij Oscar en Aruni past.

Zo ontzettend groot is het eiland nu ook weer niet. En als toeristen hebben zij natuurlijk het noordelijke deel bezocht.

'Nayra,' roep ik, die nog steeds inpraat op de dame die er steeds onverzettelijker uit begint te zien. 'Nayra! Deze toeristen hebben Oscar en Aruni vanmiddag gezien.'

'We zijn geen toeristen,' zegt de vrouw met het rastahaar beledigd. 'We zijn reizigers, geen toeristen.'

Natuurlijk. Sommige mensen kun je niet meer op de ziel trappen dan met deze benaming.

'Deze reizigers hebben ze gezien,' verbeter ik mezelf. Ik heb ieders aandacht nu. 'Waar hebben jullie ze gezien?'

‘We kwamen terug van de Roca Sagrada, vanmiddag. Zij gingen er juist naartoe. Dat verbaasde ons nog, omdat het al laat was en er daar verder geen plaatsen zijn waar je kunt eten of slapen.’

Mauro haalt zijn portemonnee tevoorschijn en haalt er een stapeltje bankbiljetten uit om dat boven op het geld te leggen dat al op de toonbank ligt. De koppige weigering van de vrouw blijkt niet meer dan een sluwe onderhandelingstactiek te zijn geweest, want onmiddellijk ontdooit ze. Van het bord achter haar, waar ook de kamersleutels hangen, haalt ze een set sleuteltjes van een haakje.

‘Hij staat buiten,’ zegt ze eenvoudig. Met haar rechterhand overhandigt ze de sleutels aan Mauro, terwijl ze met haar linkerhand het geld in ontvangst neemt. ‘Rode auto.’

‘Merci,’ zeg ik tegen de Fransen, die hun bierflessen proostend omhoogbrengen en ons geluk wensen.

Op weg naar buiten gris ik een sixpack met plastic flesjes water mee. ‘Ik betaal zo wel,’ roep ik zonder om te kijken.

Als we bij de auto zijn, vraag ik Maarten of hij niet beter in het hostel kan blijven. ‘De zon verdwijnt zo achter de horizon, het wordt er niet warmer op.’

‘Misschien is dat wel een goed idee,’ geeft hij toe. Hij huivert even.

‘Nog bedankt, Maarten. Dat was erg moedig van je om me achterna te springen.’

‘Niet half zo moedig als wat jij deed,’ zegt hij, waarbij hij naar me kijkt als een trotse vader naar zijn zoon.

Nayra heeft al plaatsgenomen achter het stuur van de rode 4x4, die eruitziet alsof hij net door de wasstraat gegaan is.

De bijrijdersstoel is vrijgelaten voor mij. Mauro en Qala zitten op de achterbank. Ik deel de flesjes uit, die iedereen onmiddellijk opent om er een paar slokken uit te nemen. Het water is lauw, maar het smaakt mij in ieder geval geweldig, ook omdat het de smaak van het Titicacameer wegspoelt.

‘Naar de mesa ritual,’ zeg ik.

En dan sla ik mezelf letterlijk voor het hoofd. Wat heb ik nou gezegd?

‘De wat?’ vraagt Nayra.

‘De…’

‘Mesa ritual,’ maakt Mauro mijn zin af.

'Is die daar?'

Het verbaast me dat Nayra dat niet weet.

Ik knik.

Nayra drukt het gaspedaal in en rijdt zo hard als dat op het weggetje mogelijk is.

68

Met toenemende bezorgdheid kijk ik af en toe naar Nayra, die wel in een trance lijkt. Voorzichtig leg ik mijn hand op haar onderarm, maar met een geïrriteerd gebaar slaat ze die weg.

'Sorry,' zegt ze dan. 'Nog even. Dan zijn we er.'

Als ik me er van tevoren meer in had verdiept, zou ik een andere terugvlucht hebben geboekt.

Maar zes maanden was het maximum dat ik weg kon blijven en vlak voor kerst uit Nederland vertrekken was voor mij een mooie kans om die dagen niet thuis te hoeven vieren.

We scheuren over een smal en zeer stoffig rotsweggetje, grote stofwolken achter ons opwerpend. Nayra zou nog veel harder willen rijden, vermoed ik, als de weg niet zo slecht was. Zeer geconcentreerd kijkt ze voor zich uit, voortdurend kleine rukjes aan haar stuur gevend om niet in de berm te raken.

Ik moet me stevig vasthouden om op mijn stoel te kunnen blijven zitten.

Via mijn achteruitkijkspiegeltje werp ik zo nu en dan een blik op Mauro die stoïcijns naar buiten blikt. Op het gezicht van de kleine Qala valt al helemaal geen emotie af te lezen. Voor zo'n mannetje moet dit de trip van zijn leven zijn. Het is heel goed mogelijk dat hij in zijn leven geen stap buiten het dorp heeft gezet, of in ieder geval nooit verder is gekomen dan tot waar hij de schapen laat grazen.

Het landschap om ons heen is in één woord troosteloos: kale rotsen waarop niets groeit.

Zou het een idee zijn om hier te proberen bomen uit ons project te laten groeien? Water genoeg in de omgeving in ieder geval.

Inti Raymi, de geboorte van de zon…

En natuurlijk vervingen de Spanjaarden ook het indiaanse Inti Raymi-feest weer door een eigen katholieke feestdag, dat van Johannes de Doper.

Mijn gedachten gaan terug naar mijn lagere school in Elst, waar het in onbruik geraakte Jansvuur nieuw leven werd ingeblazen door een enthousiaste meester. Kinderen uit groep 8 droegen een zelfgevlochten krans van gras met daarin bloemen gestoken. Hoogtepunt voor ons was het springen over het vuur dat vervaarlijk hoog opvlamde. De achtstegroepers stonden immers voor een keerpunt in hun leven, een nieuw begin. 'Met Sint Jan draait het blad zich om,' werd gezegd. Het feest markeerde een overgangsperiode.

Elize en ik sprongen samen hand in hand over het vuur heen, maar de band tussen ons die door deze sprong voor eeuwig bezegeld had moeten zijn, was na de zomer al verbroken toen we allebei naar een andere middelbare school gingen.

En natuurlijk heeft niemand ook maar het flauwste idee wanneer Johannes is geboren. Zijn geboortedag is vastgesteld op 24 juni om de veel oudere zonnewendefeesten te vervangen – keurig zes maanden voor dat andere zonnewendefeest op 24 december. Een prachtig citaat, aan Johannes toegeschreven, werd hiermee verbonden. 'Hij moet wassen, maar ik moet minder worden.' Jezus moest groeien en Johannes moest kleiner worden. De dagen na het feest van Johannes worden op het noordelijk halfrond ook korter, waarna ze na het feest van Christus in december weer langer worden. Hij moet kleiner worden en de ander groter. En zo is de cirkel weer rond.

Het stof dringt door de gaten en kieren de cabine in. Een fijne mist van stofdeeltjes zweeft om onze hoofden.

De motor loeit en draait op volle toeren. De terreinwagen ziet er stoer uit, maar lijkt toch ook niet helemaal opgewassen tegen de wilde rijstijl van Nayra.

De voorruit begint inmiddels goed vuil te worden door de modder, het stof en vele insecten die zich te pletter gevlogen hebben. Nayra zet de sproeier aan en daarna de ruitenwisser, maar daardoor verslechtert het zicht alleen nog maar. Er is niet genoeg ruitenwisservloeistof, waardoor het raam wel nat, maar niet schoon wordt. De modder wordt nu in grote bruine strepen uitgesmeerd.

'Stop,' schreeuw ik nu tegen Nayra, terwijl ik mijn hand op het stuur leg. 'Je rijdt ons de dood in.'

Gelukkig ziet Nayra ook in dat het waanzin is om met deze snelheid over een slecht pad te racen zonder goed zicht te hebben. Met tegenzin verlaagt ze haar snelheid.

'Stop even,' zeg ik. 'Dan maak ik de voorruit schoon. Zo zie je niets.'

Ze knikt. Dan stuurt ze een klein stukje naar rechts, de berm in, een automatisme, maar hier overdreven omdat er geen tegemoetkomend of achteropkomend verkeer is.

Dan horen we een luide knal. De auto zakt aan de rechtervoorkant een klein stukje naar voren.

Een lekke band.

Dat was te verwachten bijna, op deze dodenrit.

Ik spring uit de auto om de band te inspecteren. Onmiddellijk zie ik dat een piramidevormige steen met de punt in de band steekt, bijna alsof die ervoor neergelegd is.

Nayra is ook uitgestapt. Het zweet staat op haar voorhoofd, waar haar haren tegenaan geplakt zijn. Het stof is diep in de rimpeltjes rond haar ogen en mond doorgedrongen.

Ze stort zich op de band en weet de steen met veel geweld te verwijderen. Het rubber is gescheurd, flarden hangen naar buiten.

Toch neemt ze opnieuw plaats achter het stuur. Ze rijdt een paar meter vooruit, terwijl ik demonstratief met mijn handen in mijn zij blijf staan kijken. De velg van het wiel maakt een knarsend geluid, terwijl de band hevig wiebelend zijn rondjes draait.

Het is duidelijk dat we met deze auto niet verder kunnen.

Nayra stapt opnieuw uit, samen met Mauro en Qala.

'Er zal vast een reserveband in de achterbak liggen,' zeg ik. 'We moeten de band verwisselen, er zit niets anders op.' Ik loop naar de achterkant van de auto, maar dan blijk ik buiten de onverzettelijkheid van Nayra te hebben gerekend.

'Het is nog maar een kilometer, niet meer,' roept ze naar me, terwijl ze begint te lopen. 'We moeten vlak in de buurt zijn.'

Mauro haalt zijn schouders op en loopt achter Nayra aan. Qala trekt een sprintje waarna hij haar al snel heeft ingehaald. In mijn eentje kan ik geen band verwisselen, dus ik kies eieren voor mijn geld.

Uit de auto pak ik nog snel een plastic tasje waar ik alle flesjes water in stop.

Ze zijn al een heel eind voor me. Ik versnel mijn pas, maar moet dat al snel bekopen met kortademigheid en een droge mond.

Ik blijf stilstaan om een slok te nemen van mijn flesje. Als ik weer opkijk, zie ik dat ze nu helemaal uit het zicht verdwenen zijn. Ik voel een lichte paniek opkomen, hoewel dat onnodig is natuurlijk.

Ze zijn gewoon de hoek om, neem ik aan, om de weg te vervolgen. Of zouden ze een stuk afgesneden zijn? Zij weten toch ook niet precies waar het ligt?

Een groot gevoel van eenzaamheid overvalt me.

69

Het is eigenlijk te veel: de vergiftiging door de chicha, de dood van Jan-Willem, de aanval op mijn persoon, de vlucht uit het instituut, dan nog bijna verdrinken in het Titicacameer en nu hier, verlaten worden in een steenwoestijn.

Al lopend draai ik de dop terug op het flesje, mezelf dwingend naar de grond te kijken, zodat ik niet de hopeloos lege weg voor me zie. Ik ga zo hard als mijn ademhaling dat toelaat.

De zon is nu duidelijk kracht aan het verliezen. Heel subtiel neemt het licht af.

'Eén, twee, in de maat, anders wordt de juffrouw kwaad,' fluister ik zachtjes voor me uit om de moed erin te houden.

Heeft de reis me veranderd, vraag ik mezelf af. Ben ik een ander mens geworden? Ik ben verliefd geworden, zoveel is zeker. Natuurlijk op Nayra, maar in zekere zin ook op dit land, op deze omgeving waar ik me zo sterk mee verbonden voel. Het weidse uitzicht overdag, het meer en de bergen, en de blik op de majestueuze hemel 's nachts. Het gevoel dat je leeft, dat je een klein, maar onmiskenbaar onderdeel bent van iets veel groters. Alleen dat al geeft betekenis aan je bestaan, zo kort, een in wezen onbetekenende schakel in die eindeloze ketting die het leven is, die jou verbindt met al die vorige en volgende generaties. Elk atoom in mijn lichaam maakte ooit deel uit van iets anders, was ooit sterrenstof, letterlijk, en zal straks de bouwsteen van iets anders zijn: een boom of plant, een steen, een vogel of vis, de waterdamp in de wolken boven me.

Ik heb hier meer respect voor de aarde gekregen, absoluut, onze moeder die maar een tijdje meer kan geven dan ze terugkrijgt voordat ze uitgeput raakt. Het evenwicht in alles, in de natuur, tussen de mensen onderling. Zodra de balans verstoord raakt, slaat dit uiteindelijk op iedereen terug. Reciprociteit, niet meer nemen dan je geeft. En zelfs niet te veel geven, want ook daarmee verstoor je het evenwicht.

Een gift verstoort voor even de balans, omdat de verhoudingen ongelijk worden. Maar door een tegengift worden die weer hersteld en beweegt de wijzer van de weegschaal zich weer naar het midden.

Een offer dat zo groot is dat je er als mens niets tegenover kunt stellen verstoort de verhouding voor eeuwig. Dan blijf je bij iemand in het krijt staan.

Wat heeft de persoon bezield om drie kinderen om te brengen? Welke balans trachtte hij hiermee te herstellen? Welke zonde was zo groot dat alleen het bloed van een onschuldig kind het weg kon wassen? Of wilde de dader iets zó groots verkrijgen, dat hij dacht dit alleen met het leven van een kind te kunnen betalen? Dat de tegenprestatie opwoog tegen het onvrijwillige kinderoffer?

Ik moet mijn best doen niet te gaan sloffen, zo moe ben ik. Al mijn aandacht richt ik op het goed optillen en weer neerzetten van mijn voeten.

Waarom zou het niet waar kunnen zijn dat Oscar Aruni heeft meegenomen om hem te beschermen? Wie weet had hij een vermoeden dat Lionel achter de chupacabrageschiedenis zat. Of heeft hij vermoed dat Lionel iets met de moorden op de kinderen te maken had? En toen deze wildeman op de vlucht was, heeft hij wellicht gedacht dat die als een kat in het nauw naar hem toe zou komen.

Ik begin door te draaien, merk ik. De associaties tuimelen over elkaar heen.

De restjes in de andere flesjes heb ik ook leeggedronken. De twee nog gesloten flesjes durf ik niet te openen, omdat de anderen straks ook wat zullen willen drinken.

Stevig stap ik door, de opkomende duizeligheid in mijn hoofd negerend.

De wind voert flarden van geluiden met zich mee.

Eindelijk durf ik weer op te kijken. In de verte zie ik Nayra, Mauro en Qala. Ze staan stil, alsof ze ook niet weten welke kant ze nu op moeten.

Eventjes lijkt het alsof ik niet meer vooruit kom. Alsof ik een roltrap in tegenovergestelde richting wil beklimmen.

Dan toch eindelijk wordt de afstand tussen ons kleiner. Niemand kijkt naar me als ik me bij hen heb gevoegd.

De verslagenheid die in de lucht hangt is bijna tastbaar.

Want daar staat die dan, wat gaandeweg het doel van onze tocht geworden is: de offertafel, de mesa ritual.

Ongenaakbaar.

De eeuwen hebben geen vat op de tafel gekregen. In deze omgeving, waar iedere verwijzing naar de moderne tijd ontbreekt, heb je niet eens veel fantasie nodig om je een plechtige ceremonie van kleurrijk uitgedoste Incapriesters voor te stellen met in hun gevolg de lama's en de arme zielen die op het punt staan te worden geofferd.

Het stenen blad moet loeiheet zijn doordat het de hele dag de hitte van de felle zon in zich opgeslagen heeft.

Maar hoe we ook om ons heen kijken.

Er is niemand te zien.

70

Het zijn de scherpe ogen van de kleine Qala die Oscar het eerst zien. 'Daar!' roept hij opgewonden. 'Daar!'

We kijken allemaal in de richting waar hij met zijn hand heen wijst.

Afgetekend tegen de achtergrond van de blauwe lucht zien we inderdaad twee silhouetten van een groter en een kleiner iemand. Dit moeten Oscar en Aruni zijn.

Ze staan boven op de Roca Sagrada, de heilige rots die op de kop van een poema zou moeten lijken.

'Aruni!' schreeuwt Nayra, die wild zwaaiend in de richting van de rots rent. Haar stem echoot kort maar fel tegen de rotswand.

'Aruni!' beginnen wij nu ook te roepen. 'Oscar!'

Ze staan met hun ruggen naar ons toe, onbewogen, alsof ze in zoutpilaren zouden veranderen als ze zich omdraaien.

Dan eindelijk hebben ze ons gehoord. Eerst draait Aruni zich om, dan Oscar. Ze zwaaien naar ons, rustig, alsof ze geenszins verbaasd zijn ons hier te zien. Het is net alsof we als groep hiernaartoe gekomen zijn en zij eerder dan wij naar boven zijn geklommen.

In optocht lopen we langs de rots, op zoek naar het begin van het pad dat ons omhoog kan voeren.

Waarom komen zij niet naar beneden, vraag ik me af, nog steeds niet helemaal gerustgesteld. Ik vind het niet fijn dat ze zo dicht bij een klif staan.

Het is sowieso een bizarre situatie.

Denkt Oscar de stem van God te hebben gehoord die hem heeft opgedragen dit kind te offeren? En heeft hij gedacht: als Abraham destijds naar God geluisterd heeft en beloond werd met een nageslacht talrijker dan de zandkorrels op het strand en de sterren aan de hemel, waarom zou ik Zijn stem dan niet gehoorzamen? Vanuit het vertrouwen dat God ook nu een plaatsvervangend offer zou sturen, een lama of alpaca die in de struiken vast zou komen te zitten. En dan zou ook hij als een geloofsheld worden onthaald door zijn gemeenteleden, als levend voorbeeld van een man die zich in zijn levenswandel slechts laat leiden door het Woord des Heren.

Eindelijk zijn we aan het begin van het pad gekomen. Bezweet en kortademig loop ik als laatste in de rij naar boven, met mijn kleren tegen mijn lichaam plakkend.

Het is een smal pad, bezaaid met grotere en kleinere stenen. Het stof stuift op waar we onze voeten neerzetten.

Ik zie dat zelfs Nayra buiten adem is. Het moet ook de emotie zijn, de overhaaste zeiltocht hierheen, die ons bijna fataal werd door de aanval van Lionel, de klapband terwijl we al zo vlak bij ons doel waren. En dan nu Oscar en Aruni die op zo'n vreemde plaats staan.

Mijn ademhaling gaat hortend en stotend. Mijn keel is droog, maar ik wil het water niet aanspreken. Het is ook voor de anderen bedoeld. Aan alles merk ik dat ik verzwakt ben. Puur op wilskracht lukt het me door te lopen, maar af en toe dansen er vlekken voor mijn ogen. Ik krijg een licht gevoel in mijn hoofd, dat vreemd genoeg ook weer voor een euforisch gevoel zorgt.

Dan eindelijk, eindelijk zijn we boven.

Als ik verwacht had dat Aruni blij op Nayra af zou komen rennen om zich in haar armen te storten, dan kom ik bedrogen uit.

Oscar staat achter hem en heeft als in een vaderlijk gebaar beide armen om hem heen geslagen. Zijn handen bijeengevouwen voor Aruni's borst.

Nayra, Mauro, Qala en ik staan op een meter of tien, vijftien van hen vandaan, in een halve cirkel opgesteld. Niemand durft een stap dichterbij te zetten, uit angst dat Oscar dan een pas naar achter doet om Aruni met zich mee de diepte in te sleuren.

De situatie is surrealistisch. Nog steeds lijkt het alsof Oscar niet heel erg verbaasd is ons hier te zien, boven op de heilige rots.

Als we op de kop van een poema staan, staan we eigenlijk op zijn schedel.

Een schedelplaats.

71

Met een minzame glimlach ziet Oscar ons aan.

'Don Oscar,' zegt Nayra, met haar liefste stem, waarin ze alle begrip van de wereld probeert door te laten klinken. 'Wil je mijn broertje Aruni loslaten nu? Ik begrijp dat je hem hebt willen beschermen tegen Lionel, maar dat hoeft niet langer. Hij vormt geen bedreiging meer voor Aruni. Hij vormt geen bedreiging meer voor wie dan ook, we hebben hem gevangen kunnen nemen.'

De glimlach van Oscars gelaat verdwijnt. 'Hoezo?' vraagt hij. 'Wat is er gebeurd?'

'Je weet dat het Lionel was die achter de aanval op Juan zat,' zegt Nayra. 'Vanmorgen heeft hij Juan zelfs vermoord!'

Oscar spert de ogen wijd open.

Ja. Dat is wat er gebeurt als je eenvoudigen van geest opzweept met die rare verhalen van je.

'Juan was in de kliniek van de universiteit,' gaat Nayra verder. 'Maar dat heeft hem niet kunnen redden. Lionel is achter don Lucas aan gegaan en heeft ook hem aangevallen, maar hij heeft aan hem weten te ontkomen.' Ze draait zich even naar mij toe om haar woorden te onderstrepen. 'We zijn met de boot hiernaartoe gekomen om jullie op te halen, don Oscar. Maar Lionel is achter ons aan gekomen, met zijn boot, en hij heeft ons bijna tot zinken gebracht. We hebben hem kunnen overmeesteren. Je bescherming van Aruni is dus niet langer nodig. We zijn je echt dankbaar, don Oscar, maar nu...'

'Chupacabra,' onderbreekt Oscar haar verhaal.

Het horen van het woord alleen al zorgt voor een rilling langs mijn ruggengraat.

Dan schudt hij het hoofd. 'Dus het was écht Lionel?' vraagt hij dan. Zonder op antwoord te wachten gaat hij verder. 'Wat een simpele ziel. Zalig zijn de armen van geest, want van hun is het Koninkrijk der Hemelen. Maar deze simpelheid van Lionel is niet waar Jezus naar verwees. Het is ook niet wat ik bedoelde.'

Het liefst zou ik op hem afstormen om hem Aruni uit de armen te rukken. Voor mijn part valt hij daarna het eeuwige leven tegemoet, maar het risico dat Aruni iets overkomt is te groot.

Er zit niets anders op dan met hem te blijven praten, alsof we gewoon in gesprek zijn, zittend op het bankje voor het huis van Santiago en Josefina.

'Waarom zei je chupacabra?' meng ik me ook in het gesprek.

'Ah, don Lucas,' zegt hij dan, alsof hij me nu pas echt voor het eerst opmerkt. 'De chupacabra... Bij ons thuis in Puerto Rico is dat een legende, een verhaal dat al heel lang wordt verteld. In een preek heb ik er een keer naar verwezen, naar hoe sommige mensen alleen maar nemen en nemen zonder iets terug te geven...'

Zoals jij.

'Dat zijn mensen die je leegzuigen, je energie opslurpen, je het eten van je bord stelen dat eigenlijk voor jouzelf was bedoeld, voor jouw kinderen. Die zijn als de chupacabra, heb ik gezegd, die zich voedt op het vet en de lichaamssappen van zijn slachtoffers. Dat zijn de profiteurs, de buitenstaanders, de mensen die zich laven aan de vruchten die het harde, gemeenschappelijke werk van de gemeenschap heeft voortgebracht. Ook binnen onze parochie hebben we helaas met zulk soort mensen te maken, mensen die nooit iets meenemen naar de maaltijd op zondag maar wel mee-eten, die nooit meedoen aan de dagen van gemeenschappelijke arbeid, mensen die nooit komen opdagen op gebedsbijeenkomsten, zoals vannacht bij Tiahuanaco.'

'Had jij nou chicha...' zeg ik, maar ik heb onmiddellijk spijt want ik haal hem uit zijn verhaal.

'Ja, dat was een mooie,' zegt Oscar, die zowaar even lacht. 'Het leek me een passende gift. Schitterend om jullie allemaal stuiptrekkend op de grond te zien liggen, overgevend, kronkelend, vechtend met de demonen die in jullie huizen. Iedere keer dat jullie overgaven, was het alsof de duivel zelf zijn weg naar buiten vocht.'

'Don Oscar,' zegt Nayra, smekend nu.

Oscar steekt zijn hand op, als een leraar die met een eenvoudig gebaar een brutale leerling het zwijgen oplegt. 'Maar er zijn ook mensen die anderen juist voeden,' gaat hij dan verder. 'Die het brood dat ze hebben niet voor zichzelf houden, maar juist uitdelen. Want pas als wij delen, kan God vermenigvuldigen. Dan zijn vijf broden en twee vissen genoeg om vijfduizend hongerige monden te voeden, zoals Jezus ons liet zien. Na afloop halen ze nog twaalf manden met kruimels op! Als God schenkt, schenkt hij in overvloed. Zo dienen ook wij te leven, geven vanuit wat we hebben en dan zullen we zien dat er genoeg is voor iedereen.'

Ik besef dat deze boodschap voor Lionel wat al te subtiel is geweest. De buitenstaander Jan-Willem, die zich als het ware voedde met de kennis van de gemeenschap, werd in zijn ogen een chupacabra, een kharisiri, iemand die nam en niets teruggaf en daarom een gevaar was voor de gemeenschap… Daarom kwam hij ook achter mij aan…

Ik kijk opzij naar Mauro, die nog helemaal niets heeft gezegd. Opnieuw heeft hij die vreemde glimlach, die zo ongepast lijkt in de gegeven situatie.

Het is alsof hij tevreden is met hoe het loopt. Zou het zijn omdat hij ziet dat deze hele gebeurtenis op een negatieve manier zal terugslaan op de evangelische gemeenschap, die al zo lang in zijn vaarwater zit? En die met zoveel meer succes dan hij de schapen uit de indiaanse kudde heeft weten weg te leiden van het inheemse geloof in Moeder Aarde?

'En de kinderen?' vraagt Nayra dan. 'Wat weet je daarvan?'

Zelf zou ik deze vraag nu niet hebben gesteld. Oscar zat weer in zijn vertrouwde preekmodus en leek zich juist iets te ontspannen. Eén arm had zich zelfs losgemaakt van Aruni, die uitdrukkingsloos voor zich uit staart, met niemand oogcontact makend, lijdzaam wachtend tot deze beproeving voorbij is.

'De kinderen?' vraagt Oscar. 'Wat bedoel je daarmee?'

'De kinderen,' herhaalt Nayra. 'De kleine Luis.'

Oscar kijkt geschokt, oprecht zo lijkt het. Of hij moet een ontzettend goede acteur zijn. Hij heft beide handen ten hemel. Aruni maakt onmiddellijk van de gelegenheid gebruik om een stap bij hem vandaan te doen. Oscar doet geen poging hem weer bij zich te nemen.

Dan zie ik dat Mauro in beweging komt. Hij loopt rustig een stukje in de richting van Oscar en Aruni, zodat hij nog maar een meter of vijf van ze is verwijderd. De situatie is onmiskenbaar veel beter dan net, maar de dreiging is nog niet helemaal verdwenen.

'Daar heb ik niets mee te maken,' zegt hij zo zacht dat hij bijna niet te verstaan is. 'Je denkt toch niet dat ík...'

'Lionel?' opper ik, om zo de beschuldiging van hem vandaan te halen, zodat hij niet in paniek rare bokkensprongen gaat maken.

'Nee, nee,' zegt hij. 'Dat bestaat niet.' Hij schudt het hoofd en sluit kort zijn ogen.

Mauro maakt van de gelegenheid gebruik nog een paar stapjes dichterbij te zetten, waardoor hij op nog maar een armlengte van Aruni staat.

Op Nayra's gezicht heeft de wanhoop plaatsgemaakt voor vreugde en hoop.

Bijna veilig.

72

Dan opent Oscar zijn ogen. Hij lijkt niet in het minst verbaasd over het feit dat Mauro inmiddels zo dicht bij hem staat.

'Ik wilde Aruni alleen maar beschermen,' zegt Oscar. 'Ik dacht, we gaan weg, weg van daar.' Hij wijst met een vaag gebaar in de richting van waar Nayra's dorp moet liggen. 'Na een paar dagen zou de storm vast wel zijn gaan liggen, verwachtte ik. Ik zou een kind toch nooit iets aandoen? Ik zou Aruni toch nooit iets aandoen?'

Dan, in een snelle beweging grijpt Mauro Aruni bij zijn bovenarm en trekt hij hem naar zich toe. Opgelucht haal ik adem.

Oscar laat zich op de grond zakken, een verslagen man. Het idee alleen al dat hij zou kunnen worden verdacht van de moord op de kinderen lijkt hem te veel te zijn geworden.

Nayra komt in beweging en wil naar haar broertje toe rennen, maar de scherpe stem van Mauro doorklieft de lucht.

Tot mijn verbijstering loopt hij niet naar ons toe, maar beweegt hij zich juist in de richting van de klif, Aruni in een houdgreep vasthoudend.

Hij doet een paar stappen bij Oscar vandaan, die voorovergebogen zit en aan wie alles voorbijgaat.

Wat gebeurt hier?

Nayra bevriest in haar beweging. Haar voet hangt in de lucht, als van een soldaat op een slagveld die net op tijd ontdekt dat er een landmijn ligt.

'Laat de kinderen tot mij komen!' schreeuwt Mauro. 'En verhinder hen niet.'

'Wat doe je?' schreeuw ik. 'Mauro! Laat Aruni onmiddellijk los!'

'Dit,' roept hij. 'Dit wordt het laatste offer dat ik breng.'

73

Wat... Heeft hij...?

'Waar heb je het over?' roept Nayra.

Ze wil in Mauro's richting lopen, maar beseft dan dat ze haar broertje daarmee alleen maar meer in gevaar brengt, zo dicht als ze bij de afgrond staan.

'Heb jij die kinderen vermoord?' schreeuwt ze naar hem.

'Niet vermoord, nee,' zegt Mauro. 'Ik heb ze voor het altaar van de Heer gebracht, als zoenoffer. Om vergeving te vragen voor jullie afschuwelijke praktijken, jullie afzichtelijke bijgeloof dat Hem zoveel verdriet doet, iedere dag opnieuw. De lama's die jullie slachten, de alcohol waarmee jullie de aarde dronken voeren, de sigaretten en cocablaadjes die jullie offeren aan jullie dode goden die niets meer zijn dan demonen.'

'Mauro,' zeg ik, op een zo rustig mogelijke toon in de hoop hem tot bezinning te brengen, maar hij is ver weg, op een plaats die niet meer door ons kan worden bereikt.

'En het deed mij meer pijn dan jullie ooit zullen weten,' zegt hij. 'Zoals de zonden, die jullie eeuwenlang dag in dag uit bedrijven, God meer pijn doen dan jullie ooit kunnen beseffen. Ik moest iets doen, iets groots doen om jullie de ogen te openen. Om jullie te laten inzien dat jullie pad doodlopend is. Dat het licht dat jullie denken te zien niets meer en niets minder is dan de gloed van de vlammen van de hel die tot in de eeuwigheid voor jullie bestemd zijn!' De tranen stromen Mauro over de wangen.

De man is gek geworden. Het veertig jaar tevergeefs opboksen tegen het indiaanse geloof in Moeder Aarde en het besef dat dit niet gaat verdwijnen, heeft hem gebroken. Zijn missie is mislukt, hij heeft gefaald. Zijn leven is mislukt.

'De afschuw over de dood van de kinderen, deze onschuldige lammeren, had jullie in de schoot van de Moederkerk terug moeten brengen,' jammert hij. 'Jullie hadden moeten inzien dat jullie offers geen kracht hebben, zinloos zijn. Alleen het offer van Christus heeft kracht.'

'En jij dacht,' zeg ik, 'dan offer ik maar drie onschuldige kinderen.'

'Die zijn bij God nu,' zegt hij. 'Maak je geen zorgen. Die zijn op een veel betere plaats dan ze hier op aarde ooit hadden. Ik heb ze juist gered.'

'Maar...' probeer ik.

Mauro veegt met een wild gebaar over zijn gezicht, dat nu een grimmige uitdrukking heeft gekregen. 'Juist door deze offers,' zegt hij, met een vastberadenheid in zijn stem, 'wordt duidelijk hoe verdorven jullie zijn.' Hij richt zich tot Nayra. 'Wat ik heb gedaan, is precies wat jouw voorouders al eeuwenlang hebben gedaan. Waarom denk je dat die offertafel hier staat? Die was er niet alleen om lammetjes de keel door te snijden! De dode kinderen passen precies in jullie geschiedenis, het is één rechte lijn. De wereld moest zien waartoe jullie in staat zijn.'

Dus toch. Ik ben vergeten wie, maar iemand opperde dat de persoon die dit op zijn geweten had de indiaanse godsdienst in een kwaad daglicht wilde stellen... En Mauro ziet het daarnaast oprecht als een zoenoffer voor de in zijn ogen misdadige indiaanse praktijken van het offeren aan Moeder Aarde.

In gedachten ga ik terug naar de doopplechtigheid waar ik ongewild getuige van was. De scheldpartij tegen de ouders en peetouders.

Had ik iets kunnen zien? Hadden we iets kunnen vermoeden? Wat moet er in dat brein van hem zijn omgegaan? Welke kortsluiting moet er hebben plaatsgevonden? Om drie onschuldige kinderen om te kunnen brengen, het hoofd in te slaan en dan keurig neer te leggen? Een bloemenkrans te vlechten voor in het haar?

'Je weet dat dat niet waar is,' zegt Nayra. 'Mauro, om de liefde van God, laat mijn broertje los, alsjeblieft.'

Uit niets blijkt dat Mauro van plan is Aruni te laten gaan. Hij heeft een verbeten trek om de mond.

Waarom is hij naar voren getreden? Als we met zijn allen naar de boot waren teruggelopen, zouden we nooit ontdekt hebben dat hij achter de dood van de kinderen zat.

Alsof hij mijn vraag heeft gehoord, zegt hij: 'Mijn tijd hier zit erop. De wereld mag weten welke offers ik heb willen brengen voor mijn God, voor onze Heer! Niet langer verschuil ik mij, ik treed in het volle licht. Een lamp zet je niet onder een korenmaat of onder het bed!'

We moeten iets doen, maar de mogelijkheden zijn beperkt.

'Mauro,' probeer ik weer, maar hij is niet meer voor rede vatbaar, als hij dat ooit al geweest is.

In mijn ooghoek zie ik dat het petje van Qala op de grond valt. Hij gaat op zijn hurken zitten om het weer te pakken. Terwijl hij het met zijn linkerhand oppakt, gaat zijn rechterhand zoekend over de grond, alsof hij die aait.

'En zo offer ik ook mezelf op,' zegt Mauro. 'Mijn goede naam, mijn reputatie... Maar daar geef ik niet om, want mijn beloning is in de hemel. En uiteindelijk zullen ook jullie zien waarom ik deze offers heb gebracht!'

Qala kijkt naar me, alsof hij me om toestemming vraagt. Bijna onzichtbaar knik ik en knipoog ik met beide ogen tegelijkertijd om dit nog eens te benadrukken.

Dan, in een vloeiende beweging, beweegt hij zijn rechterarm boven zijn hoofd en draait drie, vier rondjes.

Ik kijk ernaar en het lijkt alsof zijn handelingen zich vertraagd afspelen.

Een zacht, zoevend geluid klinkt.

Ook Mauro heeft het gehoord en lijkt afgeleid.

Hij ziet Qala en schreeuwt: 'Ben ik soms een hond, dat je met een katapult op me afkomt?'

Qala heeft geen zwaard of lans nodig om te overwinnen.

Mauro's hoofd beweegt zich in de richting van Aruni.

Gooien! Nu! Voor het moment voorbij is.

Eindelijk verlaat de steen het elastiek. Hij zeilt door de lucht, in een perfecte rechte lijn. Gebiologeerd staar ik de steen na.

Met een keiharde 'pok' raakt de steen Mauro zo hard tegen het voorhoofd dat die een kort ogenblik blijft steken voor hij op de grond valt. Met een afschuwelijke kreet grijpt Mauro naar de getroffen plek waar het bloed uit stroomt, als uit een net geslagen bron.

Aruni rent bij hem weg waardoor Mauro plots alleen staat, een wankelende reus. Het bloed sijpelt tussen zijn vingers door. Hij doet een stap naar voren, gedesoriënteerd, en weer een stap naar achteren.

Mauro haalt de bebloede handen voor zijn gezicht weg en kijkt ernaar, alsof ze niet van hem zijn.

Nu is het je eigen bloed aan je handen. En al het water van de wereld zal niet genoeg zijn dat weg te wassen.

Mauro sluit zijn ogen.

Net op het moment dat ik een stap naar voren doe om hem weg te trekken van de richel, zet hij juist een pas naar achteren, niet meer wetend waar hij is.

Zijn ene been zweeft boven de afgrond. Hij opent zijn ogen, maar zal nauwelijks iets kunnen zien door zijn verwonding.

Dan verliest hij het evenwicht. Machteloos zwaait hij met zijn armen in de lucht, alsof hij met onzichtbare demonen vecht.

Ik ben hem zo dicht genaderd dat ik hem kan grijpen. Een kort ogenblik houd ik een stukje van zijn jas vast, maar het gewicht is te groot. Ik moet hem loslaten om niet in zijn val te worden meegesleurd.

Dan valt hij achterover, de diepte in.

Geluidloos verdwijnt hij uit beeld, geen schreeuw komt over zijn lippen.

Hij deed zijn mond niet open...

Een doffe klap klinkt.

Ik kijk achterom. Nayra en Aruni staan verstrengeld met elkaar. Het hele tafereel lijkt aan ze voorbij te zijn gegaan. Qala heeft zijn mond halfopen, alsof hij heeft willen schreeuwen, maar de schreeuw in zijn keel is blijven steken.

Dan ga ik op mijn knieën zitten. De scherpe rotsen en kiezels prikken door de stof van mijn broek heen. Voorzichtig hel ik steeds een klein beetje voorover totdat ik Mauro goed kan zien.

Het is een afschuwelijk tafereel.

Hij is te pletter geslagen op de puntige rotsen beneden.

Een bloedakker.

Mauro's middel is opengereten en al zijn ingewanden zijn naar buiten gekomen.

Door zijn schuld.

Door zijn grote, grote schuld.

Epiloog

Drie jaar woon ik hier alweer. De tijd is omgevlogen sinds ik na mijn korte verblijf in Nederland definitief naar Bolivia ben teruggekeerd.

Binnen zes maanden na die maandag in juni was ik al terug. In een recordtempo was ik afgestudeerd en had ik een promotievoorstel ingediend, dat enkele maanden later gehonoreerd werd toen ik alweer in Bolivia was. Mijn promotie bouwt voort op mijn afstudeeronderzoek naar herbebossing in deze regio.

In Nederland heb ik een bezoek gebracht aan de ouders van Jan-Willem. Ze waardeerden het ontzettend om te kunnen praten met iemand die hun zoon in de laatste maanden van zijn leven had leren kennen. Het besef dat hij zich uiteindelijk heel erg gelukkig heeft gevoeld in het dorp bood hun in elk geval enige troost.

Met mijn ouders sprak ik af om iedere twee jaar naar Nederland te komen. Ze gunnen me mijn nieuwe leven van harte. Het is goed zo. Ze kunnen blij zijn dat ze iemand op de wereld hebben gezet die voor zichzelf en voor anderen kan zorgen – ook al doe ik dat op een andere manier dan zij voor ogen hadden toen ik geboren werd. Bij het afscheid op Schiphol omhelsde mijn vader me stevig, net als ik niet in staat de tranen te bedwingen, en zei hij dat hij trots op me was.

Het noordelijke deel van het Isla del Sol is tegenwoordig afgesloten voor publiek. Volgens de officiële uitingen ligt hier een al langer sluimerend conflict tussen de drie verschillende gemeenschappen – natuurlijk over geld, uiteindelijk gaat het overal altijd over geld – aan ten grondslag. Maar het is een publiek geheim dat de dramatische gebeurtenissen rond padre Mauro, die zo tragisch aan zijn einde kwam, ook een grote rol hebben gespeeld.

De leiders van de indiaanse gemeenschappen op de Altiplano waren buitengewoon ongelukkig met deze hele geschiedenis. Vanzelfsprekend vanwege de onnodige dood van drie kinderen uit hun midden, maar ook vanwege de geur van kinderoffers die opsteeg uit de krantenartikelen, de items in het journaal en de commentaren op de radio en in tijdschriften – nog los van hoe er door de niet-indiaanse bevolking over werd gepraat. Voor veel mensen was de rituele moord op de kinderen alleen maar een bevestiging van de ideeën die ze toch al koesterden over de achterlijkheid van de indianen, die zich niet hadden weten te ontworstelen aan de bloedige geschiedenis van hun Incavoorouders. Ook al was overduidelijk en op alle mogelijke manieren vastgesteld wie de schuldige was geweest, dit gegeven beïnvloedde het eindoordeel van veel buitenstaanders niet. Zoals altijd zijn vooroordelen hardnekkig en negeren mensen de kennis die het vooroordeel ontkracht om zich juist vol vuur te richten op de snippertjes informatie die het bestaande beeld in stand houden. Verhalen over verdachte sterfgevallen op het platteland uit de vorige eeuw of nog verder terug, uit Peru, Chili of de hooglanden van Argentinië, werden met smaak opgerakeld door de media. Er was geen kruid tegen gewassen. De gedachte dat juist één uit hun midden de schuldige was, een gerespecteerd lid van de witte elite, was blijkbaar niet te verdragen. Het was een buitenlander die hier weliswaar veertig jaar had gewoond – en die ondanks zijn lange verblijf nooit écht een Boliviaan was geworden – maar die wel stond voor het katholieke geloof dat de mensen zelf ook aanhingen.

Mauro's lichaam, of wat daarvan over was, werd in een zeildoek gewikkeld dat achter in de auto lag. Omdat Maarten opzag tegen de eindeloos complexe formaliteiten die zich zouden voordoen als we Mauro's dood hier zouden melden, besloten we op dezelfde manier terug te gaan als waarop we waren gekomen. Met Mauro als een mummie ingewikkeld – er ontstonden donkere plekken waar het bloed door het doek heen sijpelde – zeilden we terug. We hadden hem op de bodem van Lionels boot gelegd. Lionel zelf hadden we ook mee teruggenomen, vastgebonden aan een haak.

Het was inmiddels donker geworden, maar de maan zorgde voor voldoende licht om veilig te kunnen varen. Na verloop van enige tijd konden we navigeren op de spaarzame lichtjes van de gemeenschappen aan de oevers van het meer.

Het was een bizarre tocht, dat spreekt voor zich. Niemand sprak.

Op de voorsteven zat Nayra, als een boegbeeld, met Aruni bij haar op schoot. Het was een prachtig gezicht hoe ze daar zaten, met het zachte maanlicht op hun gezichten, die soms een kort moment verduisterd raakten als er een wolk voor de maan schoof. Het enige geluid kwam van het water dat tegen de kiel aan kabbelde en van het zeil dat klapperde. Veel wind stond er niet, dus we schoten niet echt op, maar echt haast hadden we al niet meer.

Maarten staarde droevig naar de hemel. Natuurlijk moesten daar voor hem uiteindelijk de antwoorden op al zijn vragen komen, al betwijfelde ik of hij die ooit zou krijgen.

Lionel hebben we onmiddellijk overgedragen aan de autoriteiten. Tijdens het proces in La Paz heeft hij nooit een goede verklaring kunnen geven voor zijn plotselinge haat jegens Jan-Willem, die in zekere zin zijn broodheer was.

Bijna van het ene op het andere moment had hij het niet meer goedgevonden dat mensen van buiten de gemeenschap binnendrongen om daar van alles te halen zonder er echt iets tegenover te stellen. Eenmaal thuis zou Jan-Willem goede sier maken met de resultaten van zijn onderzoek. Hij zou er carrière mee gaan maken en er goed geld mee verdienen, terwijl de dorpelingen er uiteindelijk niets mee opschoten. Zelf had hij de activiteiten van mensen als Jan-Willem vergeleken met de kharisiri – de term chupacabra had hij inderdaad wel eens van Oscar gehoord – die ook profiteerde van anderen, hen leegzoog en weer verder trok als hij verzadigd was.

Op dezelfde irrationele manier had het idee bij hem postgevat dat Jan-Willem iets te maken zou hebben gehad met de drie dode kinderen. Was hij niet alle drie de keren in of vlak bij het dorp geweest waar de kinderen waren vermoord? En in dezelfde gedachtegang ging ik deel uitmaken van dat complot, ook weer iemand van buiten, een goede vriend van Jan-Willem, uit hetzelfde land…

Ook gaf hij geen reden voor zijn aanval op onze boot op het Titicacameer. Wellicht had hij ineens zijn kans schoon gezien om drie van die buitenlandse indringers uit de weg te ruimen: Mauro, Maarten en mij. Nayra, Santiago en Qala waren dan bijkomende schade – een offer voor de goede zaak. Maar zijn weerzin ging dan vreemd genoeg weer niet op voor Oscar, uiteindelijk ook iemand van buiten, maar als Latijns-Amerikaan wellicht minder een buitenstaander dan 'wij' uit Europa.

De foutieve spelling van 'assessino a ninyos' was geen bewuste misleiding geweest, maar eenvoudig te verklaren vanuit Lionels geringe opleiding.

En dit is dan allemaal nog maar een reconstructie, een verklaring die ze in de rechtszaal hebben moeten destilleren uit Lionels ontwijkende antwoorden, zijn nauwelijks waarneembaar bevestigend knikken of juist ontkennend schudden met het hoofd. Ook is er geen bevredigend antwoord gekomen op de vraag waarom hij Jan-Willem de eerste keer in de school niet direct heeft gedood – of mij in mijn kamer. Misschien had hij Jan-Willem aanvankelijk alleen maar schrik aan willen jagen, maar besefte hij pas later dat hij hem beter helemaal het zwijgen op kon leggen zodat Jan-Willem hem niet kon verraden.

De enige les die ik hieruit heb kunnen trekken is dat mensen nu eenmaal irrationeel handelen. Ze nemen beslissingen die ingaan tegen hun eigen belangen, die in strijd zijn met hun normen en waarden of die soms gewoon volstrekt onlogisch zijn. Hoe het ook zij, Lionel zit een lange gevangenisstraf uit in La Paz.

Met enige vertraging is uiteindelijk ook het lichaam van Mauro naar Italië overgebracht, waar zijn orde natuurlijk goed met de hele geschiedenis in zijn maag zat. Een man, die veertig jaar van zijn leven heeft besteed aan het verspreiden van de goede boodschap, kieper je niet zomaar in een gat in ongewijde grond, maar tegelijkertijd was hij ook een moordenaar gebleken, een kindermoordenaar, die bovendien op een wijze was gestorven die wel akelig veel overeenkwam met hoe Judas, de verrader van Jezus, aan zijn einde was gekomen. Ik weet niet tot welke oplossing ze uiteindelijk gekomen zijn – of hij met kerkelijke rituelen ter aarde is besteld bijvoorbeeld. Ik weet alleen dat hij zijn laatste rustplaats heeft gevonden in de heuvels van Assisi waar hij als jongeling de vurige wens opvatte om de boodschap van Franciscus, het evangelie van Christus, over de wereld te verspreiden.

Ook hier bleven vele vragen onbeantwoord.

Hij lijkt zijn slachtoffertjes met een zekere willekeur te hebben uitgekozen, maar ook weer niet helemaal, want het waren telkens de enige zonen van een gezin. Hij was natuurlijk goed bekend in de gemeenschappen. Om die reden is het ook niet ondenkbaar dat de kinderen hem zonder enige vrees tegemoet zijn getreden, ook al dook hij op een raar tijdstip op in hun dorp. Wie zou een priester vrezen tenslotte?

Ik probeer de gedachte zodra die opkomt weg te drukken, maar dat lukt niet altijd. Dan zie ik toch voor me hoe Mauro het kind naar zich toe lokt, waarna hij het met een rots het hoofd inslaat.

Het gruwelijke detail van het weggesneden stukje vlees uit de kuiten van de drie kinderen is nooit naar buiten gebracht. Mijn voorstellingsvermogen blokkeert min of meer bij dit deel van het verhaal. Het zou zomaar kunnen dat Mauro het vlees daadwerkelijk heeft opgegeten – met een glas wijn erbij, wie zal het zeggen – bij wijze van een soort heidense eucharistie. De gruwelen zijn de wereld nog niet uit. Misschien heeft hij het begraven, als een onbedoeld offer aan Moeder Aarde.

Er is niets van een verband gebleken tussen de daden van Lionel en die van Mauro. Omdat ze deels tegelijkertijd gebeurden, was men geneigd die zaken met elkaar te verbinden – zo werkt ons menselijk brein nu eenmaal. Maar als twee gebeurtenissen in dezelfde tijd en ruimte plaatsvinden, hoeven die niet noodzakelijkerwijs met elkaar te maken te hebben.

Die bewuste zondag ben ik niet naar La Paz gegaan, maar ben ik in Tiahuanaco gebleven. Maarten moest er sowieso nog blijven om zorg te dragen voor zijn vriend, die zich zo onverwachts van zijn duivelse kant had getoond.

Nadat we Aruni hadden herenigd met zijn ouders zijn Nayra en ik een stukje gaan lopen, allebei oververmoeid door het gebrek aan slaap maar met te veel adrenaline in ons lichaam om te kunnen slapen.

Mijn aanzoek had ik zelf eigenlijk niet eens aan zien komen. Natuurlijk was ik op dat moment vastbesloten om zo snel als ik maar kon terug te keren naar Bolivia, maar de gedachte aan een huwelijk met Nayra durfde ik nog niet toe te laten.

Het ging heel grappig eigenlijk. Ik struikelde over een steen op het pad, omdat ik meer oog voor Nayra had dan voor de weg voor ons. Ik belandde op mijn knieën en terwijl ik nog even mijn pijn zat te verbijten, vroeg Nayra voor de grap of ik haar een aanzoek ging doen. Ik keek haar kort aan en voelde dat het goed was.

Toen pakte ik haar hand en sprak ik de woorden die ik ooit op een dag had willen spreken, maar die nu zo vloeiend uit mijn mond rolden.

'Ja, Wara,' zei ze. 'Dat wil ik.'

Ze trok me omhoog en we omhelsden elkaar stevig, allebei huilend van geluk – en van uitputting, neem ik aan.

Bij terugkomst hebben we het haar ouders nog niet direct verteld, dat kwam later pas.

Omdat Maarten, zoals ik al zei, zorg moest dragen voor het lichaam van zijn vriend, heeft Nayra me die maandag rechtstreeks naar het vliegveld van La Paz gebracht.

Binnen zes maanden – bijna exact een jaar na mijn eerste aankomst in Tiahuanaco – was ik opnieuw terug. Nayra had inmiddels toestemming gevraagd en gekregen van haar ouders voor een huwelijk, dat we vierden onder werkelijk massale belangstelling van alle werknemers van het instituut en alle bewoners van Nayra's gemeenschap. Ik kon natuurlijk niet tegenhouden dat er voor dit dorpsfeest toch varkens en schapen werden geslacht, maar het waren er iets minder dan normaal gesproken het geval zou zijn geweest. Inmiddels eet ik regelmatig vlees, moet ik bekennen. De dieren hebben een goed leven gehad, dat is een beetje mijn verdediging, al blijf ik het een vervelend idee vinden dat een wezen moet sterven om mij in leven te houden.

Ook kon ik niet tegenhouden dat een priester ons huwelijk inzegende – de opvolger van padre Mauro – maar net als Nayra hechtte ik meer waarde aan de zegening die we erna kregen, die van de yatiri. Hier is geloof sowieso iets anders dan thuis. Onder de eindeloze sterrenhemel waar ik 's avonds vaak naar zit te kijken – coca kauwend met mijn schoonvader – voel je hoe dan ook dat je een onderdeel bent van iets wat veel groter is dan het kleine mensje dat je bent. En dan heb ik er geen probleem mee om dat grotere 'God' te noemen en daar eerbied aan te betuigen.

De evangelische gemeente El Camino heeft na het vertrek van Oscar een andere voorganger gekregen. Met de wandaden van Lionel had hij dan wel niets te maken gehad, behalve dan dat Lionel van hem het verhaal van de chupacabra had gehoord, maar toch. Nadat duidelijk was geworden dat hij achter de slecht gefermenteerde chicha zat die iedereen tijdens het feest zo ziek had gemaakt, was zijn positie ook niet langer houdbaar.

En nu zit ik hier, drie jaar verder. Inmiddels spreek ik al een aardig mondje Aymara, al maak ik nog lang niet de vorderingen die ik zou willen. Mensen plagen me met woordgrapjes of laten me zinnetjes nazeggen die dan natuurlijk altijd grove taal bevatten of een belediging aan iemands adres. Ik op mijn beurt kan weer goede sier maken met de letterlijke vertaling van 'een waarheid als een koe' of 'zo gek als een deur'. Sommige uitdrukkingen heb ik al horen gebruiken door mensen in een conversatie, zonder ironie, dus ik lijk mijn sporen na te gaan laten in de taal hier.

Het is geworden zoals ik het stiekem een beetje had gedroomd. Aan een tafeltje voor ons huis schrijf ik veel. Aan het majestueuze uitzicht over het Titicacameer wen ik hopelijk nooit, hoewel ik ermee opsta en ermee naar bed ga. Aan het huis met een verdieping en zonnepanelen op het dak hebben we zelf meegebouwd. Het is grotendeels uit adobe en deels uit baksteen opgetrokken en we kregen tijdens de minq'a veel hulp van de gemeenschap. Er is een kraal voor onze schapen die overdag samen met de kudde van Nayra's ouders door Qala worden geweid. We noemen hem soms liefkozend 'David', vanwege de heldhaftige rol die hij heeft gespeeld.

Arend en zijn vriendin Merel – je verzint die combinatie niet! – zijn ons hier twee jaar geleden komen zoeken. Beiden hadden na hun studie een sabbatical opgenomen om een jaar over de wereld te reizen, waarbij ze enkele maanden over land vanuit de Verenigde Staten naar het uiterste puntje van Argentinië, Vuureiland, trokken.

Maarten is inmiddels met pensioen. Gebroken door de onbegrijpelijke daden van zijn vriend is hij voorgoed naar Nederland teruggegaan. De hele dag is hij bezig om de aantekeningen die hij in al die jaren over het mensenoffer gemaakt heeft, tot een boek om te vormen.

Maarten heeft nog wel een schitterend en groots afscheid gekregen van zijn parochie in La Paz. Maar daarvan echt kunnen genieten heeft hij niet, zo schreef hij me later, omdat zijn gedachten steeds teruggingen naar Mauro en naar de vele gesprekken die hij onder het genot van goede wijn met zijn vriend had gevoerd. Over Mauro's frustratie over het maar blijven voortbestaan van het geloof in Moeder Aarde, over het maar blijven onderhandelen van de indianen met berg- en regengeesten, het maar blijven offeren van alcohol, sigaretten, cocablaadjes en snoepjes aan de grond, in de hoop zo een mooie oogst af te kunnen smeken. Door zelf het ultieme offer te brengen, dacht hij deze onderhandelingen tot in het absurde door te voeren in de hoop daarmee de mensen wakker te schudden en hen voor eens en voor altijd de smalle weg van Christus op te dwingen. Maar hoezeer had hij zich misrekend? Het sloeg terug op hemzelf.

De plekken waar de drie kinderen zijn vermoord, zijn veranderd in permanente bedevaartsoorden voor de lokale bevolking die er hun offergaven brengen, komen vragen om voorspraak bij Maria of bidden of de akkers dit jaar toch meer aardappels en meer graan mogen voortbrengen.

Links van me zie ik in de verte Nayra al aan komen lopen. Aruni is bij haar en hij is inmiddels al een kop groter dan zij. Ze lopen langzaam, want tussen hen in loopt Thaya ('bries, wind'), ons zoontje van twee, zijn ene handje in de hand van Aruni, het andere in die van Nayra. Met haar vrije hand zwaait ze naar me en hoewel ik vanaf deze afstand haar gezicht natuurlijk niet goed kan zien, weet ik hoe ze naar me glimlacht.

Elke dag gaan we samen naar het instituut om te werken bij de sukkakollos of bij onze bomenkwekerij. Vaak zijn we onderweg naar een van de gemeenschappen om de bomen uit te zetten, waarbij Aruni ons vaak vergezelt. Thaya is vaak bij doña Josefina en don Santiago, maar hij is nooit heel lang zonder ons, want we maken geen lange dagen en werken niet elke dag.

Nu ze dichterbij komen, is de bolling van Nayra's buik steeds duidelijker te zien.

We laten er geen gras over groeien.

Nog zo'n uitdrukking waar Nayra zo om moest lachen.

Straks gaan we met de hele familie op pad. Vanavond vieren we in Tiahuanaco het Willkakuti, het feest ter ere van de komst van de winter. Het zonlicht trekt zich terug, al is dat verschil, hier in Bolivia, gelegen op de zestiende breedtegraad, in vergelijking met elders op de wereld miniem. Maar toch. De winter is begonnen, maar we vieren toch feest omdat we weten dat het slechts tijdelijk is en dat op een gegeven moment de dagen toch weer zullen gaan lengen, zoals dat al was voor de mens er was. En zoals het zal zijn als wij zijn verdwenen.

Het licht wint altijd.

Dankwoord

In 1993 woonde ik als student Culturele Antropologie zes maanden in een kleine gemeenschap van Aymara-indianen aan de oevers van het Titicacameer. Ik sliep in een soort opslagruimte van mijn gastouders Lucas en Josefina. Het dagboek van de Leidse student Jan-Willem Pijnakker is voor een belangrijk deel gebaseerd op mijn eigen herinneringen: het schrijven bij kaarslicht tijdens de lange avonden, de kou en de eenzaamheid, het dronken worden tijdens een dorpsfeest, het vissen op het Titicacameer, de verdenkingen dat ik een spion van de regering zou zijn of een kharisiri, mijn lange gesprekken met God – het was mijn gelovige periode. Tijdens de doopdienst was ik zelf de peetvader die de baby in de armen hield terwijl we de scheldpartij van de Italiaanse priester ondergingen. Bij het verdrinken van de varkens hield ik een poot van een hevig spartelend dier vast om het in bedwang te houden. Psalm 23 bracht ik ten gehore in dat afgelegen kerkje vol indiaanse gelovigen en na het drinken van bedorven chicha was ik enkele dagen aan bed gekluisterd.

Het is allemaal lang geleden, een half mensenleven. Ik heb nooit meer de gelegenheid gehad terug te gaan, maar het dorp en de mensen zijn me altijd bijgebleven, net als het harde werken van de boeren op de akkers, de schrale oogst, de muziek, de kleurrijke kleding van de vrouwen met hun bolhoedjes, de onvoorstelbare vriendelijkheid van de mensen, het geloof in Pachamama en het besef dat de mens compleet van haar afhankelijk is, het schitterende Titicacameer en de majestueuze bergketens van de Andes.

Ik wil mijn redacteur Lisanne Mathijssen bedanken die ook voor dit boek weer van onschatbare waarde is geweest: scherp, met humor en tactvol heeft ze altijd weer goed aangegeven waar het verhaal kon worden verbeterd. Ook eindredacteur Lidia Dumas heeft weer een ontzettend belangrijke bijdrage aan het boek geleverd, zowel als redacteur als eindredacteur, met haar oog voor detail en goede suggesties. Jan-Joris

Keijzer, Erwin Koning en Miranda Mettes van HarperCollins Holland bedank ik voor het vertrouwen in mij om na *Het Pauluslabyrint* en *Het Pilgrim Fathers Complot* deze nieuwe weg in te slaan – weg uit Leiden, een nieuwe wereld verkennend. Het grote succes van mijn boeken is echt een teamprestatie en ik ben iedereen van HarperCollins Holland ontzettend dankbaar die zich dag in dag uit hiervoor inzet, binnen en buiten de kantoormuren in Amsterdam, binnen en buiten Nederland. Op deze plaats noem ik Anna Vergunst, Annemieke Tetteroo, Chantal Hattink, Lynn Steding, Marianne Prins en Nanouk Meijer – en ik wil ook oud-collega's Jacqueline de Jong en Martine Koelemeijer niet vergeten.

Professor Willem Adelaar bedank ik voor de vertaling van het Aymaraliedje dat Nayra voor Luc zingt. Hij gaf niet alleen een mooie vertaling, maar ook een heel exposé over de grammaticale achtergronden van de tekst, echt geweldig. De Amerikaan Graham Hancock is de schrijver van onder meer *The Fingerprints of the Gods*, in het Nederlands vertaald als *Het ontstaan en het einde van alles* (Tirion, Baarn 2004). Hij gaf mij persoonlijk toestemming om hele fragmenten uit dit boek te gebruiken, iets waar ik hem buitengewoon erkentelijk voor ben. Bij de Geraadpleegde bronnen heb ik aangegeven welke fragmenten precies uit dit fascinerende boek afkomstig zijn.

Aan een lunch met mijn oude leermeester Arij Ouweneel, promotor van mijn proefschrift over Ecuador, bewaar ik dierbare herinneringen. Hij was de eerste 'buitenstaander' aan wie ik mijn ideeën over dit boek voorlegde – ik weet niet of ik alle valkuilen waar hij me voor waarschuwde heb weten te vermijden.

Op mijn schrijverspad heb ik de afgelopen tijd allemaal leuke andere schrijvers ontmoet, met wie het fijn praten is omdat zij weten wat er allemaal bij komt kijken voordat – en nadat – je boek in de winkel ligt. Ik denk aan Fleur van der Bij, Maaike Helmer, Chris Houtman, Lidewij Martens, Robert van Oirschot, Stefan Popa en Soraya Vink. En natuurlijk Sander Verheijen, met wie ik veel goede en leuke gesprekken heb gevoerd over schrijven, thrillers, onszelf en het boekenvak in het algemeen.

Hamide is en blijft de eerste lezer van alles wat ik schrijf. Op haar positieve of negatieve oordeel vaar ik zoals een scheepje in de nacht op het licht van een vuurtoren – tot ik in de veilige haven ben. Onze dochter Dünya is en blijft onze bron van liefde en vreugde.

Het boek is opgedragen aan mijn moeder, die op 15 augustus 2010 – Maria Hemelvaart – volkomen onverwacht op zesenzeventigjarige leeftijd overleed. We missen haar nog steeds ontzettend, de mater familias, die het gezin als een ware moederkloek bij elkaar hield.

In 1969 brachten mijn ouders me naar het Academische Ziekenhuis in Leiden toen ik, een baby van een halfjaar oud, door de artsen van het ziekenhuis in Delft was opgegeven. Ze waren net verhuisd van Delft naar Pijnacker en hadden reeds drie zonen van negen, zeven en vijf. Mijn vader bracht mijn moeder elke ochtend voor zijn werk naar het AZL waar ze maandenlang naast mijn bed waakte, inmiddels in verwachting van een vijfde zoon. Door een speling van het lot werd uitgerekend dat gebouw later de Faculteit van Sociale Wetenschappen, waar ik een kleine dertig jaar later promoveerde als cultureel antropoloog. Mijn proefschrift droeg ik dan ook op aan mijn ouders met de woorden: 'Aan mijn ouders, die voor Leiden kozen.'

Geraadpleegde bronnen

Albó, X. *Raíces de América: El Mundo Aymara.* Alianza América/UNESCO, Madrid, 1988

Berg, H. van den *La Tierra No Da Así No más: Los Ritos Agrícolas en la Religión de los Aymara-Cristianos.* CEDLA, Amsterdam, 1989

Berents, D. *Adam At Geen Appel.* Uitgeverij Aspekt B.V., Soesterberg, 2016

Bolhuis, E.E. en Van der Ploeg, J.D. *Boerenarbeid en Stijlen van Landbouwbeoefening.* Stichting Studentenpers, Nijmegen, 1985

Burkert, W. *Homo Necans: The Anthropology of Ancient Greek Sacrifical Ritual and Myth.* University of California Press, Berkeley, 1992

Cubitt, T. *Latin American Society.* Longman Group U.K., 1988

DGIS – *Beleidsplan voor de Periode 1992-1995. Regio Andes.* SDU-Uitgeverij, 's Gravenhage, 1992

Doane, T.W. *Bible Myths and Their Parallels in Other Religions.* Kessinger Publishing's, Whitefish Montana, Reprint 1882

Finkelstein, I. en N.A. Silberman. *De Bijbel als mythe: Opgravingen vertellen een ander verhaal.* Uitgeverij Synthese, Den Haag, 2006

Frazer, J.G. *De gouden tak: Over mythen, magie en religie.* Uitgeverij Contact, Amsterdam, 1995

Galeano, E. *De aderlating van een continent.* Uitgeverij Van Gennep B.V., Amsterdam, 1986

Gilst, A. van *Zonnecultus: In geschiedenis en volksgeloof.* Uitgeverij Aspekt, Soesterberg, 2015

Golte, J. *La racionalidad de la organización Andina.* IEP ediciones, Lima, 1987

Grillo, E. 'Rescate y sistematización de tecnologías andinas'. In: Earls, J. e.a. *Tecnología Andina: Una introducción.* HISBOL, La Paz, 1990 [pp. 35-86]

Grillo, E. en Rengifo, G. *Agricultura y cultura en los Andes.* HISBOL, La Paz, 1990

Hancock, G. *Het ontstaan en het einde van alles.* Tirion Uitgevers, Baarn, 2004

Hart, M. 't *Wie God verlaat heeft niets te vrezen. De Schrift betwist.* Arbeiderspers, Amsterdam, 1997

Hart, M. 't *De bril van God. De Schrift betwist II. Arbeiderspers, Amsterdam,* 2002

Hatch, K. *Our Knowledge: Traditional Farming Practices in Rural Bolivia. Volume I: Altiplano Region. A Textbook by Subsistence Households.* Min. de Agricultura, La Paz, 1983

Hulspas, M. *En de zee spleet in tweeën: De bronnen van de Bijbel kritisch onderzocht.* Fontaine Uitgevers, 's Graveland, 2006

Keen, B. en M. Wasserman. *A History of Latin-America.* Houghton Mifflin Company, Boston, 1988

Kessel, J. van 'Herwaarderen om te overleven: Produktieritueel en technologisch betoog bij de Andesvolken'. In: *Derde Wereld,* jaarg. 9, no. 1/2, juni, 1990

Kirsch, J. *De ongehoorde Bijbel: De betekenis van schokkende verhalen uit het Oude Testament.* Uitgeverij Servire, Utrecht, 1997

Kluepfel, B. en P. Smith. *Bolivia Travel Guide.* Lonely Planet, Londen, 2019

Kovacs, J. *Shocked by the Bible: The Most Astonishing Facts You've Never Been Told.* Thomas Nelson, Nashville, 2008

Leertouwer, L. *'Kaïn die sloeg Abel dood': Over religie en geweld.* Slotcollege HOVO in de Marekerk, Leiden, 2007

Mamani, P. 'Agricultura a los 4.000 metros'. In: Albó, X. *Raíces de América: El Mundo Aymara.* Alianza América/UNESCO, Madrid, 1988 [pp. 76-128]

Ploeg, J.D. van der *Landbouw als mensenwerk: Arbeid en technologie in de agrarische ontwikkeling.* Coutinho, Muiderberg, 1991

Raymondt, S. *Mythen en sagen van de Griekse wereld.* Fibula-Van Dishoeck, Haarlem, 1982

Rengifo, G. en Kohler, A. (ed.) *Revalorización de Tecnologías Campesinas Andinas.* HISBOL, La Paz, 1989

Richards, P. *Indigenous Agricultural Revolution.* Hutchinson, London and Westview Press, Boulder, Colorado, 1985

Richards, P., Slikkerveer, L.J. en Philips, A.O. *Indigenous Knowledge Systems for Agriculture and Rural Development: The CIKARD Inaugural Lectures.* Studies in technology and social change, no. 13, Iowa State University, Ames, Iowa, 1989

Skidmore, T.E. en Smith, E. *Modern Latin America.* Oxford University Press, Oxford, 1989

Slicher van Bath, B.H. *Indianen en Spanjaarden. Latijns-Amerika 1500-1800.* Uitgeverij Prometheus, Amsterdam, 1989

Tierney, P. *Goden, graven, mensenoffers: Onthutsende feiten over de dood als rituele handeling.* Trion, Baarn, 1990

Vargas Llosa, M. *De geesten van de Andes.* J.M. Meulenhoff bv, Amsterdam, 2010

Vogel, H. Ph. *Geschiedenis van Latijns-Amerika.* Unieboek, Het Spectrum, Amsterdam, 1988

Warren, D.M., Cashman, K. *Indigenous Knowledge for Sustainable Agriculture and Rural Development.* Gatekeeper series, no. SA 10, The international institute for environment and development (IIED), Londen, 1988

Warren, D.M. en Slikkerveer, L.J. en Titilola, S.O. *Indigenous Knowledge Systems: Implications for Agriculture and International Development.* Studies in technology and social change, no. 11, Iowa State University, Ames, Iowa, 1989

Windmeijer, J. *Boeren in de Andes: Een studie naar het lokale kennissysteem van de Boliviaanse Aymara met betrekking tot de landbouw.* Eindscriptie / onderzoeksverslag in het kader van het individueel buitenlands leeronderzoek aan de faculteit Culturele Antropologie en Sociologie der Niet-Westerse Samenlevingen, Rijksuniversiteit Leiden. Begeleiders Dr. W. Shadid en Dr. P. Silva. Leiden, 1994

Wikipedia – Zoektermen:
Abraham, Bolivia, Chupacabra, Eiland van de Zon / Eiland van de Maan, Elst, Grote Kerk (Elst), Inka's, Inti, Inti Raimi, Kharisiri, Kaïn en Abel, Kinderoffers, La Paz, Mensenoffers, Offers, Pishtaco, Sacrament, Sacramentsdag / Corpus Christi, Sacsayhuaman, Tempels van Elst, Tiahuanaco, Titicaca, Viracocha, Werenfridus, Zonnewende

Websites (augustus 2019)*:*
https://anderetijden.nl/aflevering/572/Ongewijde-aarde
https://www.augustijnen.nl/C13-Bolivia.html
https://www.beleven.org/feest/sint–jan

http://content.cs.trajectwelzijn.nl/BVO/voeding-context-cultureleverschillen.htm
https://www.debijbel.nl/
https://www.katholiekbommelerwaard.nl/index.php?p=info&ids=doopsel
http://members.chello.nl/~w.hulzink/html/themanamen.html
https://www.nationalgeographic.nl/geschiedenis-en-cultuur/2018/04/exclusief-enorm-massagraf-met-kinderoffers-peru-ontdekt
https://www.nytimes.com/2016/04/05/science/ritual-human-sacrifice.html
http://revistasinvestigacion.unmsm.edu.pe/index.php/letras/article/viewFile/7606/6620
https://skepsis.nl/ancient-aliens/
https://skepsis.nl/puma-punku/
https://www.spacepage.be/artikelen/buitenaards-leven/mysterie/mysterie-el-chupacabra-mythe-of-werkelijkheid
http://www.uacucb.edu.bo/
https://zaidpub.files.wordpress.com/2012/12/hyam-maccoby-the-sacred-executioner--human-sacrifice-and-the-legacy-of-guilt.pdf
http://www.vakantiearena.nl/bolivia/tiwanaku-tiahuanaco
http://www.heiligen.net/wb/symboolberg.php
http://www.bijbelseplaatsen.nl/plaatsen/B/Bergen/1371/

Fragmenten uit *Het ontstaan en het einde van alles* van Graham Hancock:
De rondleiding van de Amerikaanse gids Jim (H32) en het gesprek tussen Luc en Nayra (H34 en H35) bestaan uit een bewerking van de hoofdstukken 10, 11 en 12 van *Het Ontstaan en het Einde van Alles* van Graham Hancock (Tirion, Baarn 2004). *Hoofdstuk 32* • 'Het Viracochabeeld was mooi en straalde ondanks de erosie… omhoog.' GH blz. 68-69 • 'De eerste Spaanse reizigers,' vertelde Jim… vermoeden.' GH blz. 67-68 • 'De "verzonken tempel" was in feite een enorme, rechthoekige put…' GH blz. 69 • 'Toen wees hij me op misschien nog wel het opvallendste kenmerk van de tempel… functie.' GH blz. 69 • 'We stonden op en liepen een aantal malen om de pilaar van Viracocha heen… voorstellen.' GH blz. 69 • '"Die muur daar" zei Jim, terwijl hij ten overvloede die kant op wees, "omsluit een marsterrein, dat het Kalasasaya wordt genoemd… zijde".' GH blz. 70 • 'Op weg naar de top van de Akapana klommen we… snelstromend water.' GH blz 70-71 • 'Er bestaat een vrij sombere theorie over deze piramide… ten onder gaan.' GH blz. 71 • 'Volgens ene professor Posnansky zijn de stenen die we zien… definitieve ontreddering.' GH blz. 80-82 • *Hoofdstuk 34* • 'De Zonnepoort is een vrijstaande monoliet… een bliksemflits.' GH blz. 77 • '(…) aandachtig bestudeer ik de overblijfselen van de fries… lopen.' GH blz. 77 • *Hoofdstuk 35* • 'We kijken naar de rij figuren die in slagorde naar de centrale figuur Viracocha toelopen… draagt.' GH blz 77 • 'Ik wijs haar op de basis van de fries… toegeschreven.' GH blz. 78 • 'Het is duidelijk waarom dit het Plein van de Rechtopstaande Stenen wordt genoemd… meten.' GH blz. 71 • 'Het ene, *El Fraile*, de frater, staat in de zuidwesthoek… de principes van geometrie.' GH blz. 75-76 • 'Zijn brede hoofd staat kaarsrecht op zijn kolossale schouders… niet na te gaan.' GH blz. 76